Katherine
Mit Huskys nach Norden

© Ralf Eyertt

Christopher Ross gilt als Meister des romantischen Abenteuerromans. Durch Bestseller wie *Hinter dem weißen Horizont*, *Mein Beschützer, der Wolf*, *Geliebter Husky* und die Romane der *Clarissa*-Saga wurde er einem breiten Publikum bekannt. Während zahlreicher Reisen und längerer Aufenthalte in Kanada und Alaska entdeckte er seine Vorliebe für diese Länder, die bevorzugten Schauplätze seiner Romane.
Mehr über den Autor: www.christopherross.de
www.facebook.com/christopher.ross.autor

2.Band

Christopher Ross

Katherine
Mit Huskys nach Norden

Roman

Weltbild

MIX
Papier | Fördert gute Waldnutzung
FSC® C083411

Besuchen Sie uns im Internet:
www.weltbild.de

Ohmstraße 8a, 86199 Augsburg
Projektleitung: usb bücherbüro, Friedberg/Bay.
Redaktion: Ingola Lammers
Umschlaggestaltung: *zeichenpool, München
Umschlagmotiv: www.shutterstock.com (© Irina Bg, by-studio, RomeoLu, Maksim Velskiy, Konstantin Zaykov, Andrew Mayovskyy, WilcoUK)
Satz: Datagroup int. SRL, Timisoara
Druck und Bindung: CPI Moravia Books s.r.o., Pohorelice
Printed in the EU
ISBN 978-3-98507-559-1

1

Kate stand mit einem Becher Tee am Fenster, als sich Reverend Pringle ihrer Hütte näherte. Er trug einen schwarzen Mantel und eine Schirmmütze gegen den Regen, den der Wind an diesem Morgen über den lang gestreckten See und Teslin trieb. Die Siedlung bestand aus wenigen Holzhäusern, einer Vielzahl von Zelten und notdürftigen Unterkünften sowie einer Kirche, die sich noch im Bau befand, an der Grenze zwischen Kanada und dem Yukon-Territorium.

Sie verstand sich gut mit dem Reverend, auch wenn sie in Glaubensfragen nicht immer einer Meinung waren. Als irische Katholikin ging sie nur in seine Gottesdienste, weil es in Teslin keine anderen Pfarrer gab und man sich in der Wildnis wenig um solche Unterschiede scherte. Er war ein umgänglicher Mensch, ein überzeugter Missionar, der selbst die Eingeborenen zum christlichen Glauben bekehren wollte und in der Wildnis gelernt hatte, auch mal Fünfe gerade sein zu lassen. Prostitution und einige andere Sünden ließen sich in dieser Umgebung kaum vermeiden.

Sie öffnete die Tür, bevor er klopfen konnte. »Reverend! Bei dem Wetter unterwegs? Kommen Sie rein! Ich hab frischen Tee auf dem Ofen stehen.«

»Guten Morgen, Kate. Da sage ich nicht Nein.«

Ihre Hütte bestand lediglich aus einem Raum und war spärlich eingerichtet. Ein Tisch mit vier Stühlen, ein Wandschrank, eine Truhe, in der Küchenecke ein kleines

Regal und hinter einem Vorhang ein Bett. Ein weiteres Nachtlager unter dem Fenster an der Rückwand. Das Zentrum bildete ein angerosteter Kanonenofen mit einem knisternden Feuer, das angenehme Wärme verbreitete.

Sie schenkte Tee ein, reichte ihm den Becher und setzte sich mit ihrem eigenen zu ihm an den Tisch. »George ist auf der Jagd«, sagte sie, als sie seinen neugierigen Blick bemerkte. »Er hofft auf einen Elch, damit könnten wir einige hungrige Mäuler stopfen. Mit Vorräten sind wir hier nicht gerade gesegnet.«

»Da haben Sie recht«, erwiderte er, »manchmal bedauere ich, Sie nach Teslin geholt zu haben. Aber hier gibt es weit und breit keinen Arzt, und Sie sind ausgebildete Krankenschwester und haben eine Art, die bei allen ankommt.«

»Ich tue, was ich kann, Reverend. Noch lieber würde ich wieder ein Restaurant wie in Glenora eröffnen, aber wie soll ich das schaffen? Hier gibt es kaum Vorräte, und die wenigsten Männer bleiben lange genug hier, um auf die Jagd zu gehen und mich mit Wild zu versorgen. Nicht mal George könnte das. Eigentlich handelt er gegen den Befehl seines Inspectors, wenn er auf einen Elch geht. Sein Befehl lautet, im Hudson Bay Store am Tahltan River die Stellung zu halten und den Teslin Trail zu überwachen, vor allem Harrison's Saloon. Sie wissen doch, wie viel Gesindel sich dort rumtreibt. Ich sehe ihn nur am Abend und am frühen Morgen. Ein bisschen wenig, finden Sie nicht auch?«

Der Reverend wirkte verlegen, als wäre er plötzlich unsicher, warum er zu Kate gekommen war. Er erfreute sich bester Gesundheit und bedurfte keiner medizinischen Pflege. »Sie sind sehr attraktiv, Kate, und eine der wenigen

Frauen in dieser Wildnis. Sehnen Sie sich manchmal nicht nach einer beständigeren Umgebung? Einer Familie, einem eigenen Haus in einer Stadt, in der nicht so ein heilloses Chaos herrscht wie hier in dieser abgelegenen Wildnis?«

»Das könnte ich Sie genauso fragen.«

»Ich bin im Auftrag meiner Kirche hier, um orientierungslose Seelen für meine Kirche einzufangen, das wissen Sie doch. Aber Sie sind eine Frau …«

»Sind Sie deswegen hier?«, unterbrach ihn Kate. »Um mit mir über die Rolle der Frau in unserer Gesellschaft zu diskutieren? Ich bin hier, weil mich schon früh im Leben die Abenteuerlust gepackt hat. Der Goldrausch am Klondike war eine willkommene Gelegenheit, um mich von der zivilisierten Welt zu verabschieden und in dieser Wildnis eine neue Erfüllung zu suchen. Ich bin stark genug für dieses Leben, das habe ich Glenora wohl eindrucksvoll bewiesen.«

»Das stimmt, Kate«, gestand er. »Und ich bin dankbar, dass Sie meinem Ruf, nach Teslin zu kommen, gefolgt sind. Sie sind eine ausgezeichnete Krankenschwester, auch wenn manche Männer nur kommen, um eine schöne Frau zu bestaunen. Davon kann ich sie auch mit meinen Predigten nicht abhalten.«

Kate winkte lächelnd ab. »Für Männer, die wochenlang kein weibliches Wesen gesehen haben, ist jede Frau schön, Reverend. In Vancouver und Seattle hat sich niemand nach mir umgedreht. Ich komme von einer Farm in New Brunswick, wie Sie wissen. Da hat sich niemand um sein Aussehen geschert.«

Sie griff sich unwillkürlich an ihre dunklen Haare, die sie zu einem kunstvollen Knoten gebündelt hatte, und senkte den Blick. Sie wusste, dass viele Männer sie hübsch oder attraktiv fanden, war aber selbst sehr kritisch, was ihr Aussehen betraf. Ihre Lippen waren ein wenig zu voll, ihr Lächeln zu spöttisch und die Frisur mit den sorgfältig gescheitelten Haaren zu streng. Father Chapman in Johnville hatte sie gelehrt, ihr Aussehen als Geschenk Gottes zu betrachten, das man nicht zu verändern brauche. Es genügte, sich an der frischen Luft aufzuhalten, um rosige Wangen zu bekommen, und sich beim Essen zurückzuhalten, um eine reine Haut zu behalten. Alles, was sie benutzte, war die Kräutersalbe ihrer Schwester Margaret.

Kate sah dem Reverend an, das ihn etwas beschäftigte. »Warum sind Sie wirklich gekommen, Reverend? Wollen Sie mir wieder ins Gewissen reden?«

»Nun ja …«, er fühlte sich ertappt, »das habe ich tatsächlich vor.« Als erfahrener Missionar verstand er es, die richtigen Worte zu wählen. »Wie lange sind Sie schon mit George zusammen? Drei, vier Wochen? Ein paar Monate?«

Sie ahnte, worauf er hinauswollte. »Kommt darauf an, wie Sie rechnen. Vor ein paar Monaten habe ich ihn kennengelernt. In Wrangell, nachdem wir mit dem Schiff angekommen waren. Und vor ungefähr drei Wochen haben wir uns hier in Teslin gefunden. Warum fragen Sie? Sie waren doch selbst dabei.«

»Sie haben recht, die Frage war dumm von mir.« Er lächelte unsicher. »Haben Sie und George schon mal daran gedacht, Ihrer Verbindung von einem Friedensrichter oder, was noch wichtiger wäre, von Gott absegnen zu lassen?«

»Sie meinen, wir leben in wilder Ehe, und es wäre langsam an der Zeit, unserem sündigen Zusammensein einen offiziellen Anstrich zu geben und dem Gerede entgegenzutreten, das unter den wenigen anständigen Bürgern in diesem Sündenpfuhl kursiert? Ich kann Sie beruhigen, Reverend. Erstens ist es den meisten Bewohnern von Teslin völlig egal, ob wir verheiratet, verlobt oder sonst was sind. Zweitens haben wir genau das vor. Aber George und ich sind beide katholisch erzogen worden, und wir wollen warten, bis sich ein katholischer Priester zu uns verirrt und uns seinen Segen gibt. Auch einen Friedensrichter habe ich in Teslin noch nicht gesehen. Und drittens haben George und ich uns nichts vorzuwerfen. Ein aufrechter Constable der North West Mounted Police und Katholik wie George hat nicht nur einen Eid geleistet, seinem Vaterland zu dienen, und eine Irin wie ich ist so katholisch, wie man nur es sein kann, und würde niemals zulassen, dass der Gehörnte bei ihr einkehrt.«

Pringle kämpfte mit seiner Verlegenheit, trank einen Schluck und schien in Gedanken ins Unreine zu sprechen, bevor er sagte: »Ich zweifele nicht an Ihrer Ehrhaftigkeit, aber Sie und George, Sie leben wie ein Ehepaar zusammen ...«

Wieder blieb Kate nichts anderes übrig, als ihn zu unterbrechen. »Reden Sie nicht um den heißen Brei herum, Reverend! Sie glauben, dass wir die Ehe bereits ohne Gottes Segen vollzogen haben, aber das stimmt nicht. Sehen Sie den Vorhang? In dem Bett dahinter schlafe ich. George nächtigt auf dem Lager beim Fenster. Wir sind aufrechte Katholiken, Reverend, und heben uns den Vollzug unserer

Ehe für den besonderen Moment nach der Eheschließung auf.«

Pringle schien noch immer nicht zufrieden zu sein.

»Sie glauben mir nicht? Ich würde Sie niemals belügen, Reverend.«

»Verzeihen Sie«, sagte er, »natürlich glaube ich Ihnen.«

Kate schüttelte ungläubig den Kopf, als er gegangen war. Dass wir uns küssen und umarmen, bevor wir uns schlafen legen und vielleicht noch ein bisschen mehr, was ein Reverend nicht gutheißen würde, brauche ich ihm ja nicht auf die Nase zu binden, dachte sie. Aber ihre Hochzeit wollte sie auf keinen Fall in einem lausigen Nest wie Teslin feiern. Eher in Whitehorse, der großen Stadt im Yukon, wenn sie die Wildnis hinter sich gelassen hatte, er in seiner scharlachroten Uniform und sie in einem festlichen Brautkleid, und die Polizisten der North West Mounted Police würden ihre Säbel kreuzen und ein Spalier bilden, wenn sie als Mrs. and Mr. George Chalmers aus der Kirche kamen.

An diesem Morgen gab es wenig zu tun für sie. Die ersten Wochen in Teslin waren hektisch gewesen, manchmal hatten die Patienten sogar Schlange vor ihrer Hütte gestanden, um sich behandeln zu lassen. Der Stikine und der Teslin Trail waren gefährliche Routen, die kaum einer der Goldgräber ohne Verletzung überstand. Einer der Goldsucher, die sie behandelt hatte, war auf einem Berghang abgerutscht und hatte sich den Arm gebrochen, ein anderer war vom Pferd gefallen und hatte sich den Fuß verstaucht. Ein halbes Dutzend kampflustiger Männer war in Harrison's Saloon in eine Schlägerei geraten und mit klaffenden Platzwunden und blutigen Schrammen bei ihr aufgetaucht. Am problematischsten war ein Goldsucher gewesen, der im Sumpfgebiet bis zur Unkenntlichkeit von Moskitos zerstochen worden war und vor lauter Wut und Schmerzen so laut geflucht hatte, dass man es bis ans andere Ufer des Sees gehört haben musste. Inzwischen kamen weniger Männer über den Trail, enttäuscht darüber, dass es keine Eisenbahn gab, und sie hatte weniger zu tun.

Sie räumte die Becher weg und gönnte sich einen Riegel von der letzten Tafel Schokolade, die sie noch auf Vorrat hatte. Ein leichtes Lächeln spielte um ihre Lippen, nicht nur wegen der Bedenkungen des Reverends. In ihrem Leben hatte sie sich selten so glücklich und zufrieden gefühlt wie jetzt. Trotz aller Mühsal, die ihr Leben in der Wildnis mit sich brachte, hatte sich ihre Hoffnung, abseits der Zivilisation ein aufregendes Leben zu führen, voll erfüllt. Es war immer ihr Wunsch gewesen, ein Restaurant zu führen, und das Verlangen, anderen Menschen zu helfen, war schon als kleines Mädchen einer ihrer Wesenszüge gewesen. Sie war der heimatlichen Scholle nicht verhaftet wie ihre Eltern oder die meisten ihrer Geschwister und Freundinnen, sie war rastlos und abenteuerlustig und voller Hoffnung, dass das Leben auch für eine Frau mehr zu bieten hatte als das tägliche Einerlei mit den häuslichen Pflichten, der Feldarbeit unter der Woche und dem gemeinsamen Kirchgang am Sonntag.

Ihr Glücksgefühl, das sie an ein Weihnachtsfest vor vielen Jahren und Picknicke in Johnville erinnerte, hatte sie aber vor allem George zu verdanken. Sie war niemals darauf aus gewesen, ausgerechnet in der Wildnis den Mann kennenzulernen, mit dem sie ihr restliches Leben verbringen wollte. Ein Zufall, vielleicht auch Bestimmung oder der Umstand, dass sich wahres Glück immer dann einstellte, wenn man es am wenigsten erwartete. Sie würden es nicht einfach haben, er ein Polizist der North West Mounted Police, der den Befehlen des Inspectors gehorchen und dort Dienst tun musste, wo er verlangt wurde, sie eine rastlose Frau mit mehreren Berufen, die niemals im Sinn gehabt hatte, das Leben einer Hausfrau zu führen. Ein Wunder, dass es einen Mann wie George gab, der mit dieser Rollenverteilung einverstanden war.

Jemand klopfte an die Tür. Ein junger Mann, der sie freundlich begrüßte. »Roy möchte, dass Sie in seinen Laden kommen. Es wäre wichtig.« Kate bedankte sich und machte sich einige Minuten später auf den Weg. Roy Garland führte den Handelsposten vor der Stadt, ungefähr eine halbe Meile von ihrer Hütte entfernt. Sie zog ihren Regenmantel an und stülpte sich ihren Schlapphut über die hochgesteckten Haare, nicht gerade attraktiv, aber der beste Schutz gegen den Regen, der nachgelassen hatte, aber im böigen Wind, der über die Hauptstraße wehte, immer noch unangenehm genug war.

Wie an jedem Morgen hielten sich auch diesmal zahlreiche Männer vor dem Eingang des Handelspostens auf. Man tauschte den neusten Klatsch aus, diskutierte darüber, ob man es noch vor dem Wintereinbruch zu den Goldfeldern am Klondike schaffen würde, und trank Kaffee oder Tee aus Blechbechern. Zahlreiche Männer waren schon als Patienten bei Kate gewesen und begrüßten sie freundlich. Ihr Ansehen bei den Goldsuchern war groß. Schon, dass sie es als Frau gewagt hatte, allein auf den Trail zu gehen und die unsagbaren Anstrengungen auf sich zu nehmen, nötigte ihnen Respekt ab. »Da kommt Klondike Kate!«, rief einer, ein Kosename, mit dem sie schon einige Männer in Glenora betitelt hatten, obwohl sie den Klondike noch gar nicht erreicht hatte.

Am Schwarzen Brett neben dem Eingang hing das Bulletin, eine Übersicht der neusten Nachrichten, die Roy Garland von Neuankömmlingen erfahren hatte. »Extra! Extra!«, stand über der Meldung; die Soldaten der Yukon Field Force würden in wenigen Tagen in Teslin eintreffen und einen Stützpunkt errichten. Inwieweit sie die North West Mounted Police bei der Überwachung des Trails nach Whitehorse ablösen würden, wurde nicht gesagt. Beinahe ebenso aktuell war die Nachricht, dass die Preise für Grundnahrungsmittel wie Mehl und Buchweizen auf einen Pfundpreis von einem Dollar gestiegen waren, eine Unsumme, wenn man die Preise aus den Städten im Süden kannte. Backpulver, Tabak und sogar Zucker und Salz gehörten jetzt schon zu den Luxusgütern.

»Kate! Kommen Sie doch rein!«, begrüßte sie Garland. »Wir gehen am besten in mein Büro. Ich hab leider schlechte Nachrichten. Kaffee oder Tee?«

»Nein, danke, ich habe gerade gefrühstückt«, sagte sie.

Sein Büro bestand aus einem winzigen Raum hinter dem Laden, in dem Garland seine Schreibarbeiten erledigte. Kate hatte eine Ahnung, was er ihr mitzuteilen hatte, und war wenig überrascht, als er sagte: »Ich sag's nur ungern, Kate, aber gestern Abend war ein Mann hier. Einer der Unglücksraben, die keinen einzigen Nugget aus dem Boden graben und enttäuscht und mit leeren Händen in die Heimat zurückkehren. In einem der Saloons in Dawson City kam er mit einem Mann ins Gespräch, der in seinem Suff ständig Ihren Namen nannte. ›Wenn ich die verdammte Hexe erwische, bring ich sie um!‹, rief er. Und als der Mann, der gestern hier war, ihn fragend anblickte, sagte er: ›Kate Ryan, du Blödmann! Sie hat mich reingelegt, die Hexe, dafür wird sie büßen!‹ Die Beschreibung passte auf den Kerl, der nach Ihnen gefragt hat, bevor Sie hier ankamen, diesen Simon Gallagher.« Er wirkte besorgt. »Dawson City ist weit, ich weiß, und es kann noch einige Wochen dauern, bis er herausbekommt, wo Sie wohnen, und hier auftaucht, aber ich dachte mir, Sie sollten es wissen.« Er sah Kates besorgtes Gesicht und ergänzte: »Kein Grund, deswegen in Panik zu verfallen. Hier gibt es genug Männer, die bereit wären, Sie gegen den Verrückten zu verteidigen. Zur Not teeren und federn wir ihn und lassen ihn irgendwo im Busch für die Bären und Wölfe liegen. Mit dem werden wir fertig.«

Kate brauchte eine Weile, um die Nachricht zu verdauen. »Sie haben recht, Roy, das sind schlechte Nachrichten. Keine Ahnung, warum Gallagher so was sagt. Schließlich war er es, der unsere Beziehung damals beendet hat. Zu meinem Glück, wie ich heute betonen muss. Seine Mutter war mit mir nicht einverstanden und verlangte, dass er stattdessen ins Priesterseminar ging. Soweit ich weiß, wurde er tatsächlich Priester, bis er gegen ein Gelübde verstieß und etwas mit einer Frau anfing. Und sich mit Diebstählen über Wasser hielt.«

»Das haben Sie mir noch gar nicht erzählt.«

»Die Geschichte glaubt mir doch sowieso keiner.« Sie

schob eine Haarsträhne unter ihren Regenhut zurück. »Bevor Gallagher zum Priesterseminar in die Hauptstadt ging, war er ein angesehener Mann. Der Sohn einer wohlhabenden Familie, höflich, gebildet, etwas arrogant, aber ein Mann, den jede Frau gern genommen hätte. Dass er auf die schiefe Bahn geriet, hat er seiner strengen Mutter zu verdanken. Für die wäre es undenkbar gewesen, ihren Liebling in den Armen einer einfachen irischen Farmerstochter zu sehen … undenkbar!«

»Und warum hat er es plötzlich auf Sie abgesehen?«

»Was weiß ich? Wut auf seine Mutter, die Kirche, sich selbst, gekränkte Eitelkeit, weil ich auch ohne ihn zurechtkomme. Männer wie er mögen keine starken Frauen. Die wollen, dass ihre Liebste in der Küche steht und sich um die Kinder kümmert. Die meisten Männer wollen das, aber er ganz besonders.«

Garland lächelte schwach. Er musste um die Sechzig sein und schien trotz seiner imposanten Erscheinung, die auch durch seine grüne Schürze nicht gemildert wurde, sehr einfühlsam. »Hier in Teslin bewundern Sie die Männer«, sagte er, »im Saloon sprechen sie mit großem Respekt von Ihnen. Eine Frau, die allein zum Klondike zieht, muss etwas ganz Besonderes sein.«

»Ich bin eine ganz gewöhnliche Frau.«

»Sind Sie nicht. Sie sind Klondike Kate.«

Sie errötete verlegen. »Vielleicht haben Sie recht, Roy. Meine Geschwister konnten auch nicht verstehen, dass ich Vancouver verlasse und über den Stikine Trail zu den Goldfeldern ziehe. Das ist was für Männer, meinten sie.«

»Und für starke Frauen.«

Kate errötete und erhob sich schnell. Ein solches Kompliment bekam sie selten von Männern. Ray Garland zählte zu ihren großen Bewunderern und hätte wahrscheinlich nicht gezögert, sie auf einen Spaziergang einzuladen, wenn er dreißig Jahre jünger gewesen wäre. Sie wusste, dass seine Frau an der Schwindsucht gestorben war und er nach ihrer Beerdigung nach Teslin gegangen war. In der Wildnis könne man besser vergessen, hatte man ihm gesagt.

Sie bedankte sich bei Garland für die Warnung und kehrte in ihre Hütte zurück. Es hatte zu regnen aufgehört, und zwischen den Wolken blickte stellenweise die Sonne hervor. Die Fichten leuchteten in einem intensiven Grün und spiegelten sich im dunklen Wasser des Teslin Lake. Die ersten Zugvögel bereiteten sich auf ihre weite Reise nach Mittel- und Südamerika vor, aufmerksam beobachtet von einem Adler, der weit über ihnen seine Kreise drehte.

»Simon Gallagher«, schimpfte sie leise, »du hast mir gerade noch gefehlt! Hat man dir den Verstand ausgetrieben, dass du mir Tausende Meilen nachfährst, nur um dich an mir für deine grenzenlose Dummheit zu rächen? Wage es bloß nicht, hier aufzutauchen! Verschwinde endlich aus meinem Leben!«

2

George kehrte am späten Nachmittag von der Jagd zurück. Im Sattel seines Pferdes wirkte er besonders stattlich, auch ohne seine scharlachrote Uniform und den breitkrempigen Hut. Er trug ein dunkles Regencape über seinem Pullover und eine Wollmütze, sah eher wie ein Fallensteller aus. Er hielt sich ungewöhnlich gerade im Sattel, das Ergebnis einer harten Grundausbildung in Regina, bei der großer Wert auf das Erscheinungsbild der Truppe gelegt wurde.

Über dem Rücken des Packpferds, das er am Zügel führte, lag ein junger Hirsch. Kein Elch, der die halbe Siedlung durch den Winter gebracht hätte, aber groß genug, um den Mangel an Vorräten in Teslin für eine Weile zu lindern. Es gab nur wenige erfahrene Jäger in der Siedlung. Die meisten Männer, die zum Klondike zogen, hatten noch nie eine Waffe in den Händen gehalten und standen der Wildnis oft hilflos gegenüber. In Glenora, erinnerte sich Kate, hatten einige Fallensteller die Siedlung mit Fleisch versorgt, und während des Sommers waren genügend Vorräte mit den Dampfern gekommen. Teslin lag im Niemandsland, zu weit von den Versorgungsrouten im Norden entfernt.

George war kaum abgestiegen, als Kate schon bei ihm war und ihn zärtlich in die Arme schloss. Sie gehörten zusammen, das spürte sie jedes Mal, wenn sie sich in die Arme schlossen und küssten. Sie hatten sich gesucht und gefunden, wie es einer ihrer gemeinsamen Freunde in

Glenora eher nüchtern ausgedrückt hatte. Selbst eine längere Trennung, wie sie bei seinem Beruf durchaus möglich war, würde nichts daran ändern. Ein Gedanke, der Kate noch vor einigen Monaten völlig aus der Luft gegriffen vorgekommen wäre. Nach der Trennung von Simon Gallagher hätte sie niemals geglaubt, einem Mann zu begegnen, der mehr als Sympathie in ihr auslösen würde.

Sie war nicht wie ihre Geschwister, die den Sinn des Lebens ausschließlich in einer Ehe wie viele hundert andere sahen. Sie sehnte sich nach mehr, dem großen Abenteuer, wie sie es in diesen Monaten in der Wildnis erlebte, und einer oder mehrerer Beschäftigungen, die ihr Freude bereiteten und ihren Lebensunterhalt finanzierten. Wahre Liebe war ihr so unwahrscheinlich vorgekommen, dass sie in ihren Gedanken kaum eine Rolle gespielt hatte. Bis sie George begegnet war, dem Mann, mit dem ein abenteuerliches Leben auch in einer Ehe möglich war.

»Ich wusste, dass du mit Beute zurückkehren würdest«, sagte sie. Sie blickte auf den toten Hirsch. »Ein stattlicher Bursche. Wo hast du ihn erwischt?«

»Ungefähr drei Meilen südöstlich von hier am Seeufer. Ein Tlingit hatte es auch auf ihn abgesehen. Ich hab ihm einen Teil des Fleisches versprochen.« Er löste die Riemen, die den Hirsch auf dem Packpferd hielten, und zog die Beute vor ihre Hütte. »Und ich kenne einige Männer in Teslin, denen wir ebenfalls was abgeben sollten. Sieht so aus, als bekämen wir einen strengen Winter.«

»Fair genug«, erwiderte sie.

George verstand es, einen Hirsch auszuweiden, und auch Kate lebte inzwischen lange genug in der Wildnis, um sich vor der unangenehmen Arbeit nicht zu fürchten. Immerhin war sie auf einer Farm aufgewachsen. Von den Tahlan in Glenora wusste sie, dass sie nur so viele Tiere töteten, wie sie zum Leben brauchten, und sich nach der Jagd sogar bei den erlegten Tieren entschuldigten. »Alles in der Natur hat seinen Sinn«, hatte es ihr ehemaliger Geschäftspartner ausgedrückt, »einer ernährt den anderen, nur so bleibt der Kreis des Lebens erhalten.« Ihr Partner war seit vielen Jahren mit einer Tahltan verheiratet.

Als George eine ganze Keule und einige der besten Stücke in Wildleder verpackte und auf den Rücken des Packpferds band, kam ein älterer und offensichtlich angetrunkener Goldsucher vorbei und sagte: »Wo bringen Sie denn das ganze Fleisch hin? Sagen Sie bloß, Sie geben den Indianern was ab.«

»Einer der Tlingit hatte es auf denselben Hirsch abgesehen.«

»Und Sie haben zuerst geschossen.« Er war schwer zu verstehen. »Geben Sie lieber unseren Leuten was ab, die haben es nötiger. Oder sind Sie einer dieser Indianerfreunde, die meinen, man müsste die Wilden in Watte packen?«

»Die Tlingit sind tapfere Leute«, reagierte George aufgebracht. »Ich würde mir solche Bemerkungen sparen. Wenn sich herumspricht, was Sie hier für Töne spucken, nehmen diese sogenannten Wilden Sie ordentlich in die Mangel, und was dann noch von Ihnen übrig bleibt, werfen sie den Wölfen vor.«

Kate war über seine heftige Reaktion nicht überrascht. Vor einigen Jahren war er mit einer Einheit der Mounties nördlich der Grenze unterwegs gewesen, um einige Indianer festzunehmen, die vor der US-Armee nach Kanada geflohen waren und auch dort keine Büffel mehr gefunden hatten. In ihrer Not hatten sie einige Rinder gestohlen. George hatte einen Krieger, seine Frau und zwei Jugendliche mit ihrer mageren Beute erwischt und aus Mitleid laufen lassen. Ein Grund dafür, warum er noch Constable und nicht Corporal war.

»Die Tlingit sollen selber jagen.«

»Tun sie ja«, erwiderte George, »aber den Hirsch hatte auch einer ihrer Krieger gesehen. Der Fairness halber muss ich ihm was abgeben. So haben wir es immer hier draußen gehalten.« Er zog sein Messer und machte sich daran, den Hirsch auszuweiden. »Schlafen Sie Ihren Rausch aus, Mister, und schicken Sie einige Ihrer nüchternen Freunde. Wir teilen das Fleisch gern mit Ihnen, okay?«

»Geben Sie's doch zu, Sie sind ein Freund dieser roten Bastarde!«

Während seiner Dienstzeit hatte George gelernt, solche Provokationen zu überhören. »Ich habe nichts gegen Indianer. Wir haben ihnen das meiste Land genommen und ihnen tödliche Krankheiten wie die Pocken gebracht.« Er nahm den Blick nicht von dem erlegten Hirsch, den er mit seinem Messer bearbeitete. »Wussten Sie, dass ein Indianer das Gold am Klondike entdeckt hat? Skookum Jim oder Kelsh, wie ihn die Tagish nannten. Nur weil er Angst hatte, dass man den Fund eines Indianers nicht anerkennen würde, ließ er seinen Freund George Carmack, einen Weißen, den Claim abstecken. Also lassen Sie die blöden Reden! Ich lasse sie Ihnen nur durchgehen, weil Sie zu viel Whiskey erwischt haben.«

»Indianerfreund!«, murmelte er und zog davon.

Wenig später erschienen zwei seiner Freunde mit einem Handkarren und bedankten sich überschwänglich, als George ihnen eine Keule und einen großen Batzen Fleisch auflud. »Seien Sie Doug nicht böse«, entschuldigte sich der Ältere von ihnen, »er hat einen schlechten Tag, ach was, eine schlechte Woche, und gießt sich jeden Morgen mit billigem Fusel voll. Er hat's nicht so gemeint.«

George winkte ab. »Nicht der Rede wert. Das Leben in einem lausigen Nest wie Teslin ist nicht jedermanns Sache. Wollen Sie noch vor dem Winter zum Klondike hoch? Wenn ja, sollten Sie sich beeilen. In ein paar Wochen ist der Sommer vorbei, und Sie kommen nur noch mit dem Hundeschlitten weiter.«

»Hundeschlitten? Uns wurde gesagt, auf dem Teslin Lake gäbe es Schiffe, die uns bis zum Yukon und hoch zum Klondike bringen würden. Noch vor dem Winter. War das etwa gelogen? Wir haben uns fest darauf verlassen, sonst hätten wir uns doch nicht durch diese verdammten Sümpfe gekämpft! Meinen Bruder haben die Moskitos fast zu Tode gestochen! Er hat Fieber, und seit einigen Tagen fantasiert er im Traum. Zu Fuß schaffen wir es nie bis Dawson!«

»Schicken Sie Ihren Bruder zu mir«, sagte Kate. »Ich habe Schmerztabletten und Wundsalbe, die hilft ihm bestimmt. Zur Not geb ich ihm eine Spritze.«

»Und wir haben keinen müden Dollar mehr!«

»Die Behandlung ist gratis. Wir lassen niemanden hängen.«

»Ehrlich? Sie sind sehr freundlich, Ma'am.«

»Und wenn Sie zum Klondike wollen, brechen Sie so schnell wie möglich auf!«, mahnte George. »In Whitehorse finden Sie bestimmt einen Job, der Sie zur Not über den ganzen Winter bringt. Hier draußen kommen Sie nicht weit.«

Der Goldsucher versprach, seinen zerstochenen Bruder noch am selben Tag zu schicken, dann machten sich er und sein Begleiter auf den Weg. In ihrem Lager wurden sie mit ihrem Handkarren begeistert empfangen. Einige der Männer winkten dankbar zu Kate und George herüber. Auch mit den Waffen, die sie mitgenommen hatten, konnten sie nicht in der Wildnis überleben.

Kate und George verstauten ihr Fleisch in der Vorratskammer und beluden das Packpferd mit einer Keule und einigen der besten Stücke. Unter den neugierigen Blicken einiger Goldsucher führten sie es an den Zügeln zum Dorf der Tlingit, das eine halbe Meile von Teslin entfernt ebenfalls am Seeufer lag.

Auf dem Weg zu den beiden Langhäusern berichtete Kate von den Drohungen, die Simon Gallagher in Dawson City ausgestoßen hatte. George erschrak so sehr, dass er stehen blieb. »Du bist den Burschen noch immer nicht los?«

»Sieht ganz so aus. Anscheinend hat er den Verstand verloren.«

»Ein Fanatiker«, erkannte George, »er schiebt die Misere an seinem Versagen dir in die Schuhe und bildet sich ein, er müsse dich bestrafen oder zurückerobern, oder was weiß ich. Mit so einem Verrückten ist nicht zu spaßen.«

»Ich werde mit ihm fertig, George. Selbst wenn du nicht

hier sein solltest, wenn er auftaucht, gibt es hier genug Männer, die mich verteidigen werden.«

»Mir ist trotzdem nicht wohl. Vielleicht sollten wir weiterziehen.«

»Aber ich werde hier gebraucht. Es gibt noch immer keinen Arzt.«

George nickte widerwillig. »Noch bin ich in der Nähe. Und falls er tatsächlich kommt, werde ich ihm eine Abreibung verpassen, die ihm endgültig die Lust nehmen wird, dir nachzustellen. Ich werde ihm Handschellen anlegen und nach Whitehorse ins Gefängnis bringen, dort soll er meinetwegen verrotten.«

»Weil er mich im Suff bedroht hat?«

»Ich werde bei dir sein, wenn er kommt!«, versprach George.

Kate fühlte sich geschmeichelt, einen entschlossenen Mann wie George an ihrer Seite zu wissen und musste sogar lächeln. »Das weiß ich doch, George. Mach dir keine Sorgen, okay? Ich bin ein erwachsenes Mädchen und weiß, wie man sich gegen aufdringliche Männer zur Wehr setzt, egal, was sie vorhaben.« Sie dachte an Paddy O'Leary aus ihrer Heimatstadt, der sich schon dort an sie herangemacht, ihr am Stikine Trail aufgelauert und sie in Glenora sogar entführt hatte. Inzwischen saßen er und seine Freunde im Gefängnis.

»Gallagher ist nicht ganz richtig im Kopf! Wie kann man einer Frau, der man den Laufpass gegeben hat, bis zum Klondike nachlaufen? So ein Verrückter gehört aus dem Verkehr gezogen und in eine Klapsmühle eingeliefert.«

»Keine Angst, George! Ich pass auf mich auf.«

Sie gingen langsam weiter und erreichten die kuppelförmigen Langhäuser der Tlingit nur wenige Minuten später. Sie lagen im Schutz einiger Schwarzfichten und reichten bis dicht ans Seeufer heran. Vor den Häusern ragten einige kunstvoll geschnitzte Totempfähle empor und erzählten von bedeutsamen Ereignissen in der Geschichte der Tlingit. Aus dem Wald kehrten Frauen vom Beerensammeln zurück und blickten ihnen neugierig entgegen. Zwei Männer hatten einen Zedernstamm über Holzböcken liegen und schnitzten an einem neuen Totempfahl. Ein paar Kinder spielten zwischen den Bäumen Ball.

Pete Chilton oder Xy-unei, wie er mit seinem beinahe unaussprechlichen Tlingit-Namen hieß, empfing sie vor dem Langhaus des Wolfclans. Der Häuptling war wie ein Weißer gekleidet, trug einfache Baumwollhosen und ein weißes Hemd mit ärmelloser Weste. Seine grauen Haare wurden von einem breiten roten Stirnband nach oben gestülpt. »*Yakei yagiyee*«, sagte er, »ich grüße euch. Du bist George, der Polizist in der roten Uniformjacke. Und du bist Kate, die Medizinfrau. Man kennt eure Namen in unserem Dorf. Ich bin der Häuptling unseres Dorfes. Die Weißen nennen mich Chief Pete. Was führt euch zu uns?«

George lud die verpackten Fleischstücke von seinem Packpferd. »Wir grüßen euch, Chief Pete. Einer eurer jungen Männer, er nannte sich Charly, hatte es auf denselben Hirsch wie ich abgesehen. Ich bringe ihm seinen Anteil.«

»Du hast zuerst geschossen. Dir gehört der ganze Hirsch.«

»Nein, er hat sich einige der besten Stücke verdient. Ist er hier?«

»Charly ist mein Sohn«, erwiderte Pete und rief: »Charly!«

Charly trat aus dem Haus und blieb neben seinem Vater stehen. Als George ihm das Fleisch überreichte, reagierte er verlegen, aber auch mit Stolz in den Augen. »*Gunalcheesh*«, erwiderte er in seiner Sprache. »Vielen Dank.«

»Kommt rein!«, lud Chief Pete sie ein.

Kate betrat zum ersten Mal ein Gemeinschaftshaus der Tlingit. Der lang gezogene Bau mit dem gewölbten Dach war aus rotem Zedernholz gefertigt und bot mehr Platz, als es von außen den Anschein hatte. Zu beiden Seiten des langen Ganges zogen sich Emporen mit den Wohnquartieren der einzelnen Familien des Clans hin. In der Mitte des Hauses brannte ein Feuer, das zum Kochen und für Zeremonien benutzt wurde. Neugierige Blicke folgten ihnen, als sie dem Häuptling zum Ehrenplatz an der Stirnseite folgten und sich setzten.

Chief Pete nahm zwei Pfeifen aus einem Behälter und stopfte sie mit Tabak, der nach Zedernholz duftete. Eine Frau brachte seine eigene Pfeife. Nachdem sie geraucht und einige Höflichkeiten ausgetauscht hatten, sagte er: »Die Tlingit sind ein stolzes Volk. Wir haben gegen die Russen gekämpft, als sie in unser Land einfielen und versuchten, unsere Pelztiere auszurotten. Und wir haben uns gegen die Amerikaner gewehrt, als sie an unserer Küste landeten und schwere Krankheiten brachten. Die Weißen sind so zahlreich wie die Nadeln an den Zedern. Wir können sie nicht besiegen. Aber wir wollen auch nicht wie lästiges Ungeziefer behandelt werden. Ihr gehört zu den wenigen Weißen, die uns respektieren, dafür danke ich euch. Seid willkommen im Dorf der Tlingit!«

Kate und George bedankten sich ebenfalls und zogen an ihren Pfeifen. Der Tabak schmeckte furchtbar, fand Kate, auch George konnte sich nicht für die seltsame Mischung begeistern, aber es wäre unhöflich gewesen, die Pfeife anzulehnen. Kate war froh, als ihr nach der Zeremonie ein Becher Kräutertee gereicht wurde. Die Kräuter linderten das unangenehme Brennen in ihrem Mund. Später erfuhr sie, dass es eine besondere Ehre für eine Frau war, eine Pfeife angeboten zu bekommen. Auch bei den Tlingit waren Frauen wie Kate, die außerhalb der Norm und nach ihren eigenen Regeln lebten, eine Seltenheit.

Chief Pete war den Umgang mit Weißen seit vielen Jahren gewöhnt und hatte anscheinend herausgefunden, dass zahlreiche Konflikte nur entstanden, weil man zu wenig voneinander wusste. Der Meinung war auch Tashoa gewesen, die Tahltan-Ehefrau von Jim Callbreath, der in Glenora und Telegraph Creek ein Hotel und mehrere Handelsposten betrieben hatte. Tashoa war eine gute Freundin, war mit ihrem Ehemann den Goldsuchern zum Twoya Creek gefolgt, wo angeblich ein neuer Goldrausch begonnen hatte. Kate hatte viel Zeit mit der Tahltan verbracht und vermisste die interessanten Gespräche.

»Alle Bewohner dieses Hauses gehören zum angesehenen Wolfclan«, sagte der Häuptling. »Wir stammen von derselben Mutter ab und sind stolz darauf, die Eigenschaften des Wolfs in uns zu vereinen: Tapferkeit, Stärke, Treue und die Liebe zu unseren Partnern und Kindern. Um diese

Charakterzüge zu erhalten, dürfen unsere Männer und Frauen nur innerhalb eines Clans heiraten.«

Viele Weiße hätten sich über ein solches Gesetz aufgeregt und es genauso verurteilt wie die Vielweiberei bei zahlreichen Eingeborenen, aber war es bei den Weißen nicht ähnlich? Eine Ehe zwischen Katholiken und Protestanten war beinahe unmöglich, und ebenso ausgeschlossen war, dass ein Mann in gehobener Stellung ein einfaches Bauernmädchen heiratete. Simon Gallaghers Mutter hatte ihn ins Priesteramt und ins Zölibat gezwungen, aus Angst, er könnte Kate heiraten und mit der Heirat den Ruf seiner Familie schädigen.

Während George dem Häuptling erklärte, dass die Polizisten der North West Mounted Police den Auftrag hatten, für ein friedliches Verhältnis zwischen Indianern und Weißen zu sorgen, wurde Kate auf eine ältere Frau aufmerksam, die unweit des Feuers auf einer Empore saß und sie zu beobachten schien. Sie trug einen kegelförmigen Zedernhut auf ihren gescheitelten Haaren und einen rot-schwarzen Umhang mit geometrischen Mustern. Ihr Lächeln schien eine Aufforderung zu sein, sodass Kate aufstand und zu ihr ging.

»Ich bin Kaw-claa«, sagte die Frau. »Setz dich zu mir! Ich würde dir gern etwas sagen.« Kate setzte sich, und Kaw-claa fuhr fort: »Tut mir leid, dass ich dich angestarrt habe, aber ich habe dich in meinen Träumen gesehen. Auch wenn deine Haut weiß ist, bist du mit den Wölfen im Bunde.« Auch das hatte Kate schon von Tashoa gehört. »Und wie ein Wolf, der jeden Tag ums Überleben kämpfen muss, wirst auch du mit den bösen Mächten ringen müssen.«

Kate blickte sie verwundert an. »Ich verstehe nicht …«

Ein kaum sichtbares Lächeln umspielte die Lippen der Frau. »Ich weiß, du hältst das, was unsere heiligen Männer und Frauen sagen, für Aberglauben, aber die Bilder in meinem Traum waren deutlich zu erkennen. Erst als ich dich sah, wurde mir klar, dass ich auserwählt wurde, mit dir darüber zu sprechen.«

Kate wurde neugierig. »Du hast in meine Zukunft geblickt?«

»Nichts Genaues, aber genug, um zu sehen, dass du für dein Glück kämpfen musst. Aus dem Norden kommt ein Mann, der Böses im Schilde führt, und im Nebel über dem See sehe ich zwei Gestalten kommen, die dir ebenfalls gefährlich werden können.« Sie berührte sie am Arm. »Kein Grund, sich zu fürchten! Du bist stark wie eine Wölfin. Du widerstehst selbst starken Stürmen und kämpfst für dein Glück an der Seite des Mannes, den ich am Feuer sitzen sehe.«

Sie wusste von Simon Gallagher? Aber wer waren die beiden Gestalten im Nebel? Wollte die alte Frau sie auf den Arm nehmen? Es hieß, die Tlingit hätten einen ausgefallenen Humor. Erlaubte Kaw-claa sich einen Scherz mit ihr?

»Danke, dass du deine Träume mit mir teilst«, erwiderte Kate diplomatisch. »Bist du eine Schamanin? Eine heilige Frau? Sagst du die Zukunft voraus?«

»Ich habe viele Namen und kümmere mich um vieles«, sagte sie.

Einigermaßen verwirrt verabschiedete sich Kate von der alten Frau und kehrte zu George zurück. Sie bedankten sich bei Chief Pete für die Gastfreundschaft und machten sich auf den Rückweg. Die Blicke der Kinder folgten ihnen.

Als sie den Waldrand erreichten, sahen sie Charly mit einem Mädchen zwischen den Bäumen verschwinden. Sie benahmen sich seltsam, als hätten sie Angst, ihre Liebe zu zeigen. Versteckten sie sich vor ihren eigenen Leuten?

»Die haben etwas zu verbergen«, sagte Kate und lachte dabei.

3

Nachdem sie die Pferde versorgt hatten, saßen Kate und George bei heißem Tee und Keksen in ihrer Hütte zusammen. Georges Miene verfinsterte sich, als sie von Kaw-claa und ihren hellseherischen Fähigkeiten erzählte. »Keine Ahnung, woher sie von Gallagher wusste und wer die beiden Männer im Nebel sein sollen. Als ob wir nicht schon genug Kummer hätten!«

»Vielleicht sollten wir nach Whitehorse gehen«, sagte George. »Ich könnte den Inspector sicher überreden, mich nach Norden zu schicken, dann könnte ich öfter bei dir sein. Keine Ahnung, ob die Tlingit in die Zukunft blicken kann, aber falls Gallagher tatsächlich auftaucht, würden wir schon mit ihm fertig.«

»Ich lasse mich von diesem Verrückten doch nicht einschüchtern.« Kate wirkte entschlossen. »Ich kann inzwischen recht gut mit einer Winchester umgehen, und wenn das nicht reicht, gibt es genug Männer, die mir beistehen.«

»Und wenn er dir irgendwo in der Wildnis auflauert?«

»Ich komme zurecht, George. Du weißt, dass die Mounties den Trail bewachen sollen, und du kennst die Gegend zwischen Glenora und Teslin inzwischen wie deine Westentasche. Der Inspector würde dich niemals gehen lassen.« Sie legte eine Hand auf seine Schulter. »›Du bist stark wie eine Wölfin‹, hat die Schamanin zu mir gesagt. Es gäbe keinen Grund, mich zu fürchten.«

»Du meinst, ich mache mir unnötig Sorgen?«

Sie setzte sich auf seinen Schoß und umarmte ihn. »Du bist mein tapferer Ritter und willst deine Prinzessin beschützen. Das ist doch ganz natürlich, und darauf bin ich stolz. Aber du brauchst dich nicht um mich zu sorgen. Ich bin ein erwachsenes Mädchen und lasse mich von einem Versager wie Gallagher nicht beeindrucken. Selbst er würde es nicht wagen, mir Gewalt anzutun.«

»Bist du sicher? Männer wie er sind unberechenbar.«

»Ich werde mit ihm fertig, George.«

»Und die beiden Gestalten im Nebel, von denen Kaw-claa gesprochen hat?«

»Die begegnen mir höchstens im Traum.«

Ganz so selbstsicher, wie Kate sich gegenüber George benahm, war sie allerdings nicht. Ein Mann wie Gallagher, der als Priester gearbeitet und die Kirche verlassen hatte, um sich als Gelegenheitsdieb über Wasser zu halten und beim Anblick seiner ehemaligen Freundin plötzliche Rachegefühle verspürte, ohne einen triftigen Grund dafür zu haben, war zu allem fähig. Ihre große Hoffnung war, dass er eine größere Straftat beging und im Gefängnis landete.

Und natürlich fühlte sie sich wohler, wenn George an ihrer Seite war. Er würde alles tun, um sie in Sicherheit zu wissen, und müsste wahrscheinlich kaum Gewalt anwenden, falls Gallagher versuchte, ihr etwas anzutun. Er brauchte dem Angreifer nur die Handschellen anzulegen und ihn zum nächsten Posten zu bringen, um ihn zumindest für einige Zeit aus dem Verkehr zu ziehen. Aber sollte sie den ganzen Ärger ihm überlassen? Er brauchte die Ruhe, um seinem gefährlichen Dienst auf dem Trail nachzugehen, jede Unruhe brachte ihn nur unnötig in Gefahr.

Er hatte schon Sorgen genug, allein, wenn sie daran dachte, welche Gefahren in Harrison's Saloon drohten.

»Vertrau mir«, sagte sie nur, als George sich zu einem weiteren Patrouillenritt verabschiedete und sein Pferd über den Teslin Trail nach Süden lenkte.

Noch am selben Morgen begann der große Regen. Das Unheil kündigte sich mit schwarzen Wolken an, die sich über den Bergen im Südwesten ballten und rasch näher kamen. Sie verdunkelten die Sonne und verwandelten den Tag in dunkle Nacht. Der Wind, der in teilweise heftigen Böen über den See blies und das am frühen Morgen noch ruhige Wasser aufwühlte, rüttelte an Zeltwänden und Holzwänden und fegte wirbelnde Staubfontänen über die Hauptstraße.

Bevor die ersten Tropfen fielen, war Kate bereits bei den Pferden und überprüfte die Lederriemen, mit denen sie ihren Braunen und die beiden Packtiere an eine nahe Fichte gebunden hatte. Auch sie sahen das Unwetter kommen und wieherten nervös, so wie die anderen Pferde in der Siedlung. Die Huskys heulten, sie fürchteten ein Gewitter mehr als jeden Schneesturm. Der Hund eines Goldsuchers, der bereits auf dem Rückweg war, bellte wütend und laut.

Kate ging einmal um die Hütte herum, den Kopf gegen den stürmischen Wind gesenkt, und sorgte dafür, dass keine losen Gegenstände auf dem Boden herumlagen und ihr und anderen Bewohnern gefährlich werden konnte. Überall herrschte hektische Betriebsamkeit. Die Goldsucher, die in Zelten nächtigten, immerhin über die Hälfte aller Bewohner, versuchten angestrengt, die sich aufblähenden Zeltplanen unter Kontrolle zu bekommen. Ein junger Mann rannte hinter seinem fliegenden Blechgeschirr her. Roy Garland, der bereits einige Erfahrung mit solchen Unwettern hatte, verbarrikadierte die Fenster seines Handelspostens und rief einem Mann zu, so schnell wie möglich Schutz zu suchen. Ein Pferd, das sich losgerissen hatte, galoppierte durch die Siedlung und verschwand. Männer schrien wild durcheinander und gerieten in Panik.

Ein Gewitter in der Wildnis war etwas anderes als die Unwetter in Vancouver oder Toronto. Und der See schuf genug Platz für den Wind, sich nach Herzenslust auszutoben. Wenn Huskys erschraken, musste man mit dem Schlimmsten rechnen und tat gut daran, so schnell wie möglich Schutz zu suchen.

Kate war bereits in ihrer Hütte, als ein Blitz vom Himmel zuckte, dicht gefolgt von einem Donnerschlag, so laut und gewaltig, als hätte er vor, die Erde aufzureißen. Nach einem weiteren Donner riss der Himmel auf, und die Wolken entluden sich in einem heftigen Regen, der prasselnd auf das Land und den See herniederging und einen dichten Vorhang vor dem Hüttenfenster bildete. Die Tropfen prasselten auf das hölzerne Giebeldach, und drangen durch eine undichte Stelle. Kate stellte einen Eimer auf. Was für ein Wetter, dachte sie, hoffentlich hatte sich George rechtzeitig in Sicherheit gebracht.

Nach ungefähr einer Stunde ließ das Gewitter nach, aber wenn die Bewohner gedacht hatten, damit wäre das Schlimmste überstanden, sahen sie sich schon bald getäuscht. Aus dem Gewitter wurde ein Dauerregen, der tagelang anhielt und den Wasserspiegel des Sees sichtbar ansteigen ließ. Die Zeltbewohner errichteten notdürftige Bettgestelle, um während des Schlafens nicht im Wasser zu versinken, und die Huskys flohen unter die Bäume, um wenigstens einigermaßen gegen das Unwetter geschützt zu sein.

Kate hatte während des Regens besonders viel zu tun. Zahlreiche Männer verletzten sich, weil sie in dem Chaos, den das Unwetter verursachte, über abgerissene Äste stolperten, sich im Schlamm der morastigen Main Street den Fuß verstauchten oder sich erkälteten. Sie musste so viele Schürfwunden verarzten und verstauchte Knöchel verbinden, dass Verbandsmaterial und Medikamente knapp wurden, obwohl sie in Glenora ihren Erste-Hilfe-Kasten bis zum Rand gefüllt hatte. Bei den Erkälteten reichte meist heißer Tee oder Fleischbrühe oder in manchen Fällen auch ein Schluck Whiskey aus ihrem Geheimvorrat. Irischer Whiskey, den sie aus ihrem Restaurant in Glenora mitgenommen hatte, und der wesentlich besser als der Fusel im Saloon schmeckte.

Wenn keine Patienten an ihre Tür klopften, ging sie mit ihrer Arzttasche von Baracke zu Baracke und Zelt zu Zelt und kümmerte sich um die Männer, die nicht mehr laufen konnten oder Angst vor den Kosten hatten. Bei den meisten hatte sich allerdings herumgesprochen, dass sie nur Geld von Patienten nahm, die es sich leisten konnten. Im Krankenhaus in Vancouver hätte man ihr bei einem solchen Verhalten auf die Finger geklopft oder sie sogar entlassen, aber in Teslin bestimmte sie, und es wäre unredlich gewesen, einen Patienten wegen ein paar Cents abzuweisen. In der Wildnis war noch Hilfsbereitschaft geboten.

Zu einem dramatischen Zwischenfall kam es drei Tage, nachdem George nach Süden geritten war. Über die Bretter, die findige Männer über den Morast der Main Street gelegt hatten, war sie in der Siedlung unterwegs, um nach Kranken oder Verletzten zu fragen, als ihr zwei Goldsucher entgegenkamen. Sie grüßten freundlich, und einer fragte besorgt: »Haben Sie meinen Bruder gesehen, Miss Kate? Doug Mitchell, der Mann, der Sie beschimpft hat, weil Sie Fleisch zu den Tlingit gebracht haben. Ich kann ihn nirgendwo finden.«

Kate erinnerte sich an den unfreundlichen Mann. »Vielleicht ist er wieder betrunken und liegt irgendwo in einer Pfütze. Bei mir war er jedenfalls nicht.«

»Seltsam … ich hab schon überall gesucht.«

»Sind Ihre Pferde noch vollzählig?«

»Wir sind zu Fuß unterwegs«, sagte der Goldsucher, »und die Pferde unserer Nachbarn sind noch alle da. Er wird doch nicht in den Wald geflohen sein?«

»Im Suff tun Männer die seltsamsten Dinge.«

Sie wünschte dem Mann viel Glück und beeilte sich, nach Hause zu kommen. Selbst in ihrem Regenmantel und den wasserdichten Stiefeln war sie gegen das Wetter nicht gefeit. Der Wind klappte die Krempe ihres Hutes nach hinten und trieb ihr den Regen ins Gesicht, zwang sie, die Kordel fest zu verknoten und ständig auf den Boden zu blicken, um die prallen Tropfen nicht auf ihrer Haut zu spüren. Obwohl sie unter dem Mantel warme Wollhosen und ihre dicke Mackinaw-Jacke trug, fror sie erbärmlich. Der Regen war noch unangenehmer als der eiskalte Schnee, den sie im vergangenen Winter erlebt hatte.

In ihrer Hütte zog sie Mantel und Regenhut aus, warf einige Holzscheite ins Feuer des Kanonenofens und wärmte ihre Hände über der Herdplatte. Mit einem Handtuch trocknete sie Gesicht und Haare. Sie blieb einige Minuten vor dem Ofen stehen und genoss die angenehme Wärme, belohnte sich anschließend mit einem heißen Tee, den sie mit Honig aus ihrem Vorrat süßte. Dazu aß sie zwei aufgewärmte Biscuits mit selbst gemachter Heidelbeermarmelade, die sie von einem freundlichen Patienten als Honorar bekommen hatte.

Am frühen Nachmittag klopfte es heftig an ihre Tür. »Miss Kate! Ich bin's, Wes Mitchell! Ich habe meinen Bruder gefunden! Sie müssen ihn operieren!«

Als Kate die Tür öffnete, bot sich ihr ein Bild des Grauens. Doug Mitchell lag auf einer Zeltplane, mit der sein Bruder und dessen Freund ihn durch den Morast gezogen hatten. Sein rechtes Bein war stark abgewinkelt und blutüberströmt. Er stöhnte vor Schmerzen, hielt sich mit verkrampften Händen an der Plane fest. Seine Augen waren weit geöffnet. »Helfen Sie mir!«, wimmerte er.

Kate zögerte nicht. »Bringen Sie ihn rein! Auf den Tisch!«

Die Männer kamen in ihren vor Nässe triefenden Mänteln in die Hütte und wuchteten den Verletzten auf den Tisch. Bei jeder Bewegung stöhnte Doug verzweifelt. Nur weil er anscheinend noch betrunken war und reichlich Adrenalin durch seine Adern strömte, bekam er nicht den ganzen Schmerz zu spüren. Seine Augen waren vom Alkohol gerötet, seine Lippen zitterten nervös.

»Was ist passiert?«, fragte Kate. Als Krankenschwester hatte sie so ziemlich alle Verletzungen gesehen, die es gab, und ließ sich von dem schrecklichen Anblick nicht beeindrucken. Je schwerer die Verletzung, desto nüchterner und überlegter mussten Ärzte und Schwestern handeln. »Sieht nicht gut aus.«

»Er ist gestürzt«, erwiderte Wes, »eine Meile südlich von hier. Der steile Geröllhang bei den entwurzelten Fichten. Er hat wahrscheinlich die Orientierung in dem Regen verloren und muss gegen einen Felsen oder einen Baum geprallt sein, so schlimm, wie das Bein aussieht. Er hatte sein Gewehr dabei. Ich schätze, er wollte auf die Jagd gehen. Eine Schnapsidee bei dem Regen.«

Kate tauchte einen sauberen Lappen in eine Schüssel mit heißem Wasser und säuberte die Wunde. »Wie sieht es aus, Miss Kate? Kriegen Sie ihn hin?«

»Die Prellungen und Schürfwunden sind nicht das Problem«, sagte sie, »und Rippen sind auch keine gebrochen. Aber das Bein … der Schlag gegen den Oberschenkel muss sehr heftig gewesen sein, als wäre er von einem Grizzly angegriffen worden.« Sie blickte auf die Wunde und sprach so leise, dass der Verletzte sie nicht hören konnte. »Sehen Sie? Das ist kein einfacher Bruch, den man mit einer Schiene und einem festen Verband heilen kann. Das Gewebe, die Nerven … da ist nichts mehr zu retten. Nicht mal ein erfahrener Chirurg in Vancouver könnte noch was machen. In dem Krankenhaus, in dem ich gearbeitet habe, kamen mir solche Verletzungen öfter unter, meist Leute, die unter die Straßenbahn gekommen waren. Ich fürchte, ich muss das Bein amputieren.«

»Amputieren?«, erschrak Wes so laut, dass es auch sein Bruder hörte.

Doug wurde mit einem Schlag nüchtern. Er hob den Kopf und blickte Kate entsetzt an. »Amputieren?« Seine Stimme wurde schrill. »Sie wollen mir das Bein abnehmen? Kommt nicht in Frage! Ich lasse mich nicht …« Er spürte plötzlich den Schmerz und sank stöhnend zurück. »Lassen Sie mich in Ruhe!«

»Muss das wirklich sein?«, fragte Wes leise.

»Es geht nicht anders. Tut mir leid.«

»Und wenn wir ihn nach Vancouver schaffen? Irgendwie?«

»Dann wäre er schon tot, bevor er ankäme.«

Kate war selbst am unglücklichsten über ihre Entscheidung. Als Krankenschwester war sie nicht befugt gewesen, Operationen durchzuführen, schon gar nicht so schwierige, und ihre einzige Erfahrung bestand darin, bei mehreren solcher Eingriffe als Krankenschwester dabei gewesen zu sein. Keine guten Voraussetzungen für ihr Vorhaben, aber ihr blieb keine Wahl. Sie hatte nicht übertrieben. Wenn sie den Eingriff nicht wagte, war Doug so gut wie tot.

»Leider habe ich nichts hier, womit ich ihn betäuben könnte«, sagte Kate. »Im Krankenhaus hätten wir Äther oder Chloroform für eine Narkose. Ich hab leider nur Whiskey und Laudanum gegen die Schmerzen … das reicht nicht.«

»Kein Problem«, erwiderte Wes. Bevor ihn irgendjemand daran hindern konnte, versetzte er seinem Bruder einen festen Kinnhaken, der ihn fast augenblicklich außer Gefecht setzte. »So … das dürfte reichen. Und jetzt tun Sie, was getan werden muss, Miss Kate! Ich hab keine Ahnung, wie lange das anhält.«

Trotz der ernsten Situation, in der sie sich befand, gestattete sich Kate ein leichtes Lächeln, das aber gleich wieder verschwand. Ihr fehlten die passenden Instrumente. Ihre medizinische Ausrüstung beschränkte sich auf das, was eine Schwester brauchte. Sie besaß weder ein Skalpell noch eine Knochensäge.

Sie suchte ihr schärfstes Küchenmesser aus einer Schublade und legte es in einen Topf mit kochendem Wasser, der auf dem Ofen stand. In der Kiste mit den Werkzeugen fand sie die Säge, die George für kleinere Holzarbeiten benutzte. Sie ließ einen Finger vorsichtig über das Sägeblatt gleiten und nickte zufrieden. Damit würde es vielleicht gehen. Sie desinfizierte auch die Säge und legte ihre Instrumente auf ein sauberes Tuch, das Wes über einen Stuhl gebreitet hatte. Sein Begleiter hielt sich im Hintergrund und wurde immer blasser.

Kate wusch sich noch einmal die Hände und schloss für einen Augenblick die Augen, um sich besser auf die schwierige Aufgabe konzentrieren zu können. Sie war weniger zuversichtlich, als es für Wes den Anschein hatte, spürte die ungeheure Verantwortung. Eine falsche Bewegung, ein falscher Schnitt, und Doug würde auf dem Tisch sterben.

»Gehen wir's an«, sagte sie. »Sie halten den Patienten fest, einer an den Armen, der andere an den Beinen. Seien Sie auf alles gefasst! Gut möglich, dass Doug aus seiner Bewusstlosigkeit erwacht und wild um sich schlägt. Gehen Sie nicht zu zimperlich mit ihm um! Ich mache so schnell, wie ich kann, okay?«

Kate würde noch lange an diese Operation zurückdenken. So blutig musste es in den Feldlazaretten während der letzten Kriege zugegangen sein. Die Schreie des Verwundeten, als sich die Säge in seinen Knochen fraß und ihn aus der Bewusstlosigkeit riss, sein erschöpftes Stöhnen, als er schon nach wenigen Sekunden erneut ohnmächtig wurde. Die blassen Gesichter der beiden Männer, die ihn hielten, der unerträgliche Gestank, der von der entzündeten Wunde ausging. Wie sie mit klopfendem Herzen eine Operation durchführte, an die sich selbst ein Arzt unter diesen Umständen nur widerwillig heranwagen würde. Wie sie sich leise fluchend den Schweiß mit dem Ärmel von der Stirn wischte, während der Wind heulte und der Regen unablässig auf das Dach trommelte.

Sie versuchte, alle Gefühle auszuschalten und mechanisch vorzugehen, nur keine Emotionen bei einem solchen Eingriff, bloß nicht daran denken, was passieren würde, wenn sie mit der Säge abrutschte und so ruhig wie möglich bleiben, wenn sie die Adern und die Hautlappen des Beinstumpfes vernähte.

»Legen Sie ihn auf die Decken am Fenster«, trug sie den beiden Männern auf, als sie fertig war. »Sie können ihn hier lassen, bis es ihm einigermaßen besser geht. Bis jetzt sieht es so aus, als hätte er den Eingriff gut überstanden, aber bei einer Amputation weiß man nie, vor allem, wenn man eine gewöhnliche Säge und ein Küchenmesser benutzt hat. Wenn sich die Wunde erneut entzündet, was ich nicht hoffe, kann ich ihm nicht mehr helfen. Hoffen wir das Beste. Zumindest habe ich genug Laudanum gegen die Schmerzen hier.«

»Vielen Dank, Miss Kate«, sagte Wes, nachdem sie Doug auf die Decken gelegt hatten, »das werde ich Ihnen nicht vergessen. Was bin ich schuldig?«

»Von einem Krankenhaus würden Sie eine saftige Rechnung bekommen«, erwiderte Kate, »aber da ich weiß, dass Sie keinen müden Cent besitzen, kommen Sie so davon. Aber ich wäre Ihnen dankbar, wenn Sie Ihrem Bruder den Alkohol austreiben könnten. Bringen Sie ihn nach Whitehorse ins Krankenhaus und lassen ihn dort behandeln. Und dann fahren Sie dorthin zurück, wo Sie hergekommen sind. Mit einem Bein kann er sowieso nicht nach Gold graben.«

Wes nickte. »Sie sind eine zähe Lady, Miss Kate, wissen Sie das?«

»Zäh vielleicht«, antwortete sie, »aber keine Lady.«

4

Doug Mitchell war ein schwieriger Patient. Ohne ihre Ausbildung am Krankenhaus in Seattle hätte Kate es wahrscheinlich nicht geschafft, mit ihm fertigzuwerden. Auf eine Amputation reagierten Patienten sehr unterschiedlich. Einige wollten nicht glauben, dass sie ein Körperteil verloren hatten und waren überzeugt, sich alles nur einzubilden. Andere erduldeten ihren Kummer still oder unter Tränen und verließen sich auf die Hilfe ihrer Angehörigen, die aber oftmals selbst nicht mit der heiklen Situation zurechtkamen.

Doug gehörte zu den Patienten, die voller Wut gegen ihr Schicksal ankämpften und Ärzte, Schwestern und alle, die es gut mit ihnen meinten, wüst beschimpften. »Was haben Sie mit mir gemacht?«, schimpfte er, als er den ersten Schock überwunden hatte. »Ich will mein verdammtes Bein wieder, verdammt! Sie hatten kein Recht dazu, mich zu verstümmeln! Ich werde Sie verklagen!«

Kate reagierte nachsichtig. Der Verlust eines Beins hätte wohl jeden Menschen aus dem Gleichgewicht gebracht. »Es ging leider nicht anders«, erwiderte sie geduldig, »wenn ich es nicht abgenommen hätte, wären Sie jetzt tot. Sie hatten großes Glück, Doug. Wenn Ihr Bruder Sie nicht gefunden hätte …«

»Mein Bruder kann mich mal! Ich komme auch allein zurecht.«

»Aber erst, wenn das Bein verheilt ist. Ich hab noch Krücken von einem anderen Patienten im Schrank, mit denen werden Sie beinahe wieder so beweglich sein wie vor Ihrem Unfall. Sie müssen jetzt vor allem Geduld haben.«

»Geduld, Geduld!«, brauste er auf. »Wenn Sie mich nicht verunstaltet hätten, bräuchte ich keine Geduld. Wissen Sie, was ich für Schmerzen hab? Sogar da, wo nur noch dieser lächerliche Stumpf geblieben ist, tut mir alles weh.«

»Das sind Phantomschmerzen, Doug. Die vergehen wieder. Und gegen die anderen Schmerzen hab ich Laudanum hier, das hilft. Sie schaffen das, Doug!«

»Geben Sie mir lieber was zu trinken. Haben Sie Whiskey hier?«

»Sobald es Ihnen etwas besser geht, Doug. Das Laudanum ist so stark, dass Sie kein anderes Betäubungsmittel brauchen. Der Alkohol hat Sie in diese Lage gebracht, vergessen Sie das nicht. Sonst wären Sie doch niemals allein auf die Jagd gegangen und schon gar nicht bei diesem Wetter. Ruhen Sie sich aus!«

»Ihre Predigten können Sie sich sparen!«

»Wie wär's mit einem Teller Fleischbrühe?«

Wes erschien jeden Tag und trug dazu bei, dass Doug ruhiger wurde und Kate keine Vorwürfe mehr machte. »Kate hat dir das Leben gerettet«, sagte er, »ohne sie würdest du jetzt in der Hölle schmoren.« Und als er doch wieder mal aufmuckte: »Wenn du nicht so viel gesoffen hättest, wärst du gar nicht in diese Lage gekommen! Sei froh, dass du noch am Leben bist, sonst bringe ich dich auf den Geröllhang zurück und überlasse dich den Grizzlys und Wölfen.«

»Ach, lass mich doch in Ruhe!«, schimpfte er und schloss die Augen.

George war noch immer unterwegs, als Colonel Theodore D. Evans mit seiner Yukon Field Force in Teslin erschien. Inzwischen hatte es zu regnen aufgehört, und die weißen Pickelhauben der Soldaten leuchteten im schwachen Sonnenlicht. In ihren sauberen Uniformen erweckten sie den Eindruck einer Elitetruppe, obwohl die meisten Männer nur wegen des höheren Lohns zur Field Force gestoßen waren. Von ihrer ersten Begegnung in Glenora wusste Kate, dass der Colonel großen Wert auf Disziplin und Sauberkeit hielt und wahrscheinlich mit empfindlichen Strafen drohte, wenn die Soldaten ihr Erscheinungsbild vernachlässigten. Sie führten zwei Maxim Guns mit sich, rollende Maschinengewehre, die von Pferden durch den Morast gezogen wurden.

»Ich glaube, da kommt Ihre Rettung«, sagte Kate zu Doug und seinem Bruder, als die Soldaten ihr Lager am Seeufer aufschlugen. »Ich bin der Field Force schon in Glenora begegnet. Sie haben einen Arzt und Krankenschwestern dabei. Wenn Sie Glück haben, kümmern sie sich um Dougs weitere Behandlung.«

Noch am selben Morgen packten Wes und sein Freund den Kranken auf einen Pritschenwagen, den sie sich von Roy Garland geliehen hatten, und fuhren mit ihm zum Soldatencamp. Kate begleitete sie und wandte sich an den Wachsoldaten. »Der Colonel und ich kennen uns«, sagte sie mit ihrem schönsten Lächeln. »Wir hätten eine Bitte an ihn und würden ihn gerne sprechen.«

»Der Colonel ist beschäftigt.«

»Und unser Patient hat sein Bein verloren.«

Der Wachsoldat ließ sich breitschlagen und ließ sie zum

Zelt des Colonels durch. Evans, ein schneidiger Offizier in maßgeschneiderter Uniform, erkannte sie sofort. »Miss Katherine Ryan, nicht wahr? Hätte ich mir ja denken können, dass ich Ihnen noch mal begegne. Was haben Sie diesmal auf dem Herzen?«

»Kate«, verbesserte sie und erklärte es ihm.

Der Colonel hörte mit wachsender Unruhe zu. »Sie wollen, dass wir uns um Ihren Verletzten kümmern? Wir haben im Augenblick ganz andere Sorgen, Miss. Wir hatten erwartet, dass ein Raddampfer für den Transport meiner Leute bereitsteht und wir schon in wenigen Tagen nach Fort Selkirk fahren können. Aber es ist nichts passiert, und wir sind gezwungen, Flöße zu bauen. Wir haben keine Zeit, uns um kranke Goldgräber zu kümmern. Haben Sie ihn verarztet?«

»Ja, Sir. Ich musste sein rechtes Bein amputieren.« Sie ließ nicht locker. »Bitten Sie Ihren Arzt, ihn doch wenigstens mal anzusehen. Ich habe mein Möglichstes getan, aber ich bin kein Arzt. Tun Sie mir den Gefallen, Colonel!«

»Ich bin sein Bruder, Sir«, mischte sich Wes ein. »Meine Freunde und ich würden Ihnen auch beim Bau der Flöße helfen. Wir können sofort loslegen.«

Der Colonel gab widerstrebend nach. »Also gut, der Arzt soll ihn sich mal ansehen. Bringen Sie ihn ins Zelt nebenan. Ich schicke Ihnen Doc Hostetter.«

Der Arzt war ein bedächtiger Mann, der die meiste Zeit seines Lebens beim Militär zugebracht hatte und schon im Krieg gegen die Indianer dabei gewesen war. Nachdem er Doug gründlich untersucht hatte, blickte er Kate ungläubig an. »Und Sie haben ihn ganz allein operiert? Ohne die Hilfe eines Arztes?«

»Hier gibt es keinen Arzt, und Instrumente hatte ich auch keine. Ich musste mir mit einer gewöhnlichen Säge und einem Küchenmesser helfen. Aber ich bin gelernte Krankenschwester und war oft bei solchen Operationen dabei.«

Der Arzt staunte. »Dann muss ich Ihnen ein großes Lob aussprechen, Miss. Besser hätte ich eine Amputation mit diesen Hilfsmitteln auch nicht durchführen können. Sie sind eine erstaunliche Frau. Aber die Gefahr, dass sich seine Wunde entzündet, ist natürlich groß, und ich würde Ihren Patienten gern mit nach Fort Selkirk nehmen. Ich werde mit dem Colonel sprechen und ihm sagen, dass sich eine solche Hilfsaktion gut in der Presse macht. Die Regierung hält uns an der kurzen Leine, und wir könnten etwas Aufmerksamkeit gebrauchen.«

Kate war erleichtert, die Verantwortung für den verletzten Doug los zu sein, und kümmerte sich wieder um die leichten Fälle wie Erkältungen, Verstauchungen und Schnittwunden. Nicht nur bei den Mitchells und ihren Freunden, auch bei allen anderen Goldsuchern genoss sie durch die gelungene Operation ein noch größeres Ansehen und sah ihren Namen sogar auf dem Bulletin, das im Handelsposten an der Wand hing. Als sie dort aufkreuzte, um nach neuen Gerüchten über Simon Gallagher zu fragen, empfingen die Männer sie mit großem Applaus. Bei solchen Gelegenheiten wurde ihr bewusst, dass sie die einzige Frau unter mehreren hundert Männern war. Jeder respektierte sie.

Die Stimmung in Teslin hatte sich verändert. Der Winter würde nicht mehr lange auf sich warten lassen, und es war inzwischen klar, dass weder eine Eisenbahn gebaut noch der Trail gangbarer gemacht oder ein Raddampfer in der Siedlung anlegen würden. Einige Männer dachten bereits daran, sich ebenfalls ein Floß zu bauen, um über den Teslin Lake und den Teslin River nach Norden fahren zu können. Die Männer, die Huskys und Schlitten mitgebracht hatten, wollten auf den Winter warten und erst dann aufbrechen. Aber es gab auch Goldsucher, die nach Glenora zurückkehren und von dort mit dem Schiff nach Wrangell fahren wollten, solange der Stikine River noch nicht vereist war.

Zwei Tage, nachdem Doug Mitchell ins Camp der Yukon Field Force umgezogen war, kehrte George von seinem Patrouillenritt zurück. Kate hatte die Hütte auf Hochglanz gebracht und begrüßte ihn mit einem leidenschaftlichen Kuss und einem kräftigen Eintopf mit Hirschfleisch. Ihn in ihrer Nähe zu wissen und seine Liebe zu spüren, erfüllte sie mit einer Zufriedenheit, die sie zuversichtlich in die Zukunft blicken ließ, ungeachtet der Warnungen, die Kaw-claa an sie gerichtet hatte. Kate verschwieg ihm, was sie gesagt hatte, vertraute auf ihre gemeinsame Stärke im Kampf gegen alle Widrigkeiten. Als sie ihm von der Amputation berichtete, kam er aus dem Staunen gar nicht mehr heraus.

»Du hast … was?«, fragte er ungläubig.

»Ich bin ein großes Risiko eingegangen, ich weiß, aber der Arzt der Yukon Field Force war zufrieden. Sie nehmen den armen Kerl nach Fort Selkirk mit.«

»Den Säufer, der uns angegangen hat?«

Sie hob die Schultern. »Wie sieht es auf dem Trail aus?«

»Nicht mehr so viele Männer wie früher. Es hat sich herumgesprochen, dass es keine Schiffe auf dem Teslin Lake gibt und der Trail nach Whitehorse genauso strapaziös wie der Stikine Trail ist. Viele Männer haben aufgegeben und sind nach Hause gefahren, als bekannt wurde, dass am Twoya Creek doch nicht so viel Gold lag, wie es noch vor einigen Wochen hieß. Es geht sogar das Gerücht um, dass man am Klondike River auch nicht mehr reich werden könnte.«

»Aber dort liegt massenweise Gold. Stand in der Zeitung.«

»Ich weiß, aber viele glauben nicht mal den Zeitungen.«

»Hattest du Ärger in Harrison's Saloon?«

»Dort gibt es doch immer Ärger«, antwortete er. »Betrunkene, die sich gegenseitig die Köpfe einschlagen. Spieler, die nicht verlieren können. Goldsucher, die gehört haben, dass sie bis Whitehorse zu Fuß gehen müssen. Auf dem Trail geht es nicht gerade zimperlich zu, das hast du ja selbst schon erfahren.«

»Nichts, was einen Mountie erschrecken könnte.« Sie lächelte.

»Oder eine tapfere Frau wie dich. Ich bin sehr stolz auf dich.«

Nach dem Essen meldete sich George bei Colonel Evans. Kate beobachtete aus der Ferne, wie er den Kommandanten der Yukon Field Force vor seinem Zelt traf und vor ihm salutierte. Sie gingen zusammen zum Seeufer und redeten eine Weile miteinander, dann salutierte George erneut und verließ das Lager, das die Soldaten »Camp Victoria« getauft hatten. Kate sah George gern zu, wenn er in seiner

Uniform unterwegs war, bewunderte seine aufrechte Haltung und seine festen Schritte, ein selbstsicherer und von sich überzeugter Mann.

An diesem Abend waren sie nahe daran, ihr Gelübde zu brechen. Sie lagen lange nebeneinander und tauschten Zärtlichkeiten aus, die bei Reverend Pringle zumindest ein leichtes Stirnrunzeln hervorgerufen hätten, und genossen die Nähe. Nach ihren Erfahrungen mit Simon Gallagher hätte Kate niemals gedacht, so viel Glück und Zufriedenheit bei einem Mann finden zu können, ein beinahe berauschendes Gefühl, das alle anderen Empfindungen überstrahlte und ein dauerhaftes Lächeln auf ihr Gesicht zu zaubern schien. Die meisten Ehen, die sie in Johnville kennengelernt hatte, waren vorherbestimmt und zumindest teilweise aus Vernunft geschlossen worden. Wenn sie und George einmal heiraten würden, wäre ihre Liebe zueinander der einzige Grund.

Draußen war es noch dunkel, als sie heftiges Klopfen aus dem Schlaf riss. Sie schreckten hoch und starrten zur Tür. Ein Patient? Ein Notfall? Kate zündete die Petroleumlampe an und öffnete. Draußen standen der Sohn des Tlingit-Häuptlings und seine Freundin. Sie waren außer Atem und hatten anscheinend große Angst. »Charly!«, rief sie überrascht. »Was ist passiert?«

»Sie müssen uns verstecken!«, bat der Junge. Er kam ihr wie ein gehetztes Wild vor, das vor einem Jäger davonlief. »Bitte, Miss Kate! Wir wissen nicht, wo wir sonst hingehen sollen.« Er blickte sich ängstlich um. Mein Vater …«

Kate hatte keine Wahl. »Kommt erstmal rein! Nach einem Becher heißen Tee sieht die Welt schon anders aus.«

Sie warf einige Holzscheite in den noch glühenden Ofen und stellte Teewasser auf. »Setzt euch! Der Mann, der sich gerade in die Wolldecke hüllt, ist George … mein Freund. Ein Mountie.«

»Ein Mountie? Ein Polizist?«, erschrak Charly.

»Solange ihr nichts ausgefressen habt, braucht ihr keine Angst zu haben.« Als Pflegerin bei einer verwandten Familie hatte sie sich einen mütterlichen Tonfall antrainiert. »Habt ihr Hunger? Ich hab noch ein paar Biscuits übrig.«

»Nein, danke … Sie dürfen niemandem sagen, dass wir hier sind!«

Kate ahnte längst, was sein Problem war. »Ihr seid auf der Flucht?«

»Wir können nicht bleiben«, erwiderte er. »Mary gehört zum Rabenclan und ich zum Wolfclan. Wir dürfen nicht zusammen sein, weil wir dann große Schande über unsere Familien bringen. Jeder darf nur mit einem Mädchen oder einem Jungen seines eigenen Clans zusammen sein. So will es der Schöpfer.«

Kate schenkte ihnen Tee ein und reichte auch George einen Becher. Er saß auf dem Bettrand und vermied es, sich einzumischen. »Unser Schöpfer ist da etwas großzügiger. Er sieht es vielleicht nicht gern, wenn ein Weißer eine Schwarze oder eine Irin einen Engländer heiratet, aber er hat auch nichts dagegen. Ihr solltet mit deinem Vater sprechen, Charly, vielleicht gibt es doch einen Ausweg.«

»Man würde uns schwer bestrafen oder verbannen.«

»Was denkst du? Mary, nicht wahr?«

Das Mädchen hatte Tränen in den Augen. »Ich bleibe bei Charly.«

»Ihr könnt nicht ewig fliehen«, sagte Kate. »Wollt ihr eure Eltern und Verwandten im Stich lassen und in den Wäldern hausen wie wilde Tiere?«

Charly schien noch nicht darüber nachgedacht zu haben. In seinen Augen stand ein Anflug von Panik. »Wichtig ist nur, dass wir zusammenbleiben, alles andere findet sich von selbst. Wir lieben uns, Miss Kate. Was macht es für einen Unterschied, dass wir zu unterschiedlichen Clans gehören? Wir sind Tlingit und achten unsere Gesetze, aber ist unsere Liebe nicht wichtiger?«

Kate gingen langsam die Antworten aus, und auch ein hilfesuchender Blick auf George brachte sie nicht weiter. Sie fühlte sich an ein Theaterstück erinnert, von dem sie zum ersten Mal in Vancouver gehört hatte. »Romeo und Julia« handelte von den Kindern zweier verfeindeter Familien, die unsterblich ineinander verliebt waren und ihre verbotene Liebe mit dem Leben bezahlten.

»Können wir bei Ihnen bleiben?«, fragte Charly. »Nur bis unsere Verwandten die Suche aufgegeben haben. Sie dürfen uns auf keinen Fall finden!«

»Wie stellst du dir das vor? Sobald es hell ist, kommen vielleicht schon die ersten Patienten. Die schlagen doch sofort Alarm, wenn sie euch hier sehen.«

»Wir verstecken uns hinter dem Vorhang.«

Wieder klopfte es an der Tür. Charly und Mary zuckten zusammen und suchten nach einem Versteck, wollten schon aufspringen, aber Kate hielt sie zurück. »Das bringt doch nichts, Charly. Ich rede mit deinem Vater, okay?«

»Er wird nicht auf Sie hören, Miss Kate!«

»Chief Pete ist ein fairer Mann. Lasst mich reden.«

Es klopfte erneut an die Tür, diesmal fester und länger. »Machen Sie auf, Miss Kate! Ich muss mit meinem Sohn reden. Ich weiß, dass er bei Ihnen ist.«

Sie öffnete und ließ ihn herein. Er war nicht wütend, wirkte eher traurig und enttäuscht und blickte Kate und George an. Auch die Anstandsregeln der Tlingit verboten es einem Mann, ein fremdes Haus zu betreten, ohne die Bewohner zu beachten und sich nur um seine eigenen Interessen zu kümmern. »*Yakei-yagiyee*«, begrüßte er sie. »Ich störe Sie nur ungern. Aber es ist etwas geschehen, das keinen Aufschub duldet. Mein Sohn hätte Sie nicht aufsuchen sollen.«

»Setzen Sie sich, Chief Pete!«, ging Kate nicht auf seine Worte ein. Sie stellte ihm einen Becher Tee und einen Teller mit aufgewärmten Biscuits hin. Dazu reichte sie ihm ein Glas mit selbst gemachter Marmelade. »Stärken Sie sich, bevor wir über Charly und Mary reden. Dafür ist es nie zu spät, oder?«

Chief Pete ließ sich darauf ein und tauschte einige Höflichkeiten und Belanglosigkeiten mit Kate aus, wie es vor ernsthaften Gesprächen üblich war. Nachdem er einen der Biscuits gegessen und sich den Mund abgewischt hatte, sagte er: »Sie wissen, warum ich gekommen bin?«

Kate nickte. »Sie wollen Charly und Mary ins Dorf zurückholen und bestrafen, weil sie nach den Gesetzen Ihres Volkes nicht zusammen sein dürfen.«

»Wir haben keine geschriebenen Gesetze«, erwiderte er, »aber es gibt Tabus, die von einer Generation auf die nächste vererbt werden.« Er blickte Charly und Mary an. »Auch ihr müsst euch diesem Gesetz unterwerfen, so will es der Schöpfer. Noch ist Zeit. Wenn ihr mit mir kommt und schwört, euch nicht mehr zu treffen, wird euch nichts geschehen. Ihr wisst, was sonst auf euch wartet.«

»Wir gehören zusammen, Vater!«, sagte Charly. »Eher gehen wir in die Verbannung und leben in den Wäldern, als dass wir unsere Liebe verleugnen.«

Chief Pete zeigte sich geduldiger, als Kate befürchtet hatte. »Ihr seid noch jung. Eines Tages werdet ihr erkennen, dass es keinen anderen Weg gibt.«

»Vielleicht doch«, mischte sich Kate ein.

»Dies geht nur uns etwas an«, erwiderte Chief Pete.

»Und es liegt mir fern, Ihnen Vorschriften zu machen. Ich respektiere die Tlingit und ihre Art zu leben. Doch haben nicht die meisten Tlingit auch den christlichen Glauben angenommen? Achten sie nicht auch die Gesetze, die weiße Einwanderer in ihre Heimat gebracht haben? Wäre es nicht möglich, auch nach diesen Gesetzen zu handeln und es Charly und Mary erlauben, auf ihr Herz zu hören und ihr Leben gemeinsam zu leben? Wäre es nicht vorteilhaft, wenn sich die Vorzüge der beiden Clans in ihren Kindern vereinigen?«

Daran hatte Chief Pete anscheinend noch nicht gedacht. Er grübelte lange, trank einen Schluck und grübelte wieder, dann sagte er: »Sie sind eine kluge Frau, Miss Kate. Und Sie verstehen es, die richtigen Worte zu finden. Ich werde darüber mit meinen Ältesten beraten und bin sicher, dass Sie Ihnen zustimmen werden.« Er stand auf und ging mit Charly und Mary zur Tür. »*Gunal-cheesh.*«

5

Kate genoss die wenigen Tage, die George sich in Teslin aufhielt, bevor er zu einem weiteren Patrouillenritt nach Süden aufbrechen musste. Seine Nähe stärkte das Gefühl, das sie seit dem Tag verspürte, an dem sie sich zum ersten Mal geküsst hatten. Es war mehr als dieses rauschhafte Glück, das wohl alle Verliebten ergriff. Eine Zufriedenheit und Ausgeglichenheit, die sich in allen Bereichen des Lebens auswirkte und mit dazu beitrug, dass sie von den meisten Bewohnern des Ortes geschätzt wurde und bei ihren Patienten so gut ankam.

Mit George waren nicht nur die leidenschaftlichen Augenblicke ein Erlebnis, selbst ein Spaziergang am Seeufer oder ein gemeinsames Essen trugen dazu bei, ihren Alltag in eine Reihe von Festtagen zu verwandeln. Mit jeder Stunde, die sie mit ihm verbrachte, wuchs die Überzeugung, einen Mann gefunden zu haben, an dessen Seite das Leben niemals langweilig und auch während schlechter Zeiten lebenswert war. Sie würden gemeinsam in die Zukunft gehen und dem anderen auch genug Raum für seine ganz persönlichen Träume geben. Kate würde George immer vermissen, wenn er unterwegs war, sich aber niemals eingeengt fühlen. Bei ihnen gab es keine vorgezeichneten Rollen wie bei ihren Eltern, auch als Frau durfte sie sich vom Leben nehmen, was sie brauchte. Ihre Eltern dachten anders darüber, sie hatten schon verwundert reagiert, als sie allein nach Westen gezogen war, und wahrscheinlich erst recht, als sie in ihrem Brief gelesen hatten, dass sie zum Klondike River aufgebrochen war, um dort das große Abenteuer zu erleben.

Am liebsten ging sie mit George am Seeufer entlang. Schon wenige Schritte von der Siedlung entfernt, hatten sie dort das Gefühl, allein in der Wildnis zu sein, unberührt vom Lärm, den die Goldsucher vor ihren Zelten veranstalteten, und dem Gehämmer, das die Handwerker beim Bau der neuen Kirche verursachten. In wenigen Tagen würde sie fertig sein, ein einfacher Holzbau mit einem Giebelturm, ohne weißen Anstrich und leider auch ohne Glocke. Sobald Schiffe auf dem Teslin Lake fuhren und es genug Spenden gab, würde Pringle eine Glocke aus Whitehorse kommen lassen. Einstweilen würde er seine Gemeinde mit dem Triangel zum Gottesdienst rufen oder seiner kräftigen Stimme vertrauen.

Bei einem ihrer Spaziergänge begegneten sie Charly und Mary. Die beiden saßen auf einer Lichtung im Gras und genossen ihre Liebe in der spätsommerlichen Wärme. Als sie das Unterholz am nahen Waldrand rascheln hörten, sprang Charly auf und hob sein Gewehr, ließ es aber gleich wieder sinken, als er Kate und George erkannte. Auch Mary war aufgesprungen und errötete verschämt.

»Die Ältesten haben Ihrem Vorschlag zugestimmt, Miss Kate«, sagte Charly. »Ich hätte nicht gedacht, dass so etwas möglich ist. Anscheinend haben sie erkannt, dass wir einiges verändern müssen, wenn wir mit den Weißen mithalten wollen. Nochmals vielen Dank, Miss Kate. Sie haben uns das Leben gerettet.«

»Wenn sich zwei Menschen lieben, gibt es immer einen

Weg«, erwiderte Kate. Das stimmte zwar nicht, wenn sie daran dachte, wie die Weißen in den vergangenen Jahrhunderten ihre Kinder verheiratet hatten, aber warum sollte sie den beiden Verliebten den Glauben nehmen? Wer sich nicht an die Norm hielt und außerhalb seines Standes oder seiner Herkunft heiratete, hatte es noch immer schwer, und Romeo und Julia aus dem Tlingit-Dorf würde es ähnlich ergehen. Sie hatten Glück, dass ihr Volk die Zeichen der Zeit erkannt hatte.

»Ich hoffe, das Glück der beiden hält an«, sagte George, als sie wieder allein waren. Er wirkte nachdenklich. »Wenn ich ehrlich bin, glaube ich nicht recht daran. Solange weiße Siedler den Indianern das Land wegnehmen, sie in Reservate abdrängen, wo es kaum Wild gibt, und Mounties mittellose Familien einsperren, weil sie eine abgemagerte Kuh gestohlen haben, wird es keine großartige Zukunft für die Tlingit geben. Einige meiner Kameraden haben mich damals als Indianerfreund beschimpft, wenn ich so viel für ›rote Bastarde‹ übrig hätte, sollte ich doch gleich bei ihnen bleiben, aber ich kann nicht anders. In Kanada ist so viel Platz, da müssten wir doch alle in Frieden leben können.«

Kate hängte sich bei ihm ein. »Ich bin froh, dass du so denkst«, sagte sie, »und ich bin sicher, es gibt andere, die der gleichen Meinung sind. Eines Tages wird die Welt allen Menschen gehören, und es wird überall Frieden herrschen.«

»Ich glaube, das wird noch einige Zeit dauern.«

Sie kehrten in die Siedlung zurück, vorbei am Camp Victoria der Soldaten, in dem hektische Betriebsamkeit herrschte. Die Mehrzahl der Männer war damit beschäftigt, Flöße zu bauen, teilweise mit Segeln, die sie aus Zeltplanen und Decken hergestellt hatten. Unter den Männern waren auch Wes Mitchell und seine Freunde, die ihr Versprechen einlösten und kräftig dabei mithalfen, den Weitertransport der Soldaten und für sich selbst zu organisieren. Im nahen Wald fielen Bäume unter kräftigen Axthieben, befreiten Soldaten die Stämme von störenden Ästen und Zweigen. Die Abfälle holten sich Bürger als Brennholz.

»Doug geht es schon besser«, rief Wes, als er Kate kommen sah. »Er liegt im Zelt des Docs und schäkert mit den Krankenschwestern.« Mit den Soldaten waren vier erfahrene Schwestern gekommen. »Ein gutes Zeichen, nicht wahr?«

»Sagen Sie ihm, er soll es nicht zu wild treiben!«, rief Kate zurück.

Sie gingen weiter und staunten nicht schlecht, als sie zwei gute Bekannte vor ihrer Hütte entdeckten. James Callbreath und seine Frau Tashoa. Jim, wie sie ihn nannten, war Besitzer des Hotels und des Handelspostens und so etwas wie der heimliche Bürgermeister von Glenora gewesen. Mit Tashoa hatte Kate sich angefreundet und viel Zeit mit ihr verbracht. Sogar das Leben hatten sie sich gegenseitig gerettet, als Paddy O'Leary und seine Brüder sie angegangen waren. Sie hielten ihre Pferde an den Zügeln und schienen gerade gekommen zu sein.

»Tashoa! Jim!«, rief Kate. »Dass wir uns noch mal wiedersehen.« Sie begrüßten sich herzlich. »Kommt rein! Ich koche uns Tee, und wenn George nicht heimlich genascht hat, dürfte ich noch etwas Schokolade übrig haben. Apple

Pie wie in Glenora hab ich leider nicht. Hier gibt's weder Milch noch Eier.«

Sie gingen in die Hütte, teilten sich die Schokolade und tranken heißen Tee. Sie hatten sich viel zu erzählen. Jim und Tashoa kamen aus dem Staunen gar nicht mehr heraus, als sie hörten, mit welchen Verletzungen es Kate zu tun bekommen hatte. »Ich hätte viel lieber ein Restaurant, aber ohne Vorräte lässt sich das nicht machen. Ich bin nur hier, weil Reverend Pringle nach mir gerufen hat und es hier keinen Arzt gibt. Sobald ein Arzt kommt, ziehe ich weiter.«

»Und wir sind nur in Teslin, weil wir gehört haben, dass du hier bist«, sagte Tashoa. »Wir wollen nach Norden, Jim will einen neuen Handelsposten und vielleicht auch ein neues Hotel eröffnen. Warum kommt ihr nicht mit?«

»Solange es in Teslin keinen Arzt gibt, muss ich hierbleiben. Und George will ich auch in der Nähe haben. Aber hier tut sich gerade viel. Sobald die Soldaten ihre Flöße gebaut haben, zieht vielleicht die ganze Stadt nach Norden. Der Winter lässt bestimmt nicht mehr lange auf sich warten, und hier gibt's nur zwei oder drei Hundeschlitten. Die meisten Männer wüssten gar nicht, wie man ein Huskygespann steuert.« Sie nippte an dem heißen Tee. »Wie war's am Twoya Creek? Habt ihr Gold gefunden?«

»Keinen einzige Nugget«, erwiderte Jim lachend, »nicht mal ein Handelsposten lohnte sich dort. Das Nest, das dort entstand, war genauso abgelegen wie Teslin. Keiner ist am Twoya Creek besonders reich geworden. Außer Mabel de Luxe vielleicht, die arbeitete rund um die Uhr und machte ein Vermögen. Nicht gerade der Job, den eine anständige Frau gern machen würde, aber ihr macht das nichts aus. Ein Wunder, dass sie dabei ihr fröhliches Gemüt behält.«

»Sie ist eine Lebenskünstlerin«, erinnerte sich Kate. »Sobald sie genug Geld beisammenhat, will sie ein Bordell aufmachen und Madam spielen. Sie weiß, was viele Männer mögen, besonders in einer Gegend, in der es fast nur Männer gibt. Ich bin sicher, die gute Mabel verdient mehr als die meisten Goldsucher.«

»Ihrer Freundin Ethel geht es leider schlechter«, fuhr Jim fort. »Sie und ihr Mann waren gerade mal drei Tage am Twoya Creek, als Bud von einem Grizzly angegriffen wurde und einen Tag später starb. Ethel musste alles mitansehen. Muss furchtbar gewesen sein. Warum der Grizzly sie nicht angegriffen hat, weiß ich nicht. Er soll sich plötzlich umgedreht haben und verschwunden sein.«

»Und Ethel?«

»War am Boden zerstört, das könnt ihr euch ja vorstellen. Sein Tod war ein großer Schock für sie. Sie wurde danach krank und hat seitdem kein Wort mehr gesprochen. Ein Jammer, nicht wahr? Bud hat sie geliebt und hätte sie auf Händen durchs Leben getragen. Ich hatte große Angst, dass sie sich was antut.«

»Ist sie wieder … ich meine …«

»Sie ist wieder mit Mabel zusammen. Mabel ist eine treue Seele und hat sie wieder aufgenommen. Aber nein, in ihren alten Job ist Ethel nicht zurückgekehrt. Zumindest für eine Weile will sie mit Männern nichts mehr zu tun haben. Die wenigen Männer, die es bei ihr versucht haben, bekamen alle einen Korb.«

»Wollen die beiden immer noch zum Klondike?«

»Davon gehe ich aus. Mabel sagt, so ein Goldrausch wäre doch das Beste, was einer Frau wie ihr passieren kann. Hier liegt das Geld für sie auf der Straße. Eine Welt voller Männer, das reinste Paradies für sie. Selbst Familienväter werden schwach, wenn sie fernab der Heimat nach Gold graben und monatelang keine Frau gehabt haben. Hier ist sie begehrt und angesehen, anders als in einer Stadt, wo sich die Männer heimlich aus dem Haus schleichen müssen, wenn sie zu einer Frau wie ihr gehen wollen. Hier verachtet sie niemand.« Er brach sich einen Riegel von der Schokolade ab und betrachtete ihn. »Ich befürworte nicht das, was sie tut, aber ich schätze ihre fröhliche und unkomplizierte Art.«

»Weißt du, was aus Guiseppe de Fortunato geworden ist?«

»Dem Schauspieler, der ständig mit einem Totenschädel durch Glenora lief und aus Hamlet zitierte? Du hast ihn damals durchgefüttert, nicht wahr? Der Job in deinem Restaurant war seine Rettung, obwohl er dort den Pausenclown spielen musste.« Er lächelte, als er daran dachte. »Er war auch am Twoya Creek. Er wollte als Goldsucher sein Glück finden, aber dafür hatte er noch weniger Talent und schlug sich als Handlanger durch. Der geborene Verlierer.«

»Ich mochte ihn«, sagte Kate. »Er war so herrlich unbedarft.«

»Vielleicht findet er eine Frau in Whitehorse oder Dawson City. Eine reiche Witwe mit mütterlichen Gefühlen, die ihn unter ihre Fittiche nimmt. Ich würde es ihm wünschen, glaube aber nicht, dass es eine Frau gibt, die sich darauf einlassen würde. Er sollte irgendeine bürgerliche Arbeit annehmen, in einem Büro oder einem Laden arbeiten. Zu irgendwas muss er doch nütze sein.«

»Oder er macht Karriere als Schauspieler. Zur Ehe taugt er nicht.«

»Und was ist mit euch?«, fragte Tashoa. »Wann heiratet ihr?«

Kate war auf eine so direkte Frage nicht vorbereitet und errötete. Mit einem raschen Blick auf George stellte sie fest, dass auch er verlegen war. »Wir?« Sie trank etwas Tee, bevor sie weitersprach. »Wir warten auf einen katholischen Priester. Bis jetzt haben wir noch keinen getroffen. Vielleicht in Whitehorse.«

»Da möchte ich dabei sein«, sagte Tashoa.

»Du wärst die beste Brautjungfer, die ich mir vorstellen kann«, erwiderte Kate. »Und die Mounties würden ein Spalier mit ihren Säbeln bilden, in ihren prächtigen Ausgehuniformen. Meinst du, das geht, George?«

George konnte schon wieder lachen. »Das will ich doch hoffen! Der Inspector kann dich gut leiden, immerhin hast du uns Polizisten das Leben gerettet.«

»Das Leben gerettet?«

»Stell dir vor, ich hätte unterwegs den Koch gespielt«, erwiderte er immer noch lachend. »Wir wären entweder verhungert oder an meinem Essen eingegangen.« Er wandte sich an Jim und Tashoa. »So haben wir uns in Wrangell kennengelernt. Sie hat gesehen, wie ich mich mit der Kocherei abplagte, und den ersten anständigen Kaffee gekocht, seit ich bei den Mounties bin. Dann hat sie den Inspector überredet, sie als Köchin auf den Trail mitzunehmen. Eine weise Entscheidung und mein Glück. Sonst hätte ich Kate nie kennengelernt.«

»Du hast ganz Glenora das Leben gerettet, Kate«, sagte Tashoa.

Jim und Tashoa blieben bis in den späten Abend und nahmen das Angebot, in der Hütte übernachten zu dürfen, gerne an. Wie alle Mutigen, die über den Stikine und den Teslin Trail nach Norden gezogen waren, waren sie einfache Nachtlager gewöhnt. Nach dem Frühstück zogen sie weiter, nicht ohne Kate und George zu versprechen, auf jeden Fall zu ihrer Hochzeit aufzutauchen.

Als sie gegangen waren, verdrängte Kate ihre Verlegenheit, indem sie sich zu George auf den Schoß setzte und die Arme um seinen Hals legte. »Wenn du kalte Füße bekommst und mich nicht mehr heiraten willst, musst du es sagen.«

»Ich denke nicht daran«, sagte er. »Ich liebe dich und kann mir nichts Schöneres vorstellen, als den Rest meines Lebens mit dir zu verbringen, das weißt du doch. Mit Tashoa als Brautjungfer und den Mounties, die Spalier stehen.«

»So richtig feierlich?«

»Wie es sich gehört.«

Sie küssten sich und küssten sich wieder und blickten einander in die Augen, die alles ausstrahlten, was ihre Beziehung ausmachte, die unendliche Liebe, das grenzenlose Vertrauen und das Gefühl, den Menschen gefunden zu haben, nach dem man sein ganzes bisheriges Leben, wenn auch unbewusst, gesucht hatte. Es war nicht so wie bei vielen anderen Ehen, die in Kates Heimatdorf in New Brunswick geschlossen worden waren. Wo Eltern vor allem daran interessiert waren, ihre Töchter versorgt zu wissen. Von Liebe war nur in Neben-sätzen wie »Nach einer Weile kommt die Liebe ganz von selbst« die Rede.

Kate war gelernte Krankenschwester und konnte kochen. Sie war nicht auf einen Mann angewiesen, um versorgt zu sein. Sie war sogar in der Wildnis fähig, das Geld für ihren Lebensunterhalt zu verdienen. Eine »starke Frau« hatte sie ein Patient im Krankenhaus von Vancouver genannt, ein ungewöhnliches Lob, wenn man aus einem Dorf im östlichen Kanada und einer katholischen Familie kam. Ihre Mutter war in Irland erst mit einem Farmer verehelicht worden, nachdem er nachweisen konnte, sie ernähren zu können. Sie hatte das Glück gehabt, dass ihre Liebe tatsächlich mit der Zeit gewachsen war.

Kate sah vor allem Tashoa nur ungern gehen. Sie vermisste die Freundin, hatte schon während des gemeinsamen Abends gemerkt, dass sie in Teslin meist allein war und niemanden hatte, mit dem sie sich austauschen konnte. Solange George für die Mountains auf Patrouille war, würde sich das auch nicht ändern. Schon zwei Tage, nachdem Jim und Tashoa die Siedlung verlassen hatten, musste auch George wieder reiten. Ein Goldsucher, der nur Zwischenstation in Teslin machte, hatte ihm von einer wilden Schlägerei in Harrison's Saloon berichtet. Harrison selbst war angeblich darin verwickelt gewesen.

Kate verabschiedete sich mit einem langen Kuss und versprach ihm ein saftiges Hirschsteak, wenn er zurückkam. Auch wenn sie viele für eine »starke Frau« hielten und sie sehr gut allein zurechtkam, fiel es ihr jedes Mal schwer, sich von ihm zu trennen. Dabei konnte sie dankbar sein, dass der Inspector ihn in der näheren Umgebung von Teslin eingesetzt hatte.

Sie flüchtete sich in die tägliche Routine. Obwohl die ersten Flöße die Siedlung bereits verlassen hatten und über den Teslin Lake nach Norden fuhren, darunter auch Wes Mitchell mit seinem verletzten Bruder, kamen noch genug Kranke und Verletzte, die sich von ihr behandeln ließen. Ein junger Mann, der sich für einen guten Jäger gehalten hatte, in den Wald gezogen war, um einen Elch zu erlegen, und dabei in einen eiskalten Bach gestolpert war und sich erkältet hatte. Ein Lehrer aus Ontario hatte geglaubt, die Natur meistern zu können, und war nach dem Genuss von giftigen Beeren erkrankt. Ein Ladenbesitzer klagte über heftige Magenschmerzen, der Betreiber einer Fähre auf Vancouver Island hatte starken Husten und steckte seine Begleiter an.

Am meisten Aufsehen erregte ein Farmer, der eine Milchkuh mit dem Schiff nach Glenora gebracht hatte und anschließend mit ihr über den Trail gezogen war. Nicht er, sondern seine Kuh war erkrankt. Sie gab kaum noch Milch, und ihre Fesseln waren geschwollen. Als Farmerstochter wusste Kate, was zu tun war, verordnete der Kuh vor allem Ruhe und lindernde Bäder. Nach einigen Tagen war sie einigermaßen gesund, und der Farmer zog weiter. Seine Bitte, auf einem der Flöße mitfahren zu können, wurde abgelehnt. Außer den Mitchells waren überhaupt keine Passagiere gestattet, immerhin bestand die Truppe der Yukon Field Force aus über zweihundert Soldaten. Einige Goldsucher bauten sich ein eigenes Floß und verlangten einen hohen Preis fürs Mitfahren.

George war noch unterwegs, als Roy Garland an ihre Tür klopfte und sie warnte: »Gallagher ist im Anmarsch! Einer der Goldsucher, die vom Klondike zurückkommen, hat das Lager mit ihm geteilt. Gallagher hätte ihm gesagt, dass er noch etwas Wichtiges in Teslin zu erledigen hätte. Mehr hat er nicht verraten, aber dem Goldsucher kam die Sache so komisch vor, dass er zu mir in den Laden kam. Gallagher könnte jeden Augenblick hier sein.«

Kate bedankte sich für die Warnung. »Irgendwann musste er ja kommen«, sagte sie. »Keine Angst, Roy, ich werde mit ihm fertig. Er ist kein Killer, und so verkommen, eine Frau zu verletzen oder zu töten, wird er auch nicht sein.«

»Wir sind auf Ihrer Seite«, versprach Garland.

6

So zuversichtlich, wie sie sich bei Garland gegeben hatte, war Kate lange nicht. Simon Gallagher war nicht mehr der wohlerzogene und etwas arrogante Sohn reicher Eltern. Seine Entscheidung, dem Rat seiner dominanten Mutter zu folgen und ganz auf die Gesellschaft von Frauen zu verzichten, bevor er sich mit einer Verehrerin von niederem Rang einließ, hatte ihn frustriert und zum Rebellen gemacht. Als geweihter Priester hatte er sich mit einer jungen Frau eingelassen, seiner Kirche den Rücken gekehrt und war davongelaufen. Ob aus Reue und um zu versuchen, sie zurückzuholen oder weil er ihr die Schuld an seiner Misere gab, wusste sie nicht. Sicher war nur, dass die erneute Begegnung mit ihm nicht amüsant ausfallen würde. In ihm hatte sich einiges angestaut.

Um auch gegen eine unliebsame Überraschung gewappnet zu sein, kehrte Kate in ihre Hütte zurück und nahm die Winchester von der Wand. Das Gewehr hatte sie zusammen mit ihrer anderen Ausrüstung in Vancouver gekauft und gelernt, einigermaßen damit umzugehen. Sie würde nicht auf Gallagher schießen, es aber zumindest in Reichweite behalten … für alle Fälle. Im Sitzen schob sie Patronen in den Füllschlitz und lud es einmal durch, als würde sie sich auf einen Indianerüberfall vorbereiten. Aber was bisher auf dem Trail vorgefallen war, vor allem während ihrer Zeit in Glenora, hatte sie vorsichtig gemacht.

An diesem Tag hatte Kate nur noch einen Patienten. Ein

Ladenbesitzer aus Portland in Oregon, der zum Klondike aufgebrochen war, um schnell reich zu werden und die Schulden bezahlen zu können, die sich bei ihm zu Hause angehäuft hatten, war während einer Schlägerei im Gesicht verletzt worden und konnte froh sein, dass ein heftiger Faustschlag an seinem Auge vorbeigegangen war. »Das Jochbein ist heil«, beruhigte sie ihn, »aber Sie werden wohl einige Tage mit einem Bluterguss herumlaufen. Nehmen Sie auch eines der Flöße?«

»Meine Zeltnachbarn bauen gerade eins und wollen mich mitnehmen, wenn ich ihnen was von meinem Reisegeld abgebe. Ich hab das Geld aus unserem Milchtopf mitgenommen, das meine Frau für einen dieser neuen Waschautomaten gespart hatte. Louise, hab ich gesagt, wenn ich zurückkommen, werden wir Geld für den modernsten Waschautomaten haben, den es in Amerika gibt.«

Kate reinigte die Wunden, bestrich sie mit Wundsalbe und klebte Pflaster auf die blutigen Schrammen. Die harmlosen würden an der Luft heilen. Der Mann bezahlte mit zwei Fünfzig-Cent-Münzen, und sie schämte sich nicht, das Geld in ihrer Tasche verschwinden zu lassen. Abseits der Zivilisation waren auch ihre Preise gestiegen, für Menschen, die noch genug Geld besaßen.

Als der Mann gegangen war, verließ sie ihre Hütte und ging zum Seeufer. Der hartnäckige Nebel über dem Wasser hatte sich verfärbt, erstrahlte in einem sanften Rosarot, das dunkler und intensiver wurde, je tiefer die Sonne im Westen versank. Der Abendwind strich über den See und half einigen Wildgänsen, sich in die Luft zu erheben und ans Ufer zu fliegen. Das Flattern ihrer Flügel war in der abendlichen Stille deutlich zu hören. Die Berge leuchteten verführerisch und hoben sich scheinbar zum Greifen nahe gegen den Himmel ab.

Wie immer, wenn sie allein am Ufer stand, dachte sie an George. Weder das Hämmern der Floßbauer im Camp Victoria noch die laute Stimme von Reverend Pringle, der seine Arbeiter beim Bau der Kirche anleitete, lenkten sie von ihren Gedanken ab. Bald würde sie wieder in seinen Armen liegen, sobald er von seiner Patrouille zurückkehrte und wieder ein paar Tage bleiben konnte.

Weiter nördlich, in Whitehorse und am Klondike River, wartete das Abenteuer auf sie. Die North West Mounted Police, hatte Inspector Primrose angedeutet, würde die meisten Einheiten nach Norden verlegen, um den Trubel in den Goldfeldern zu kontrollieren und in Dawson City, dem neuen »Sündenbabel« an der Mündung des Klondike in den Yukon River, für Ordnung zu sorgen. Kate würde in Dawson City oder in Whitehorse, dem »Tor zum Yukon« ein neues Restaurant eröffnen und dort die Abenteuer erleben, die sich schon nach ihrer Abreise aus dem beschaulichen Johnville ausgemalt hatte. George und sie würden beide ihren Traum verwirklichen, so oft wie möglich zusammen sein und es erst ruhiger angehen lassen, wenn der Goldrausch vorüber war.

Sicher nicht das Leben, das sich eine Farmerstochter aus einer ländlichen Gegend erträumte und auch für eine Frau aus der Stadt eher ungewöhnlich, aber sie hatte schon als junges Mädchen eine Unrast in sich gespürt und war ihr gefolgt, auch wenn sich die meisten Bewohner ihres Heimatortes darüber gewundert hatten. Aber sagte man nicht allen irischen Frauen ungewöhnliche Willenskraft nach, die sie mit festen Schritten einer Zukunft entgegentrieb, die sie selbst bestimmen wollten? Manche nannten es auch irische Sturheit, und es gab Männer, die sich ihr Leben vergeblich damit abmühten, ihre Frauen unter Kontrolle zu bringen. Kate hatte das Glück, einen ungewöhnlichen Mann gefunden zu haben, der es verstand, einer Frau ihren Willen zu lassen und sie gleichzeitig mit ihrem Charme in ein schnurrendes Kätzchen zu verwandeln.

Als das letzte Glühen der Sonne über den Bergen erlosch und dunkle Schatten die Nacht ankündigten, kehrte Kate in ihre Hütte zurück. Das Hämmern im Camp der Yukon Field Force und bei der Kirche war verstummt, selbst aus dem Saloon drang kaum etwas nach draußen. Der schäbigen Kneipe, die in einer baufälligen Hütte beheimatet war und deren Theke aus einem Brett bestand, das man über zwei Holzböcke gelegt hatte, war der Alkohol ausgegangen. In den Baracken und Zelten flammten Petroleumlampen auf. Aus einem der Zelte drang das Klagen einer Mundharmonika. Man spürte förmlich, dass die Bewohner längst ihre Hoffnung auf den verbrochenen Schiffsverkehr auf dem Lake Teslin aufgegeben hatten und so schnell wie möglich weiterziehen wollten, mit einem der hastig errichteten Flöße oder zu Fuß. Sobald der Winter hereinbrach, würde man nur noch mit dem Hundeschlitten vorankommen.

Vor ihrer Hütte blieb sie bei ihren beiden Pferden stehen. Sie hätte ihnen gern eine Mohrrübe oder einen Apfel gegeben, aber Gemüse und Obst waren Mangelware in Teslin, und sie mussten sich mit dem feuchten Gras begnügen. Ein drittes Pferd, das an einen nahen Baum gebunden war, beachtete sie kaum.

Ein Fehler, wie sich herausstellte, denn kaum hatte sie ihre Hütte betreten und eine Petroleumlampe entzündet, sah sie einen Mann neben dem Ofen stehen. Selbst in dem trüben Licht erkannte sie ihn sofort. In einem Reflex wollte sie nach ihrer Winchester greifen, doch das Gewehr lehnte einige Schritte entfernt an der Hüttenwand, und sie hätte es niemals vor dem Mann erreicht.

»Simon Gallagher! Was tust du hier?«

»Ich wollte dich sehen, Kate. Ich dachte, du freust dich.«

Kate ging einen Schritt auf ihr Gewehr zu. »Wie kommst du denn darauf? Du hast mir den liebenden Verehrer vorgespielt und mich sitzen lassen, nur weil deine Mutter nicht mit mir einverstanden war. Da soll ich mich freuen?«

»Es tut mir aufrichtig leid, Kate. Und ich möchte mich in aller Form bei dir entschuldigen. Ich musste meiner Mutter gehorchen. Sie hatte bei allen ihren Entscheidungen immer nur das Wohl unserer Familie im Blick, und es hätte ihr wohl das Herz gebrochen, wenn ich mich gegen sie entschieden hätte und …«

»… und eine gewöhnliche Farmerstochter geheiratet hättest?«

»Mutter wollte die Zukunft unserer Familie nicht gefährden.«

Obwohl sie inzwischen froh war, dass Gallagher damals mit ihr gebrochen hatte, reagierte sie wütend. »Jeder andere Mann hätte sich gegen sie aufgelehnt! Hast du denn nicht gemerkt, wie die Männer in Johnville über dich gelacht haben? Ein Mann, der nur Priester wird und sich dem Zölibat hingibt, weil seine Mutter dann ruhiger schlafen kann, das hat damals kaum einer kapiert.«

»Ich war ein treuer Diener der Kirche und habe unserer Familie mehr gegeben, als so mancher andere von sich sagen kann. Sollte ich meiner Mutter alles nehmen, wofür sie jemals gelebt hat? Die Familie, den Reichtum, die festlichen Bälle, die Ländereien, ihre Pferde und ihr Ansehen in den höchsten Kreisen? Das alles hätte sie doch verloren, wenn ich für einen Skandal gesorgt hätte.«

»Deine Verlobung mit mir war ein Skandal?«

»Ich bin dir durch alle Provinzen unseres schönen Landes nachgefahren, Kate. Ich habe alles hinter mir gelassen, das Priesteramt und vielleicht sogar eine Karriere als Kardinal, nur um dich um Verzeihung zu bitten und dort weiterzumachen, wo wir damals aufgehört haben. Gibt es einen größeren Beweis für meine Zuneigung? Wir gehören zusammen, bis dass der Tod uns scheidet.«

»Unsinn! Du kannst es nicht verwinden, dass ich nicht heulend bei meinen Eltern geblieben bin und gewartet habe, bis du zur Vernunft kommst. Du fühlst dich in deiner Ehre gekränkt. Lass mich in Ruhe, und fahr zurück nach Johnville, wenn man dich dort noch haben will. Lebt deine Mutter überhaupt noch?«

»Sie redet nicht mehr mit mir.«

»Weil du deine Gemeinde im Stich gelassen und Schande über eure Familie gebracht hast? Weil du das Zölibat gebrochen und dich mit einer Frau eingelassen hast? Weil du gestohlen hast? Dein Ruf ist dir vorausgeeilt, Simon.«

Er lächelte die Vorwürfe weg und trat einen Schritt auf sie zu. Als er seine Hände auf ihre Schultern legen wollte, zuckte sie zurück. »Du bist mir umsonst nachgefahren, Simon. Aus unserer Ehe wäre sowieso nichts geworden. Ich habe inzwischen einen anderen Mann kennengelernt und erkennen dürfen, was wahre Liebe ist. Was wir hatten, war keine Liebe, sondern ein großer Irrtum.«

»Aber ich habe meinen Fehler eingesehen.« Er klang eher vorwurfsvoll als weinerlich. »Und ich habe mich bei dir entschuldigt. Du liebst mich doch!«

»Ich habe dich nie geliebt, Simon.«

»Du gibst mir den Laufpass? Einfach so?«

»Nicht einfach so. Ich will nichts mehr mit dir zu tun haben.«

Seine Augen wurden kalt. »Das wagst du mir ins Gesicht zu sagen? Dem Mann, den du noch vor wenigen Monaten heiraten wolltest? Als hättest du nie in meinen Armen gelegen und mir gesagt, was du alles für mich empfindest?«

»Du bist nicht der Mann, mit dem ich in Johnville über die Wiesen gewandert bin. In dem Augenblick, in dem du mir erzählt hast, dass du dem Wunsch deiner Mutter folgen und aufs Priesterseminar gehen würdest, war alles erloschen, was ich jemals für dich empfunden habe. Und ich bin längst froh und erleichtert darüber, dass sich unsere Wege getrennt haben. Für dich ist kein Platz mehr in meinem Leben. Und jetzt verlass bitte meine Hütte, Simon!«

Er griff in seine Jackentasche und zog einen Revolver hervor.

»Was soll das, Simon? Willst du mich erschießen?«

»Du lässt mir keine andere Wahl, Kate. Manche Menschen muss man zu ihrem Glück zwingen. Sobald wir weit genug von Teslin entfernt sind, stecke ich den Revolver wieder ein. Bis dahin wirst du erkannt haben, dass ich der einzige Mann bin, nach dem du dich jemals gesehnt hast. Dass du nur mich liebst und nur mit mir zusammen sein willst. Ich überlasse dich keinem Fremden. Kein Mann hat das Recht, dich mir wegzunehmen. Sattle dein Pferd!«

»Du willst mich entführen? Dafür landest du im Gefängnis!«

»Ich entführe dich nicht. Du gehst freiwillig mit.«

»Unter vorgehaltener Waffe?«

»Die habe ich nur zu deinem Schutz dabei«, sagte Gallagher. »Man sagt, dass man keinen zu seinem Glück zwingen kann, aber ich werde das Gegenteil beweisen. Eines Tages wirst mir dankbar sein, dass ich dich mitgenommen habe.«

Kate warf einen vorsichtigen Blick auf ihre Winchester, wagte aber nicht, nach der Waffe zu greifen. Sie wäre niemals schnell genug gewesen, um ihn damit zu bedrohen. Auch wenn sie Gallagher nicht zutraute, tatsächlich auf sie zu schießen, konnte sich in der Hektik immer ein Schuss lösen und sie töten.

»Ich meine es ernst, Kate. Sattle dein Pferd!«

»Darf ich keinen Proviant mitnehmen? Eine Thermoskanne mit Tee und einige Biscuits? In der Vorratskammer habe ich noch etwas Käse und Schinken.«

»Wasser und Biscuits, mehr nicht«, sagte er.

Sie packte ihre Wasserflasche und die Biscuits in ihren Rucksack, hoffte vergeblich darauf, dass Gallagher einen Moment nachlässig wurde, und ging nach draußen. Gallagher blies die Lampe aus, bevor er ihr folgte. »Komm bloß nicht auf die Idee, um Hilfe zu rufen«, warnte er sie, »das würde dir schlecht bekommen.«

»Du würdest nicht auf mich schießen.«

»Nur wenn du mich dazu zwingst.«

»Du hast den Verstand verloren.«

Kate sattelte ihr Pferd, ließ sich viel Zeit dabei in der Hoffnung, dass ihr doch noch jemand zu Hilfe kam, und wollte noch einmal in die Hütte gehen.

»Wo willst du hin?«, fuhr Gallagher sie an.

»Mein Gewehr holen.«

Er ahnte, was sie vorhatte. »Du brauchst kein Gewehr. Steig auf und reite langsam voraus. Am Seeufer entlang nach Süden und hinter den Bäumen auf den Trail nach Norden. Es darf uns niemand sehen, hast du mich verstanden?«

»Du glaubst doch nicht, dass du damit durchkommst.«

»Lass das meine Sorgen sein.« Er wartete, bis sie in die Richtung ritt, die er vorgegeben hatte, und folgte ihr. »Und vergiss nicht, dass ich direkt hinter dir bin. Zerstöre unsere gemeinsame Zukunft nicht, indem du etwas Unüberlegtes tust und etwas anzettelst, dass keiner von uns will. Etwas schneller, Kate!«

Kate blieb nichts anderes übrig, als ihm zu gehorchen. Gallagher war unberechenbar und würde alles tun, um sie in seiner Nähe zu behalten. Wenn er in Panik geriet, was bei seinen Stimmungsschwankungen leicht geschehen konnte, würde er vielleicht sogar schießen. Was war nur mit diesem Mann passiert? Er war immer ein liebenswerter, wenn auch arroganter Bursche gewesen, der sich seiner vornehmen Herkunft entsprechend benommen hatte. Was hatte diesen Sohn aus reichem Hause auf die schiefe Bahn gebracht und in einen fanatischen Mann verwandelt, der sich mit Diebstählen über Wasser hielt und von dem irrwitzigen Gedanken beherrscht wurde, seine ehemalige Verehrerin zurückgewinnen zu können, indem er sie gewaltsam entführte? Die Fesseln, die ihm das Priesteramt auferlegt hatte? Die verbotene Affäre mit einer Frau und die Aufdeckung des Skandals durch einen Ministranten? Der Bruch mit seiner Mutter?

Sie hatten den Trail erreicht und ritten im sicheren Abstand an der Siedlung vorbei. Ihr wurde kalt ums Herz, als sie sah, wie die Handelsstation hinter ihnen zurückblieb, immer kleiner wurde und schließlich ganz verschwand. Ihre Chancen, Gallagher zu entkommen, wurden immer kleiner. Sie durfte ihn nicht länger reizen. Durfte einem Goldsucher, der ihnen entgegenkam, nicht mal ein Zeichen geben, weil die Gefahr bestand, dass Gallagher es merkte, die Nerven verlor und ihn erschoss. Oder das Gewehr in seiner Panik auf sie richtete.

Der Trail führte über einige Hügel und durch dichten Wald nach Norden. Dünne Nebelschwaden hingen zwischen den Bäumen und verwischten die Konturen der Schwarzfichten, die sich dunkel gegen den sternenübersäten Himmel abzeichneten. Der Dreiviertelmond bahnte sich einen Weg durch das Sternenmeer und verbreitete blasses Licht. In den Baumkronen rauschte der Wind und brachte kühle Luft aus dem Norden mit. Der Winter war nicht mehr fern. Schon bald würden Schnee und Eis das Land am Yukon überziehen und den Trail zu den Goldfeldern nur für erfahrene Musher passierbar machen.

Kate vermied es, sich nach Gallagher umzudrehen und ihm ihre Angst zu zeigen, aber selbst ohne ihn zu sehen, spürte sie, dass er immer noch seinen Revolver auf sie richtete. Wenn sie ihm entkommen wollte, musste sie Geduld haben, auf einen Augenblick warten, in dem er unaufmerksam war. Ihre Zeit würde kommen. Er konnte nicht ewig mit einem Revolver herumlaufen und sie in Schach halten, schon gar nicht in einer Stadt wie Whitehorse. Irgendwann musste auch er schlafen, oder sie gerieten unter Menschen, die sofort misstrauisch würden, wenn er ständig hinter ihr stand. Was dachte er sich eigentlich? Hatte er einen Plan und wenn, was für einen? Oder folgte er seinen irren Fantasien?

Kate hatte ihre Wollmütze aus der Jackentasche gezogen und hielt ihren Kopf gegen den kalten Nordwind gesenkt. Der Gedanke, dass sie irgendwo in der Wildnis ihr Zelt aufschlagen und dicht nebeneinander liegen würden, steigerte ihre Angst. Würde er sie fesseln? Würde er sich an ihr vergehen? Wie sollte sie George jemals unter die Augen treten, wenn Gallagher sie belästigte?

»Wohin reiten wir?«, fragte sie, als die Stille unerträglich wurde.

»Nach Norden, das siehst du doch.«

»Was hast du vor? Du kannst mich nicht zwingen, bei dir zu bleiben.«

»Du wirst freiwillig bleiben. Vertrau mir, Kate!«

»Ich liebe einen anderen, Simon!«

Ein gewagter Satz, der ihn zum Lachen brachte. »Das bildest du dir ein, Kate. Du wirst niemals einen anderen Mann lieben als mich. Erinnerst du dich nicht an die heißen Blicke, mit denen du mich in Johnville angesehen hast? Weißt du nicht mehr, wie wir getanzt haben und du mich immer fester an dich gezogen hast? Du bist wütend auf mich, weil ich dir Unrecht getan habe. Ein Fehler, das habe ich inzwischen eingesehen. Ich habe mich sogar bei dir entschuldigt. Aber du musst aufhören, dich selbst belügen. Du liebst mich, Kate!«

»Nie im Leben!«, antwortete sie.

Sein höhnisches Lachen und die Möglichkeit, dass er vielleicht noch in dieser Nacht ein Lager aufschlagen würde, wenn sie weit genug von Teslin entfernt waren, machten ihr klar, dass sie nicht länger warten durfte. Sie war zu schwach, und ihr fehlte eine Waffe, um sich erfolgreich gegen ihn wehren zu können, und bis die Männer aus Teslin oder George zu ihrer Rettung herbeieilten, konnte es schon zu spät sein. Sie musste fliehen, sobald sich die geringste Chance bot. Auch wenn sie damit ein unkalkulierbares Risiko einging.

7

Ein schmaler Pfad, der vom Trail abzweigte, ließ Kate handeln. Auch wenn sie im schwachen Sternenlicht kaum ausmachen konnte, wie weit er in den Wald hineinführte, trat sie ihrem Braunen so fest in die Flanken, dass er einen weiten Satz nach vorn machte und sie beinahe aus dem Sattel geworfen hätte. Sie trieb ihn auf den schmalen Pfad und ins Unterholz des dichten Fichtenwaldes hinein.

Gallagher war viel zu überrascht, um gleich zu reagieren. Kate hörte den Hufschlag seines Pferdes erst, als sie schon ein gutes Stück in den Wald geritten war. »Bleib stehen!«, hörte sie ihn rufen. »Verdammt! Was soll das?«

Kate überließ ihrer Stute die Führung. Ihr Instinkt führte sie sicherer durch den nächtlichen Wald als jeder Indianer oder Fallensteller, und sie konnte nur hoffen, dass ihr Verfolger ein schlechteres Pferd besaß, das vor der Dunkelheit im Wald scheute und ihn zur Umkehr zwang. »Lauf! Lauf!«, rief sie ihrem Braunen zu, tief über seinen Hals gebeugt und finster entschlossen, Gallagher das Nachsehen zu geben. Sie durfte ihm nicht mehr in die Hände fallen, und um nichts in der Welt wollte sie sich von ihm anfassen lassen. Der Gedanke, seine Hände auf ihrem Körper und seine Lippen auf ihren zu spüren, ekelte sie.

Ihr Pferd schien zu spüren, was auf dem Spiel stand, und ließ sich auch von herabhängenden Ästen und Zweigen nicht aufhalten. Kate sah sie erst im letzten Augenblick und schaffte es jedes Mal, sich noch dichter an den Körper des Tieres zu pressen. Vereinzelte Nebelfetzen trieben ihr ins Gesicht. Nur wenn sie den Kopf hob, was ihr selten genug gelang, sah sie die blasse Scheibe des Mondes durch die Baumkronen. Sie hatte keine Ahnung, wie spät es schon war und in welche Richtung der gewundene Pfad führte. Ein alter Jagdpfad, nahm sie an. Vielleicht begegnete sie einem Fallensteller, der ihr helfen konnte.

Ihr Wunsch erfüllte sich nicht. Als sie sich doch einmal umdrehte und nach hinten blickte, sah sie die schemenhaften Umrisse ihres Verfolgers zwischen den Bäumen auftauchen. Ihre Hoffnung, sein Pferd würde vor der Dunkelheit scheuen, hatte sich nicht erfüllt. Sie trieb ihr Pferd noch stärker an, übersah in ihrem Eifer einen herabhängenden Ast und wurde aus dem Sattel geschleudert. Nur mühsam unterdrückte sie einen Schrei, als sie in ein Gestrüpp fiel und mit dem Hinterkopf gegen einen entwurzelten Baum schlug, glücklicherweise nicht so heftig, dass sie das Bewusstsein verlor. Aber der Sturz war hart genug, dass sie benommen auf dem Waldboden liegen blieb und nach Atem rang.

Halb im Unterbewusstsein glaubte sie zu erkennen, wie Gallagher an ihr vorbeiritt, ohne sie zwischen den Bäumen liegen zu sehen. Anscheinend glaubte er, dass sie immer noch im Sattel saß. »Lauf, Brauner, lauf!«, rief sie ihrem Pferd in Gedanken zu, in der Hoffnung, dass Gallagher möglichst lange ihrem herrenlosen Pferd folgte und sich verausgabte. Wenn er den Braunen eingeholt hatte, war es ziemlich unwahrscheinlich, dass er sie fand. Er hatte keine Ahnung, wo sie gestürzt war, und konnte nicht den ganzen

Wald absuchen, schon gar nicht während der Nacht. Ihm würde nichts anderes übrigbleiben, als enttäuscht auf den Trail zurückzukehren und dort auf sie zu warten.

Kate versuchte vergeblich, ihre Benommenheit zu bekämpfen, schaffte es aber, auf allen Vieren in den Wald zu kriechen, wo sie sicherer war und nicht mehr von Gallagher gesehen werden konnte. Ihr Schädel brummte, und langsam machten sich auch die Schmerzen bemerkbar. Sie tastete mit einer Hand nach ihrem Hinterkopf. Die Wunde blutete, und schon jetzt machte sich eine Beule bemerkbar. Dennoch hatte sie großes Glück gehabt. Genauso gut hätte sie mit voller Wucht gegen einen Baum prallen und sich den Hals brechen können. Oder mitten auf dem Trail landen, wo Gallagher sie sofort entdeckt hätte.

Sie kroch hinter den entwurzelten Baum, an dem noch ihr Blut zu sehen war, wenn man genau hinblickte, und blieb ruhig liegen. Ihr Kopf dröhnte, und sie spürte auch im Liegen, dass sie Probleme haben würde, das Gleichgewicht zu halten. Sie schloss die Augen vor den Schleiern, die ihr den Blick vernebelten und sie nicht einmal mehr den Baumstamm direkt vor ihr erkennen ließen, und öffnete sie wieder. Sie hatte eine Gehirnerschütterung, so wie die beiden Rabauken, die sie als Krankenschwester in Seattle behandelt hatte. Sie hatten sich vor einer Bar geprügelt und waren mit den Köpfen zusammengeprallt.

Vor ihren Augen kroch eine Eidechse über den entwurzelten Baumstamm. Eine Eidechse oder irgendein anderes Kriechtier, so genau konnte sie das in ihrem Zustand nicht erkennen. Der Wald roch nach dem Regen, der am Vortag gefallen war. Die Nebelschwaden zwischen den Bäumen hingen wie der Atem riesiger Tiere im Wind. Es war kalt und ungemütlich, winterliche Temperaturen, die den extrem kurzen Herbst schon nach wenigen Wochen verdrängten.

Kate versuchte ihre Gedanken zu ordnen und scheiterte an den Schmerzen, die nur allmählich nachließen und ihren ganzen Körper auszufüllen schienen. Bei dem Sturz hatte sie zahlreiche Prellungen abbekommen, nichts Ernstes, aber unangenehm bei jeder Bewegung. Nicht auszudenken, wie verzweifelt ihre Lage gewesen wäre, wenn sie sich etwas gebrochen hätte. Wie ein verletztes Tier wäre sie ein willkommenes Opfer für Bären oder andere Raubtiere gewesen. Doch auch die Kopfwunde konnte ihr zum Verhängnis werden. Mit Schaudern dachte sie daran, dass Bären zu dieser Jahreszeit besonders viel fraßen, um für die lange Winterruhe gewappnet zu sein. Das Blut, das aus ihrer Kopfwunde sickerte, würde sie anlocken, und sie hatte nicht mal eine Waffe.

Dumpfer Hufschlag drang durch den Wald. Sie spähte über den Baumstamm hinweg und erkannte Gallagher, der anscheinend aufgegeben hatte und zum Trail zurückritt. Er machte sich nicht mal die Mühe, nach ihr Ausschau zu halten. Ihr Pferd hatte er nicht dabei, anscheinend hatte er es nicht eingeholt und nahm an, dass sie ihm entkommen war.

Kate glaubte, ihn fluchen zu hören. Von einer Frau hereingelegt worden zu sein, machte ihm sicher schwer zu schaffen. In seinem Wahn hatte er wohl geglaubt, sie unter Kontrolle zu haben und in die Goldfelder mitnehmen zu können. Ein Mann, der sich in seine eigene Scheinwelt zurückgezogen hatte, in der alles nach seinem Willen geschah, würde gar nicht auf die Idee kommen, dass die junge Frau, die sich in Johnville in ihn verliebt hatte, nach seiner Entscheidung, sie fallen zu lassen und als Priester zu arbeiten, eine andere geworden war und sich nichts mehr gefallen ließ.

Sobald der Hufschlag in der Ferne verklungen war, versuchte Kate aufzustehen und schaffte es bis in die Hocke. Sie stützte sich mit beiden Händen auf den Baumstamm und musste die Augen schließen, um den plötzlichen Schwindel zu überwinden. Die Prellungen machten sich durch stechenden Schmerz bemerkbar. Als der Schwindel und der Schmerz nachließen, richtete sie sich langsam auf und klammerte sich an eine Fichte, bis sie einigermaßen sicher stand und wieder klar denken konnte. Ein Schritt nach dem anderen, sagte sie sich, langsam einen Fuß vor den anderen setzen, bis du den Jagdpfad erreicht hast. Auf keinen Fall aufgeben und zu Boden sinken, sonst bist du verloren.

Von Baum zu Baum arbeitete sie sich vorsichtig zum Waldrand vor. Jeder Schritt ließ ihre Prellungen wie Feuer brennen, und in ihrem Kopf drehte es sich, als wäre sie auf einem Karussell gelandet. Noch war es dunkel. Der Mond und die Sterne tauchten den Wald in gespenstisches Licht, der Wind sang ein monotones Lied, das wie ein fernes Echo im Nebel verschwand. Immer wenn der Wind eine Pause einlegte, war die Stille so vollkommen, dass sie jedes noch so geringe Geräusch erschaudern ließ. Sie war allein, so allein wie selten zuvor in ihrem Leben, und sehnte sich nach George. Schon seinetwegen musste sie es bis nach Teslin schaffen.

Wie viele Meilen mochten es bis zum Trail sein? Würde sie es in ihrem Zustand schaffen, ihn zu erreichen? Auf diesem abgelegenen Pfad brauchte sie nicht auf Hilfe zu hoffen. Hier kam höchstens alle paar Monate ein Fallensteller vorbei. Sie löste sich vorsichtig von dem Baum, an dem sie sich festhielt, und ging einen Schritt. Sofort drehte sich das Karussell wieder. Nur mühsam hielt sie das Gleichgewicht. Sie wartete, bis der Schwindel verflog, wagte einen weiteren Schritt und blieb schwankend stehen. In dem Tempo würde sie mehrere Tage brauchen, um in Sicherheit zu gelangen.

Erst als sie aus dem Unterholz herauskam und auf dem Pfad einigermaßen festen Boden unter ihren Füßen hatte, lief es besser. Hatte nicht ein Arzt, für den sie gearbeitet hatte, behauptet, dass man sich Schmerzen aus dem Körper laufen konnte?

Wieder erklang Hufschlag. Sie spähte nach vorn, befürchtete schon, Gallagher würde zurückkehren und nach ihr suchen, aber das Pferd, das sie hörte, bewegte sich im gemütlichen Schritt und kam von hinten. Sie drehte sich um und blickte ungläubig auf den Schatten, der sich ihr näherte. Zuerst glaubte sie an eine Sinnestäuschung, doch es war tatsächlich ihr Pferd, das wie jedes brave Pferd zu seinem Besitzer zurückkehrte, wenn es nicht mehr weiterwusste.

»Hey«, rief sie erleichtert, »das hast du gut gemacht, meine Liebe!«

Die Stute erkannte sie und blieb stehen, ließ sich von ihr streicheln und schnaubte freudig, als sie ihre Stirn berührte. Kate war noch benommen und brauchte mehrere

Versuche, um ihren rechten Fuß in den Steigbügel zu bekommen und sich in den Sattel zu ziehen. Als sie endlich saß, tat ihr jeder einzelne Körperteil weh, und ihr Schwindel flackerte erneut auf. Mit beiden Händen hielt sie sich am Sattelknauf fest, die Oberschenkel fest gegen die Seiten des Pferdes gepresst, um in ihrer Benommenheit nicht aus dem Sattel zu rutschen.

Im Schritt und so gemächlich, dass sie keine Angst vor herabhängenden Zweigen zu haben brauchte, ritt sie zum Trail zurück. Bei jedem Schritt der Stute flammte der Schmerz in den geprellten Knochen und Muskeln wieder auf, und sie hatte es nur dem sicheren Instinkt des Tieres zu verdanken, dass sie sich darauf beschränken konnte, sich mit beiden Händen am Sattel festzuhalten und ihm die Führung zu überlassen. In wenigen Tagen würde die Welt schon wieder anders aussehen, wusste Kate, aber das half ihr im Augenblick nicht weiter. Jetzt ging es allein darum, auf den Trail zu kommen und nach Teslin zu reiten. Die Hoffnung, noch vor dem Morgengrauen ihre Hütte zu erreichen und sich auf ihrem Bett auszustrecken, trieb sie unablässig voran.

Sie zögerte lange, bevor sie sich auf den Trail wagte. Zu groß war die Angst, Gallagher könnte sich irgendwo versteckt halten und auf sie warten. Erst nach ungefähr einer Viertelstunde trieb sie den Braunen nach Süden und steuerte die Siedlung an. Auf dem festgestampften Boden spürte sie die Bewegungen des Pferdes kaum noch. Ihre Schmerzen ließen wieder nach, und nur der Schwindel blieb, wenn auch nicht mehr so stark wie nach dem Sturz. Sie wusste um die Gefahren einer solchen Verletzung, hatte als Krankenschwester zu oft erlebt, wie Patienten eine Gehirnerschütterung auf die leichte Schulter genommen und sich durch einen weiteren Sturz ernsthaft verletzt hatten. Sie würde diesen Fehler nicht machen, sondern ihre Oberschenkel fest gegen den Pferdeleib pressen und sich an besonders morastigen Stellen mit beiden Händen an der Mähne festkrallen, um bei einem erneuten Anfall das Gleichgewicht zu verlieren.

Sie erreichte Teslin am frühen Morgen. Im Osten war bereits ein orangefarbener Schimmer zu sehen, als sich die Sonne langsam über die Bäume schob und versuchte, den morgendlichen Nebel zu verdrängen. Niemand schien ihr Fehlen bemerkt zu haben. Niemand hatte nach ihr gesucht. Und kaum jemand beobachtete, wie sie zum Seeufer ritt und vor ihrer Hütte aus dem Sattel glitt.

Vor Erschöpfung sackte sie zu Boden. Der Aufprall weckte ihre Schmerzen und brachte ihren Kopf zum Dröhnen. Sie verlor für einen Augenblick das Bewusstsein und schloss die Augen, öffnete sie wieder und sah, wie sich jemand über sie beugte. Noch war ihr Blick getrübt, und sie erkannte nur schemenhafte Umrisse, dann wurde ihre Sicht klarer, und sie ahnte, wen sie vor sich hatte.

»Kate!«, rief eine weibliche Stimme, die sie sogar in ihrem Zustand sofort erkannte. »Ich hab schon überall nach dir gesucht! Hey, du blutest am Kopf!«

»Mabel de Luxe!«, rief Kate erstaunt. Wo kommst du denn her?«

»Erzähl ich dir später. Du wohnst hier, was?«

»Ja, aber es … es geht schon wieder.« Sie wollte sich vom

Boden hochstemmen und sackte sofort wieder in sich zusammen. »Ist nur eine harmlose Beule.«

»Und eine ausgewachsene Gehirnerschütterung«, erwiderte Mabel. »Für so was hab ich einen Blick. Ich hab genug Männer gesehen, die sich gegenseitig den Schädel eingeschlagen haben. Die haben mich genauso angesehen.« Sie half Kate vom Boden hoch, führte sie in die Hütte und legte sie aufs Bett. »Ethel!«, rief sie ihre Begleiterin herein, eine junge Frau, die ihre langen blonden Haare in einem Zopf trug und sehr blass aussah. »Zieh ihr die nassen Klamotten aus! Ich heize inzwischen den Ofen an und koch uns heißen Tee.«

Unter der warmen Decke, die Ethel über ihr ausbreitete, fühlte Kate sich schon bald besser. Die Schmerzen ließen langsam nach, auch weil Mabel ihr mit dem Tee zwei Schmerztabletten einflößte. Die Wunde am Hinterkopf hatte sie gesäubert und mit Mull bedeckt. »Mabel! Ethel! Euch schickt der Himmel!«

»Was ist passiert?«, fragte Mabel. »Hast du dich geprügelt?«

Kate erzählte es ihr. In Glenora war Gallagher nie ein Thema gewesen, weil sie mit Paddy O'Leary und seiner Bande genug Ärger gehabt hatten und sie nicht geglaubt hatte, dass ihr der ehemalige Priester tatsächlich bis zum Yukon nachreisen könnte. Für so verrückt hatte sie nicht mal ihn gehalten.

Mabel hörte ungläubig zu. »Der Kerl hat auf seine Mama gehört und ist lieber Priester geworden? Und jetzt taucht er hier in der Wildnis auf und will dich entführen?« Sie schüttelte den Kopf. »Und ich dachte, nur ich treffe verrückte Männer. Einen Priester hatte ich übrigens auch mal, der war immer noch in Amt und Würden und wollte mir weismachen, dass ihn Gott geschickt hätte.«

»Nette Ausrede. Hat er wenigstens bezahlt?«

»Sicher. Mit Geld aus der Kollekte, nehme ich an.«

Obwohl Mabel de Luxe langsam in die Jahre kam, standen die Männer immer noch bei ihr Schlange, vor allem wegen ihrer feuerroten Mähne und ihrer enormen Oberweite. Ethel sah man den Schmerz an, unter dem sie seit dem grausamen Tod ihres Mannes litt. Ihre Augen waren beinahe ausdruckslos, und sie war auffallend blass. Sie hatte nicht nur ihre Unschuld verloren.

»Ich hab gehört, was mit Bud passiert ist«, sagte Kate. »Tut mir leid.«

Ethel blickte sie aus leeren Augen an, zeigte keinerlei Gefühlsregung, als hätte sie ihre Worte nicht verstanden. Sie schien noch unter Schock zu stehen.

»Ethel geht es nicht gut«, sagte Mabel. »Kein Wunder. Was mit Bud passiert ist, hat uns alle geschockt. Und die beiden waren auf einem so guten Weg.« Sie hatte selbst Tränen in den Augen. Wir haben seine Überreste im Wald begraben. Seitdem hat sie kein Wort mehr gesagt. Das war alles zu viel für sie.«

»Das tut mir leid. Aber ich bin sicher, das wird nicht für immer bleiben.« Sie blickte Ethel an, die teilnahmslos neben dem Ofen stand. »In Seattle hatte ich einen kleinen Jungen als Patienten, dem es ähnlich erging. Der hatte miterlebt, wie seine Schwester von einem Verbrecher erschossen wurde. Nach einigen Monaten sprach er wieder. Weil er Eltern hatte, die sich um ihn gekümmert hatten, sagte der Arzt. Ethel kann sich glücklich schätzen, dass sie dich hat.«

»Das mach ich gern. Nur arbeiten lass ich sie nicht.«

»Hatte denn Bud kein Gewehr dabei?«

»Doch ... ein Gewehr und einen Revolver, aber der Bär kam wohl so plötzlich, dass Bud sich nicht mehr wehren konnte. Ein Jammer, nicht wahr? Bug war ein netter Bursche, der es wirklich ernst mit Ethel meinte. Dem machte es nichts aus, als was sie gearbeitet hatte. Ein Haudegen der besten Sorte, auch wenn er leicht in die Luft ging und sich gern prügelte ... wie die meisten Iren.«

»Seid ihr wegen dem Bären vom Twoya Creek weg?«

Mabel hatte sich zu Kate auf den Bettrand gesetzt. »Nein, wir waren längst auf dem Sprung, als das mit dem Bären passierte. Der Goldrausch am Twoya Creek war ein einziger Bluff. Ich hab dort gut verdient, aber von den Männern ist dort keiner reich geworden, soweit ich weiß. Sie waren alle frustriert.«

»Und was hat euch nach Teslin verschlagen?«, fragte Kate. »Hier sind auch alle frustriert. Es gibt weder eine Eisenbahn noch die versprochenen Dampfer auf dem See, und ich hab Männer gesehen, die liefen gleich nach ihrer Ankunft wieder nach Glenora zurück. Die anderen bauen windschiefe Flöße oder bleiben und warten darauf, dass eine Stadt aus der Siedlung wird. Pringle lässt eine Kirche bauen, aber es gibt keine Vorräte, und der Whiskey im Saloon ist aus.«

Mabel hatte sich ebenfalls einen Tee gebraut und nippte daran. »Wir sind deinetwegen hier. Wir wollten sehen, wie es dir geht. Auf dem Trail reden sie davon, dass hier eine

Frau lebt, die sich mit Krankheiten und Verletzungen auskennt. Wir wollen nach Atlin, das wäre eine richtige Stadt, sagen sie, und die Männer dort würden auf eine Frau wie mich warten, obwohl es dort auch andere Frauen gibt. Nicht besonders viele und schon gar nicht von meiner Sorte. Ich bin einmalig, das weißt du ja.« Sie grinste. »Du solltest mit uns kommen.«

»Ich bin auch wegen George hier. Er reitet Patrouille auf dem Trail.«

»Wann soll's denn so weit sein?«, fragte Mabel.

»Mit der Heirat, meinst du? Wir werden sehen.«

»Und wenn dieser Gallagher wieder auftaucht?«

»Nimmt ihn George wegen Entführung fest und liefert ihn eigenhändig im Gefängnis ab«, sagte Kate, »ein zweites Mal legt mich Gallagher nicht rein.«

»Amen«, erwiderte Mabel.

8

Mabel und Ethel waren bereits nach Atlin unterwegs, als George von seinem Patrouillenritt zurückkehrte. Er hatte von einem Goldsucher erfahren, dass Gallagher versucht hatte, Kate zu entführen, und schloss sie besorgt in die Arme. »Kate … du bist entführt worden? Du warst verletzt? Was ist passiert?«

Sie verwöhnte ihn mit frisch gebackenen Biscuits, kaltem Elchbraten und heißem Tee und berichtete ihm, was sie erlebt hatte. Seinem besorgten Blick begegnete sie mit einem Lächeln. »Kein Grund zur Sorge, George. War nur eine Gehirnerschütterung, und die Beule am Kopf spüre ich kaum noch. Mabel hat mich gesundgepflegt. Mabel de Luxe, eine gute Freundin aus Glenora.«

»Die Prostituierte?«

»Und eine Frau mit Herz. Die Männer standen Schlange bei ihr, als sie hier war, aber sie hat alle stehen lassen und gesagt: ›Ich hab leider keine Zeit, Leute. Ich muss mich um meine Freundin kümmern.‹ Sie ist eine gute Seele, George. Und sie steht zu ihrem Job. Irgendwann will sie nur noch als Madam arbeiten.«

»Hier draußen in der Wildnis?«

»In Whitehorse oder Dawson City. Da herrscht großer Bedarf, sagt sie.«

»Und es gäbe ein paar böse Buben weniger.«

Kate blickte in ihren Teebecher. »Simon Gallagher ist immer noch auf freiem Fuß. Ich glaube, er hat endgültig den Verstand verloren. So wie ich ihn erlebt habe, ist er zu allem fähig. Ich hoffe, er landet bald im Gefängnis.«

»Ich halte die Augen offen«, versprach er. »Meinst du nicht, es wäre sicherer, du würdest mit einem der Boote oder Flöße nach Fort Selkirk fahren? Dort wärst du sicher. Ich würde dich abholen, sobald wir Gallagher gefasst haben.«

»Ich soll vor ihm klein beigeben?« Kate schüttelte energisch den Kopf. »Auf gar keinen Fall! Ich habe mir vorgenommen, an diesem großen Abenteuer teilzunehmen und bis nach Whitehorse und Dawson City zu ziehen und denke nicht daran, mich von diesem Verrückten einschüchtern zu lassen. Wer weiß, ob er überhaupt versuchen wird, sich noch mal an mich ranzumachen. Ich hab ihm eine empfindliche Niederlage beigebracht, auch wenn ich mir dabei einen Brummschädel und eine Beule geholt habe. Das ist ihm vielleicht eine Lehre.«

»Hattest du nicht vor, zuerst nach Atlin zu gehen?«, erwiderte er, »dort lässt er sich bestimmt nicht blicken, wenn die Mounties nach ihm suchen. Obwohl … ich hab Angst, dass er es schafft, sich vor Gericht herauszureden. Wir können ihm nicht beweisen, dass er dich entführt hat, und die Männer, denen er in Vancouver oder sonst wo die Brieftaschen gestohlen hat, nehmen sicher nicht die Strapazen einer langen Reise auf sich, nur um gegen diesen Verrückten auszusagen.«

Kate gab sich zuversichtlich. »Ich passe auf mich auf, George. Außerdem glaube ich nicht, dass Gallagher sich in nächster Zeit bei mir blicken lässt. Er kann sich doch denken, dass du hinter ihm her bist. Vertrau mir, George!«

»Und wenn er doch kommt?«

»Noch mal lasse ich mich nicht von ihm hereinlegen«, sagte sie. »Solange du hier bist, versucht er sowieso nichts. Und wenn doch, legst du ihm Handschellen an und lässt ihn ins Gefängnis nach Whitehorse oder Glenora bringen.« Sie tauchte einen halben Biscuit in ihren Tee und knabberte daran. »Nach Atlin werde ich erst gehen, wenn ich hier nicht mehr gebraucht werde. Zurzeit hab ich hier noch jede Menge zu tun. Die Soldaten haben ihren Arzt und ihre Krankenschwestern nach Fort Selkirk mitgenommen. Ich bin die Einzige, die wenigstens ein bisschen von Krankenpflege versteht und den Männern helfen kann.«

Ihr Pflichtbewusstsein hatte Kate von ihren Eltern geerbt. Im Frühling und im Herbst waren sie von frühmorgens bis spätabends auf den Kartoffeläckern zu finden, ob es regnete oder stürmte, spielte keine Rolle, und sie waren immer darauf bedacht, ihren Kindern eine bessere Zukunft zu bieten. Auch deshalb hatten sie die irische Heimat verlassen und waren nach Kanada ausgewandert. Nach der großen Kartoffelfäule, die Irland an den Ruin geführt und die Abneigung gegen die englischen Grundbesitzer noch einmal verschärft hatte, waren tausende Iren über den Ozean in eine vermeintlich bessere Zukunft gefahren, ohne zu wissen, wie hart die Arbeit auch in der Neuen Welt sein würde.

Kate war dem Lockruf des Abenteuers gefolgt, wollte mehr erleben als ihre Eltern und Großeltern, zeigte aber auch in der Fremde, dass auf sie Verlass war. In Seattle betreute sie eine kranke Verwandte, die sie in Johnville nur dem Namen nach kannten, und arbeitete anschließend in einem Krankenhaus, schloss ihre Ausbildung zur Krankenschwester ab und arbeitete im Sisters of the Nahomish Hospital Vancouver, bis sie vom Goldrausch am Klondike River hörte. Als Köchin für die Mounties und in Glenora, wo sie ein Restaurant geführt hatte, war sie als pflichtbewusste und zupackende Selfmade-Frau bekannt.

Auch aus Teslin würde irgendwann eine echte Stadt werden, glaubte sie, vielleicht sogar mit einem Krankenhaus, aber so lange wollte sie nicht warten. Die Wildnis lockte noch immer, die scheinbar undurchdringlichen Wälder, die so manches Geheimnis zu hüten schienen, die Berge, Flüsse und Seen, majestätischer und eindrucksvoller, je weiter man nach Norden kam, die Goldfelder am Klondike, die einer Unternehmerin wie ihr tausend Möglichkeiten boten. Sie wollte dazugehören, wenn Geschichte geschrieben wurde.

Noch gab es keine Glocke in der neuen Kirche, und es würde auch noch ein Jahr dauern, bis die Kirche einen Transport nach Teslin finanzierte. Stattdessen schlug Reverend Pringle den Triangel und ging höchstpersönlich von Baracke zu Baracke und Zelt zu Zelt, um die Männer zum ersten Gottesdienst einzuladen. »EXTRA! EXTRA!«, verkündete das Bulletin in Roy Garlands Handelsposten. »FEIERLICHER GOTTESDIENST IN UNSERER NEUEN KIRCHE! Alle Bürger von Teslin sind herzlich zum Eröffnungsgottesdienst eingeladen.«

Es gab nur grobe Holzbänke in der schmucklosen Kirche. Über dem Altar lag ein weißes Bettlaken, das Kate in einem Bach gewaschen hatte, das Kreuz an der Stirnwand hatten zwei Handwerker angefertigt, die unverrichteter

Dinge vom Klondike zurückgekehrt waren. Kate und George saßen in einer der vordersten Reihe, als vier Männer, die sich zu einem kleinen Chor zusammengefunden hatten, »Comfort, Comfort You My People« anstimmten und Reverend Pringle in einem schwarzen Talar vor den Altar trat. Man sah ihm an, wie stolz er auf sein neues Gotteshaus war und wie viel ihm sein Glaube bedeutete.

Nach einem Gebet und einer weiteren Hymne wandte der Reverend sich an die Männer, die zahlreich zum Gottesdienst erschienen waren. »Liebe Brüdern und Schwestern«, begann er, »ich freue mich, dass Sie so zahlreich zum ersten Gottesdienst in dieser Kirche erschienen sind. Wir danken Gott, der uns in dieser Wildnis auf eine harte Prüfung stellt und dennoch ständig in unserer Nähe ist, um uns vor noch größerem Unheil zu schützen. Der sicher nicht damit einverstanden ist, wie sehr die meisten von uns das Goldene Kalb am Klondike vergöttern, aber dennoch ein Einsehen mit der menschlichen Natur hat und darüber wacht, dass wir in unserer Gier nicht über die Stränge schlagen. Der uns daran erinnert, dass man wahres Glück auch mit Gold nicht erkaufen kann.«

»Amen!«, pflichtete ihm ein älterer Goldsucher bei.

»Ich habe diese Kirche nicht nur für uns bauen lassen«, fuhr der Reverend fort. »Sie steht für die Zukunft dieser Stadt, die als Übergangslager für Goldsucher und Soldaten gegründet wurde und uns auch weiterhin erhalten bleiben wird, weil andere Menschen kommen werden, landhungrige Siedler, die von der Sehnsucht getrieben sind, eine neue Heimat für sich und ihre Familien zu finden und dieses Land urbar zu machen. Unsere Kirche soll zum Symbol für diese Menschen werden, für den Aufschwung einer neuen Stadt, die mehr sein will als nur eine Ansammlung von Baracken und Zelten. Sie wird sich über die Häuser erheben, die am Ufer des Teslin Lake entstehen, als leuchtendes Symbol unseres Glaubens und Vertrauens in eine glorreiche Zukunft. Dafür wollen wir uns an den Händen fassen und beten, liebe Brüder und Schwestern!«

»Mit Gottvertrauen allein wird es nicht gehen«, sagte George, als sie die Kirche verließen. »Solange Recht und Ordnung fehlen, und Gesetzlose wie Paddy O'Leary und Simon Gallagher ihr Unwesen treiben, werden fromme Worte nichts ändern. Nur mit einer starken Polizeitruppe wie den Mounties können wir hier draußen was bewirken.« Er grinste. »Ich glaube, ich wiederhole gerade die Rede, die unser Inspector bei der letzten Parade gehalten hat.«

Als wollte ihn jemand vom Gegenteil überzeugen, klang plötzlich ein Hilferuf von den Zelten am Seeufer herüber. Bill Langley, einer der Goldsucher, die nicht in der Kirche gewesen waren, stolperte durch das kniehohe Gras abseits der Straße und stürzte benommen zu Boden. »Haltet den Dieb!«, rief er. Er war so geschwächt, dass man ihn kaum hörte. »Man hat mich bestohlen!«

George war als Erster bei ihm, dicht gefolgt von Kate, die sich sofort über den Verletzten beugte und eine hässliche und stark blutende Platzwunde am Hinterkopf fand. »Bringt ihn in meine Hütte!«, rief sie den Männern zu, die aus ihren Zelten gekommen waren. »Ein Wunder, dass er nicht bewusstlos ist.«

George half dem Verletzten vom Boden hoch. Zusammen mit einem anderen Mann führte er ihn langsam zur Hütte. »Wer war das?«, fragte er, während er ihm mit einem Arm unter die rechte Schulter griff. »Wer hat Sie bestohlen?«

Dem Verletzten war nicht nach Reden zumute. »Sehen Sie nicht, dass ich blute?«, fauchte er zurück. »Der verdammte Kerl wollte mich umbringen!«

»Lass ihn«, sagte Kate, »lass mich ihn erstmal verarzten.«

Kate öffnete den Männern die Tür und bat sie, Langley auf einen Stuhl zu setzen. Sie befeuchtete einen sauberen Lappen mit dem heißen Wasser, das sie auf dem Ofen stehen hatte, und säuberte vorsichtig die Wunde. Das Blut war bis zum Hals runtergelaufen. Dann flößte sie ihm einen Löffel Laudanum ein und machte sich daran, die Platzwunde mit Nadel und Faden zuzunähen.

Langley schrie, als würde sie ihm eine versteckte Kugel aus dem Kopf holen, und verlor beinahe das Bewusstsein. Sie bedeckte die Wunde mit einem festen Verband, verknotete ihn und goss etwas von dem heißen Wasser in eine Schüssel. Während sie sich die Hände wusch, sagte sie: »Das Laudanum vertreibt die größten Schmerzen. Kommen Sie vorbei, falls es schlimmer wird.«

»Es tut immer noch verdammt weh«, jammerte der Verletzte. »Wenn ich den Mistkerl erwische, der mir das angetan hat, schlage ich ihm den Kopf ein!«

»Haben Sie gesehen, was er gestohlen hat?«, fragte George.

»Keine Ahnung! Wahrscheinlich meinen Tabakbeutel.« Es schien ihm schon wieder besser zu gehen. »Hab ich einem Goldgräber beim Pokern abgenommen, in Barkerville oben. Die Perlen hat seine Sioux-Squaw drangenäht.«

Von draußen drängte einer der Schaulustigen herein, die während der Behandlung am Fenster gestanden hatten. Er hieß Amos, erinnerte sich Kate, ein kräftiger Bursche, der wie ein Holzfäller gekleidet war. Sie hatte ihm vor einigen Tagen einen Zahn gezogen und sich seine Hassreden gegen die Tlingit anhören müssen. Es ging das Gerücht, dass er versucht hatte, sich einer jungen Tlingit zu nähern und von ihr abgewiesen worden war. »Das war bestimmt einer dieser roten Taugenichtse«, rief er. »Man weiß doch, wozu die fähig sind.«

»Woher wollen Sie das wissen?«, fragte George.

»Wer soll es denn sonst gewesen sein?«

»Haben Sie den Dieb gesehen?«

Amos ließ sich nicht beirren. »Gehen Sie zu den Tlingit! Ich bin sicher, da finden Sie den Beutel. Einen braunen Lederbeutel, den hat Bill schon ewig. Noch heute Morgen hat er mir etwas Tabak für meine Pfeife spendiert. Stimmt doch?« Er blickte den Verletzten an, der keine große Lust zu antworten hatte.

»Ein Tlingit?«, fragte er stattdessen.

»Ganz sicher«, antwortete Amos. »Wahrscheinlich der junge Kerl, den ich vorhin am Seeufer gesehen habe. Er hat mit seiner Freundin rumgemacht. Ich weiß gar nicht, warum wir den Wilden nicht verbieten, ihr Dorf zu verlassen.«

»Und wie soll er am helllichten Tag unbemerkt an den Tabakbeutel gekommen sein?«, hakte George nach. »Dann hätte ihn doch jemand gesehen.«

»Als wir in der Kirche waren?«

»Ich hab keinen von Ihnen in der Kirche gesehen.«

»Dann eben heute Nacht.« Er ließ sich nicht so leicht in die Enge treiben. »Er hat sich in unser Lager geschlichen, als es dunkel war, und mitgenommen, was er greifen konnte. Man weiß doch, wie gut diese Wilden beim Anschleichen sind. Ich wette, bei einigen anderen hat er auch was mitgehen lassen.«

Kate wunderte sich, wie gefasst George bei den Anschuldigungen des Goldsuchers blieb. »Ich schlage vor, Sie suchen noch einmal alles ab, bevor Sie mit dem Finger auf die Tlingit zeigen. Oder wollen Sie einen Streit mit ihnen vom Zaun brechen? Vielleicht ist der Beutel unter eine Decke gerutscht, oder einer Ihrer Freunde hat ihn aus Versehen mitgenommen. Sehen Sie noch mal nach!«

»Da … da ist nichts«, erwiderte Langley stöhnend.

»Es war dieser Tlingit, da bin ich sicher«, ließ Amos nicht locker.

Ein Mann kam vom Seeufer heraufgerannt. Er war so aufgeregt, dass er beinahe gestolpert wäre. »Leute!«, rief er. »Ihr habt recht. Einer der Tlingit hat Bills Tabakbeutel. Ein junger Kerl. Ich hab gesehen, wie er den Beutel seiner Freundin gezeigt hat, am anderen Ufer drüben. Der Junge hat ihn geklaut!«

»Wusste ich's doch!« Amos grinste triumphierend und blickte George an. »Was sagen Sie jetzt, Mister Mountie? Da haben Sie Ihren Beweis. Diese Tlingit sind primitive Wilde und gemeine Diebe. Warum tun die Mounties nichts dagegen? Warum lassen Sie zu, dass uns diese Wilden an der Nase rumführen?«

»Wer sagt denn, dass es Langleys Tabakbeutel ist?«, konterte George.

»Ben weiß, wie Langleys Tabakbeutel aussieht. Ist doch so, Ben?«

Der Mann, der die jungen Tlingit gesehen haben wollte, drängte sich nach vorn. »Klar kenn ich den. Der Bursche war's! Komm, den schnappen wir uns!«

Bevor George sie zurückhalten konnte, waren die Männer unterwegs. Teilweise bewaffnet näherten sie sich den Langhäusern der Tlingit. Kate kam es beinahe so vor, als wären sie froh über die Abwechslung. »Kommen Sie sofort zurück!«, rief George ihnen nach. »Oder wollen Sie einen Krieg anzetteln?«

»Wir sollten den Burschen aufknüpfen!«, tönte Ben.

George rannte den Männern nach und zog seinen Revolver. Er würde die Männer zurückhalten, da war sie ganz sicher. Kate hoffte sehr, dass es ein paar aufgeregten Dummköpfen nicht gelang, wegen eines Tabakbeutels einen Krieg anzufangen. Wenn mit dem jungen Tlingit und seiner Freundin das Liebespaar gemeint war, das sie und George vor der Verbannung gerettet hatten, lagen die Goldsucher sicher falsch. So dumm, sich während der Dunkelheit ins Zeltlager der Weißen zu stehlen und einen Tabakbeutel zu stehlen, war Charly nicht.

Ein anderer Gedanke kam ihr. Nur eine Ahnung, aber durchaus möglich, wenn sie daran dachte, wie sehr Amos die Tlingit hasste. Was, wenn er den Diebstahl inszeniert hatte, um die Männer dazu bringen, ins Dorf der Tlingit zu ziehen, um sich mit ihnen anzulegen? Konnte ein Mann so dumm sein?

Sie blickte George nach, der Amos und seine Freunde eingeholt hatte und mit ihnen zu streiten schien, und lief zu den Zelten. Das Zeltlager war verlassen und die Gelegenheit günstig. Sie wusste, wo Amos übernachtete, und überlegte nicht lange. Mit ein paar schnellen Schritten war sie in seinem Zelt und blickte sich um. Viel gab es nicht zu sehen. Auf einer Zeltplane lagen mehrere Wolldecken, sein Nachtlager, auf einem Holzklotz standen eine Schüssel mit Wasser und ein Kaffeebecher, in einem Karton lagen Kleider, in einer notdürftig zusammengezimmerten Holzkiste fand sie zwei Konservendosen, eine Packung Nudeln und eine Tüte mit Mehl. Sein Gewehr lehnte neben der Holzkiste.

Von draußen waren Schritte zu hören. Sie erschrak und erstarrte mitten in der Bewegung, als der Schatten eines Mannes durch eine Öffnung in der Zeltplane fiel. Der Mann ging vorbei. Sie suchte weiter, kramte in den Kleidern und fand den Tabakbeutel zwischen zwei Hemden. Ein lederner, mit Perlen bestickter Beutel, wie Amos ihn beschrieben hatte. Er hatte ihn selbst gestohlen und versuchte den Diebstahl dem jungen Tlingit anzuhängen!

Langley war nicht weit gekommen mit seinem Brummschädel. Er stand nur ein paar Schritte von ihrer Hütte entfernt im Gras und blickte den anderen Männern hinterher. Um es mit dem Dieb auszufechten, war er sowieso zu schwach.

»Ist das Ihr Tabakbeutel?«, fragte Kate ihn.

Er brauchte sich den Beutel nicht lange anzusehen. »Ja, das ist er, verdammt! Wo haben Sie den her? Ich dachte … dachte, dieser Tlingit hätte ihn geklaut.«

»Er lag in Amos' Zelt. Zwischen seinen Kleidern.«

Seine Augen weiteten sich. »Sie meinen, Amos hat mich

überfallen? Er hat mir eins über den Schädel gegeben und meinen Tabakbeutel gestohlen?«

»Er wollte zwei Fliegen mit einer Klappe schlagen«, erklärte sie, »Ihnen den Tabak wegnehmen und seinen Hass auf die Tlingit ausleben.« Sie sah, wie geschockt der Goldsucher war. »Sind Sie schon lange mit Amos befreundet?«

Langley griff sich an den Kopf. »Wir sind nicht befreundet. Wir haben uns auf dem Schiff kennengelernt. Er schien in Ordnung zu sein. Keine Ahnung, woher sein Hass auf die Tlingit kommt.« Vor lauter Wut schien er seine Schmerzen zu vergessen. »So eine Schweinerei! Ich hätte tot sein können, verdammt!« Er beherrschte sich nur mühsam. »Ich hab nichts gegen Indianer, wissen Sie? Kanada ist groß, da ist Platz für alle … oh verdammt, mein Kopf!«

»Legen Sie sich hin, und kurieren Sie sich aus, Langley. Ich geh zu den Männern und sage ihnen, wo ich den Tabakbeutel gefunden habe. Die Mounties werden schon wissen, was mit einem Dieb wie Amos passiert. Teeren und Federn wäre das Mindeste, was ich einem Schurken wie ihm wünschen würde.«

»Sagen … sagen Sie ihm, dass er froh sein kann, dass ich gerade außer Gefecht bin, sonst würde ich ihn vierteilen und den Wölfen zum Fraß vorwerfen.«

9

Kate sprang auf ihr ungesatteltes Pferd, um schneller voranzukommen, und ritt zu dem Langhaus des Wolfclans. Amos und seine Männer standen dicht beisammen und beschimpften Chief Pete, der von zwei Männern begleitet aus dem Haus getreten war und rief: »Was wollt ihr?«

»Was wir wollen?«, erwiderte Amos wütend. »Ich sage dir, was wir wollen! Wir wollen den verfluchten Dieb, der einen Tabakbeutel aus einem unserer Zelte gestohlen hat, am nächsten Baum aufknüpfen! Ein junger Mann. Er war mit seiner Squaw am See unterwegs. Er soll rauskommen, oder wir holen ihn!«

»Bei uns gibt es keine Squaws, nur Frauen und Männer.«

»Mir egal, von ihr wollen wir nichts.« Amos benahm sich so unflätig, als hätte er eine Flasche Whiskey geleert. »Wir wollen ihren Freund! Wo ist er?«

»Hier«, antwortete eine jugendliche Stimme. Charly trat aus dem Haus und stellte sich scheinbar furchtlos neben seinen Vater. Seine Freundin blieb vor der Tür des Langhauses stehen. »Ich bin Charly. Ich habe nichts gestohlen!«

Amos ließ sich nicht beirren. Das Flackern ließ erkennen, dass er auf Gewalt aus war. »Einer unserer Männer hat dich am Flussufer gesehen. Du warst mit deiner Squaw zusammen und hattest den Tabakbeutel von Langley dabei!«

»Langley?«

»Einer unserer Männer. Du hast ihm den Schädel blutig geschlagen und seinen ledernen Tabakbeutel gestohlen. Wer weiß, was du noch alles genommen hast!« Er lachte verächtlich. »Du hast wohl gedacht, wir würden nicht rausbekommen, dass du es warst. Aber zufällig hat dich jemand mit dem Beutel gesehen. Dich und deine kleine Schlampe! Gib's wenigstens zu, du Feigling!«

»Ich hab nichts gestohlen, auch keinen Tabakbeutel.«

»Ach ja? Und was hattest du am Seeufer in der Hand?«

Charly zog einen Lederbeutel aus seiner Hemdtasche. Er war etwas dunkler als Langleys Beutel und auch nicht mit Perlen verziert. Er öffnete ihn und hielt ihn den Männern hin. »Das ist mein Beutel. Wir haben Kräuter gesammelt.«

»Du lügst!«, schrie Amos den Jungen an.

»Sie haben es gehört«, sagte George, »er ist unschuldig.«

Amos hörte nicht auf ihn »Warum schnappen wir uns den Burschen nicht? Kommt schon, wir nehmen ihn mit und knüpfen ihn am Seeufer auf, damit ihn jeder sehen kann!« Einer der Männer schwang drohend einen Strick, einer hob sein Gewehr. »Und wer uns daran hindern will, bekommt eine Kugel, okay?«

Amos trat auf den Jungen zu und wurde von Chief Pete, seinen Begleitern und George gestoppt. »Niemand bekommt hier eine Kugel!«, rief George. Oder wollt ihr einen Krieg vom Zaun brechen? Eine falsche Bewegung, und ich schieße!« Er hatte seinen Revolver gezogen und richtete ihn auf die Männer.

»Der Mountie hat recht!«, rief Kate und trat zwischen die Männer und die Tlingit. Sie hielt den Lederbeutel in die Höhe. »Dies ist Langleys Lederbeutel! Ich habe ihn in Amos' Zelt gefunden. Er hat Langley niedergeschlagen und den Beutel gestohlen. Er wollte den Diebstahl den Tlingit in die Schuhe schieben!«

»Das ist eine Lüge!«, wehrte sich Amos lautstark und in aufflackernder Panik. »Das haben Sie sich aus den Fingern gesogen! Außerdem hatten Sie kein Recht, in mein Zelt einzudringen! Ich erstatte Anzeige gegen diese Frau!«

»Sie hatte alles Recht dieser Welt«, wies George ihn zurecht. »Es ging um Leben oder Tod. Sie hatten vor, diesen Jungen zu hängen! Einen Unschuldigen! Sie können froh sein, dass ich Sie festnehme, sonst hätten Sie die Tlingit wahrscheinlich an den Haaren durch ihr Dorf geschleift und auf einem Scheiterhaufen verbrannt!« Er zog die Handschellen hervor und fesselte die Hände des Diebes auf seinem Rücken. Zur Chief Pete sagte er: »Es tut mir leid, Chief. Nicht alle Weißen sind so wie Amos. Er bekommt seine gerechte Strafe.«

»Ich vertraue Ihnen, mein Freund«, erwiderte der Häuptling.

George packte den Dieb am Arm und wandte sich an Kate. »Ich bin stolz auf dich! Das hast du gut gemacht. Dir haben wir zu verdanken, dass es nicht zur Katastrophe gekommen ist.« Er lächelte. »Vielleicht sollte ich mit dem Inspector sprechen. Eine Frau wie dich könnten wir bei den Mounties brauchen.«

»Eine Frau bei den Mounties? Das wäre gegen die Regeln, oder?«

»Regeln kann man ändern.«

»Ich hab mit meinen vielen Berufen schon genug zu

tun. Außerdem weiß ich nicht, ob mir der rote Rock stehen würde. Auf Taille geschnitten vielleicht.«

Kate sah, dass Charly seine weinende Freundin in den Armen hielt, und beschloss, noch eine Weile zu bleiben. »Ich möchte den Tlingit zeigen, dass die Weißen ihre Freunde sind. Natürlich nur, wenn Chief Pete nichts dagegen hat.«

»Sie sind uns willkommen«, sagte Chief Pete.

Im Langhaus setzte sich Kate zu Charly und Mary. Der Junge redete eindringlich auf seine Freundin ein. Mary wirkte ängstlich und hatte Tränen in den Augen. »Die Männer sind weg«, sagte Kate. »Ihr habt nichts zu befürchten.«

»Bekommt Amos seine Strafe?« Charly klang misstrauisch.

»Er kommt ins Gefängnis«, versprach Kate, »und wenn George ihn selbst nach Whitehorse oder Glenora bringen muss. Die Weißen wollen keinen Streit mit den Tlingit, und die Mounties schon gar nicht. Sie haben genug Ärger mit den Goldsuchern am Klondike. Dort gab es bisher überhaupt kein Gesetz.«

»Keine Mounties?«, wunderte sich Charly.

»Vor den Goldfunden gab es dort oben kaum Menschen«, erklärte Kate. »Von George weiß ich, dass alle paar Monate ein Mountie den Yukon runterfuhr, aber mehr war nicht nötig. Die Mounties wurden woanders gebraucht.«

Mary griff dankbar nach dem Taschentuch, das Kate ihr reichte, und wischte sich die Tränen aus den Augen. »Warum sind manche Weiße so hässlich zu uns?«, fragte sie. »Nur weil wir anders aussehen und anders leben als sie? Wir haben ihnen doch nichts getan! Wir lassen ihnen sogar das Gold, obwohl es zwei unserer Männer auf unserem Land gefunden haben. Sie sollten uns dankbar sein und nicht gegen uns hetzen wie Amos. Er ist ein schlechter Mensch.«

»Er fühlt sich schlecht, weil ihn eine Tlingit-Frau abgewiesen hat«, erklärte Kate. »Er fühlt sich in seiner Männlichkeit gekränkt. Und er ist wahrscheinlich wütend, weil der Weg zu den Goldfeldern beschwerlicher ist, als er dachte.«

»Er wollte Charly lynchen. Für etwas, was er selbst verbrochen hat!«

»Ich weiß«, erwiderte Kate, »und er wird sehr lange dafür büßen müssen. Denk nicht mehr an ihn, Mary. Er kann euch nichts mehr tun. Es gibt eine Zukunft für dich und Charly. Ihr werdet eurem Volk beweisen, dass eine Frau des Rabenclans auch mit einem Mann des Wolfclans glücklich werden kann.«

Mary schmiegte sich lächelnd an ihn. »Ich weiß, Kate. Ich weiß.«

Vor dem Langhaus wollte Kate gerade ihren Braunen besteigen, als sie Kaw-claa unter den Bäumen stehen sah. Sie war einfacher gekleidet als beim Potlatch und trug eine schlichte Wollmütze. Sie ging zu ihr. »Du hattest recht, Kaw-claa. Ich muss um mein Glück kämpfen. Ich weiß nicht, ob ich stark wie eine Wölfin bin, aber ich versuche es zumindest. Ein Mann aus meinem Heimatdorf, der mich einst im Stich gelassen hat, ist wieder aufgetaucht und wollte mich entführen. Ich hatte Glück und konnte ihm entkommen, aber er ist immer noch auf freiem Fuß. Wird er es noch mal versuchen?«

Kaw-claa lächelte schwach. »Ich bin keine Hellseherin, auch wenn das einige Menschen denken. Alles, was ich sehe, sind Bilder in meinen Träumen, die mir zeigen, in welche Richtung ein Mensch gehen wird. Für dich hat der Schöpfer einen schwierigen Weg ausgewählt, aber du bist stark. Stark genug, um dich gegen Feinde wie den Mann aus deiner Vergangenheit zu wehren.«

»Ich hatte großes Glück, Kaw-claa«, gestand Kate.

»Auch für dein Glück bist du verantwortlich«, sagte Kaw-claa. Ihre dunklen Augen verrieten Erfahrung und Weisheit. »Du wurdest vom Schöpfer für deinen Mut belohnt. Er muss einen Sinn darin gesehen haben, ihn laufen zu lassen. Vielleicht will er dich auf der Probe stellen? Bleib wachsam! Auf dem Trail nach Whitehorse lauern viele Gefahren, und der Mann aus deiner Vergangenheit wird erst aufgeben, wenn ein Mountie ihm Handschellen anlegt. Er ist einen zu weiten Weg gegangen, um jetzt schon aufzugeben.« Sie gingen ein paar Schritte und blieben in der Nähe spielender Kinder stehen. »Aber deswegen habe ich nicht auf dich gewartet. Du wirst nicht mehr lange in Teslin bleiben, und ich wollte dir sagen, dass ich von einem Wolf geträumt habe. Wir vom Wolfclan träumen öfter von Wölfen, aber dieser Traum war anders. In den Augen des Wolfes habe ich dein Spiegelbild gesehen, Kate. Du gehörst zu uns. Auch wenn du weiß bist und bis vor ein paar Wochen noch nicht mal wusstest, dass es uns gibt, bist du eine von uns. Du gehörst zum Wolfclan.« Sie sah den Kindern beim Spielen zu, ohne sie wirklich zu sehen, und überlegte einige Zeit, bis sie fortfuhr: »Vielleicht stellt dir der Schöpfer deshalb so viele Aufgaben.«

Kate erinnerte sich an ihre Worte während des Potlatchs. »Dann stimmt es, dass Gallagher nicht mein einziger Feind ist? Dass es die beiden Gestalten im Nebel, von denen du gesprochen hast, tatsächlich gibt? Wer sind die beiden?«

»Ich weiß es nicht«, räumte Kaw-claa ein, »Ich habe sie nur einmal in einem Traum und auch nur sehr undeutlich gesehen. Sei dennoch auf der Hut, Kate!«

»Ich danke dir, Kaw-claa, auch wenn du in Rätseln sprichst.«

Während sie in die Siedlung zurückritt, dachte sie über die Worte der geheimnisvollen Frau nach. Zwei Gestalten im Nebel, wer konnte das sein? Wenn sie an Männer dachte, die ihr nicht besonders wohlgesonnen waren, kamen ihr zuerst Paddy O'Leary und seine beiden Kumpane in den Sinn. Quinn und Fin hießen die beiden, wenn sie sich richtig erinnerte. Ein lästiger Ire, der ihr schon in Johnville keine Ruhe gelassen hatte, und in Glenora mit seinen Freunden aufgetaucht und nach etlichen Straftaten endlich im Gefängnis gelandet war.

Aber das waren drei Männer, die zu mehreren Jahren verurteilt worden und bestimmt nicht begnadigt worden waren. Und ihnen war nach dem Reinfall, den sie in Glenora erlebt hatten, bestimmt nicht mehr danach zumute gewesen, sie erneut zu bedrängen. Aber wer sollte sonst etwas gegen sie haben? Sie konnte sich an niemanden erinnern, der ein Interesse daran haben könnte, ihr Schaden zuzufügen. Im Gegenteil, die meisten Männer entlang des Trails und in Glenora hatten sie bewundert und in den höchsten Tönen von ihr gesprochen.

Sie hatte die Siedlung erreicht und sah drei zusätzliche Pferde vor ihrer Hütte stehen. Der prächtige Rappe mit der weißen Blesse gehörte Inspector Philip Primrose, einem strengen, aber freundlichen Befehlshaber, dem sie ihre vorübergehende Anstellung als Köchin zu verdanken hatte. Er wusste von ihrer Beziehung und hatte auch dafür gesorgt, dass George als Patrouillenreiter in ihrer Nähe bleiben konnte. Sein Besuch verhieß nichts Gutes. Sie hatten schon seit einigen Wochen damit gerechnet, dass er mit seiner Einheit zu den Goldfeldern am Klondike beordert und George vom Teslin Trail abziehen würde.

Mit gemischten Gefühlen glitt sie vom Rücken ihres Pferdes. Sie hatte keinen Blick für Bill Langley und die anderen Männer, die neugierig von der anderen Straßenseite zu ihr herübersahen, und auch kein Interesse ab Amos, der mit gefesselten Armen und Beinen auf einem Holzklotz saß und ziemlich kleinlaut wirkte. Er konnte von Glück sagen, dass der Inspector der Mounties in der Hütte war und nicht dulden würde, dass sich ein wütender Mob auf ihn stürzte.

Langley musste außer sich vor Wut sein. Ausgerechnet ein Mann, den er bisher zu seinen Freunden gezählt hatte, war ihm in den Rücken gefallen. Sein einziger Trost war, dass Amos zumindest für einige Monate ins Gefängnis wandern würde, die einzige Möglichkeit, dem wütenden Mob zu entkommen.

Sie betrat die Hütte und sah George, den Inspector und zwei weitere Mounties am Tisch sitzen. Ihre Gesichter leuchteten im Schein der Petroleumlampe. George hatte ihnen Tee eingeschenkt und drehte sich erleichtert um, als er Kate kommen sah. »Du erinnerst dich an Inspector Primrose?«, fragte er.

»Natürlich«, erwiderte sie. »Was für eine Freude, Sie wiederzusehen.«

Der Inspector war aufgestanden und deutete eine Verbeugung an. Er war ein schlanker Mann mit stahlblauen Augen und einem dünnen Oberlippenbart, der Inbegriff eines tapferen Mountie-Offiziers. »Wie ich höre, kommen Sie gut zurecht in dieser abgelegenen Gegend. Aber das haben Sie ja schon auf dem Stikine Trail bewiesen. Die Mounties haben Ihnen viel zu verdanken, Kate.«

Seine beiden Begleiter, ein Corporal mit energischer Miene und ein junger Constable, waren auch auf dem Stikine Trail dabei gewesen. »Die Constables Joseph Purcell und Arthur Nolan«, stellte George sie vor. »Sie bringen den Gefangenen zum Stützpunkt nach Tagish. Er bekommt seine gerechte Strafe.«

Die Männer baten sie an den Tisch und blieben stehen, bis sie sich gesetzt hatte. Kate ahnte, was gleich kommen würde, ließ sich aber nichts anmerken, und auch der Inspector beschränkte sich erstmal auf Komplimente. »Ich habe gehört, Sie haben großen Anteil an der Überführung des Diebs. Sind Sie sicher, dass Sie keine Karriere bei den Mounties anstreben? Das Talent dafür hätten Sie, das habe ich schon während unseres gemeinsamen Marsches über den Stikine Trail gemerkt. Sie sind für ein Leben in dieser Wildnis geboren, Kate. Wer weiß, vielleicht haben Sie heute sogar einen Indianerkrieg verhindert.«

»Sie übertreiben wieder einmal maßlos, Inspector.«

Damit waren aber genug Freundlichkeiten ausgetauscht

worden, und Primrose kam endlich zur Sache. »Leider komme ich mit betrüblichen Nachrichten für Sie, Kate. Ich muss Ihnen George entführen. Wir haben neue Befehle vom Hauptquartier und müssen unsere Einheit aus British Columbia abziehen und ins neu gegründete Yukon-Territorium verlegen. Der Ansturm auf die Goldfelder am Klondike ist so groß, dass wir mit den Kontrollen kaum nachkommen. Die Regierung befürchtet immer noch, die USA könnten ihr Hoheitsgebiet auf diese Gebiete ausdehnen und von den Goldfunden profitieren.« Er strich über seinen Oberlippenbart. »Aber ich will Sie nicht mit den Problemen unserer Regierung langweilen. Sie wollen sicher nur wissen, was mit George passiert.«

»Sie versetzen ihn nach Whitehorse? Oder Dawson City?«

»George gehört zu einem Trupp von fünf Polizisten, zu dem auch Constable Purcell und Constable Nolan gehören werden, die mit einem Spezialauftrag in die Cassiar Mountains reiten werden. Sergeant Major McDonell, den Sie ebenfalls von unserem gemeinsamen Trip kennen, wird die Männer anführen.«

»Ein Spezialauftrag? In den Bergen? Aber …«

Primrose trank von seinem Tee und blickte sie über den Rand des Bechers an. »Weil die Männer, die sie dort verfolgen werden, auch Ihnen in Erinnerung sein werden, will ich offen zu Ihnen sein, Kate. Es geht um Paddy O'Leary.«

»O'Leary? Ich denke, der sitzt im Gefängnis!«

»Nicht mehr«, erwiderte er betrübt. »Er konnte während der Feldarbeit außerhalb des Gefängnisses entkommen. Er kam irgendwie an eine Waffe und zwang einen der Wärter, ihn loszueisen. Nur ihn, seine Kumpane Quinn und Fin ließ er zurück. Er floh mit dem Wärter und schlug ihn ungefähr drei Meilen westlich von dem Acker bewusstlos und entkam auf einem der Pferde, die sich nahe bei einer Ranch auf einer Weide aufhielten. Wie er es geschafft hat unterzutauchen, wissen wir nicht. Es sieht so aus, als hätte ihm jemand geholfen.«

»Paddy O'Leary?«, reagierte Kate ungläubig. »Aber die Wärter mussten doch wissen, wie gefährlich er ist. Er gehört nicht zu den Gelegenheitsdieben, die man mit einer Haftstrafe wieder auf den rechten Weg bringt. Er ist ein Scheusal! Er kann von Glück sagen, dass er noch niemanden umgebracht hat.«

»Aber er hat einem Farmer, der ihn beim Diebstahl erwischt hatte, beinahe krankenhausreif geprügelt. Der arme Mann ist für sein Leben gezeichnet.«

»Das sieht ihm ähnlich. Und was sucht er in den Cassiar Mountains?«

»Da kann man sich gut verstecken«, erklärte Primrose, »da gibt es ein paar Geisterstädte, die vom letzten Goldrausch übrig geblieben sind, und zwei oder drei Indianerdörfer, sonst nichts. Wir glauben, dass er sich in einer der Geisterstädte versteckt hält. Er und seine Komplizin, eine gewisse Elsie Maloney.«

»Er hat eine Komplizin? Dann ist er nicht mehr hinter mir her?«

»Eher hinter dem Gold. Wir vermuten, dass sie zum Klondike unterwegs sind. Elsie hat als Prostituierte gearbeitet und schon ein paarmal wegen Diebstahl und Körperverletzung gesessen. Eine gefährliche Frau und zusammen mit O'Leary doppelt gefährlich. Wir müssen die beiden unbedingt erwischen.«

Kate blickte George an. »Ein riskanter Auftrag.«

»Wir sind zu sechst«, beruhigte er sie, »und für solche Einsätze ausgebildet. Und wir kennen O'Leary und wissen, wie er reagiert. Wenn alles nach Plan verläuft, sind wir rechtzeitig vor dem Winter zurück. Mit den Gefangenen.«

»Und wann soll es losgehen?«, fragte Kate den Inspector.

»Sofort«, erwiderte er, »wir dürfen keine Zeit verlieren.«

Kate und George verabschiedeten sich an ihrem Lieblingsplatz voneinander. Sie küssten sich lange und genossen ihr Zusammensein, kümmerten sich nicht um den leichten Regen, der inzwischen über dem See niederging. Sie hatte Tränen in den Augen, als sie sich voneinander lösten. »Mit so was mussten wir rechnen«, sagte sie tapfer, »und deiner Karriere schadet es bestimmt nicht, wenn ihr Paddy und diese Elsie festnehmt.« Sie lachte kurz. »Ausgerechnet Paddy O'Leary! Als wären wir mit Gallagher nicht schon genug gestraft.«

»Ich komme wieder«, sagte er, »schon bald.«

»Und ich warte auf dich, George.«

10

Mit dem Alleinsein war Kate bisher gut zurechtgekommen. Sie war stark genug, um sich durchzusetzen und genug Geld für ihren Lebensunterhalt zu verdienen. Auf dem Trail, in Glenora und jetzt in Teslin hatte sie bewiesen, dass sie auch in der Wildnis nicht unterzukriegen war und Hindernisse überwand, von der ihre Verwandten im beschaulichen Johnville keine Ahnung hatten.

Seitdem sie George kannte, verspürte sie nach einem Abschied stets eine tiefe Traurigkeit, und die Einsamkeit in ihrer Hütte umgab sie wie unsichtbarer Nebel, der sich auf ihre Brust legte und ihr die Luft zu nehmen drohte. Etwas, das sie bisher nicht gekannt hatte, und so sehr verstörte, als hätte sie einen geliebten Menschen für immer verloren. Das Gefühl, ihren Gefühlen hilflos ausgeliefert zu sein, war schmerzhaft und nahm ihr das vertraute Lächeln.

George und die Mounties waren nach einer reichhaltigen Mahlzeit aus Elcheintopf und Biscuits aufgebrochen. Der gefesselte Amos saß auf einem der Packpferde. Sie wollten vor Einbruch der Dunkelheit so weit wie möglich kommen, um ihren Gefangenen möglichst bald im Gefängnis in Tagish abliefern zu können. Dort warteten auch die beiden Mounties, die mit George, Purcell und Nolan und Sergeant Major Donell in die Cassiar Mountains reiten würden.

Und sie hatte gedacht, Paddy O'Leary wäre nach seiner Verhaftung endgültig aus ihrem Leben verschwunden. Er war ihr schon in Johnville auf die Nerven gegangen, hatte ihr ständig damit in den Ohren gelegen, er wäre der einzig Richtige für sie. Schon damals hatten er und seine beiden Freunde von Diebstählen gelebt, hatten sich wohl für die legendäre Dalton-Bande gehalten, als sie über die Grenze geflohen waren und in Minneapolis erneut ihren Weg gekreuzt hatten. Kates Bruder, inzwischen ein anerkannter Polizist, hatte ihn verhaftet und mit seinen Kumpanen vor Gericht gebracht. Auf dem Stikine Trail waren sie wieder

aufgetaucht, hatten einem Goldsucher ins Bein geschossen und sich entschlossen, ihr Glück auf den Goldfeldern zu versuchen, indem sie erfolgreiche Goldsucher ausraubten. Die Mounties hatten sie daran gehindert.

Kate hatte nie verstanden, warum gleich zwei Männer mit zweifelhaftem Ruf hinter ihr her waren. Simon Gallagher, weil er in seiner Arroganz glaubte, ein Anrecht auf sie zu haben, nahm sie an. Und Paddy O'Leary, weil er ein mieser Schurke war, der es gewohnt war, sich mit Gewalt zu nehmen, was er haben wollte. Zwei niederträchtige Betrüger und Strauchdiebe, die es noch mehr als Amos verdient hatten, im Gefängnis zu schmoren. Die Mounties waren hinter beiden her und würden sie früher oder später erwischen, hoffte sie zumindest.

Sorgen bereitete ihr die Nachricht, Paddy wäre mit einer Komplizin auf der Flucht. Sie hatte noch nie von einer Elsie Maloney gehört. Hatte er sie in einem Bordell aufgegabelt? Auf der Straße? Hatte sie ihm bei einem Einbruch geholfen und war bei ihm geblieben? Kate reichte, dass Inspector Primrose sie als »mehrfach vorbestraft« und »gewalttätige Straftäterin« beschrieben hatte. Diese Frau war brandgefährlich. Kate hatte irgendwo gelesen, dass es berüchtigte Banditenfrauen im Wilden Westen gegeben hatte, die wesentlich brutaler als männliche Banditen wie Jesse James oder die Daltons gewesen sein sollten.

War sie eine der beiden Gestalten, die Kaw-claa in ihrem Traum gesehen hatte? Wenn es so war, ergab es plötzlich einen Sinn. Ein alter Bekannter, der sich ihr erneut in den Weg stellte, mit einer Komplizin, die sie vielleicht als Rivalin ansah, weil er öfter von ihr erzählte, und die ihr besonders rücksichtslos begegnen würde. Oder war das alles nur eine vage Vermutung, weil George beide verhaften und sie vor den Richter und ins Gefängnis bringen würde? Sie vertraute George, der sicher alles daransetzen würde, sie von dieser Gefahr zu befreien.

In den folgenden Tagen gelang es Kate, die quälenden Gedanken abzuschütteln. In Teslin herrschte inzwischen ein ständiges Kommen und Gehen. Der Goldrausch am Klondike hatte einen ersten Höhepunkt erreicht, und immer mehr Menschen erreichten die Siedlung und verließen sie wieder, um die Goldfelder noch vor dem Winter zu erreichen und am Klondike einen Claim abzustecken. Gleichzeitig kehrten zahlreiche Pechvögel aus dem Norden zurück, die kein Glück gehabt hatten und möglichst schnell nach Hause wollten.

Kate hatte Einiges zu tun. Da der einzige Arzt, der vom Klondike zurückkam, keine Lust hatte, auch nur einen Augenblick länger als unbedingt notwendig in Teslin zu bleiben, war es Kate überlassen, sich um die verletzten und kranken Goldsucher zu kümmern. Sie hatte inzwischen eine gewisse Routine entwickelt und kam mit den oftmals erstaunlich wehleidigen Männern gut zurecht. Schon im Krankenhaus war sie für ihre Geduld bekannt gewesen. Die meisten gaben sich schon mit einer Tablette und einem Lächeln zufrieden.

Einige Tage, nachdem George sich verabschiedet hatte, stand Kate wieder mal am Seeufer. Ihr Blick ging zu den Bergen im Osten, den Cassiar Mountains jenseits des Dease Lake, einer zerklüfteten Wildnis, die schon die Goldsucher vor einigen Jahren vor beinahe unlösbare Aufgaben gestellt hatte. George und die Mounties würden es nicht einfach haben, Paddy O'Leary und Elsie Maloney zu finden. Die Berge boten unzählige Verstecke, und in den Geisterstädten fanden sie ausreichenden Schutz vor Unwettern und dem drohenden Winter.

Wenn sie die Augen schloss, sah sie George, wie er sein Pferd über einsame Trails trieb und nach verräterischen Spuren suchte, seinen Karabiner stets griffbereit, um sich gegen unliebsame Überraschungen zu schützen. Paddy und Elsie konnten überall lauern, und die Bären hatten sich noch nicht zur Winterruhe zurückgezogen, fraßen gerade fast alles, was ihnen in die Quere kam, um genug Fett für den langen Winter anzusetzen. Nicht nur Schwarzbären, auch gewaltige Grizzlys sollte es in den fernen Cassiar Mountains geben. »Pass gut auf dich auf, George!«, rief sie ihm zu. »Und komm gesund zurück!«

Sie war so auf George fixiert, dass sie den Mann in dem Birkenrindenkanu erst bemerkte, als er unweit von ihr am Ufer anlegte. Ein kräftiger Mann in Wildlederhosen, einem drei Viertel langen weißen Mantel der Hudson Bay Company mit bunten Streifen, roter Wollmütze und Mokassins.

Ein »coureur de bois«, wie Kate aus Erzählungen wusste, ein Nachfahre der französisch-stämmigen Waldläufer, die schon im 17. Jahrhundert in den französischen Gebieten von Kanada ihre Fallen ausgelegt hatten. Anders als seine legendären Vorfahren trug er ein neues Winchester-Gewehr über dem Rücken.

Er stieg aus dem Kanu, zog es auf die Uferböschung und humpelte auf sie zu. Sein Lächeln wirkte aufrichtig. »Bonjour, Madame«, begrüßte er sie. »Hier soll es eine Frau geben, die sich mit Heilkunst auskennt. Eine Madame Kate.«

»Da sind Sie bei mir richtig«, erwiderte sie. »Kate Ryan.« Sie schüttelte ihm die Hand. »Wo brennt es denn? Bekanntschaft mit einem Bären gemacht?«

»Nein, die hab ich im Griff. Mit meinem linken Fuß stimmt was nicht.«

»Verstaucht?«

»Auch nicht. Muss irgendwas anderes sein.«

»Kommen Sie mit!«, sagte sie. »Ich seh mir das mal an.«

»Warten Sie«, bat er sie. Er holte ein Bündel Pelze aus seinem Kanu und schulterte sie. »Ohne die gehe ich nirgendwo hin. Pierre Chartier, Madame.«

»Das klingt französisch.«

»Ich komme aus Quebec, da gibt es fast nur französisch-stämmige Siedler wie mich. Ich bin ein coureur de bois, ein Waldläufer, und bin in den Westen gegangen, weil es hier noch genug Pelztiere gibt. Sie kommen aus dem Osten?«

»Hört man das? Johnville in New Brunswick.«

In ihrer Hütte sah sie sich den Fuß des Fallenstellers an. Nach dem Grund für seine Schmerzen brauchte sie nicht lange zu suchen. Irgendetwas Spitzes hatte sich in seine Sohle gebohrt und einen Splitter hinterlassen, der sich entzündet und die Haut um den Einstich rötlich verfärbt hatte. »Sieht nach einem Glassplitter aus. Gut, dass Sie kommen, sonst hätte sich die Wunde noch mehr entzündet, und Sie hätten sich vielleicht eine Blutvergiftung eingefangen.«

Sie setzte Wasser auf, wusch sich die Hände und reinigte die Wunde gründlich. Anschließend zog sie den Splitter mit einer Pinzette heraus. Ein schwieriges Unterfangen. Der Splitter war nur teilweise zu sehen und schwer zu greifen. Er verzog keine Miene, schnaufte aber erleichtert, als Kate die Stelle mit einer milden Kräutersalbe und einem Verband verarztete. »Das hätten wir«, sagte sie.

»Mon dieu, das war ganze Arbeit. Was bin ich schuldig, Madame?«

»Für so was verlange ich kein Geld«, sagte sie.

»Aber für ein Abendessen vielleicht? Hier riecht es so verlockend nach Wildeintopf.« Er zog eines der Felle aus dem Packen. »Geld hab ich keins, aber wie wär's mit einem kostbaren Fell? Hat einem weißen Hermelin gehört.«

Kate strich mit der flachen Hand über das Fell und war überrascht, wie dicht und angenehm weich es war. So ein kostbares Fell hatte sie noch nie in den Händen gehalten. »Das kann ich nicht annehmen, das ist doch viel zu kostbar.«

»Nehmen Sie schon«, sagte er. »Sie haben ja keine Ahnung, wie lange mich dieser Splitter in meinem Fuß genervt hat. Ich hätte ihn natürlich mit einem heißen Messer rausbrennen können, hatte aber immer eine Ausrede bereit.«

»Na gut, dann vielen Dank, Monsieur. So sagt man doch?«

»Sagen Sie Pierre, das klingt besser.«

»In Ordnung, ich bin Kate.«

Sie aßen zusammen, und sie kam sich fast ein wenig schuldig vor, ihre Hütte mit einem anderen Mann zu teilen, und wenn es nur zum Abendessen war. Schon deshalb brachte sie die Sprache auf George, den Mann, den sie bald heiraten würde, und seinen Einsatz in den Cassiar Mountains. »Irgendwo in den Bergen müssen die beiden sein«, sagte sie, nachdem sie ihm von Paddy O'Leary und Elsie Maloney und dem Suchtrupp der Mounties berichtet hatte.

»Da haben sich die Mounties einiges vorgenommen«, erwiderte der Fallensteller, »die Cassiars reichen bis zum Yukon hoch, da kann man genauso gut eine Stecknadel im Heuhaufen suchen. Ich lege schon seit ein paar Jahren meine Fallen in den Cassiars aus und hab noch immer nicht alles gesehen.«

Kate erinnerte sich an die Worte des Inspectors. »Soweit ich weiß, sind sie nach Südosten geritten, da soll es einige Geisterstädte und Mining Camps geben, in denen sich Paddy und seine neue Komplizin versteckt haben könnten. Wahrscheinlich wollen sie zum Klondike weiter, sobald sich die Aufregung um ihre Flucht gelegt hat. Paddy hat es darauf angelegt, Goldsucher zu bestehlen oder um ihre Claims zu betrügen. Ein ziemlich unangenehmer Bursche.«

»Das klingt so, als würden Sie ihn kennen.«

»Er kommt aus demselben Dorf wie ich und hatte es

lange auf mich abgesehen. Es gefiel ihm nicht, dass ihm eine Frau Kontra gab, und er fuhr mir bis nach Glenora nach. Dann landete er im Gefängnis. Aber jetzt hat er ja eine neue Flamme und lässt mich hoffentlich in Ruhe. Elsie passt auch besser zu ihm.«

Pierre trank einen Schluck. »Meine Hütte steht am Teslin River, ein paar Tagesreisen von hier. Ich werde ihm einen heißen Empfang bereiten, falls er mit seiner Freundin bei mir auftaucht. Ich bin sicher, meine Huskys wittern ihn auf zwanzig Meilen, so wie einen Grizzly oder einen Elch. Soll er nur kommen!«

»Er ist gefährlich«, warnte sie. »Dumm und gefährlich, eine riskante Mischung. In Glenora hat er sich an mehrere Frauen angemacht und einen Fallensteller verletzt. Er sollte die nächsten zehn Jahre hinter Gittern verbringen.«

»Wenn der Winter so streng wird, wie ich vermute, kehrt er freiwillig ins Gefängnis zurück. Wer noch nie einen Winter in den Cassiars erlebt hat, weiß nicht, wie tödlich Blizzards und die Kälte sein können. Mon dieu, selbst ich hab mich noch nicht daran gewöhnt. Meinen ersten Winter in den Cassiars hab ich nur überlebt, weil mir ein alter Fallensteller geholfen hat. Gott hab den alten Gabe selig. Er starb vor drei Jahren an Altersschwäche, mit seiner geliebten Pfeife im Mund. Keiner wusste, wie alt er war, mindestens hundert, sage ich.«

Kate verspürte ein unangenehmes Frösteln. Die Vorstellung von George und den anderen Mounties in einem tobenden Schneesturm bereitete ihr Sorgen. »Wie viel Zeit haben die Mounties noch bis zum ersten Schnee? Der Inspector überlässt es wohl seinem Sergeant Major zu entscheiden, wann sie umkehren. George sagt, sie würden zwei Wochen bleiben, vielleicht auch drei oder vier. Kommen sie im Winter überhaupt noch mit den Pferden durch?«

»Normalerweise schon«, antwortete der Fallensteller, »aber was ist schon normal in den Cassiars? Ich mache mich schon morgen früh auf den Weg, sobald ich meine Pelze an Roy Garland verkauft habe. Ich will in meiner Blockhütte sein, wenn der Winter kommt. Mit dem Kanu komme ich dann nicht mehr weit, wenn die Flüsse und Seen zufrieren, braucht man einen Hundeschlitten.«

»Sind Sie oft im Winter unterwegs?«

»Oui, Madame, vor allem im Winter. Dann sind die Felle am dicksten und schönsten. Der Hermelin, den ich Ihnen gegeben habe, stammt aus dem letzten Winter. Hermeline wechseln im Winter ihre Farbe, nur dann sind sie weiß.«

»Das Fell wird einen Ehrenplatz bei mir bekommen.«

Mit Einbruch der Dunkelheit verabschiedete sich Pierre, auch weil es unschicklich gewesen wäre, mit einer ledigen Frau den Abend zu verbringen. Kate fand ihn interessant. Mit seinem verwitterten Gesicht war er nicht gerade attraktiv, aber freundlich und zuvorkommend, und er hatte ihr einiges über die Cassiar Mountains verraten, dass sie zumindest nachdenklich machte.

Sie vertraute Sergeant Major McDonell. Ein erfahrener Mann, der lange genug im Norden war, um das wechselhafte Wetter richtig einzuschätzen. Er würde rechtzeitig umkehren, auch wenn sie Paddy und seine Komplizin nicht gefunden hatten. Ein anderes Team würde mit Hundeschlitten nach ihnen suchen, und die Mounties würden unversehrt aus den Bergen zurückkehren. Es sei denn, McDonell gehorchte seinem übersteigerten Ehrgeiz, den er schon auf dem Stikine Trail gezeigt hatte, als er selten mit den Männern zufrieden gewesen war. Falls er sich darauf versteift hatte, die Gesuchten selbst zu verhaften und dafür eine Beförderung und einen Orden zu erhalten, wurde es gefährlich.

Als sie nach dem Frühstück am nächsten Morgen aus ihrer Hütte trat, um den jungen Tag zu begrüßen, wurde ihr zum ersten Mal bewusst, dass es kälter geworden war. Der Wind brachte kühle Luft aus den Bergen mit und wirbelte die letzten Blätter von den Laubbäumen. In ihrer Mackinaw-Jacke und ihrer Wollmütze ging sie zum Seeufer und blickte zu den Bergen hinüber. Sie hatten eine andere Farbe als im Sommer, wirkten kälter und abweisender, als wollten sie die Menschen warnen, ihnen während des Winters zu nahe zu kommen.

Sie beobachtete, wie Pierre Chartier mit einem prall gefüllten Vorratssack in sein Kanu stieg. Roy Garland hatte erst vor wenigen Tagen eine neue Lieferung aus Glenora erhalten, die er zu überhöhten Preisen anbot und wohl auch den Preis für die Pelze gedrückt. Pierre war es egal, nahm sie an. Er war zufrieden, wenn er so leben konnte, wie er wollte, und ein Auskommen hatte. Nicht einmal der Goldrausch am Klondike hatte ihn in Versuchung geführt.

Kate kehrte in ihre Hütte zurück und ging ihrer Arbeit nach. Sie hatte acht Kartoffeln von Garland gekauft, zu einem horrenden Preis, versteht sich, obwohl er ihr angeblich einen Rabatt gewährt hatte, aber lohnenswert für eine

Irin, die ohne Milch, Eier, Fleisch und Fisch, aber niemals ohne Kartoffeln auskommen könnte. Eine Kartoffel würde sie sich selbst gönnen, solange George unterwegs war, die anderen hob sie für das Festmahl auf, das sie nach seiner Rückkehr für ihn plante. Sie konnte diesen Freudentag kaum erwarten.

Viel gab es an diesem und den folgenden Tagen nicht für sie zu tun. Mehrere Männer mit Erkältung, zwei mit verstauchten Handgelenken nach einer hitzigen Schlägerei, etliche kleinere Verletzungen und nur ein Fall, der ihr ganzes Können verlangte. Ein Goldsucher hatte sich beim Reinigen seiner Waffe versehentlich in die Hüfte geschossen, und sie hatte einige Minuten gebraucht, um die Kugel in seinem Körper zu finden und zu entfernen. Der Unglücksrabe hatte viel Blut verloren und konnte sich glücklich schätzen, überlebt zu haben.

Jeden Morgen besuchte Kate den Handelsposten und studierte das Bulletin an der Wand. Garland erkundigte sich bei jedem Neuankömmling nach interessanten Neuigkeiten, erfuhr auf diese Weise, dass Simon Gallagher untergetaucht war und die Yukon Field Force das Fort erreicht hatte. Kein Wort über George und die Mounties. Sie fragte einige Neuankömmlinge selbst und erfuhr nur, dass auch weiter nördlich niemand wusste, wie es um den Suchtrupp stand und man genauso ungeduldig wie sie auf die Rückkehr der Mounties wartete.

Kate wurde mit jedem Tag nervöser, blickte jeden Morgen unruhig zum Himmel empor und fürchtete sich davor, die ersten Schneeflocken auf ihrer Haut zu spüren. Wäre ihre Arbeit nicht gewesen, hätte sie wohl noch panischer reagiert. Ob sich George auch solche Sorgen machte? Schaute er wie sie zum Himmel empor, aus Angst, in ernsthafte Schwierigkeiten zu geraten? Blickte er zurück und rief ihr liebevolle Worte zu? Sie versuchte, sich zu beruhigen. Der Inspector hatte vor dem baldigen Wintereinbruch gewarnt, war aber überzeugt gewesen, dass seine Mounties die Verbrecher rechtzeitig finden würden. Und wenn sie sich nicht in einer der Geisterstädte versteckt hatten? Wenn sie einen anderen Weg einschlugen und sich über die Berge nach Norden schleppten?

Ein dringender Notfall ließ ihre Befürchtungen in den Hintergrund treten. Ein Reiter hielt auf ihre Hütte zu, ein Packpferd an den Zügeln, über dessen Rücken bäuchlings ein scheinbar lebloser Mann lag. Ein Toter? Ein Schwerverletzter? Sie ging dem Reiter entgegen und fragte ihn: »Was ist mit ihm?«

»Keine Ahnung«, antwortete der Reiter, »verwundet scheint er nicht zu sein, aber er ist vollkommen fertig. Hab ihn neben dem Trail gefunden und dachte erst, er wäre tot, aber er atmet noch. Keine Ahnung, was mit ihm passiert ist.«

Sie hob den Kopf des liegenden Mannes an. »Guiseppe!« erschrak sie.

11

Guiseppe de Fortunato oder John Carpenter, wie er mit bürgerlichem Namen hieß, lag benommen auf den Wolldecken beim Fenster und blickte hilfesuchend zu Kate empor. »Mylady … sind Sie das, Mylady? Helfen Sie mir!«

Sie untersuchte den verhinderten Schauspieler gründlich, konnte aber keine Verletzung feststellen. Sein Herz schlug regelmäßig, aus seiner Lunge kamen keine verräterischen Geräusche. Die einzigen Anzeichen dafür, dass etwas mit ihm nicht stimmte, waren seine Schwäche und sein Schwindel. »Was ist bloß mit mir los?«, jammerte er leise. »Hier dreht sich alles. Was ist passiert?«

Sie richtete sich auf. »Wann haben Sie das letzte Mal gegessen?«

»Gegessen?« Er blickte sie verständnislos an. »Keine Ahnung.«

»Wann?«, bestand sie auf einer Antwort.

»Vor drei Tagen … oder waren es vier? Ich hab ein paar Beeren gepflückt, aber darauf wurde mir übel, und … ich hatte kein Geld, um mir was zu kaufen.«

»Sie brauchen dringend was zu essen, Guiseppe«, erwiderte Kate. »Sie sind unterernährt, daher auch die Schwindelanfälle und die Erschöpfung. Wie wär's mit einem leckeren Elcheintopf? Ich habe noch einen Topf in der Vorratskammer stehen. Eine kräftige Mahlzeit dürfte Sie wieder auf die Beine bringen.«

Sie half dem Schauspieler auf einen Stuhl und holte den

Eintopf aus der Vorratskammer. Auf dem Ofen wurde er schnell warm. Sie füllte einen großen Teller, reichte dem Mann zwei Biscuits dazu und warnte: »Essen Sie nicht zu schnell, Guiseppe, sonst wird Ihnen übel.« Sie füllte einen Becher mit heißem Tee und setzte sich ihm gegenüber. Nachdenklich verfolgte sie, wie er den Eintopf in sich hineinschlang, sich über einen Nachschlag freute und immer noch nicht genug hatte. Er war vollkommen ausgehungert. Wahrscheinlich hatte er sich schon länger als drei Tage ausschließlich von Beeren und Kräutern ernährt.

Mit dem Essen kehrte sein Lächeln zurück, wenn auch nur zaghaft, als würde er seinem Glück nicht trauen. »Der Eintopf schmeckt herrlich«, lobte er. »Sie sind eine gute Köchin. Aber das hab ich Ihnen ja schon öfter gesagt.«

»Freut mich«, erwiderte sie. »Aber gab es am Twoya Creek denn nicht genug zu essen? Ein paar Cent müssen Sie doch noch in der Tasche gehabt haben, und wenn nicht, hatten einige Männer sicher Vorräte dabei. Hat Ihnen denn niemand was abgegeben? Waren Jim Callbreath und Tashoa nicht in Ihrer Nähe?«

»Doch … Sie haben mir etwas Trockenfleisch und einige Biscuits dagelassen, aber damit kam ich nicht besonders weit, und dann mussten sie weiter.«

»Und die anderen wollten nicht?«

»Nein. Ich wäre ein Schmarotzer, haben sie gesagt.« Er schloss für einen Moment die Augen und öffnete sie wieder. Er war blasser als bei seiner Ankunft in Glenora, als hätte er seit Wochen kein Tageslicht mehr gesehen.

»Ihre Aufführungen wollte keiner sehen?«, fragte Kate.

»Die Männer dort wollten nur Gold.«

»Und Sie haben keins gefunden?«

»Ich tauge nicht zum Goldsucher, Mylady.« Er wirkte müde und enttäuscht, wie ein Wanderer, der sein Ziel aus den Augen verloren hat. »Ich habe es einmal versucht und wurde ausgelacht, weil ich nicht wusste, was ich tun sollte.

»Und trotzdem wollen Sie zum Klondike?«

»Ich will in einem Theater auftreten. In Whitehorse oder Dawson City muss es doch Leute geben, die an wahrer Kunst interessiert sind. Sie kennen meinen Hamlet, Mylady. Sie wissen, mit welcher Überzeugung ich die Rolle spiele.«

»Sie waren zu Fuß unterwegs?«

»Ein Pferd kann ich mir nicht leisten.« Er deutete auf den Stoffbeutel, den sein Retter auf den Tisch gelegt hatte. »Das ist alles, was mir geblieben ist.«

»Lassen Sie mich raten: In dem Beutel ist der Totenschädel.«

Er nickte kauend. »Ohne den Schädel wäre ich nur ein halber Mensch. Ohne ihn kann ich den Hamlet nicht überzeugend genug spielen. »›Sein oder Nichtsein, das ist hier die Frage!‹«, rezitierte er auf seine übertriebene Art. Seine Stimme klang noch etwas heiser. »Manchmal glaube ich, Shakespeare hat die Rolle des Hamlet nur für mich geschrieben. Erst als Hamlet lebe ich wirklich.«

»Hoffen wir, dass die Männer in den Goldfeldern genauso denken.«

»Oh, ich gebe die Hoffnung nicht auf. Hätte mich das Schicksal sonst zu Ihnen geführt, dem ›Engel des Nordens‹, wie ich Sie insgeheim nenne? Der einzigen Person, die mich zu verstehen scheint und mit ihrer Unterstützung dafür sorgt, dass die Kultur ihren verdienten Platz in den Goldfeldern erhält?«

»Ich kann Ihnen nicht immer helfen, Guiseppe.«

»Ich weiß, Mylady, ich weiß. Ich leide nur unter einer vorübergehenden Pechsträhne. Vielleicht endet sie schon in dieser abgelegenen Siedlung. Die Männer hier müssen sich doch nach wahrer Kunst verzehren! Auch der Hunger nach den schönen Künsten kann einen Menschen in dieser Einsamkeit verzweifeln lassen, meinen Sie nicht? Noch heute Abend werde ich Ihnen beweisen, wie recht ich habe. Die Männer in Teslin werden nicht die Ersten sein, die sich von einem genialen Dichter wie Shakespeare verzaubern lassen und dankbar und verzückt seinen Versen lauschen. Vertrauen Sie der Magie des Meisters!«

Kate wusste aus Erfahrung, dass die Männer auf dem Trail nur von ihrer Gier nach dem Gold getrieben wurden und sich allenfalls von Revuen mit halbnackten Tänzerinnen ablenken ließen. In Dawson City sollte es mehrere solcher Etablissements geben. In den Siedlungen am Trail gab es so etwas nicht, dort war man nur daran interessiert, so schnell wie möglich zu den Goldfeldern zu kommen. In Teslin machte sich längst Nervosität breit. Zu lange hatten die Männer auf eine Eisenbahn gewartet, die niemals gebaut werden würde, und auf Raddampfer, die frühestens im nächsten Sommer fahren würden.

Männer wie Guiseppe de Fortunato waren keine Seltenheit auf dem Trail, auch das hatte Kate in ihrem Restaurant in Glenora mehrfach erfahren. Naive Männer, die aus bürgerlichen Berufen kamen und nicht die geringste Ahnung davon hatten, welche Herausforderungen auf dem Trail und den Goldfeldern warteten. Oder mäßig talentierte Künstler wie Guiseppe, die am Theater gescheitert waren und im Norden ihre Bestimmung sahen. Versager, die auch am Klondike scheitern würden und froh sein konnten, wenn sie als Hilfskräfte in einem Laden arbeiten durften und einigermaßen unbeschadet wieder nach Hause kamen. Nur wenige Männer fanden am Klondike, was sie sich erhofft hatten.

Kate hatte Mitleid mit dem Schauspieler und erklärte ihm, dass er gern zum Essen kommen, aber nicht ihrer Hütte schlafen könnte. Sie wollte kein Gerede. Sie half ihm aber, einen Schlafplatz in der Kirche zu finden, die seit der Abreise von Reverend Pringle von einem jungen Prediger geleitet wurde. Eine Spende für die Erhaltung der Kirche half dem neuen Reverend bei seiner Entscheidung.

Verletzte gab es an diesem Tag nur einen, einen leichtsinnigen jungen Mann, der sich zu dicht an Garlands Huskys herangewagt hatte und von einem der Hunde gebissen worden war. Den restlichen Tag verbrachte Kate mit Waschen und Putzen, lästige Pflichten, die sie aber von ihrer Angst um George ablenkten und auf andere Gedanken brachten. Sobald er zurück war und nach Norden versetzt wurde, würde auch sie weiterziehen. Atlin sollte nicht viel größer als Teslin sein, aber zu den aufstrebenden Städten des Nordens gehören. Dort wäre sie George näher und erfuhr wahrscheinlich eher, wenn ihn jemand gesehen hatte. Gerüchte wollten wissen, dass man auf neue Goldvorkommen gestoßen war. Eine Stadt, die sicher nach einem guten Restaurant verlangte.

Von draußen drangen Stimmen herein. Vor allem eine

Stimme, die Kate aus ihren Gedanken schreckte und in ihrer Arbeit innehalten ließ. Sie zog ihre Mackinaw-Jacke über und trat ins Freie. Vor den Zelten stand eine dunkle Gestalt.

»Sein oder Nichtsein«, schallte es herüber, »das ist hier die Frage. Ob's edler im Gemüt, die Pfeil und Schleudern des wütenden Geschicks erdulden oder sich waffnend gegen einen See von Plagen durch Widerstand sie enden?« Der berühmte Monolog aus »Hamlet«, den Kate seit ihrer Begegnung mit Guiseppe schon auswendig kannte. Mit dem Totenschädel in der Hand stand der Schauspieler vor den Männern, die neugierig aus ihren Zelten gekrochen waren.

Was dem begeistert vorgetragenen Monolog folgte, war ungefähr das, was Kate erwartet hatte. Sprachlose Stille, dann vereinzeltes Gelächter und beißender Spott, als Guiseppe mit offener Hand herumlief und Spenden einsammeln wollte. »Und dafür willst du Geld haben?«, rief ein Goldsucher. »Dir hat wohl eine Bisamratte ins Hirn geschissen! Selbst wenn ich noch welches hätte, würde ich dir keins geben. Nicht einen Penny. Und jetzt mach, dass du fortkommst, bevor ich dir eins überziehe und wir einen zweiten Schädel haben.«

Kate ahnte, wie schwer Guiseppe der beißende Spott der Goldsucher treffen musste, und ging zu den Zelten. »Schämt ihr euch nicht?«, rief sie den Männern zu. »Wisst ihr denn nicht, was Guiseppe gerade vorgetragen hat? Das war eine Szene aus Hamlet. So heißt das Theaterstück des berühmtesten Dichters, der jemals gelebt hat: William Shakespeare. Ein bisschen Kultur könnte euch nicht schaden, wisst ihr das? Oder wollt ihr dumm wie Bohnenstroh durch die Welt laufen? Selbst wenn ihr viel Gold am Klondike finden würdet, kämt ihr nicht weit, weil ihr euch ein Leben lang mit eurer Dummheit langweilen würdet.«

»Hört, hört!«, rief einer der Männer. »Miss Kate kümmert sich um unser Seelenheil. Shakespeare oder wie der Typ heißt, hilft uns hier nicht weiter. Unsere einzige Sorge ist, rechtzeitig vor dem Winter zum Klondike zu kommen.«

»Lasst Guiseppe in Ruhe! Ihr wisst nicht, was er durchgemacht hat.«

»Er soll seine Sprüche woanders aufsagen, das ist alles.«

Kate ließ die Männer allein und hielt Ausschau nach Guiseppe, aber er war nirgendwo zu sehen. Er hatte sich wohl aus Scham verkrochen, kurierte am Seeufer oder sonst irgendwo seinen Kummer aus. Wenn er nur ein bisschen Verstand hätte, würde er nach Hause gehen und irgendeine andere Arbeit annehmen. Sie hatte wenig Ahnung davon, was einen guten Schauspieler ausmachte, fand aber, dass er viel zu sehr übertrieb, sich so in seine Rolle hineinsteigerte, dass er unglaubhaft wirkte. Warum betrieb er die Schauspielerei nicht als Hobby und suchte sich eine Arbeit, um über die Runden zu kommen?

In ihrer Hütte braute Kate einen Tee und hielt für ein paar Minuten inne. Sie dachte an ihre Eltern im fernen Johnville, ihre Schwester Nora in Maine und ihren Bruder James in Minneapolis. Nora hatte ohne die Zustimmung ihrer Eltern geheiratet, war aber glücklich und fühlte sich wohl an der Atlantikküste. James war ebenfalls verheiratet und arbeitete als Polizist. Ihre Eltern bewirtschafteten die

Farm mit Kates ältestem Bruder John, der nie das Bedürfnis gehabt hatte, das beschauliche Johnville zu verlassen. Irgendwann würde sie ihre Eltern noch mal besuchen, so wie sie es bei ihrer Abreise versprochen hatte.

Was sie wohl sagen würden, wenn sie ihnen George vorstellte? Sie würde ihn bitten, seine Uniform mit der scharlachroten Jacke anzuziehen, das würde Eindruck machen. Ihre Eltern würden sicher ein wenig eingeschnappt sein, wenn George und sie bereits verheiratet waren, wenn sie auf Besuch kamen, vor allem ihr Vater, ein sehr traditionsbewusster Mann, aber sie und George als unverheiratetes Paar auf einer so langen Reise würde ihm auch nicht gefallen.

Sie musste lachen. Noch hatte er weder um ihre Hand angehalten noch eine Heirat erwähnt. Sie kannten sich schon fast ein Jahr, waren aber oft getrennt gewesen, und ein Antrag wäre vielleicht auch zu früh gekommen. Seltsam, nach ihrer Abreise aus Johnville hatte sie nicht einmal in Erwägung gezogen, sich von einem Mann zu einem gemeinsamen Spaziergang einladen zu lassen. Sie würde niemals heiraten, um versorgt zu sein, wollte auch als verheiratete Frau in der Lage sein, selbst für ihren Lebensunterhalt zu sorgen. Sie wollte stark wie eine Wölfin sein, wie Kaw-claa sich ausgedrückt hatte. Ihre persönliche Freiheit war immer ihr höchstes Gut gewesen, auch in einer Beziehung mit einem Mann, selbst wenn sie damit gegen alle Konventionen verstieß. Sie wollte nicht so leben wie ihre Mutter, die ihren Lebensinhalt nur darin sah, ihrem Mann eine gute Ehefrau und ihren Kindern eine gute Mutter zu sein.

Zum Abendessen holte sie etwas Elchschinken, Käse und Brot aus der Vorratskammer. Die Vorräte in Teslin gingen langsam zur Neige, und der Reverend war froh, Guiseppe nicht bewirten zu müssen. Er kümmerte sich bereits um zwei mittellose Männer, die unterwegs bestohlen worden waren und darauf warteten, dass die Mounties den Dieb festnahmen und ihnen ihr Geld zurückgaben. Eine trügerische Hoffnung, wie Kate wusste. Von George hatte sie erfahren, dass solche Diebstähle nur höchst selten aufgeklärt wurden. Meist revanchierten sich die Opfer, indem sie sich selbst an anderen Männern bereicherten.

Die Sonne, die sich an diesem Tag nur selten gezeigt hatte, war bereits untergegangen, als Kate unruhig wurde. Guiseppe hätte längst erscheinen müssen. So wie sie ihn kannte, hätte er niemals auf ein Abendessen verzichtet. In ihrem Restaurant in Glenora war er Stammgast gewesen, stets ohne zu bezahlen, und später hatte er die Gäste sogar mit lustigen Szenen aus Komödien unterhalten. Warum er immer wieder versuchte, die Leute mit ernsten Szenen aus hochdramatischen Stücken wie »Hamlet« zu überzeugen, wusste sie nicht. Vielleicht, um zu unterstreichen, dass er sich als ernsthafter Schauspieler sah und nicht als einer der Clowns, die auf Jahrmärkten und im Zirkus auftraten.

Sie wartete, bis es dunkel geworden war, und sah in seinem Zelt nach. Es war leer. Seine Nachbarn hatten keine Ahnung, wo er sich verkrochen hatte. »Wir sind nicht seine Kindermädchen«, sagte der Goldsucher, der schon vor einigen Stunden über ihn gelästert hatte, »meinetwegen kann er sich zum Teufel scheren! Wenn er schlau ist, geht er nach Vancouver. Hier gibt es sowieso nichts für ihn zu holen, und auf den Goldfeldern am Klondike erst recht nicht.«

In der Kirche wurde sie auch nicht fündig. Guiseppe hatte sich noch gar nicht blicken lassen, und der Reverend hatte keine Ahnung, wo er sein könnte. »Tut mir leid, Ma'am«, sagte er. »Darf ich fragen, warum Sie sich für den armen Kerl einsetzen? Ist er mit Ihnen verwandt? Kennen Sie ihn von früher?«

»Ich kenne ihn von früher, Reverend. Ich war Krankenschwester am Sisters of the Nahomish Hospital in Seattle, als er mir zum ersten Mal über den Weg lief. Er war von keinem Theater angenommen worden, versuchte sich als Bauarbeiter und war mit dem Schubkarren gestürzt. Einige Leute fanden das zum Lachen, aber für ihn war es eine Katastrophe. Er hielt sich für wertlos und sah den Klondike wohl als letzte Chance. Aber bei den Männern hier draußen kommt er erst recht nicht an.« Sie stellte den Kragen ihrer Mackinaw-Jacke gegen den kühlen Abendwind hoch. »Ich weiß auch nicht, warum ich ihn bemuttere. Weil mir das Helfen im Blut liegt, nehme ich an. Ich hatte immer ein Herz für die Armen und Schwachen. Uns ging es nach der Überfahrt auch nicht anders.«

»Sie wurden in Irland geboren?«

»Nein, aber meine Eltern und die meisten meiner Geschwister. Und Johnville war irischer als so mancher Ort in Irland. In mir fließt irisches Blut, Reverend. Sie sollten mich sehen, wenn ich wütend bin, dann bin ich Irin durch und durch. Noch mal danke, dass Sie Guiseppe in der Kirche schlafen lassen.«

»Gott behüte dich, mein Kind!«, verabschiedete er sich.

Kate war schon auf dem Rückweg zu ihrer Hütte, als dumpfes Trommeln von den Langhäusern der Tlingit zu ihr herüberdrang. Ein Zeichen, wie sie hoffte. Sie traute Guiseppe durchaus zu, in ihrem Dorf um Anerkennung zu werben und einen Ausgleich für die Schmach bei den Goldsuchern zu suchen.

Sie schlug die Richtung zum Dorf der Tlingit ein. Sie würde noch früh genug in ihre Hütte kommen, die ihr immer beängstigend leer vorkam, wenn George unterwegs war. Wie schnell man sich doch daran gewöhnen konnte, einen geliebten Menschen in der Nähe zu haben, seine Stimme zu hören und seine Wärme zu spüren. Und wie furchtbar musste es sein, einen solchen Menschen zu verlieren. Der Gedanke erschreckte sie und ließ sie schneller laufen.

Vor den Langhäusern brannten zwei Fackeln, und ein junger Mann blickte ihr misstrauisch entgegen, bis er sie erkannte und ihr den Weg freimachte. Sie trat ein und blieb stehen, bis sich ihre Augen an den Feuerschein gewöhnt hatten. Als hätten die Bewohner auf sie gewartet, verstummte plötzlich das Trommeln, und Guiseppe trat in einem roten Umhang vor das Feuer, reckte die Hand mit dem Totenschädel und setzte zum Monolog aus »Hamlet« an. »Sein oder Nichtsein, das ist hier die Frage!« Nachdem er geendet hatte, belohnten ihn die Tlingit mit überschwänglichem Applaus. »In der Geschichte, aus der ich zitiert habe, geht es um einen jungen Anführer aus dem fernen Europa«, erklärte er. »Die Geister tragen ihm auf, den Mord an seinem Vater zu rächen, doch er hat Bedenken und weiß nicht, was er tun soll. Er zögert die Entscheidung hinaus.«

»Ist er ein Feigling?«, fragte Chief Pete.

»Er ist ein Mensch, der lange über etwas nachdenkt und sich nur schwer entschciden kann. Ein Krieger, den viele für verrückt halten, weil er nicht zur Waffe greifen will und vor lauter Grübeln den eigenen Tod heraufbeschwört.«

»Bei den Tlingit könnte er kein Anführer sein. Als Häuptling des Wolfclans muss ich Entscheidungen treffen. Wenn ich zögere, kann das großes Unglück bedeuten.« Er lächelte selbstgefällig. »Kennst du keine Geschichten von wahren Anführern? Von tapferen Anführern, die viele Feinde besiegt haben?«

Kate hatte sich neben das Feuer gesetzt. »Warum erzählst du ihnen nicht von Ivanhoe, dem tapferen Ritter?«, rief sie. Sie wusste, dass Guiseppe den Roman gelesen hatte und sehr von ihm angetan war. Auch sie hatte ihn gelesen, in Johnville unter den Bäumen hinterm Haus, wenn sie wusste, dass niemand in der Nähe war. »Ivanhoe werden sie mögen, er war ein tapferer Krieger.«

Guiseppe war einigermaßen überrascht, ging aber auf ihren Vorschlag ein. »Mylady hat recht, er war einer der tapfersten Krieger, die es im alten Europa gab. Ein furchtloser Krieger, der in einer eisernen Rüstung in den Kampf gegen seine Feinde ritt, seine Freunde rettete und das Herz einer schönen Frau eroberte. Aber lasst mich die Geschichte von Anfang an erzählen. Ivanhoe war ein Ritter, so nannten sie die Krieger damals, und kehrte nach einem erfolgreichen Kriegszug in die Heimat zurück. Seine Landsleute waren in großer Gefahr ...«

Die Tlingit hingen wie gebannt an seinen Lippen, als er von den Abenteuern des legendären Ritters erzählte. Sie mochten spannende Geschichten, vertrieben sich vor allem während der eisigen Winter die Zeit damit, den Geschichtenerzählern ihres Volkes zu lauschen. Es gab unzählige Legenden, die vom Wolf und dem Raben und den mutigen Taten ihrer Vorfahren berichteten. Vom aufopferungsvollen Kampf gegen russische Pelztierjäger und weiße Siedler, die Krankheit und Tod gebracht hatten, und gegen die Krieger benachbarter Völker.

Als Guiseppe geendet hatte und Chief Pete einen festlichen Braten für ihn bringen ließ, ging Kate zu dem Schauspieler und beglückwünschte ihn. »Das war eine gute Idee«, sagte sie. »Werden Sie länger bei den Tlingit bleiben?«

Er strahlte übers ganze Gesicht und schien seit langer Zeit wieder einmal zufrieden zu sein. »Chief Pete hat mich eingeladen«, berichtete er strahlend. »Ich darf den ganzen Winter bleiben und bei ihnen schlafen und essen. Die meisten von ihnen sprechen Englisch, Mylady. Sie verstehen, was ich sage. Und wenn ich Shakespeare rezitiere, erzähle ich ihnen, um was es geht. Ich glaube, es gibt nicht einen einzigen Weißen, der Shakespeares Englisch wirklich versteht.«

Kate lächelte. »Bleiben Sie bei Ivanhoe, so was kommt an.«

12

Am frühen Morgen blickte Kate besorgt zum Himmel empor. Mit jedem Tag stiegen die Chancen eines baldigen Wintereinbruchs und die Befürchtung, George und die Mounties könnten in einen Schneesturm geraten und mit den Pferden nicht weiterkommen. Kaum einer der Neuankömmlinge in Teslin wagte noch, mit einem Floß oder notdürftig gezimmerten Boot nach Norden zu fahren, zu groß war die Gefahr, dass der See zufror, bevor sie das nördliche Ende erreicht hatten. An den Ufern hatten sich bereits Eiskrusten gebildet.

Guiseppe de Fortunato blieb das Glück im Unglück treu. Gerade noch rechtzeitig hatte er die Tlingit von seinen Schauspielkünsten überzeugt und erfreute sie mit dramatischen Szenen aus Shakespearedramen und Nacherzählungen bekannter Bücher, die er entsprechend ausschmückte. Ohne es zu wissen, folgte er damit der Tradition der Geschichtenerzähler, die bei den Tlingit und zahlreichen anderen Indianervölkern den Winter mit ihren Vorträgen verkürzten.

Um informiert zu bleiben, sah Kate auch an diesem Morgen bei Roy Garland in seinem Handelsposten vorbei. George war schon seit beinahe drei Wochen unterwegs, und sie wurde immer nervöser. Er war ein erfahrener Polizist und ging sicher kein unnötiges Risiko ein, hatte es aber auch mit Paddy O'Leary zu tun, einem gnadenlosen Gesetzlosen, der keinerlei Rücksicht kannte, wenn er in die

Enge getrieben wurde. Und Elsie Maloney war angeblich eine berüchtigte Diebin, die einige Jahre mit ihrem Mann durch Kanada gezogen war, bis er während einer Schießerei von den Mounties getötet worden war. Sie würde bestimmt keinen Polizisten verschonen, der ihr vor die Flinte kam.

Im Handelsposten war wie immer um diese Zeit einiges los. Vor dem Tisch, auf dem kostenloser Kaffee und Tee angeboten wurden, standen mehrere Männer, rauchten und tranken und hatten sich um einen Goldsucher geschart, der anscheinend vom Klondike kam und auf dem Rückweg war. Er trug geflickte Nietenhosen, eine Mackinaw-Jacke und kniehohe Stiefel und hatte gerade so viel Gold gefunden, dass es für einen lahmen Gaul und einen Beutel mit Verpflegung gereicht hatte. »Du musst schon verdammtes Glück haben, wenn du am Klondike reich werden willst«, sagte er. »In den Zeitungen steht, du bräuchtest das Gold nur aufzuheben, aber das stimmt nicht. Zuerst mal musst du einen Claim abstecken, und die besten sind natürlich längst vergeben. Dann musst du ackern wie ein Muli, um wenigstens etwas Gold aus dem Boden zu waschen. Es sei denn, du gehörst zu den Glückspilzen, die mit ihrer Goldwaschpfanne am Klondike hocken und einen dicken Nugget herausholen.«

»Das glaub ich nicht«, sagte einer der Männer, die aus Glenora gekommen waren. »Ich hab gelesen, es gab Männer, die haben das Gold in Schubkarren weggefahren. Mir würde es schon reichen, wenn ich mir die Taschen vollmachen könnte. Ich hab einen guten Job als Buchhalter aufgegeben, und meine Frau schlägt mir den Schädel ein, wenn ich ohne Gold nach Hause komme.«

Die Männer lachten. »Als Buchhalter weißt du ja, wie schnell einem das Geld durch die Finger rinnt. Vertausche ein paar Zahlen, wenn du wieder im Büro bist, dann bist du wieder flüssig. Und es klappt auch wieder mit der Frau.«

»Wenn sie sich inzwischen keinen anderen gesucht hat«, lästerte jemand.

Der andere Goldsucher wollte mit den Fäusten auf ihn losgehen, wurde aber rechtzeitig von seinen Freunden zurückgehalten. »Langsam, Buddy, immer mit der Ruhe! Er hat doch nur einen blöden Witz gemacht. Die meisten von uns sind doch ohne ihre Frauen gekommen und haben eine Heidenangst, dass sie sich inzwischen mit einem anderen vergnügen. Aber so sind sie nicht, unsere Frauen. Die wissen genau, was sie an uns haben, und wollen das Gold wie wir.«

»Ich geb euch einen guten Rat«, sagte der Mann, der vom Klondike gekommen war. »Behaltet es für euch, wenn ihr wirklich was findet. Unterwegs lauern Strauchdiebe, die es nur darauf abgesehen haben, erfolgreiche Goldsucher abzupassen und ihnen abzunehmen, was sie in den Taschen haben. In der Nähe von Whitehorse soll es gestern einen Mann aus Vancouver erwischt haben. Er hatte nur ein paar Nuggets dabei und wurde von einem Mann mit einer Pistole gezwungen, sie herauszurücken. Er konnte von Glück sagen, dass ihn der Bursche nicht über den Haufen schoss. Nach der Beschreibung, die er den Mounties gab, soll er von einem Mann aus New Brunswick bestohlen worden sein.«

»Simon Gallagher?«, rief Kate.

»Ja, so heißt er wohl. Die Mounties sagen, er wäre gefährlich, weil er gerne mal durchdreht. Aber wenn ihr mich fragt, sind alle Strauchdiebe gefährlich.«

»Haben sie ihn festgenommen?«

»Leider nicht. Als sie kamen, war er längst über alle Berge. Sie vermuten, dass er in Whitehorse oder Dawson City untergetaucht ist. Vor allem in Dawson gibt es zu wenige Mounties, und Strauchdiebe wie er können tun und lassen, was ihnen gefällt. Aber dieser Gallagher soll kein gewöhnlicher Strauchdieb sein, hab ich gehört, angeblich war er mal Priester und kam erst auf die schiefe Bahn, als ihm seine Verlobte davonlief. Das hat er nicht verkraftet.«

»Die Verlobte war ich«, klärte Kate ihn auf, »und nicht ich bin ihm davongelaufen, sondern er hat seiner Mutter gehorcht, die eine einfache Farmersfrau wie mich nicht in der Familie haben wollte und ihn gezwungen hat, aufs Priesterseminar zu gehen. Schon als Priester hat er sich mit einem leichten Mädchen eingelassen, und mich wollte er entführen, weil er nicht ertragen kann, dass ich nichts mehr mit ihm zu tun haben will. Er ist ein gemeiner Dieb, weiter nichts!«

»Kate hat recht«, sagte Roy Garland zu den Männern, die Kate nicht kannten. »Sie konnte von Glück sagen, dass sie mit dem Schrecken davongekommen ist.«

»Haben Sie was von dem Suchtrupp gehört?«, fragte Kate.

»Den Mounties, die hinter O'Leary und dieser Frau her sind?« Der Neuankömmling fühlte sich anscheinend wohl in seiner Rolle und hob dankend sein Glas, als ihm ein

Goldsucher einen Whiskey anbot. »In Tagish hab ich einige Männer darüber reden hören. Angeblich nur sechs Mounties, die in den Cassiar Mountains nach dem Pärchen suchen. Ich bezweifele, dass sie die beiden finden. Ich wette, die kommen bald zurück … wenn sie in den Bergen nicht vom ersten Schnee überrascht werden. Ich hab einen Winter am Yukon mitgemacht. Ich kann mir was Schöneres vorstellen.« Er hob sein leeres Glas. »Hat noch jemand was Scharfes für mich? Ich hab lange keinen Whiskey mehr gehabt.«

Der Mann mit der Whiskeyflasche erbarmte sich und schenkte nach. »Wie war das denn so am Klondike?«, wollte er wissen. »Soll's da im Winter wirklich Tag und Nacht dunkel sein? Und was ist in Dawson City los? Die Stadt soll der reinste Sündenpfuhl sein. Gibt's da leichte Mädchen und all so was?«

»Alles, was das Herz eines Sünders begehrt, mein Lieber!« Er leerte sein Glas in einem Zug und wischte sich den Mund mit dem Handrücken trocken. »Aber du musst Geld haben … oder Gold! Der Whiskey und die Mädchen kosten ein Vermögen. Die nehmen dir schon für einen Tanz mehrere Dollar ab!«

Kate hatte genug gehört. Einen Augenblick dachte sie daran, nach Tagish zu reiten und dort auf George zu warten, aber auch wenn sie einige der Mounties noch von der Zeit kannte, als sie auf dem Marsch nach Norden für sie gekocht hatte, wäre sie dort wohl nicht gern gesehen worden. Inspector Primrose hatte ihr versprochen, sie sofort zu informieren, wenn es Neuigkeiten gab, und würde sich daran halten. Er war ein pflichtbewusster Offizier, nicht so streng, wie es sein kantiges Gesicht und sein stechender Blick vermuten ließen, aber den Vorschriften und der Wahrheit verpflichtet und Tag und Nacht im Einsatz.

Von den vielfältigen Neuigkeiten getrieben, ging sie zu ihrem Lieblingsplatz am Seeufer und blickte nach Osten. Düstere Wolken hatten sich über den Bergen versammelt. Der Wind trieb kühle Luft über den See und verfing sich in den Bäumen am Ufer. Die Luft roch nach Schnee. Kate kam es so vor, als wirbelten schon vereinzelte Schneeflocken über dem Wasser, die ersten Boten der kalten Jahreszeit, die in diesen Breiten länger als in ihrer Heimat dauerte.

Sie hatte den letzten Winter in Glenora erlebt und großen Respekt vor dem Wintergeist, der nach dem Glauben der Tlingit die Herrschaft an sich reißen würde. Er machte sich jedes Jahr daran, sich alles Leben in der Wildnis zu unterwerfen und allen Lebewesen zu beweisen, dass gegen ihn nicht anzukommen war. Die Wildgänse waren längst auf der Flucht, flogen in keilförmigen Formationen nach Süden, um den Winter in wärmeren Regionen zu verbringen. Die Bären, selbst die mächtigen Grizzlys, fraßen sich Fett an und zogen sich in ihre Höhlen zur Winterruhe zurück. Wölfe und Huskys legten sich ein dickeres Fell zu und trotzten den Schneestürmen. Die Tlingit blieben in ihren Häusern und lauschten den Geschichtenerzählern, bis die Sonne aus ihrem Versteck zurückkehrte. Alle anderen, die sich im Winter in die Wildnis wagten, lebten in der ständigen Gefahr, vom Wintergeist gejagt und verschlungen zu werden.

An diesem Tag hatte Kate kaum Arbeit. Die meisten

Goldsucher hatten sich auf den Weg nach Norden gemacht, auf Flößen, auf Pferden und Maultieren, zu Fuß, um noch rechtzeitig am Klondike anzukommen, obwohl auch dort während des Winters alles brachlag. Aber alles war besser, glaubten die meisten, als sich in einem Zelt oder einer baufälligen Baracke in Teslin zu langweilen. Auch Kate blieb, ob aus Pflichtbewusstsein oder Angst, die Rückkehr von George zu versäumen, wusste sie selbst nicht. Sie sorgte sich eher um George, der dem Wintergeist in den Bergen hilflos ausgeliefert sein würde. Vor Aufregung brachte sie an diesem Tag kaum einen Bissen hinunter, selbst zur Hausarbeit war sie nicht fähig. Sie ahnte, wie brenzlig es für die Mounties wurde.

Abends lag sie lange wach. Sie lauschte dem Wind, der immer lauter zu werden schien, und sank erschöpft in einen Traum, in dem George von einem Blizzard aus dem Sattel gefegt wurde und hilflos im Schnee liegen blieb. Der Wintergeist, ein Riese aus Schnee und Eis, beugte sich über ihn und blies ihm seinen Atem aus wirbelnden Schneeflocken und Eiskristallen ins Gesicht.

Kate schreckte hoch und brauchte einige Sekunden, um sich in der Wirklichkeit zurechtzufinden. Draußen heulte der Wind, rieb sich an den rauen Wänden der Hütte und rüttelte an Tür und Fenstern. Sie stieg aus dem Bett, trat barfuß ans Fenster, und blickte in ein aufgewühltes Meer aus Schnee, der in dem wenigen Licht, das vom Himmel kam, noch bedrohlicher aussah und alles zu ersticken drohte. Der Wintergeist war gekommen. Das Land versank im Schnee, und die vereisten Scheiben ließen nur erahnen, wie eisig kalt es war.

Sie fachte das Feuer im Ofen an und setzte frisches Teewasser auf. Während es kochte, zog sie sich an und holte etwas Käse und Schinken aus der Vorratskammer. Die Nacht war bald vorbei, und sie würde ohnehin nicht mehr schlafen können. Der Tee beruhigte sie ein wenig. Sie knabberte an dem Käse und dem Schinken, brachte aber beides schon nach kurzer Zeit wieder in die Vorratskammer und blieb tatenlos am Tisch sitzen. Der Wintergeist rumorte und schien seinen Spaß daran zu haben, den Sommer endgültig zu vertreiben und Menschen und Tiere zu erschrecken. Kate schloss für einen Moment die Augen, hörte sein Rumoren dann noch lauter und öffnete sie wieder. Sie hatte keine Angst vor dem Winter, sie sorgte sich nur um George und die Mounties.

Als es draußen hell wurde, ließ auch das Heulen des Windes nach. Sie zog ihre Büffelfelljacke an und wagte sich nach draußen, ging einige Schritte und blieb inmitten des teilweise kniehohen Schnees stehen. Der Ausblick auf den See und die Berge und Wälder war atemberaubend. Über Nacht hatte sich die Wildnis in ein magisches Schneeparadies verwandelt und ließ nicht einmal erahnen, mit welcher Wucht und Entschlossenheit der Wintergeist gegen den schwindenden Sommer vorgegangen war. Wie ein Raubtier, das makellose Schönheit und Eleganz ausstrahlte, verstand es auch der Wintergeist, die Angst der Menschen mit einem Anblick wie in einem Märchenbuch zu versöhnen.

Der Schnee verbarg alles Hässliche unter sich. Unberührt und in einem makellosen Weiß erstreckte er sich über die felsigen Hänge. Die Äste der Schwarzfichten hoben sich dunkel gegen ihn ab, die kahlen Laubbäume ragten skelettartig empor und schienen hilfesuchend nach einem Halt zu suchen. Jedes Geräusch in der langsam erwachenden Stadt klang gedämpft oder war überhaupt nicht zu hören, selbst der Wind schien beeindruckt von der Stille und hielt sich merklich zurück. Einige der Baracken und Zelte waren unter dem Schnee kaum zu sehen.

»George!«, flüsterte Kate. »Wo bist du, George? Bist du okay?«

Ohne lange nachzudenken lenkte sie ihre Schritte zu den Langhäusern der Tlingit. Der Schnee ächzte unter ihren Schritten, und sie musste einen Umweg gehen, um einer besonders hohen Schneeverwehung auszuweichen. In den Bäumen am Seeufer krächzte ein Rabe, und sie entdeckte einen Fuchs, der aber sofort Reißaus nahm und zwischen Büschen verschwand. Von den Langhäusern wehte ihr der Rauch der Feuer entgegen. Die Tlingit waren Frühaufsteher, einige Kinder waren bereits im Freien und spielten im Schnee.

Ihr Gesicht war von der Kälte gerötet, als sie das Haus des Wolfclans erreichte, den Schnee von ihrer Jacke klopfte und das Haus betrat. Angenehme Wärme empfing sie. Sie hatte einen Beutel mit Tabak mitgenommen und reichte ihn Chief Pete, der mit einem Becher Tee am Feuer saß und sie lächelnd begrüßte. Er öffnete den Beutel und ließ etwas Tabak ins Feuer rieseln. »So beschwichtigen wir die Geister«, erklärte er. »Der Wintergeist verlangt besonders viel. Auch wenn wir getauft sind, halten wir an den Traditionen fest.«

»Auch bei uns Katholiken gibt es vieles, was andere für

Hokuspokus und Aberglaube halten. Ich würde mich niemals über eure Sitten lustig machen.«

»Willst du zu Guiseppe?« Er hatte Schwierigkeiten, den Namen auszusprechen. »Ich glaube, er schläft noch. Er saß bis zum frühen Morgen am Feuer.«

»Er fühlt sich wohl bei euch.«

»Er ist ein guter Geschichtenerzähler«, sagte Chief Pete.

»Ist Kaw-claa in der Nähe?«, fragte sie.

»Sie ist draußen im Schnee.«

Kate bedankte sich und fand die Geistfrau auf einem nahen Hügel. »Geistfrau« oder »ixht« nannten die Tlingit ihre Schamanen, von den Weißen bekamen sie weniger respektvolle Bezeichnungen wie »Zauberin« oder »Hexe«. Sie hatte ihre Arme ausgebreitet und blickte zum winterlichen Himmel empor.

Kate wartete, bis sie die Arme herunternahm. »Kaw-claa.«

Kaw-claa drehte sich um. »Du bist gekommen.«

»Du wusstest, dass ich euch besuche?«

Sie gingen ein paar Schritte und blieben im Schutz des Hügels stehen. Auf Kate wirkte Kaw-claa weder wie eine Geistfrau noch wie eine Hexe, eher wie eine weise Frau, die es verstand, ihre Träume zu deuten und mit den Geistern in Verbindung zu treten. Und mit Gott zu sprechen, hätte ein Katholik gesagt.

»Ich wusste es. Du hast dich vor dem ersten Schnee gefürchtet?«

»Ich sorge mich um George und die anderen Mounties. Sie sind mit Pferden in den Bergen unterwegs. Der viele Schnee könnte ihnen gefährlich werden.«

»Sie sind erfahrene Männer, sie wissen um die Gefahren.«

»Das sage ich mir auch ständig.«

Sie blieben stehen. Es hatte begonnen, leicht zu schneien, und sie blinzelten in den Schnee, den der Wind in ihre Gesichter trieb. Der Wintergeist zeigte sich von seiner friedlichen Seite, nichts wies auf irgendwelche Gefahren hin.

»Du musst stark sein, Kate«, sagte Kaw-claa.

Kate war unruhig. »Ich würde den Mounties am liebsten nachreiten und George nach Hause holen. Wenn er nun hilflos irgendwo in der Wildnis liegt?«

»Solche Gedanken hat jede Frau, die mit einem Mann zusammenlebt. Sie hat Angst um ihren Mann, ihre Kinder, ihre Freunde und Bekannten. Im Winter und im Sommer. Du bist nicht nur im Winter um deinen Liebsten besorgt.«

»Du hast recht«, gestand sie. »Ich habe noch nie einen Mann so geliebt wie George und erschrecke selbst, welche Sorgen ich mir mache. Irische Frauen haben selten Angst. Sie lassen sich nicht unterkriegen. Aber seit ich mit George zusammen bin, ist vieles anders. Ich liebe ihn und will ihn nicht verlieren. Du weißt nicht, was mit ihm ist?«

»Ich weiß, dass du stark bist.«

»Weil ich mich gegen meinen Entführer gewehrt habe?«

»Auch deshalb«, sagte Kaw-claa. »Und ich weiß, wie du neue Kraft sammeln kannst, um nicht von deinem Weg abzukommen. Sprich mit den Geistern, Kate! Sprich mit den Geistern, auch wenn du weiß bist und unsere Sprache nicht sprichst. Du gehörst zum Wolfclan. Sie werden dir zuhören. So holen sich unsere Männer und Frauen die Kraft, um in dieser neuen Zeit zu bestehen.«

»Was willst du mir sagen, Kaw-claa?«

»Geh in die Schwitzhütte und lass deinen Geist wandern!«

Kate hatte schon von Schwitzhütten gehört. Auf der Fahrt über die nördliche Prärie hatte ihr ein Mann erzählt, dass viele Krieger der Sioux und Cheyenne in Schwitzhütten gingen, um in der dampfenden Hitze ihre Seelen reinzuwaschen und sich auf einen Kampf oder andere schwierige Aufgaben vorzubereiten. Anscheinend war diese Sitte auch bei den Tlingit verbreitet. Ein Schwitzbad, das die Gedanken reinigte und einem half, die richtige Entscheidung zu treffen.

»Ich bin bereit«, sagte sie.

13

Kaw-claa führte sie in eine nahe Senke und blieb vor einer kuppelförmigen Strauchhütte stehen. Über dem Strauchgerüst lagen Felle und Decken, vor der Hütte brannte ein Feuer, in dem mehrere schwere Steine lagen. Ein älterer Tlingit, in eine rote Robe gehüllt, stand bei dem Feuer und betete in seiner Sprache.

»*Gunalchesh haat igodi*«, grüßte er, »gut, dass ihr gekommen seid.«

Kate verbeugte sich vor dem weißhaarigen Mann. Sie hatte es wohl der Fürsprache von Kaw-claa zu verdanken, dass sie an der heiligen Zeremonie teilnehmen durfte, aus irgendeinem Grund war die Geistfrau ihr freundlich gesonnen und tat alles, um ihr auf ihrem langen Weg durch die Wildnis zu helfen. Sonst hätte sie ihr bestimmt nicht den Zugang zu einer Schwitzhütte gestattet.

Kaw-claa wechselte einige Worte mit dem alten Tlingit, sagte ihm wohl, dass sie mit der Weißen allein sein wollte, und erhielt ein zustimmendes Nicken als Antwort. Daraufhin ging der Alte zum Dorf zurück. Kaw-claa wartete geduldig, bis er nicht mehr zu sehen war, und sagte: »Wir haben die Schwitzhütte von den Völkern der weiten Ebenen übernommen, ein Geschenk des Schöpfers an alle Menschen, die im Einklang mit den Geistern und der Natur leben wollen. Die Zeremonie wird dir neue Kraft für deine Reise nach Norden geben.«

Noch vor wenigen Wochen hätte Kate entsetzt abgewunken, wenn ihr eine Eingeborene ein solches Angebot gemacht hätte. Als gute Katholikin hätte sie die Zeremonie als heidnischen Hokuspokus bezeichnet und niemals eine Schwitzhütte betreten. Aber Kaw-claa hatte etwas an sich, das ihr Vertrauen einflößte, das ihr signalisierte, dass es keinen allein gültigen Glauben gab, und auch die Zeremonie eines Volkes wie der Tlingit in ihre Glaubenswelt passte.

Kaw-claa schien ihre Gedanken zu lesen. »Wir sind keine Heiden«, sagte sie. »Wir glauben an einen Schöpfer, den wir Kah-shu-goon-yah und ihr Gott oder Jesus Christus nennt. Es ist egal, zu wem du während der Zeremonie betest. Es ist die Kraft des Feuers, die dir helfen wird, die Dinge klarer zu sehen, und es dir leichter machen wird, die richtigen Entscheidungen zu treffen.«

Eine weitere Hemmschwelle baute sich vor Kate auf, als Kaw-claa sie bat, ihre Kleider abzulegen und die Hütte nackt zu betreten. Father Chapman in ihrem Heimatdorf hätte sie aus der Kirche verwiesen, wenn er von einem solchen Frevel gewusst hätte. Aber Kaw-claa wandte sich respektvoll von ihr ab, als sie sich auszog, und machte sich erst dann daran, einige der heißen Steine mit einer Schaufel aus dem Feuer zu holen und in einer Grube in der Hütte zu versenken. Kate saß mit verschränkten Armen auf einer Decke und beobachtete, wie Kaw-claa kaltes Wasser über die Steine goss und etwas in ihrer Sprache sagte, als das Wasser zischte und der Rauch sich in der Hütte verteilte.

Die Geistfrau wartete einige Minuten, murmelte ein Gebet, das wie eine Beschwörungsformel klang, und entzündete ein Bündel mit Kräutern, das griffbereit vor der Hütte gelegen hatte. Mit dem schwelenden Bündel ging sie um Kate herum und hüllte sie in den würzigen Rauch der Kräuter. Während sie betete und ein heiliges Lied der Tlingit sang, waren ihre Augen geschlossen.

»Was soll ich tun?«, fragte Kate.

»Nichts«, antwortete Kaw-claa. »Warte auf die Bilder, die in der Hitze kommen werden. Bete, wenn du willst. Und sei geduldig! Es kann einige Stunden dauern, bis es so weit ist. Ich werde in deiner Nähe bleiben und kaltes Wasser auf die Steine gießen, wenn der Rauch sich verzieht. »*Yan tutan!* Viel Glück!«

Die Geistfrau verließ die Hütte und verschloss die Klappe. Kate blieb in vollkommener Dunkelheit zurück, bis sich ihre Augen an die neue Umgebung gewöhnt hatten und sie das Feuer durch einige Lücken zwischen den Fellen und Decken sah. Die Hütte war leer, bis auf die Wolldecken, auf denen sie saß, und die dampfenden Steine in der Grube. Von der Wand hingen Kräuterbündel, die einen so intensiven Duft ausstrahlten wie frisch gebrühter Kamillentee.

Die Hitze war enorm und erinnerte sie an ein Erlebnis, das sie als Kind gehabt hatte. Im Bahnhof von Saint John hatte sie neben einer Lokomotive gestanden, die Dampf abgelassen und ihr einen solchen Schrecken eingejagt hatte, dass sie wie vor einem wilden Tier zurückgeschreckt war. Nur weil ihre Mutter sie rechtzeitig zurückgerissen hatte, war sie nicht von dem plötzlich austretenden heißen Wasser verbrüht worden. Der Dampf, der von den Steinen aufstieg, war weniger aggressiv, aber so drückend, dass sie kaum noch Luft bekam. Er wurde so dicht, dass auch das Feuer nicht mehr zu sehen war, und sie ängstlich bis zur Hüttenwand zurückwich. Sie bekam nur noch schwer Luft.

Kaw-claa schien zu wissen, wie es ihr ging. »Sei stark, Kate!«, rief sie. »Die Bilder werden kommen, wenn du durchhältst. Du bist stärker als eine Wölfin!«

Kate wusste, dass sie die Hütte jederzeit verlassen und die Zeremonie abbrechen konnte, aber sie hielt durch. Sie vertraute Kaw-claa, die ihr seltsam nahestand, als wären sie verwandt oder würden sich seit Jahren kennen. George war irgendwo da draußen und kämpfte gegen die Schneemassen an, stand vielleicht auf verlorenem Posten gegen den Wintergeist, der früher als sonst von den Bergen herabgestiegen war und seinen eisigen Atem ausstieß.

Sie brauchte neue Kraft, um George beizustehen, falls er in einer Notlage war. Ihre Seele musste für die Herausforderungen, die ein strenger Winter brachte, gewappnet sein. Sie war zu dem neuen Reverend in der Kirche gegangen und hatte Gott gebeten, ihr und George beizustehen, aber vielleicht waren ihre Gebete nicht genug, und der Schweiß, der in der Schwitzhütte über ihre nackte Haut rann, würde sie von lästigen Problemen und Gedanken befreien, die während der nächsten Wochen nur hinderlich sein konnten.

Die Zeremonie dauerte noch länger, als sie befürchtet hatte. Eine Stunde reihte sich an die andere, und sie nahm Kate nur noch als flimmernden Schatten wahr, wenn sie die Hütte betrat und neues Wasser aufgoss. Sie hatte keine Angst. Kaw-claa hatte Erfahrung und wusste sicher genau, wie viel Hitze sie ihr zumuten konnte. Mit jedem Aufguss versank sie tiefer in ihren Träumen, begleitet von der beinahe unerträglichen Hitze und dem Duft der geheimnisvollen Kräuter. Nur einmal gab Kaw-claa ihr einen Schluck Wasser zu trinken, eine Ausnahme, die den Tlingit nicht gewährt wurde. Sie hielten stundenlang in der Hitze aus, wenn sie nach der Wahrheit oder einer Antwort auf ihre Probleme suchten. Auch wenn christliche Missionare ihnen von Schwitzhütten abgeraten hatten, ließen sie nicht davon ab.

Vor Kates Augen tauchten Bilder und Szenen auf, bruchstückhaft nur und in Sekundenschnelle, aber deutlich genug, um in ihre Gedanken zu dringen. Der Wolf, dem sie schon früher begegnet war, wie er mit federnden Schritten über einen verschneiten Hang lief und vor ihr stehen blieb, sie aus seinen bernsteinfarbenen Augen anblickte und etwas sagte, was sie nicht verstand. Er war ihr nicht feindlich gesinnt, im Gegenteil, er war ihr Schutzgeist, ihr Freund, der immer zur Stelle sein würde, wenn er gebraucht wurde. Ein Schneesturm, der in den Bergen tobte und wirbelnden Schnee vor sich hertrieb. Einsame Nadelwälder mit stummen Schwarzfichten, die in der arktischen Kälte erstarrt waren.

Und dann das unheilvolle Krachen mehrerer Schüsse, die als Echo in den Bergschluchten verhallten. »George!«, flüsterte sie in aufkommender Panik.

Sie vertrieb die Bilder und rannte in den Schnee hinaus, stolperte und wäre ins Feuer gestürzt, wenn Kaw-claa sie nicht gehalten hätte. In den Armen der Geistfrau erholte sich Kate langsam von ihrem Schock. »George! Er muss in

Gefahr sein! Ich habe Schüsse gehört … irgendjemand hat auf ihn geschossen!«

»Die Mounties sind vorsichtig. Sie lassen sich nicht erschießen.«

»Und wenn doch?«

»Du bist stark. Du warst lange in der Schwitzhütte und brauchst dich vor niemandem mehr zu fürchten.« Kaw-claa löste sich von ihr und rieb ihren verschwitzten Körper mit Schnee ab. »Zieh dich an! Du hast genug geschwitzt.«

Kate fühlte sich eher schwächer als vorher. Die Traumbilder hatten ihre Angst noch geschürt und ihr klargemacht, dass sie nicht länger zögern durfte. Sie musste dem Inspector sagen, was sie in ihrem Traum gesehen hatte, und dabei sein, wenn der Suchtrupp aus den Bergen zurückkehrte oder man entschied, dem Suchtrupp entgegenzureiten. »Ich muss los«, sagte sie, nachdem sie sich angezogen hatte, »ich muss zu George! Ich darf nicht länger warten!«

»Du bist eine tapfere Frau«, sagte Kaw-claa, »und die Reinigung in der Schwitzhütte hat dir neue Kraft gegeben, Aber mit deinem Pferd kommst du nicht weit. Nicht in den verschneiten Bergen. Du brauchst Huskys und einen Schlitten.« Sie griff nach ihrer Hand. »Ich weiß, wo du beides kaufen kannst.«

Daran hatte Kate noch gar nicht gedacht. Sie hatte ihren Schlitten und ihre geliebten Huskys in Glenora verkaufen müssen, weil die Hunde ihr auf dem Trail im Sommer nur hinderlich gewesen wären. Ein befreundeter Fallensteller hatte sie übernommen. Kaw-claa hatte recht, im Winter kam man nur mit dem Hundeschlitten voran. Ihr Brauner war zäh und ausdauernd, würde in den Bergen aber schneller kapitulieren als die trainierten Mountie-Pferde.

»Eddy hat eine Tlingit-Mutter und einen weißen Vater«, sagte sie, während sie einem verschneiten Trail über einen Hügelkamm folgten. »Er konnte sich nicht entscheiden, bei wem er leben wollte, und wohnt allein in seiner Hütte.«

»Als Fallensteller?«

Kaw-claa hatte einen Ast gefunden, der sich als Wanderstock gebrauchen ließ, und stützte sich darauf. »Als Fallensteller, Händler, Guide ... er hatte viele Berufe, aber inzwischen ist er zu alt und kommt kaum noch aus seiner Hütte.«

Eddys Blockhütte lag ungefähr zwei Meilen vom Tlingit-Dorf entfernt im Schutz einiger Bäume. Schon aus der Ferne hörten sie das aufgeregte Jaulen seiner Huskys. Er war ein drahtiger Mann, der siebzig, aber auch achtzig oder neunzig Jahre alt sein konnte und seine schlohweißen Haare zu einem Zopf gebunden hatte. »Kaw-claa!«, begrüßte er die Geistfrau fröhlich. »Ich dachte schon, du hättest mich vergessen. Ich bin nur alter Mann mit schmerzenden Gelenken, der keine Biberfalle mehr spannen kann, das ist wahr, und ich freue mich jedes Mal, wenn ich Besuch bekomme. Wer ist die hübsche weiße Frau?«

»Kate«, antwortete sie, »eine gute Freundin der Tlingit. Sie hat sich dafür eingesetzt, dass Charly und Mary heiraten dürfen. Du weißt von den beiden?«

Eddy bat sie an seinen Tisch und bot ihnen Kräutertee an. »Wer weiß nicht von ihnen. Sie haben auch mich um Hilfe gebeten, aber wie könnte ein alter Mann wie ich ihnen helfen? Wer hört schon auf ein Halbblut? Vielleicht hätte ich die Tlingit niemals verlassen dürfen, aber mein Vater ist mir genauso wichtig wie meine Mutter, und ich wollte ihn nicht verprellen. Aber das weißt du.«

Kaw-claa trank einen Schluck. »Kate ist gekommen, um dir deinen Schlitten und deine Huskys abzukaufen. Sie will ihrem Mann in die Berge nachfahren.« Sie erklärte in wenigen Worten, was passiert war. »Sie haben ihre Pferde dabei und wurden vom ersten Schnee überrascht. Du willst doch noch verkaufen?«

»Sicher«, antwortete er, »ich brauche keine Hunde mehr.« Er musterte Kate neugierig. »Kannst du denn mit einem Hundeschlitten umgehen? Wenige weiße Frauen können das. Und in den Bergen kommt man nur voran, wenn man keine Angst hat und mit den Gefahren, die dort auf einen warten, fertig wird.«

»Kate ist allein über den Trail gekommen«, antwortete Kaw-claa für sie, »bis zur Grenze mit den Mounties und dann allein. Mach dir um sie keine Sorgen!«

»Einverstanden, aber die Huskys haben ihren Preis«, warnte er. »Ich hab sie von einem befreundeten Fallensteller gekauft, der für seine guten Hunde bekannt ist. Ein ehrlicher Mann, eine Seltenheit, seitdem sie Gold am Klondike gefunden haben. Wenn Sie wollen, zeig ich Ihnen die Hunde gleich mal.«

Auch er benutzte einen Krückstock und humpelte leicht. Er führte sie zu einer Scheune, vor der fünf Huskys im Schnee lagen und sofort aufsprangen und an ihren Leinen zerrten und um die Wette jaulten und fauchten. »Seien Sie vorsichtig«, warnte Eddy, »sie brauchen einige Zeit, um sich an Fremde zu gewöhnen. Vor allem Jasper, der wilde Bursche, der mit der weißen Schnauze.«

»Jasper?«, fragte sie ungläubig.

»Keine Ahnung, woher seinen Namen hat.«

»Aber ich«, erwiderte Kate und lief freudestrahlend auf die Hunde zu. »Mein Gott! Blue! Jasper! Buck! Randy! Tex! Dass wir uns noch mal wiedersehen!«

Sie beugte sich zu den Huskys hinab und umarmte jeden Einzelnen, sogar den übermütigen Jasper, dem solche Zärtlichkeiten anscheinend peinlich waren. Blue war zutraulicher, eine bildschöne Lady mit strahlend blauen Augen, die sich sofort an sie schmiegte und ihre Schnauze an ihren Beinen rieb. Buck, der kräftige Leithund, war vor Freude hochgesprungen, als er Kate gewittert hatte, gab sich inzwischen aber zurückhaltender, wie es sich für einen Leithund gehörte. Randy und Tex, zwei fröhliche Draufgänger, sprangen an ihr hoch.

»Sie kennen die Huskys?«, fragte Eddy erstaunt.

»Und wie ich die kenne«, antwortete sie, »die Namen habe ich ihnen gegeben. Ich hab sie von einem alten Mann in einem Küstendorf und an einen befreundeten Fallensteller verkauft, bevor ich weiter nach Norden gezogen bin.«

»Leonard Baxter?«

»Leo, seine Frau und ich haben uns gut verstanden«, sagte sie. Sie kraulte Buck hinter den Ohren. »Was wollen Sie für die Hunde haben?«, fragte sie.

»Was können Sie denn bezahlen?«

»Zwei gute Pferde. Meinen Braunen und ein Packpferd.«

»Klingt gut. Pferde suchen sich ihr Fressen selbst. Gute Tiere?«

»Ich bin mit ihnen zufrieden.«

»Erst will ich sie sehen.«

»Kein Problem«, erwiderte Kate und tauchte wenige Stunden später mit den Pferden bei ihm auf. Sie hätte ihren Braunen gern behalten, aber im Winter hätte sie ohnehin auf ihn verzichten müssen. »Ein fairer Tausch, nicht wahr?«

Eddy untersuchte die Tiere wie ein erfahrener Pferdehändler und schien eine Weile zu überlegen. »Der Braune gefällt mir, er hat starke Beine und bringt mich nach Teslin, wenn ich etwas brauche, aber das Packpferd sieht nicht besonders ausdauernd aus. Sagen wir, die beiden Pferde und fünfzig Dollar?«

Kate reichte ihm die Zügel und blätterte ihm sechs Zehn-Dollar-Noten in die Hand. »Das Extra-Geld ist für das Hundefutter, das Sie noch im Haus haben, und den Schlitten. Ich will gleich los und hab keine Zeit, welches zu kochen.«

Kate hatte nicht verlernt, einen Schlitten anzuspannen. An die lange Führungsleine band sie die Huskys, Buck ganz vorn und die anderen vier zu beiden Seiten. »Kaw-claa!«, bedankte sie sich bei der Geistfrau. »Du hast mir sehr geholfen. Ich hoffe, wir bleiben Freundinnen und sehen uns bald wieder. Eddy, auch dir vielen Dank. Du hast nicht mal versucht, mich übers Ohr zu hauen.«

Kaw-claa legte ihr beide Hände auf die Schultern. »Du gehörst zum Wolfclan«, sagte sie. »Wir werden uns niemals aus den Augen verlieren. Vergiss nicht, du musst stärker als eine Wölfin sein, um dein Ziel zu erreichen, aber ich bin sicher, du schaffst es. Ich hab noch nie eine weiße Frau getroffen, die so mutig ist wie du. Du wirst deinen Mann bald in die Arme schließen.«

Kate vergaß nicht, sich von Chief Pete zu verabschieden, und sah vor ihrer Abreise auch bei Roy Garland vorbei. Er verstand sie. »Vielleicht haben wir Glück, und Teslin City, wie es manche nennen, wächst zu einer richtigen Stadt heran, in der die Menschen nicht nur ein paar Tage oder Wochen, sondern Jahre verbringen. Dann werden wir auch einen Arzt und eine Schule bekommen, und es wird immer genug Vorräte geben.«

»Das wünsche ich Ihnen«, erwiderte Kate, »und wie ich Sie kenne, sind Sie dann immer noch hier und werden der erste Bürgermeister von Teslin City.«

Sie winkte Garland beim Wegfahren zu und lenkte ihren Schlitten auf den Trail nach Norden. Die Schneedecke war dick und fest genug, um sie zügig vorankommen zu lassen, doch sie hatte ein halbes Jahr keinen Schlitten mehr gesteuert und brauchte einige Zeit, um sich wieder an die Huskys zu gewöhnen. Dass sie ihre eigenen Hunde wiederbekommen hatte, war ein Glücksfall. Sie waren ein gutes Team gewesen, und ihre Zuversicht, mit dem Kauf einen großartigen Deal gemacht zu haben, wuchs mit jeder Meile. Die Huskys waren noch begieriger als früher zu laufen und verfielen bald in ihren gewohnten Rhythmus, bei dem man aus der Ferne glaubte, sie würden über den Schnee gleiten.

Auf dem Trail herrschte viel Verkehr, vor allem in nördlicher Richtung mit den Männern, die es bis Whitehorse oder Dawson City schaffen wollten und teilweise mit Pferden, meist aber zu Fuß unterwegs waren. Sie blickten neidisch auf Kate, die schneller als alle anderen war, und boten ein halbes Vermögen für den Schlitten und die Huskys. Die Männer, die aus dem Norden kamen, zeigten enttäuschte Gesichter. Ihre Erwartungen waren nicht erfüllt worden, sie wollten nur so schnell wie möglich nach Hause.

Bei Einbruch der Dunkelheit stellte Kate ihr Zelt neben einem großen Feuer auf, das einige Männer entzündet hatten, um besser gegen wilde Tiere geschützt zu sein. Sie fütterte die Hunde und ging ein paar Schritte, bis das Feuer nur noch als Schimmer zwischen den Bäumen zu erkennen war, und sie ungestört zum Nachthimmel emporblicken konnte. Die Wolken waren abgezogen, und ein Meer von Sternen öffnete sich am Himmel, bewacht von einem Dreiviertelmond, der in wenigen Tagen seine volle Größe erreicht haben würde.

So hatte sie sich den nördlichen Himmel immer vorgestellt, unendlich weit und mit unendlich vielen Sternen, die wie Diamanten auf dem Schnee funkelten und sie in der magischen Welt des Nordens willkommen hießen. »Bald werden wir zusammen unter diesem Himmel stehen, George«, flüsterte sie.

14

Kate brauchte drei Tage bis nach Tagish. Die Nächte verbrachte sie in ihrem gefütterten Schlafsack, der kaum Kälte durchließ, selbst in der zweiten Nacht, als es kräftig stürmte, und der angriffslustige Wind durch jeden Spalt in der Zeltöffnung pfiff. Sie lebte ähnlich wie auf dem Stikine Trail, als sie mit den Mounties unterwegs gewesen war, nur dass sie keine hungrigen Männer mit Essen versorgen musste. Für sie allein mussten es Bohnen und Biscuits tun.

Die Huskys waren ein wenig eingerostet gewesen, als sie in Teslin aufgebrochen war, hatten sich aber schnell erholt. Kate sah ihnen an, welche Freude sie am Laufen hatten, und hätte es vielleicht sogar in der Hälfte der Zeit bis Tagish geschafft, wollte die Hunde aber nicht überstrapazieren. Sie würden in den kommenden Wochen noch genug Gelegenheit haben, sich auszutoben.

»Jetzt haben wir es bald geschafft, Buck!«, rief sie ihrem Leithund zu, als sie die Abzweigung nach Tagish erreicht hatten. »Jetzt könnt ihr noch mal richtig rennen. Hier gibt es keine Goldsucher mehr, die sind alle auf dem Trail zum Klondike.« Sie verlagerte ihr Gewicht auf den Kufen und wich einem herabgefallenen Ast aus. »Vorwärts, ihr Lieben! Dann zeigt, was ihr könnt!«

Es schneite, als sie Tagish erreichte. Der Posten der North West Mounted Police bestand aus zehn hufeisenförmig angeordneten Blockhäusern und lag außerhalb der Siedlung, die sich in einiger Entfernung vom Stützpunkt ausbreitete. Auf dem Paradeplatz waren Mounties bei der Ausbildung zu sehen. Sie lenkte ihren Schlitten vor das Blockhaus des Inspectors und stieg vor dem Eingang vom Schlitten. Nach einmaligem Klopfen betrat sie sein Vorzimmer.

Primrose hatte sie wohl schon durchs Fenster gesehen. »Kate!«, freute er sich. »Welche Freude, Sie zu sehen!« Er bat sie in sein Büro und bot ihr den Besucherstuhl an. »Wie wär's mit heißem Tee? Die Fahrt war sicher anstrengend.« Sie willigte ein, und er beauftragte einen Constable, anscheinend sein Adjutant, ihr einen Becher Tee zu bringen. Als der junge Mann sie erkannte, hellten sich seine Gesichtszüge auf. »Miss Kate! Welche Überraschung!«

Kate nippte an dem Tee und wandte sich an den Inspector. »Wie geht es Ihnen, Sir? Haben Sie sich an das Essen Ihres Mountie-Kochs gewöhnt?«

In seinen Augen blitzte ein Lächeln auf. »Ehrlich gesagt, nein. Unser jetziger Koch kann noch weniger kochen als Constable Chalmers. Wenn ich ehrlich bin, sehnen wir uns alle nach Ihrer Küche.« Er wurde ernst. »Aber Sie haben die lange Reise doch sicher nicht auf sich genommen, um mich das zu fragen.«

»Natürlich nicht. Ich bin wegen George hier.«

»Sergeant Major McDonell und seine Männer sind noch unterwegs.«

»Das weiß ich, Sir, und halten Sie mich bitte nicht für eine naive Farmerstochter, die ihrem geliebten Freund bis in ein Polizeicamp nachfährt und sich bei Ihnen ausweinen will. So bin ich nicht. Ich mag auf einer Farm aufgewachsen sein, aber ich bin nicht naiv. Ich bin lediglich nervös, weil es so stark geschneit hat und ich weiß, dass Pferde bei dem Wetter wenig nützen.«

»Ich verstehe Sie, Kate«, erwiderte er. »Auch ich mache mir Sorgen, nicht nur wegen des Schnees. Paddy O'Leary ist ein gefährlicher Mann, und seine Komplizin soll sogar noch kaltblütiger sein. Aber ich vertraue meinen Männern. Sergeant Major Donell ist ein fähiger Polizist und mit fünf unserer besten Polizisten unterwegs. Auch George gehört dazu, sonst hätte ich ihn nicht mitgeschickt. Seine Beförderung zum Corporal wurde übrigens schon genehmigt.«

»Dann suchen Sie noch nicht nach ihnen?«

»Noch besteht kein Grund zur Sorge«, beruhigte er sie. »Ich bin sicher, meine Leute werden in wenigen Tagen hier eintreffen. Aufgrund Ihrer Verdienste um meine Truppe gestatte ich Ihnen gern, hier im Camp auf die Männer zu warten. Eine der Hütten steht leer, dort können Sie sich einquartieren. Ich muss Sie allerdings bitten, die Soldaten nicht bei ihrer Arbeit zu stören. Sobald der Sergeant Major und seine Leute zurück sind, brechen wir zum Klondike auf, und es gibt noch viel zu tun. Der Dienst auf den Goldfeldern ist schwer.«

Kate trank einen weiteren Schluck und zeigte sich einverstanden. In der Blockhütte im Camp war sie dicht am Puls, besser als fernab des Geschehens in Teslin alles nur mit großer Verzögerung zu erfahren. »Das ist sehr freundlich von Ihnen, Inspector. Und keine Angst, ich störe Ihre Männer bestimmt nicht.«

»Das hatte ich auch nicht angenommen, Kate. »Wie wäre es, wenn Sie mir und anderen ranghohen Polizisten die Ehre erweisen würden, heute Abend mit uns zu essen? Einer unserer Männer hat vor ein paar Tagen einen Elch geschossen, und bei einem Braten kann unser Koch nicht viel falsch machen. Wenn Sie einverstanden sind, lasse ich Sie heute Abend gegen achtzehn Uhr von meinem Adjutanten abholen. Dürfen wir mit Ihrem Erscheinen rechnen?«

»Natürlich, Sir. Vielen Dank für die Einladung.«

Sie fuhr mit dem Schlitten zu ihrer neuen Bleibe und spannte die Huskys aus. Inzwischen waren auch die anderen Hunde im Camp auf das neue Gespann aufmerksam geworden und stimmten ein freudiges Jaulkonzert an. Besonders der übermütige Jasper antwortete ihnen. Sie band die Hunde an die Bäume hinterm Haus, ignorierte ihren Protest und versöhnte sie mit einem kräftigen Abendessen mit angefeuchteten Reis und getrocknetem Lachs. Die Lieblingsspeise der meisten Huskys, wenn es auf lange Fahrten nach Norden ging.

Das Blockhaus war noch karger eingerichtet als ihre Hütte in Teslin. Immerhin gab es einen Ofen und ein halbwegs bequemes Bett. Erst bei einer näheren Inspektion entdeckte sie die vielen Flecken auf der Matratze. Neben dem Ofen lag Feuerholz, das hervorragend brannte und angenehmen Zederndurft in der Hütte verbreitete. Sie erhitzte Wasser, das sie in zwei Eimern aus einem nahen Bach geschöpft hatte, in einer Schüssel und wusch sich ausgiebig. Noch viel lieber hätte sie ein Bad genommen, aber dafür wäre nur die Pferdetränke vor der Hütte geeignet gewesen. Bei dem Gedanken, nur leicht bekleidet oder nackt vor den Mounties in die Pferdetränke zu steigen, musste sie grinsen.

Bis zum Abendessen war noch etwas Zeit, die sie für einen Einkauf im einzigen Laden von Tagish nützte. Die wenigen Waren, die sie führten, waren noch teurer als in Teslin, und sie beschränkte sich auf ein paar Dosen mit Bohnen und Pfirsichen und etwas Mehl. In der Wildnis lernte man, sich zu beschränken. Sie fragte sich nur, wie sie bei diesen Preisen ein Restaurant in Atlin eröffnen sollte, wenn es dort genauso wenig Vorräte gab. Sie würde nach einem Jäger suchen müssen, der sie regelmäßig mit frischem Fleisch versorgte.

Der Besitzer, ein gewisser McDuff, blickte sie prüfend an und sagte: »Sagen Sie bloß, Sie sind Kate Ryan! Natürlich sind Sie es! Sie sind wirklich so hübsch, wie der Constable Sie beschrieben hat. Nein, eigentlich noch viel hübscher.«

Sie fühlte sich geschmeichelt. »Welcher Constable?«

»Ich kenne ihn nur als George. Er war hier und hat etwas für Sie gekauft, bevor er mit den anderen in die Berge ritt. Er hat gesagt, er hätte die beste Frau von ganz Kanada gefunden und würde sie sobald wie möglich heiraten.«

»Das hat er gesagt?«

»So wahr ich hier stehe, Miss.«

»Es stimmt«, sagte sie, »wir wollen bald heiraten. Der Inspector hat mir erlaubt, in einer der Hütten zu übernachten, bis er aus den Bergen zurückkommt.« Sie reichte ihm ihren Einkaufszettel. »Ich brauche nur ein paar Sachen.«

»Und Sie bekommen natürlich Rabatt, Miss. Ist doch Ehrensache.« Er packte die Sachen zusammen, reichte ihr die Tüte und nannte seinen Preis.«

»Das ist sehr nett von Ihnen, Mister«, bedankte sich

Kate. Manchmal lohnte es sich, eine Frau zu sein. »Darf ich fragen, was George für mich gekauft hat?«

»Das darf ich nicht verraten. Miss. Tut mir leid.«

»Zuckerstangen? Schokolade?«

»Ich sage nichts. Vielen Dank für Ihren Einkauf, Miss.«

Kate kehrte ins Camp zurück und machte sich für den Abend zurecht. Zum ersten Mal seit etlichen Monaten würde sie wieder Rock und Bluse tragen, auch wenn beide etwas unter der langen Fahrt gelitten hatten und leicht verknittert waren. Dazu trug sie halbhohe Schuhe. Ihre Haare band sie zu einem Knoten.

Ihr Blick in den zerbrochenen Spiegel stellte sie einigermaßen zufrieden. Es hieß, in der Wildnis mache sich keiner Gedanken um sein Aussehen, doch sie empfand es als Wohltat, mal wieder Kleidung zu tragen, in der man sie selbst aus der Ferne als Frau erkennen würde. Schon als Restaurantbesitzerin in Glenora hatte sie ihre Weiblichkeit nicht versteckt, lediglich ihre Stiefel, bei Schnee und Schlamm unentbehrlich, waren nicht besonders ladylike gewesen.

Mit einem Salutschuss und dem Einholen der kanadischen Flagge begann der Abend im Stützpunkt. Das Signal des Trompeters hallte durchs Camp und verlor sich zwischen den Bäumen der umliegenden Wälder. Kate beobachtete die Zeremonie durchs Fenster. Obwohl die North West Mounted Police eine Polizeitruppe war, erinnerte ihr Auftreten eher an die Routinen des Militärs.

Der Adjutant des Inspectors erschien pünktlich. Der junge Constable, der seine Verlegenheit hinter einer besonders forschen Fassade versteckte und sogar vor ihr salutierte, führte sie zum Haus des Inspectors, und verabschiedete sich, ohne auch nur einmal gelächelt zu haben. In dem einigermaßen wohnlich eingerichteten Blockhaus begrüßten sie der Inspector, ein Sergeant Moore und der Arzt. Doc Conway war um die Fünfzig und trug einen dichten Schnurrbart.

Er war auch am gesprächigsten und lobte sie in den höchsten Tönen. »Ich habe gehört, was Sie in Glenora und Teslin geleistet haben«, sagte er, »unter den Bedingungen, die Sie dort vorgefunden haben, war das eine außerordentliche Leistung. Das hätten nicht mal einige Ärzte geschafft. Leider kann es sich die NWMP nicht leisten, mehr Ärzte auszubilden, sonst wären wir besser aufgestellt, aber wer konnte schon voraussehen, was am Klondike geschieht.«

»Und darauf wollen wir trinken!«, sagte Inspector Primrose, bevor der Arzt weiterreden konnte. Er erhob sein Weinglas und prostete ihr zu. »Auf Kate Ryan, die tapfere Frau, die mit unserer Abteilung über den morastigen Stikine Trail geritten ist und entscheidend dazu beigetragen hat, dass keiner unserer Männer Hunger leiden musste, die Verletzten medizinisch versorgt wurden und wir schneller als erwartet für Recht und Ordnung im Norden sorgen können.«

»Danke für die Einladung«, bedankte sich Kate, während sie anstießen. Ihr Lächeln wich ernster Besorgnis. »Und darauf, dass George und die anderen Mounties gesund von ihrem Trip in die Cassiar Mountains zurückkehren.«

»Das hoffen wir alle«, stimmte ihr der Inspector zu, aber ich bin guter Dinge. Ich denke, dass sie morgen oder übermorgen hier sein werden. Mit Paddy O'Leary und Elsie Maloney, wie ich hoffe, die beiden sind eine Landplage.«

»Das wird schwer«, sagte Doc Conway. »Mein Onkel war Fallensteller in den Cassiars und sagt, man würde eher eine Stecknadel im Heuhaufen finden als zwei flüchtige Verbrecher wie O'Leary und Elsie. Da gäbe es viele Verstecke, sogar Hütten vom Goldrausch damals, in denen man überwintern könnte.«

»Wir kriegen sie«, versprach Primrose, »zusammen mit diesem Gallagher. Wenn nicht in den Bergen, dann am Klondike. Wir werden ein Exempel an ihnen statuieren und den Goldsuchern am Yukon und am Klondike ein- für allemal klarmachen, dass sich Verbrechen auch im Hohen Norden nicht lohnt.«

Der Elchbraten schmeckte erstaunlich gut, wenn auch die Soße etwas zu viel Wein enthielt und es keine Kartoffeln dazu gab. Kartoffeln waren Mangelware in der Wildnis. Stattdessen gab es Gemüse aus Wurzeln und Zwiebeln.

»Und wie sehen Ihre Pläne aus?«, fragte Doc Conway.

Kate tupfte sich den Mund mit der Serviette ab. »Meine Dienste werden in Atlin gebraucht. Wie ich von Reverend Pringle weiß, soll es dort kein Restaurant geben, und auch der Arzt braucht manchmal Hilfe. Ich werde mich wohl um beides kümmern müssen, so wie vor einigen Monaten in Glenora. Und irgendwann werde ich wohl in Whitehorse oder Dawson City landen. Ich weiß, es schickt sich nicht für eine Frau, so zu reden, aber ich wollte immer dort sein, wo das Abenteuer wartet.« Sie blickte den Inspector an. »Natürlich wird es auch davon abhängen, wo George stationiert sein wird. Solange es noch Gold am

Klondike gibt, werden die Mounties wohl ebenfalls dort oben zu tun haben.«

»Da mögen Sie recht haben, Kate. Sobald der Suchtrupp zurück ist, werden wir nach Norden weiterziehen. Unsere Regierung will die Zollkontrollen an den Grenzen zu den USA verschärfen und am Klondike wieder für Recht und Ordnung sorgen. Sie glauben nicht, was in Dawson City los ist. Die Stadt ist ein einziger Sündenpfuhl. Vielleicht sollten Sie Ihre Pläne noch mal überdenken, Kate. Man sagt, Dawson City wäre keine Stadt für anständige Frauen.«

»Dann wird's höchste Zeit, die Leute vom Gegenteil zu überzeugen«, erwiderte sie lächelnd. »Nicht nur mit einem starken Polizeiaufgebot zähmt man eine Stadt wie Dawson City, auch mit der Ankunft rechtschaffener Bürger, die sich etwas solides Neues aufbauen wollen.«

»Da haben Sie sich einiges vorgenommen, Ma'am«, sagte der Arzt.

»Besser, als tagtäglich auf einer Farm zu schuften und …« Sie blickte aus dem Fenster und sah eine dunkle Gestalt auf einem Pferd im Mondlicht auftauchen, einen Mann, der sich kaum noch im Sattel halten konnte und sich vornübergebeugt an die Mähne seines Pferdes klammerte. »Das … das ist doch …«

Kate nahm sich nicht mal die Zeit, nach ihrer Büffelfelljacke zu greifen, und rannte noch vor den Männern nach draußen. »George!«, flüsterte sie, und dann laut: »George! Bist du das, George?« Sie rannte über den schneebedeckten Paradeplatz und beobachtete, wie der Mann aus dem Sattel rutschte und zu Boden fiel. »George! Um Himmels willen, George! Bist du verletzt? Was ist mit dir, George?« Sie ging neben dem gestürzten Mann in die Knie, drehte ihn vorsichtig auf den Rücken und hielt erschrocken inne. »Sergeant Major McDonell!«

Inzwischen waren auch Primrose, Doc Conway und der Sergeant dazugekommen und beugten sich über den Verletzten. »Keine Schusswunden oder sonstige Verletzungen«, sagte der Arzt nach einer flüchtigen Untersuchung. »Aber die Kälte hat ihm stark zugesetzt. Wir bringen ihn am besten in Ihre Hütte, Inspector, da ist es warm genug. Legen Sie einige Wolldecken vor den Ofen, Ma'am.«

Primrose befahl Sergeant Moore, sich um das Pferd des Sergeant Majors zu kümmern und half Doc Conway, den Verletzten ins Haus zu bringen. Kate lief voraus, fand einige Wolldecken und breitete sie vor dem bullernden Ofen aus. Sie war bereits dabei, Tee zu kochen, als die Männer den Verletzten vor den Ofen legten und bis auf die Unterwäsche auszogen. Sie legten eine Decke über ihn, damit er nicht zu viel von der Hitze abbekam. McDonell stöhnte leise, als der Doc den Schnee und winzige Eiskristalle von seinem Gesicht tupfte.

Es dauerte eine Weile, bis die Schmerzen von dem plötzlichen Temperaturwechsel nachließen und der Sergeant Major wieder zu sich kam. Er schien nicht zu wissen, wo er sich befand, und verriet leichte Panik. »Wo … wo bin ich?«

»Sie sind in Sicherheit, Sergeant Major«, beruhigte ihn der Arzt. »Wir sind in der Blockhütte des Inspectors. Der Inspector und Kate Ryan sind auch hier.«

»Kate … die Verlobte von George?«, wunderte er sich.

»Was ist mit George?«, fragte sie. Ihre Stimme zitterte. »Ist er … ist er …«

McDonell hatte die Augen geschlossen und antwortete nicht. Entweder hatte er das Bewusstsein verloren, oder er versuchte krampfhaft, sich zu erinnern.

Während sie warteten, warf der Inspector zwei Holzscheite in den Ofen und blickte nachdenklich auf den Sergeant Major hinab. Kate schenkte heißen Tee in einen Becher und hielt ihn in beiden Händen. Doc Conway nickte zuversichtlich, als Primrose ihm einen fragenden Blick zuwarf. »McDonell wird wieder«, versprach er, »er hat zu viel Schnee und Eis abbekommen, das ist alles.«

Kate war so voller Angst, dass sie beinahe den Tee verschüttet hätte. »Kommen Sie endlich zu sich, und sagen Sie mir, was mit George ist!«, hätte sie ihn am liebsten angefahren. »Ist er tot? Sind Paddy und Elsie aufgetaucht? Sind Sie in einen Blizzard gekommen? Was, zur Hölle, ist da draußen passiert?« Aber sie beherrschte sich und wartete geduldig, bis McDonell sich rührte.

Es schien ihm besser zu gehen. »Tut mir leid, Inspector«, sagte er.

»Schon gut«, wischte Primrose die Entschuldigung beiseite. »Berichten Sie, was passiert ist! Haben Sie Paddy O'Leary und Elsie Maloney gefunden?«

»Nein, Sir, leider nicht. Einmal dachte ich, wir hätten ihre Spuren gefunden, aber dann kam uns der plötzliche Wintereinbruch in die Quere, und wir mussten alle Hoffnungen begraben. Wir gerieten in einen Blizzard … einen mörderischen Blizzard … so was hatte ich schon lange nicht mehr gesehen. Ich war schon einige Male in den Cassiars unterwegs und hätte eigentlich darauf vorbereitet sein müssen, aber der Sturm kam mit einer solchen Wucht, dass ich …«

»George!«, rief Kate verzweifelt.

»Was ist mit den Männern?«, fragte der Inspector.

»Ich weiß es nicht«, antwortete McDonell nach einigem Zögern. »Der Blizzard trieb mich von den anderen weg, mitten in den Sturm hinein. Ich hatte keine Ahnung mehr, wo ich war, alles war weiß um mich herum, und mir war so kalt, dass ich wohl erfroren wäre, wenn ich mit meinem Pferd nicht zwischen ein paar Felsen gelandet und irgendwie über die Runden gekommen wäre.«

»Haben Sie nach den Männern gesucht? Sagen Sie schon, McDonell!«

»Ich hab ein paar Stunden gebraucht, um die Lichtung zu finden, auf der uns der Blizzard überrascht hatte, aber dann ... es war alles weiß, und der Schnee lag teilweise so hoch, als wären wir in eine Lawine geraten. Ich hab alles abgesucht, Sir. Die Lichtung, zwischen den Felsen, unter den Bäumen. Ich hab gegraben, bis mir die Hände wehtaten. Ich habe nichts gefunden, nicht mal eine kleine Spur. Entweder hat sie der Schnee begraben, oder der Sturm hat sie so weit abgetrieben, dass man die ganze Gegend absuchen muss. Ich wollte ...«

Kate schossen die Tränen in die Augen. »George ist nicht tot!«, rief sie voller Schmerz. »Er lebt! Hört ihr? Die Männer sind noch in den Bergen, liegen vielleicht verletzt im Schnee und beten zu Gott, dass wir nach ihnen suchen.«

»Wir machen uns gleich morgen früh auf den Weg. Kate, Sie bleiben am besten hier und halten die Stellung, bis wir zurückkommen. Einverstanden?«

»Den Teufel werde ich tun!«, fuhr sie ihn an. »Ich komme mit!«

15

Kate schlug das Angebot der Männer, sie nach Hause zu bringen, mit einer gemurmelten Entschuldigung aus und kehrte allein in ihre Hütte zurück. Ihre Huskys, die aufgesprungen waren und wohl auf etwas Leckeres zu fressen hofften, beachtete sie an diesem Abend kaum. Wie in Trance ließ sie ihre Kleider fallen und sank auf ihre Decken, verzweifelt und die Augen voller Tränen.

Selten hatte sie sich so leer und niedergeschlagen gefühlt, nicht einmal in Johnville, als Gallagher sie mit seiner Entscheidung, das Priesteramt einer Verlobung mit ihr vorzuziehen, gedemütigt hatte. Die Nachricht von den vermissten Mounties hatte sie tief getroffen, wie ein Pfeil mit scharfkantiger Spitze, der in ihr Fleisch gedrungen war und sich nicht mehr herausziehen ließ. Der Schmerz, den auch ihre vielen Tränen nicht lindern konnten, füllte ihren ganzen Körper aus, die Wut, die sie noch in der Hütte des Inspectors gespürt hatte, war purer Verzweiflung gewichen. Sie hatte eine solche Nachricht befürchtet, als sie nach Tagish aufgebrochen war, es sogar gespürt, ohne zu ahnen, wie schmerzhaft die Kunde von den vermissten Männern sein würde. Wie schlimm würde es erst sein, wenn er wirklich tot war?

An Schlaf war in dieser Nacht kaum zu denken. Am liebsten wäre sie sofort aufgebrochen, um in den Bergen nach George zu suchen, aber der Inspector hatte recht. Sie hatten mehr Chancen, die vermissten Mounties tagsüber zu finden, wenn es heller war, und sich Master Sergeant McDonell einigermaßen von seinen Strapazen erholt hatte, um das neue Aufgebot selbst führen zu können. Diesmal würden sie ihre Pferde gegen Hundeschlitten eintauschen und wesentlich besser gegen die winterlichen Verhältnisse geschützt sein. Anders als George, der zwar warme Kleidung trug und einen Karabiner und einen Revolver dabeihatte, mit seinem Pferd aber kaum gegen den vielen Schnee ankam.

Jedes Mal, wenn sie im Halbschlaf zu sehen glaubte, wie er sich durch das Schneetreiben schleppte oder noch schlimmer, vom Sturm aus dem Sattel geworfen wurde und sich zu Fuß durch die verschneite Wildnis kämpfte, schien sich ein eiserner Ring um ihre Brust zu legen und ihr die Luft abzuschnüren. Über dem Camp in Tagish war der Himmel nur teilweise bedeckt, und es schneite nur mäßig, aber wer wusste schon, welche Bedingungen in den Bergen herrschten, ob der Blizzard noch immer durch die Schluchten und Wälder tobte und der Schnee so hoch aufgetürmt lag, dass man keine hundert Schritte weit sehen konnte? Selbst mit dem Hundeschlitten würde es nicht einfach sein, bei diesen unwirtlichen Bedingungen nach den vermissten Männern zu suchen.

Sie musste George finden. Seit sie sich kennengelernt hatten, gehörte er zu ihrem Leben. Er war ein Teil von ihr, lebte in ihren Gedanken, auch wenn er auf einem Inspektionsritt oder anderweitig unterwegs war. Ohne ihn fühlte sie sich nicht vollkommen, er war der Mann, nach dem sie, ohne es zu wissen, ihr Leben lang gesucht hatte, eine Vorstellung, die ihr vor ihrer Abreise zu den Goldfeldern absurd vorgekommen wäre. Sie brauchte keinen Mann und keine Familie, um ein vollkommener Mensch zu sein, dazu liebte sie ihre Freiheit und Unabhängigkeit viel zu sehr. Doch mit George war alles anders. Er liebte sie so, wie sie war und hatte nicht die Absicht, sie in ihrem Unternehmungsgeist zu bremsen, und erwartete nicht, dass sie sich mit Hausarbeit und Kindern zufriedengab. Ein frevelhafter Gedanke, wenn man ihre Eltern oder andere Leute in Johnville gefragt hätte. Eine Frau hatte ihrem Mann zu gehorchen und ihm zu Diensten zu sein, so sah es auch die katholische Kirche. Aber hatten sie wirklich recht, nur weil es an irgendeiner Stelle in der Bibel erwähnt wurde?

Durch ihren Kopf schwirrten so viele Gedanken, dass ihr schwindlig wurde. Sie schloss für einige Minuten die Augen, schlief ein und wachte kurze Zeit später wieder auf, als ihr Verlangen nach George immer größer wurde. Sie liebte ihn. Sie wollte ihn so schnell wie möglich wieder in den Armen halten und seine Zuneigung und seine Küsse spüren. »Halte durch, George!«, flehte sie leise.

Sie stand auf und trat in ihrer Unterwäsche ans Fenster. Draußen war alles still, auch die Huskys schliefen, hatten mit ihrem dicken Fell weder Kälte noch Schnee zu fürchten. Vor den Blockhütten brannten einige Fackeln und ließen unruhige Schatten über den frischen Schnee wandern. Es schneite in dicken Flocken. Der böige Wind trieb weiße Schleier über den Paradeplatz und gegen die Hüttenwände. Der Wintergeist hatte den Norden inzwischen fest im Griff.

Die Cassiar Mountains waren nicht einmal schemenhaft zu erkennen, so dicht fiel der Schnee über den Wäldern.

Der Paradeplatz bot einen trostlosen Anblick, lag einsam unter der dunklen Wolkendecke, die sich immer dichter über dem Land zusammenzog. Das ferne Heulen eines Wolfes zeigte ihr an, dass es Leben in dieser Einsamkeit gab, und weckte die Huskys, die sofort aufsprangen und ihrem wilden Bruder mit einem ausgedehnten Heulkonzert antworteten. Durch die Fenster zog unangenehme Kälte ins Innere der Hütte.

Kate legte Holz nach und kehrte in ihr Bett zurück. Die Wärme des Ofens hüllte sie ein, vertrieb die quälenden Gedanken und schenkte ihr endlich Schlaf. Diesmal wachte sie erst von dem morgendlichen Trompetensignal auf, das die Mounties noch vor sechs Uhr früh weckte und auf dem Paradeplatz antreten ließ. Nach einem strengen Reglement zogen sie die kanadische Flagge am Mast hoch und stellten sich zum Morgenappell im Schneetreiben auf. Der Sergeant, der beim Abendessen dabei gewesen war, las die Namen vor, und die Männer antworteten mit »Yo!« oder »Here!« wie bei der Armee.

Kate verlor keine Zeit. Sie wusch sich, zog sich an und verstaute Ausrüstung und Proviant in ihrem Rucksack: Wurst, Käse, trockene Biscuits und etwas Schokolade. Während ihres ersten Winters in Glenora hatte sie eine gewisse Routine für längere Touren mit dem Hundeschlitten entwickelt und vergaß auch nicht, ihre Arzttasche, die Notfallausrüstung und die Planen ihres kleinen Zeltes mit dem Rucksack im Schlittensack zu verstauen. Ihr wichtigstes Utensil waren vielleicht die Winchester mit einer Handvoll Patronen und die Schneeschuhe, die sie zusammen mit dem Schlitten und den Huskys erworben hatte.

Nachdem sie heißen Tee getrunken und einen aufgeweichten Biscuit gegessen hatte, fütterte sie ihre Huskys und spannte sie vor den Schlitten. Die Hunde spürten, dass es auf eine längere Tour ging, und besonders der lebhafte Jasper drehte sich vor Freude ein paarmal im Kreis. Blue war sich ihrer Verantwortung bewusst und schien ihn mit einem strengen Blick zur Ordnung zu rufen. »Wir fahren mit den Mounties in die Berge«, erklärte sie. »George ist verschwunden. George und vier andere Männer. Ein heftiger Blizzard hat sie erwischt, und wir haben keine Ahnung, wo sie sich aufhalten und ob sie noch am Leben sind.« Sie spürte, wie sich ihre Augen mit Tränen füllten und schluckte ein paarmal. »Wir müssen sie unbedingt finden, hört ihr? Ihr kennt doch George, wir dürfen ihn auf keinen Fall im Stich lassen. Ich hoffe nicht, dass ihn Paddy und Elsie erwischt haben. An Paddy erinnert ihr euch noch, stimmt's? Er hat seine Brüder zurückgelassen und sich dafür mit dieser Elsie eingelassen. Eine gefährliche Verbrecherin, noch gefährlicher als er. Aber wir schaffen das! Ohne George kommen wir nicht zurück!«

Kate stieg auf die Kufen und fuhr zur Blockhütte des Inspectors. Sie trug ihre Trail-Kleidung, Wollhosen, Büffelfelljacke, Strickmütze, Handschuhe und Stiefel und hatte ihr Gesicht mit Fettcreme eingerieben, ein bewährtes Mittel gegen die Kälte, wie ihr Leonard Baxter verraten hatte, der Fallensteller, der ihr in Glenora den Schlitten und ihre Huskys abgekauft hatte. Die Winchester steckte griffbereit im Schlittensack. Die Cassiar Mountains waren noch gefährlicher als die Trails, über die sie gekommen war, und sie wollte auf alles vorbereitet sein, auch wenn sich die

Grizzlys inzwischen zum Winterschlaf in ihre Höhlen verkrochen hatten. Die Wildnis im hohen Norden war unberechenbar.

Inspector Primrose stand vor seiner Hütte und sprach zu Sergeant Major McDonell, der sich bestens erholt zu haben schien und sehr entschlossen wirkte, und fünf weiteren Männern, Sergeant Moore, Doc Conway und drei Constables. Jeder der Mounties, die sich freiwillig gemeldet hatten, wie sie erfuhr, stand auf den Kufen eines Schlittens und lauschte den Worten des Inspectors.

Als Kate ihr Gespann anhielt, unterbrach Primrose seinen Redefluss und begrüßte sie. »Und ich dachte schon, Sie hätten es sich anders überlegt.«

Sie blieb ernst. »Wie könnte ich, Sir.«

Sergeant Major McDonell schien Bedenken zu haben. »Seien Sie mir nicht böse, Miss Kate. Ich weiß, wozu Sie fähig sind. Das haben Sie auf dem Stikine Trail oft genug bewiesen. Und ich verstehe auch, dass es schwer ist, tatenlos in Ihrer Hütte zu warten, während wir nach Ihrem Verlobten suchen. Aber eine Fahrt in die Cassiar Mountains ist kein Spaziergang, auch wenn Sie ein gutes Huskygespann besitzen und gelernt haben, mit einem Hundeschlitten umzugehen. Wollen Sie es sich nicht noch einmal überlegen?«

»Nicht nötig, Sergeant Major. Ich kann mir vorstellen, welche Bedingungen uns in den Bergen erwarten, und dass uns die Suche nach den Männern alles abverlangen wird, aber ich bin gut vorbereitet und würde es mir nie verzeihen, wenn ich zu Hause bliebe. Ich muss dabei sein, verstehen Sie das nicht?«

»Ich wollte Sie nur warnen, Miss Kate. Falls die Anforderungen zu hoch sind oder Sie nicht schnell genug vorwärtskommen, können wir leider keine Rücksicht nehmen. Unterwegs kann es auf Minuten ankommen.«

Kate verstand den Sergeant Major. Als ranghoher Mountie war er verpflichtet, seine Bedenken zu äußern. Er war für den Erfolg oder Misserfolg der Suche verantwortlich und konnte es sich nicht leisten, auf irgendetwas Rücksicht zu nehmen. »Wir Frauen sind zäher, als Sie denken«, erwiderte sie, »aber ich kenne auch meine Grenzen und verspreche Ihnen, sofort umzukehren, wenn ich nicht mehr mit Ihnen Schritt halten kann. Aber ich bin fest entschlossen.«

»Das hab ich mir schon gedacht, Miss Kate.«

»Ich habe selbst Bedenken«, mischte sich der Inspector ein, »so wie ich Bedenken hatte, eine unerfahrene Frau in Wrangell auf den Trail mitzunehmen. Aber Kate hat mich schon nach wenigen Meilen eines Besseren belehrt. Sie waren doch dabei, Sergeant Major. Kate ist eine ganz außergewöhnliche Frau.«

»Ich weiß, Sir.

»Gut, Sie wissen, was Sie zu tun haben«, wandte sich Primrose an die Männer des Suchtrupps. »Vier unserer tapferen Kameraden sind irgendwo dort draußen in den Bergen, und es besteht die Chance, dass sie noch am Leben sind und unsere Hilfe brauchen. Sergeant Major McDonell hatte das Glück, den Blizzard unbeschadet zu überleben, und riskierte sein Leben, als er stundenlang nach den Vermissten suchte. Er hatte großes Glück, dass er es gestern Abend bis ins Camp geschafft hat. Es ist Doc Conway zu verdanken, dass er schon heute Morgen wieder einigermaßen diensttauglich ist und Sie alle zu der Unglücksstelle führen kann.« Er blickte Kate an und seufzte leise. »Ich gebe zu, die Chance, unsere vermissten Kameraden zu finden, ist gering. Wenn man ernsthaft verletzt ist, und damit müssen wir leider rechnen, ist es beinahe aussichtslos, dort draußen im Winter zu überleben. Aber ich vertraue Ihren Fähigkeiten und hoffe, dass Sie diese kleine Chance zu nutzen wissen. Kommen Sie gesund wieder! Bringen Sie unsere Kameraden nach Hause!«

Die ersten Meilen fuhren sie durch lichten Wald und folgten dem Trail, den auch die vermissten Männer genommen hatten. Der Schnee reflektierte auch in der Dunkelheit noch genug Licht, um ihnen die Orientierung zu erleichtern. Es hatte zu schneien aufgehört, aber der böige Wind dachte gar nicht daran, sich zu beruhigen, und wehte den Neuschnee von den Ästen und Zweigen, ein feuchter Schneeregen, der ihnen noch während der nächsten Stunden zu schaffen machen sollte. Den Huskys machten die Schneeduschen nichts aus, ganz im Gegenteil, sie lebten für diese langen Fahrten durch die verschneite Wildnis.

Kate brauchte einige Zeit, um sich an den Rhythmus zu gewöhnen. Der Sergeant Major schlug ein flottes Tempo an, wohl auch in dem Wissen, dass der Trail nicht immer so breit und leicht passierbar sein würde. Sie fuhren hintereinander, McDonell an der Spitze und Kate am Schluss, wo sie den hochspritzenden Schnee der anderen Schlitten abbekam, es in ihrem Windschatten aber auch leichter hatte, das anspruchsvolle Tempo mitzugehen. Ihre Huskys ließen sie nicht im Stich, vor allem Buck, ihr Leithund, der ihr dank seiner langjährigen Erfahrung viel Arbeit abnahm. »Weiter so, Buck!«, rief sie ihm zu. »Ihr macht das großartig! Immer den Anschluss halten, so ist es gut!«

Nach ungefähr drei Stunden legten sie die erste kurze Pause ein. Sie hatten den Waldrand erreicht und blickten auf eine Hügelkette, die sich bis in die Ausläufer der Berge hineinzog. Im orangefarbenen Licht der aufgehenden Sonne, die aber nur wenige Sekunden nach ihrem Auftauchen hinter den Wolken verschwand, glänzte der unberührte Neuschnee. Ein romantisches Bild für einen neutralen Beobachter, für Kate und die Mounties, die so schnell wie möglich vorwärtskommen wollten, um George und seine Kameraden zu retten, eher eine Herausforderung auf dem Weg zur Unglücksstelle.

Der Sergeant Major hatte sich auf seinen Schlitten gesetzt, knabberte an einem trockenen Biscuit und trank lauwarmen Tee aus seiner Feldflasche. In seinen Augen spiegelten sich Besorgnis und die Angst, die Unglücksstelle zu spät zu erreichen. Als er Kate sah, sagte er: »Sie halten sich gut, Miss Kate.«

Sie glaubte, seine Gedanken lesen zu können. »Sie trifft keine Schuld, Sergeant Major. Wer Sie gestern Nacht gesehen hat, weiß, dass Sie Ihr Leben riskiert haben, um die vermissten Mounties zu finden. Die Männer sind bestimmt noch am Leben. Ich habe mal von einem Mann gelesen, der von einer Lawine begraben wurde und mehrere Tage in einer Luftblase aushielt. Ich bin sicher, die Männer haben sich gerettet. Ein Blizzard muss nicht das Ende bedeuten.«

»Wenn ich nicht daran glauben würde, wären wir nicht hier.«

»Ich würde es spüren, wenn George nicht mehr leben würde«, sagte sie, »das glaube ich jedenfalls. Eine innere Stimme würde mir sagen, dass ich nicht mehr nach ihm zu suchen bräuchte.« Es fiel ihr selbst schwer, an ihre Worte zu glauben. »In Teslin war ich mit einer alten Tlingit-Frau befreundet, einer Eingeborenen, die von ihren Leuten als Geistfrau oder Medizinfrau verehrt wird. Sie hat mir vorausgesagt, dass ich auf meinem Weg nach Norden auf zahlreiche Hindernisse stoßen würde. Aber sie hat auch gesagt, dass ich stark genug wäre, um diese Hindernisse zu überwinden. Die Geister wären auf meiner Seite.«

»Sie glauben einer Schamanin?«

»Ich muss ihr glauben, Sir.«

Auf dem Weg in die Ausläufer der Berge versuchten sie, auf den Hügelkämmen zu bleiben, wo der Wind besonders stark wehte, aber auch keine Schneeverwehungen zuließ. Auf den schmalen Hügelrücken war es wesentlich schwerer, mit dem Schlitten in der Spur zu bleiben, weil man sich ständig gegen den Wind stemmen musste und beim kleinsten Fehltritt im Tiefschnee landen würde. Ein Albtraum, weil es unendlich lange dauern würde, um sich aus dem Schnee zu befreien und wieder auf den Trail zu kommen. Doch die Mounties des Suchtrupps waren erfahrene Musher, die sich so schnell nicht aus der Ruhe bringen ließen, und sie blieb konzentriert genug, um hinter ihnen zu bleiben.

Erst am späten Abend kampierten sie im Schutz einer Felswand, die leicht vornüber hing und sie gegen den immer noch böigen Wind schützte. Die gleiche Stelle, an der McDonell auch mit dem ersten Suchtrupp die erste Nacht in der Wildnis verbracht hatte. Die Überreste ihres Feuers waren noch zu sehen. Jenseits der Felswand begann die Wildnis der Cassiar Mountains mit ihren verzweigten Schluchten und versteckten Trails, eine Wildnis, die nicht nur der Sergeant Major in schlechter Erinnerung hatte. »Ich bin mal im Sommer hier durchgekommen«, berichtete Sergeant Moore, »die Gegend ist so unübersichtlich, dass sich selbst ausgewachsene Grizzlys schon darin verlaufen haben.«

Niemand war nach Lachen zumute, dazu war die Lage viel zu ernst. Am liebsten wären die Männer die Nacht hindurchgefahren, aber der vor ihnen liegende Trail war zu gefährlich, und es war besser, neue Kraft zu schöpfen, um am frühen Morgen wieder einsatzbereit zu sein. Die Männer entzündeten ein großes Feuer und kümmerten sich um ihre Huskys, die sich hungrig auf das mitgebrachte Futter stürzten. »Ich wusste doch, dass es euch schmeckt«, freute sich Kate, als sie sah, wie gierig sich ihre Hunde über den Eintopf hermachten. »Das leckere Fressen habt ihr euch verdient, ihr habt ganze Arbeit geleistet.«

Erst als die Hunde versorgt waren und sie ihre Zelte aufgebaut hatten, kümmerten sich Kate und die Männer um ihr eigenes Wohl. Der Sergeant Major spendierte zwei Dosen Bohnen, die Kate mit etwas Schinken und Käse zu einem schmackhaften Abendessen verarbeitete und dankbare Blicke erntete.

»Wir sollten Sie wieder als Köchin einstellen«, sagte McDonell, »ich hatte schon ganz vergessen, wie gut das

Essen sein kann, wenn sich eine erfahrene Frau wie Sie daranmacht. Hat Ihnen der Inspector noch keinen Job angeboten?«

Kate musste lächeln. »Er wollte mich als Constable verpflichten, aber das erlauben Ihre Statuten leider nicht. Ob mir der rote Rock stehen würde?«

»Ganz sicher«, antwortete der Sergeant Major.

16

Am frühen Morgen wurde Kate durch das Heulen eines Wolfes geweckt. Sekundenlang hing es in der Luft, ein lang gezogener Laut, der von der steilen Felswand hinter ihrem Camp als mehrfaches Echo zurückgeworfen wurde. Das Heulen klang so laut und durchdringend, als stünde er direkt vor ihrem Zelt.

Sie richtete sich auf und starrte auf den Zelteingang, glaubte einen Schatten zu sehen, doch der konnte auch zu den Bildern gehören, die sich in ihren Gedanken gebildet hatten. Kein Wolf würde sich so nahe an ein Feuer wagen. Die Männer hatten es während der Nacht ständig mit Holz gefüttert und dafür gesorgt, dass es nicht kleiner wurde. Sie kroch zum Eingang, blickte in die Dunkelheit hinaus und sah einen Mountie am Feuer sitzen und Wache schieben.

»Raus aus den Federn!«, hörte sie den Master Sergeant rufen. »Wir haben keine Zeit zu verlieren! Füttert die Hunde! Wer ist mit Kaffeekochen dran?«

»Ich mach das!«, rief Kate ihm zu.

»Was ist mit dem Wolf?«, fragte einer der Constables.

»Der will nichts von uns.«

Kate zog sich in Windeseile an und kümmerte sich um das Frühstück. Während ihres gemeinsamen Marsches über den Stikine Trail hatte sie so oft Kaffee für die Mounties gekocht, dass sie genau wusste, wie er ihnen am besten schmeckte. Nur ihren Kochkünsten war es zu verdanken, dass Inspector Primrose sie als Köchin eingestellt und sie George kennen und lieben gelernt hatte.

»Bis heute Mittag sind wir da«, informierte der Sergeant Major die Männer. »Aber nur, wenn ihr mit euren Gedanken nicht woanders seid. Der Trail wird uns heute alles abverlangen, schon ohne Schnee hatten wir dort große Schwierigkeiten. Moore und Kessler, ihr lauft auf Schneeschuhen vorneweg und ebnet den Trail! Wir anderen kommen mit den Schlitten nach. Miss Kate, Sie und Doc Conway bleiben am Schluss. Wenn irgendwas ist, rufen Sie laut, klar?«

»Aye, Sir«, antwortete sie.

Die Bedingungen an diesem Morgen waren nicht viel besser als am Vortag. Noch immer hingen dunkle Wolken am Himmel und ließen nur einen hellen Streifen am Horizont frei. Eisiger Nebel zog mit dem frischen Wind von den nahen Bergen herab. Unter dem Neuschnee schien das Land erstarrt zu sein, unfähig, sich gegen die wechselnden Launen der Natur zu wehren.

Kate hatte ihre Huskys mit einem kräftigen Frühstück verwöhnt und wiederholt, was McDonell gesagt hatte. »Habt ihr gehört?«, rief sie ihnen vor der Abfahrt zu. »Heute kommt es auch auf euch an. Auf dem Trail dürfen wir uns keinen Fehltritt leisten.« Sie kraulte ihren Leithund liebevoll unter dem Kinn. »Blue, du bist heute besonders gefordert. Du kennst dich mit solchen Trails am besten aus. Bring uns sicher über den Berg! Ich weiß, dass du das kannst.«

Eigentlich wartete gar kein Berg auf sie, eher ein weiter Hang, der abseits der Felswand steil anstieg und sich irgendwo im Nebel verlor. Der Trail führte in zahlreichen Serpentinen in die Höhe und war gerade breit genug für einen Schlitten. Ein kleiner Fehler genügte, und man lief Gefahr abzurutschen und über den steilen Hang in die Tiefe zu stürzen. Ganz zu schweigen davon, dass man dabei die Hunde und sich selbst gefährdete und von Glück sagen konnte, wenn man im Tiefschnee landete. Kein Trail für Anfänger und eine Herausforderung für Kate, die zwar schon einige Erfahrung als Musherin besaß, aber solche Trails nicht gewohnt war.

Der Sergeant Major behielt recht. Auch die Mounties taten sich auf dem Hang schwer und hatten Mühe, die Kontrolle über ihre Huskys zu behalten. Sergeant Moore und Constable Kessler stapften auf ihren Schneeschuhen vorneweg und ebneten den Trail, eine anstrengende Arbeit, die man nur durch ständiges Training meisterte. Selbst aus der Ferne erkannte sie, wie sehr die beiden zu kämpfen hatten. Sie stand relativ sicher auf den Kufen, profitierte von den Mounties, die vor ihr fuhren und die Spur vorgaben, und der Erfahrung ihres Leithundes. Blue schien instinktiv zu ahnen, wohin sie treten musste.

Während des vierstündigen Anstiegs sagte keiner ein Wort. Jeder war voll damit beschäftigt, sich auf die schwierige Fahrt zu konzentrieren und mögliche Fehler zu vermeiden. Immer höher stiegen sie, das Ziel nur selten vor Augen, weil wogender Nebel die Sicht versperrte und leichtes Schneetreiben aufgekommen war. Der Wind war so dicht am Hang nicht ganz so heftig wie auf der Lichtung im Tal, blieb aber unberechenbar und konnte jeden Augenblick drehen und sie in Bedrängnis zu bringen.

»Vorwärts!«, feuerte sie ihre Huskys an. »Blue! Jasper! Das macht ihr ganz toll! Buck! Randy! Tex! Weiter so! Wir schaffen das! Wir schaffen das gemeinsam! Jetzt bloß nicht schlappmachen!«

Noch am Vormittag erreichten sie ihr erstes Ziel, einen lang gestreckten Bergkamm, der die Grenze zu den Bergen zu markieren schien. Obwohl der Wind hier oben besonders stark blies, legten sie eine kurze Rast ein, tranken aus ihren Feldflaschen oder belohnten sich mit Schokolade. Doc Conway, der am wenigsten erfahrenste Musher, spendierte ihr einen Riegel. Auch er hatte sich wacker gehalten, war aber froh, das Schlimmste überstanden zu haben.

»In Ordnung, Männer!«, rief der Sergeant Major. »Das hätten wir geschafft! Die Lichtung, auf der wir von dem Blizzard überrascht wurden, liegt dort unten.« Er deutete den Hang hinab. »Schlimmer hätte es gar nicht kommen können. Bis dahin war kaum Schnee gefallen, und keiner von uns ahnte, was passieren würde. Lediglich die Pferde waren etwas unruhig. Dann kam der Sturm! Wie aus dem Nichts rauschte er über uns hinweg. Bis zum nächsten Unterschlupf war es zu weit, und der verdammte Blizzard machte mit uns, was er wollte. Wir verloren den Kontakt zueinander und kämpften um unser Leben.«

Im Vergleich zum Anstieg war der Abstieg die reinste Erholung. Der Hang war nur schwach geneigt und verlor kaum an Höhe, der Trail schlug nur wenige Serpentinen und führte teilweise geradewegs ans Ziel. Der Nebel hatte sich verflüchtigt, aber es war kälter, und der Wind hatte wieder zugenommen. Kate spürte, wie sich die Anstrengung langsam aus ihren Muskeln löste und sie wieder klar denken konnte, nachdem sie einen hindernisfreien Trail vor sich hatte.

Mitten in dem weiten Tal, das sich an beiden Enden in frostigem Dunst verlor, ließ McDonell anhalten. »Hier ist es passiert«, betonte er noch einmal. Mit ernstem Blick deutete er auf die Dünen, die der Blizzard aufgeworfen hatte, turmhohe Berge aus Neuschnee, die alle, die ihnen nicht entkommen waren, unter sich begraben hatten. Wie gewaltige Lawinen, die gleichzeitig auf die Lichtung niedergegangen waren. »Die Felsen, zwischen denen ich gelandet bin, liegen hinter den Bäumen am westlichen Rand, fast eine Meile von hier, so heftig war der Sturm. Ich hatte mächtiges Glück und glaubt mir, ich hab die ganze Gegend abgesucht und überall gegraben und nach den anderen Männern gesucht. Aber ein Mann allein kann so etwas nicht schaffen. Also lasst es uns noch einmal versuchen, Männer! Ich sage es nicht gerne, die Chance, noch einen unserer Kameraden lebend zu finden, ist nicht besonders groß, aber wir müssen es wenigstens versuchen. Wir verteilen uns am besten. Drei bis vier Meilen im Umkreis, okay? Brecht euch einen langen Ast ab und stecht in die Schneedünen, so wie es die Männer machen, die in den Lawinen nach Überlebenden suchen. Wir suchen, bis es dunkel wird. Los, Männer, an die Arbeit!«

Damit war auch Kate gemeint, die ihren Schlitten am Waldrand verankerte, ihre Huskys mit Leckerli verwöhnte, für alle Fälle ihre Winchester schulterte, in ihre Schneeschuhe stieg und sich mit einem abgebrochenen Ast auf die Suche machte. Sie hatte sich geschworen, nicht ohne George nach Tagish zurückzukehren, doch ihre Hoffnung schwand mit jedem Schritt und jedem ergebnislosen Stochern in den Schneewehen. War es überhaupt möglich, in diesem Chaos zu überleben? McDonell hatte es bewiesen. Ein glücklicher Zufall hatte ihn zwischen schützende Felsen getrieben und ihm sein Pferd gelassen. Aber so viel Glück hatte nicht jeder. Lag George erfroren unter den Schneedünen oder irgendwo zwischen den Bäumen? Hatte er sich etwas gebrochen und war der Kälte und den wilden Tieren hilflos ausgeliefert? Hatte Kaw-claa, die Seherin der Tlingit die Unwahrheit gesagt oder sie bewusst belogen, um ihr wenigstens die Hoffnung zu lassen? War ihr Glück bereits aufgebraucht?

Kate stach wütend mit ihrem Ast in die Schneewehen hinein, immer wieder und immer kräftiger und wütender, bis sie erschöpft stehen blieb und enttäuscht in das Schneetreiben blickte. Ihre Augen füllten sich mit Tränen. »Wo bist du, George? Du darfst mich nicht verlassen! Denk daran, was wir alles noch erleben wollen!« Sie ging ein paar Schritte, konnte durch die Tränenschleier kaum etwas sehen und drang tief in eine Schneewehe ein, stach links und rechts in den tiefen Schnee und stieß kaum auf Widerstand.

Erschöpft sank sie zu Boden. Sie würden Stunden brauchen, um die Lichtung abzusuchen, und Tage oder Wochen, um die Männer in den Wäldern der Umgebung zu finden. Sie konnten überall sein, schwer verletzt, wenn sie Glück hatten, oder erfroren, wenn der Wintergeist keine Gnade gekannt hatte. Mehr als zwei Tage waren schon vergangen, seitdem der Sergeant Major vor dem Schnee kapituliert hatte und nach Tagish zurückgekehrt war. Wenn sie ehrlich war, musste schon ein Wunder geschehen, um das scheinbar Unvermeidliche abzuwenden und George und die anderen Mounties ins Leben zurückzuholen.

Ein Revolverschuss durchbrach die winterliche Stille.

»Hierher! Ich hab was!«, hörte sie McDonell rufen.

Sie ließ den Ast fallen und lief in die Richtung, aus der sein Schuss gekommen war. Ihr Herz schlug wie wild vor Aufregung und vor Angst, er könnte auf George gestoßen sein. »Bitte nicht! Bitte nicht!«, rief sie immer wieder, während sie auf Schneeschuhen durch den meist kniehohen Schnee stapfte.

Von allen Seiten liefen die Männer auf den Sergeant Major zu, der in einer Schneewehe zwischen den Bäumen am Waldrand stand und auf etwas blickte, das durch den aufgetürmten Schnee verdeckt wurde. Die Leiche eines Mannes, glaubte Kate zu erkennen, steif gefroren und seltsam verrenkt, unter dem Schnee und dem Eis an seinem Körper kaum noch zu erkennen.

»George!«, rief sie in panischer Angst. »George! Bitte nicht …«

Sie beschleunigte ihre Schritte, stürzte und rappelte sich wieder auf, erreichte die Männer und musste sich an einem festhalten, um nicht zu fallen.

»Constable Purcell«, sagte der Sergeant Major. Seine Stimme klang heiser, und er konnte seine Tränen nicht zurückhalten. Er hatte den jungen Constable immer gefördert. »Er kam aus Ontario, aus derselben Siedlung wie ich.«

Seine Männer waren genauso schockiert wie er. Obwohl sie damit gerechnet hatten, einen so grausamen Fund zu machen, war der Anblick des erfrorenen Mounties kaum zu ertragen. Kate spürte, wie ihr übel wurde. Sie schloss die Augen und hielt sich eine Hand vor den Mund. Der junge Polizist war nicht der erste Tote, den sie sah, aber keinen der anderen hatte sie persönlich gekannt, und schon gar nicht hatten ihre Gedanken um einen geliebten Mann gekreist.

»Wickelt ihn in eine Plane, und bindet ihn auf einen Schlitten«, befahl der Sergeant Major, »in Tagish werden wir ihm ein würdiges Begräbnis geben.«

»Sollen wir weitersuchen?«, fragte Sergeant Moore.

»Wir suchen bis heute Abend«, antwortete McDonell, »dann schlafen wir ein paar Stunden und suchen weiter. Spätestens morgen früh fahren wir ins Camp nach Tagish zurück. Zu sechst kommen wir hier draußen nicht weit. Wir bräuchten mindestens hundert Mann, um die Gegend gründlich abzusuchen.«

Die Männer machten sich an die Arbeit. Kaum jemand sagte etwas, als sie durch den Schnee stapften. Kate war aufgewühlt, hätte vor Verzweiflung am liebsten laut geschrien, griff nur zögernd nach ihrem Ast, aus Angst, George genauso vorzufinden wie Constable Purcell. Was für ein grausamer Tod! Man konnte nur hoffen, dass er bewusstlos gewesen war, bevor er unter den Schneemassen erstickt und erfroren war. Wenigstens bekam er ein würdiges Begräbnis, eine Ehre, die den anderen vermissten Männern vielleicht versagt blieb.

Kate wischte sich die Tränen aus den Augen und suchte weiter. Mechanisch und bemüht, an nichts anderes zu denken, arbeitete sie sich durch die Schneewehen. Ohne fündig zu werden, suchte sie den Waldrand ab, bis der Sergeant Major seine Männer zusammenrief und ihnen befahl, ein Feuer anzuzünden und die Zelte aufzustellen. Kate kümmerte sich um das Abendessen, erhitzte Bohnen aus dem Vorrat der Mounties, verfeinerte sie mit geräuchertem Speck und röstete Biscuitscheiben als Toast-Ersatz. Den Kaffee kochte sie so stark, wie ihn die Männer mochten, für Doc Conway und sich selbst setzte sie Tee auf und sah, wie ihn der Doktor mit Whiskey verfeinerte.

Keiner verspürte Hunger, weder sie noch die Männer, aber sie wussten auch, wie wichtig es gerade bei diesen Temperaturen war, etwas in den Magen zu bekommen. Dass Kate und nicht irgendein Mountie das Abendessen zubereitete, erfüllte sie mit Dankbarkeit und erinnerte sie an die hoffnungsvolle Stimmung auf dem Stikine Trail, als noch niemand gewusst hatte, welchen Ärger ihnen Paddy O'Leary, ein einstiger Gelegenheitsdieb, in der Wildnis bereiten würde. Zusammen mit Elsie Maloney bildete er ein gefährliches Verbrecherduo. Diese beiden waren schuldig am Tod von Constable Purcell.

McDonell schien ihre Gedanken zu lesen. »Wir erwischen das Pärchen«, schwor er zwischen zwei Bissen, »darauf können Sie sich verlassen. Die Mounties sind schon mit ganz anderen Schurken fertiggeworden.« Er kaute eine Weile. »Wenn ich daran denke, dass wir diesen Schlamassel nur den beiden zu verdanken haben, wird mir übel. Wir hätten ihn damals erschießen sollen.«

»Paddy ist ein zäher Bursche«, erwiderte sie. Sie nannte den Strauchdieb, der ihr in Johnville mit seiner aufdringlichen Art ständig auf die Nerven gegangen war, immer noch beim Vornamen. Damals waren sie fast noch Kinder gewesen. »Der machte schon als kleiner Junge, was er wollte. Klaute Eier aus den Hühnerställen, nahm manchmal sogar ein ganzes Huhn mit und hatte es auf alles abgesehen, was einen Rock trug. Ein unangenehmer Bursche. Er behauptet, nur meinetwegen in den Norden gekommen zu sein, aber es war wohl eher das Gold. Er hat öffentlich zugegeben, die Goldsucher bestehlen zu wollen.«

Der Sergeant Major biss in einen Biscuit. »Aber jetzt hat er seine Meisterin gefunden. Elsie Maloney ist noch gefährlicher als er. Und rücksichtsloser! Die schreckt auch vor Mord nicht zurück, wenn es um ihren Vorteil geht.«

»Und legt sich mit Paddy an?«

»Wenn wir Glück haben. Aber ich glaube nicht, dass sie uns den Gefallen tut. Dazu ist sie viel zu gerissen. Elsie Maloney geht im wahrsten Sinne des Wortes über Leichen. Auch Constable Purcell hat sie auf dem Gewissen.«

Nach dem Essen ging die Suche weiter. Kate und auch die Männer waren todmüde, wollten aber unbedingt weiterarbeiten. Falls wirklich noch einer der Männer am Leben war, kam es auf jede Minute an. Und wenn es wirklich keine Hoffnung mehr gab, wollten sie wenigstens die toten Mounties finden, um sie im Camp würdig und mit allen militärischen Ehren bestatten zu können.

Kate dehnte ihre Suche auf die Felsen aus, hinter denen McDonell den Blizzard überstanden hatte, und drang in den Wald dahinter ein. Unter den verschneiten Baumkronen schien die Stille noch vollkommener zu sein, war nicht mal mehr der Wind zu hören, der den aufgewirbelten Schnee in feuchten Schleiern über die

Lichtung trieb. Nur das leise Rauschen, wenn Schnee aus den Baumkronen fiel und sich in den Ästen und Zweigen verfing, war zu hören.

Kate blieb stehen und lauschte angestrengt. Die Stille wirkte bedrohlich und schien mit tausend Gefahren auf sie zu warten. Die Bären hatten sich bereits in ihre Höhlen verkrochen und hielten Winterschlaf, aber sie waren nicht die einzige Gefahr, die im Halbdunkel des Waldes auf sie wartete. Sie nahm ihr Gewehr von den Schultern und hielt es schussbereit in den Händen. Nur für einen kurzen Augenblick dachte sie an Paddy O'Leary und Elsie Maloney, das Verbrecherpärchen, das sie bestimmt nicht verschonen würde, wenn sie sich in die Enge getrieben fühlten. Kate empfand Abscheu, wenn sie daran dachte, was innerhalb weniger Jahre aus einem Farmerjungen wie Paddy geworden war.

Als sich ihre Augen an das Halbdunkel im Wald gewöhnt hatten, ging sie langsam weiter. Es gab kaum Unterholz zwischen den Bäumen, und der Schnee lag nicht besonders hoch, sodass sie sich relativ ungehindert bewegen konnte.

Der Wolf, der plötzlich ihren Weg kreuzte, schien aus dem Nichts zu kommen. Ein stattlicher Bursche mit einem sehnigen Körper und langen Beinen, wie geschaffen für eine ausgedehnte Jagd mit seinem Rudel. Seine bernsteinfarbenen Augen leuchteten im Halbdunkel und spiegelten das grenzenlose Selbstbewusstsein eines geborenen Anführers wider, der alle Vorzüge seiner Gattung in sich vereinigte und sich vor nichts und niemandem zu fürchten schien.

Sie erkannte den Wolf sofort. Derselbe Wolf, dem sie schon in der Wildnis abseits des Stikine Trails begegnet war, und der ihr schon damals freundlich gesonnen war. Dessen Augen vor Mitgefühl glänzten und ihr zu sagen schienen, dass er in ihrer Nähe war und sie beschützen würde. Eine abenteuerliche Vorstellung, die ihr niemand glauben würde, das wusste sie selbst. Niemand außer Kaw-claa, die geheimnisvolle Medizinfrau der Tlingit, die ihr verraten hatte, dass sie ein Mitglied des Wolfclans und der Wolf ihr lebenslanger Schutzgeist war. Ein Wolf, der ihr in Träumen und im wirklichen Leben erschien und ihr angeblich den Weg in die Zukunft wies. Indianischer Hokuspokus, hätten die meisten Weißen gesagt, aber warum sollte er sie sonst verfolgen und immer wieder auftauchen?

Sie hatte keine Angst vor dem Wolf. »Wo ist George?«, fragte sie ihn. »Ist er noch am Leben? Ich weiß, dass es ein Wunder wäre, aber bist du nicht mit den Geistern im Bunde und kannst sie zu einem Wunder überreden? Lass mich nicht im Stich! Du bist mein Schutzgeist, sagt Kaw-claa, du kannst mir helfen.«

Der Wolf blickte sie lange an, aber seine Miene veränderte sich, und auch mit seiner Körpersprache deutete er nicht an, was in ihm vorging. Nach einer Weile drehte er sich weg und verschwand mit federnden Schritten im Wald.

17

Kate erzählte niemandem von dem Wolf, nahm die Begegnung aber als hoffnungsvolles Zeichen und suchte doppelt so angestrengt nach George. Bis in den späten Abend hinein stapfte sie durch den Wald, rief immer wieder seinen Namen, obwohl sie ahnte, dass er sie nicht hören würde. Die Hoffnung, ihn lebend zu finden, schwand mit jedem Schritt, und es schien nur noch darum zu gehen, seine Leiche zu finden, auch wenn das niemand auszusprechen wagte.

Am späten Nachmittag fiel wieder ein Schuss, und erneut rief der Sergeant Major die Männer zusammen. Kate war auf alles gefasst, blickte beinahe apathisch der Meldung entgegen und musste sich an einem Baumstamm abstützen, als sie einen weiteren Toten im Schnee liegen sah. »Constable Nolan«, sagte McDonell tonlos, »er ist unter einer Schneewehe erstickt. Fehlen noch drei Männer: die Constables Morris, McDougal und Chalmers. Lasst uns ein paar Stunden schlafen, bevor wir weitersuchen. Holt eure Schlitten zum Feuer!«

Kate hätte am liebsten weitergesucht, musste aber zugeben, dass McDonell recht hatte. Es war besser, neue Kräfte zu sammeln, bevor sie sich wieder an die Arbeit machte. Es half ihr nicht weiter, wenn sie vor Erschöpfung zusammenbrach oder eine Spur übersah. Die Wildnis verzieh keine Fehler, das hatte sie schon früh gelernt. Nur wer bei Kräften und in der Lage war, eine drohende Gefahr rechtzeitig zu bemerken, hatte in dieser Gegend eine Chance.

Kate hatte ihr Zelt nicht weit vom Feuer aufgebaut und war so müde, dass sie schon nach wenigen Minuten einschlief. Sie brachte nicht einmal die Kraft auf, um die toten Constables zu trauern, oder sich auf den wahrscheinlichen Fall vorzubereiten, dass es George ähnlich ergangen war. Sie träumte nicht, schreckte nicht aus dem Schlaf, wenn geheimnisvolle Schatten vor ihrem Zelt durch die Nacht geisterten oder seltsame Geräusche erklangen, sie erlag ihrer Erschöpfung und versank in einem Dunkel, das sie wie ein schützender Mantel umgab und ihr weder Angst noch Hoffnung machte. Morgen war auch noch ein Tag, um sich der Wirklichkeit zu stellen und bittere Nachrichten zu ertragen.

Der nächste Tag verlief wie der vorangegangene. Nach einem flüchtigen Frühstück suchten sie weiter, dehnten ihre Suche auf die umliegenden Wälder aus und setzten alles daran, die Überreste der letzten drei Mounties zu finden. Die Constables Morris und McDougal lagen unter einer Schneedüne unterhalb der Hügelkette im Westen. Morris lag neben seinem erfrorenen Pferd und hatte den Mund weit geöffnet. McDougals Körper war entstellt, anscheinend hatte sich ein Grizzly an ihm vergriffen, bevor er sich in seine Höhle zurückgezogen hatte. Ein grauenvoller Anblick, den McDonell ihr ersparen wollten, aber er kam zu spät, um sie zurückzuhalten. Sie sank zu Boden und übergab sich mehrmals, nahm dankbar an, als einer der Mounties ihr seine Feldflasche reichte.

Am späten Nachmittag brach McDonell die Suche ab. Die Mounties hatten mehrere Stunden lang nach George gesucht und weder ihn noch sein Pferd gefunden. »Es tut mir leid, Miss Kate«, sagte er, »aber wir müssen zurück. George muss irgendwo anders liegen, und wir haben keine Ahnung, wohin ihn der Blizzard getrieben haben könnte. Ich habe von Vermissten gehört, die nach einem Blizzard mehrere Meilen entfernt von einer Unglücksstelle gefunden wurde. Wahrscheinlich finden wir ihn erst im nächsten Frühjahr, wenn der Schnee taut.« Er wartete, bis er sicher sein konnte, dass sie nicht zusammenbrach. »Wir müssen leider davon ausgehen, dass er tot ist, Miss Kate. Selbst wenn er sich irgendwo verkrochen hätte, wäre er jetzt nicht mehr zu retten.«

»Und wenn er doch noch am Leben ist?« Sie hatte mit einer solchen Entscheidung gerechnet, war aber noch nicht bereit, seinen Tod zu akzeptieren.

»Ich verstehe Sie«, erwiderte er, »wenn es um meine Frau ginge, würde ich auch noch hoffen. Aber wenn er so viel Glück wie ich gehabt hätte und noch am Leben wäre, hätten wir ihn längst gefunden. Er kann es unmöglich geschafft haben.« Er deutete auf die toten Mounties auf den Schlitten. »Sie sehen doch, was mit den anderen Männern passiert ist. Wir holen Ihren George im Frühjahr und begraben ihn mit allen militärischen Ehren, das verspreche ich Ihnen. Sie werden dabei sein, wenn wir die Salutschüsse zu seinen Ehren abfeuern.«

»Das weiß ich sehr zu schätzen, Sir. Aber ich kann jetzt nicht aufhören … ich muss weitersuchen. Ein oder zwei Tage, bis ich endgültig Gewissheit habe. Wenn ich ihn dann noch nicht gefunden habe, fahre ich zurück. Versprochen.«

McDonell war wenig angetan von ihrer Entscheidung. »Ich kann Sie nicht daran hindern, Miss Kate. Ich kann Sie nur warnen. Das Wetter in den Bergen ändert sich schnell, und die dunklen Wolken verheißen nichts Gutes. Es muss nicht immer ein Blizzard sein, schon starkes Schneetreiben reicht aus, um einem das Leben hier draußen zur Hölle zu machen. Ich würde gern einen meiner Männer zu Ihrem Schutz hierlassen, aber auf uns warten neue Befehle, und wir können leider nicht länger bleiben. Wollen Sie uns wirklich nicht begleiten?«

»Ich kann nicht anders«, sagte sie.

»Ich weiß, aber das wird der Inspector nur ungern hören. Versprechen Sie mir, kein unnötiges Risiko einzugehen, nicht nur wegen des Wetters. Es ist durchaus möglich, dass Paddy O'Leary und Elsie Maloney Ihren Weg kreuzen. Kehren Sie sofort um, falls Sie die beiden sehen! Sie wissen, wie unberechenbar sich O'Leary benimmt. Und Sie haben gehört, wie gefährlich die Frau ist.«

»Ich habe nicht die Absicht, die Heldin zu spielen«, erwiderte sie. »Ich bin froh, wenn ich die beiden nicht sehe. Ich will George finden, bevor ihn ein Grizzly im nächsten Frühjahr aufspürt, das ist alles. Ich will wissen, was mit ihm passiert ist. Das Risiko nehme ich auf mich. Sagen Sie das dem Inspector!«

McDonell salutierte. »In Ordnung, Miss Kate. Wenn Sie es so wollen … Sie unterstehen nicht meinem Kommando, und es ist allein Ihre Entscheidung.« Er nahm die Hand von der Stirn und grinste. »Sie sind störrischer als meine Großmutter, die setzte sich sogar gegen die Eisenbahn durch, als die Schienen durch ihren Vorgarten gelegt werden sollten. Wissen Sie, was sie ihnen gesagt hat?«

»Dass sie sich zum Teufel scheren sollen?«

»So ungefähr. Und brannte dem Wortführer eine Ladung Schrot in den Hintern. Der Doc brauchte zwei Tage, um ihm die Bleikörner herauszuziehen.«

»Sie muss eine erfolgreiche Frau gewesen sein.«

»Das war sie, Miss Kate. Weiß Gott, das war sie.«

Kate wartete, bis die Mounties verschwunden waren, und kehrte zu ihrem Schlitten zurück. Ihre Huskys warteten bereits ungeduldig. Sie schienen zu ahnen, dass etwas geschehen war und sie sich nicht auf einer Vergnügungsreise befanden. Kate begrüßte sie mit Leckerli und aufmunternden Klapsen, umarmte Blue ein wenig länger. Ein Leithund hatte besondere Rechte, hatte sie von Leonard Baxter gelernt, der ihr auch beigebracht hatte, mit einem Hundeschlitten zu fahren. Blue bekam als Erste ihr Fressen und eine Streicheleinheit mehr, war unterwegs aber auch am meisten gefordert.

Kate, immer noch mit dem Gewehr auf dem Rücken, stieg auf die Kufen und zog den Anker aus dem Schnee. »Vorwärts!«, trieb sie ihre Huskys an. »Lauft, ihr Lieben! Zum Wald, vielleicht finden wir eine Spur von George.«

Über den Trail, den sie mit ihren Schneeschuhen geebnet hatte, fuhr sie in den Wald, in dem sie dem Wolf begegnet war. Ob er tatsächlich existierte oder nur in ihren Gedanken dort gewesen war, spielte keine Rolle. Sie sah die Begegnung als Zeichen, dass auch George in diesen Wald geflohen war. Vielleicht eine glückliche Fügung wie bei dem Sergeant Major, ein heftiger Windstoß, der ihn zwischen die Bäume befördert hatte. Im Wald hatte man noch am ehesten die Möglichkeit, einen Blizzard zu überleben, wenn die Chancen bei einem Sturm dieses Ausmaßes auch schlecht standen. Ein Blizzard, so heftig wie ein Hurrikan, ließ sich nicht aufhalten, bahnte sich überall einen Weg.

Ungefähr eine Viertelmeile von der Stelle entfernt, an der sie dem Wolf begegnet war, stieß sie auf ein unerwartetes Hindernis. Ein regloser Körper, von Schnee und Eis bedeckt, lag in einem Gestrüpp. »George!«, flüsterte sie entsetzt. »Mein Gott, du warst die ganze Zeit in meiner Nähe.« Sie hielt den Schlitten an und bekreuzigte sich, bevor sie von den Kufen stieg und sich vorsichtig dem Hindernis näherte. Das leise Jaulen der Huskys begleitete sie auf ihrem Weg. »O Gott, lass es nicht wahr sein!«, flehte sie. »Bitte, nicht George!«

Als sie nahe genug heran war, füllten sich ihre Augen mit Tränen. Nicht George, sondern sein Pferd lag auf dem verschneiten Boden. Der linke Vorderlauf stand in einem seltsamen Winkel vom Körper ab, und an seinem Kopf klebte geronnenes Blut. Es musste vom Blizzard gegen einen Felsen oder einen Baum getrieben worden sein und George abgeworfen haben. Ob das Blut, das in einigem Umkreis den Schnee färbte, von ihm stammte, ließ sich nicht sagen.

In ihrer aufkommenden Panik begann sie nach George zu suchen. Selbst wenn er noch am Leben war, konnte er nicht weit gekommen sein. Sie rannte nervös zwischen den Bäumen hin und her, suchte den Waldboden nach Blut oder anderen Spuren ab, blieb neben den Wurzeln eines umgestürzten Baumes stehen, die sie getäuscht hatten, und lief weiter. »George!«, rief sie. »Wo bist du, George? Ich bin's, Kate. Sag doch was, George, damit ich dich finde!«

Über eine Stunde lang suchte sie vergeblich in der Nähe seines toten Pferdes, dann stieg sie wieder auf die Kufen und fuhr in immer weiteren Kreisen um die Unfallstelle herum. Irgendwo musste er doch sein! Unter den Bäumen lag der Schnee längst nicht so hoch wie außerhalb des Waldes, und er musste doch irgendwo Fußspuren hinterlassen haben. Aber sie konnte weder Fußabdrücke noch Blutspuren im Schnee entdecken. Es war, als hätte sich George in Luft aufgelöst.

»Tut mir leid«, rief Kate ihrem Leithund zu. »Du wunderst dich sicher, dass wir ständig im Kreis fahren. George ist verschwunden! Der Blizzard hat ihn vertrieben, wie einer dieser Twister im Mittelwesten, die ganze Häuser durch die Luft wirbeln lassen. Ihr müsst mir helfen, ihn zu finden, einverstanden?«

Blue jaulte leise, auch die anderen Huskys wollten sich wohl anstrengen. Selbst Jasper, der den Ernst der Lage nicht gleich begriffen hatte, schien durch die Nähe des toten Pferdes zur Vernunft gekommen sein. Oder war es die Nähe des Wolfes, dessen Witterung noch immer in der Luft hing? Wölfe und Huskys kamen nicht besonders gut miteinander aus, zeigten aber großen Respekt voreinander und hüteten sich davor, zähnefletschend aufeinander loszugehen.

Sie hielt noch einmal neben dem toten Pferd und betrachtete es genauer. Dass George es geritten hatte, stand außer Zweifel. Den Braunen mit der weißen Blesse und den großen Ohren hätte sie überall erkannt. Falls George nach dem Sturz noch bei Bewusstsein gewesen war, musste er höllische Schmerzen gelitten haben. Sein Gewehr fehlte. Entweder hatte George überlebt und die Waffe aus dem Sattelschuh gezogen, oder ein vorbeiziehender Fallensteller hatte sie genommen. Der Karabiner war eine wertvolle Waffe. Oder, noch wahrscheinlicher, der heftige Blizzard hatte ihn weit durch die Luft gewirbelt.

Kate stieg auf die Kufen und fuhr weiter. Sie folgte einer vermeintlichen Schneise durch den Wald, bis sie entwurzelte Bäume zu einem Umweg zwangen. Ihre Gedanken waren bei George, als sie den Schlitten durch ein Labyrinth von Schwarzfichten und kahlen Laubbäumen lenkte, nach Süden, wie sie glaubte, weil es einen Verletzten sicher nicht auf den steilen Trail getrieben hätte, über den sie und die Mounties gekommen waren. Weiter südlich sollte es einen Fluss geben, über den man leichter zum Teslin Trail und weiter nach Tagish kommen würde. Ein beträchtlicher Umweg, aber Flüsse waren die Hauptverkehrswege in der Wildnis, dort fand ein Verletzter am ehesten Hilfe.

Jenseits des Waldes stieß sie auf einen breiteren Trail, der trotz der starken Schneefälle zumindest teilweise noch zu sehen war. Er führte durch ein lang gestrecktes Tal, das sich unterhalb eines Gletschers nach Süden erstreckte und kletterte auf einige Hügelkämme, die im Osten aus den aufgeworfenen Dünen ragten. Sie schaffte noch ungefähr zwei Meilen, bevor es zu dunkel wurde und ihr nichts anderes übrig blieb, als zwischen einigen Fichten ihr Nachtlager aufzuschlagen. Auch das hatte sie von Leonard Baxter gelernt: Auf einer langen Schlittenfahrt durch die Wildnis durfte man auf keinen Fall seine Kräfte überschätzen, sonst geriet man eher in Gefahr, als einem lieb war. Auch die Huskys brauchten Ruhepausen, um am nächsten Morgen wieder Höchstleistungen zu vollbringen. Die spektakulären Bilder, mit denen die Wildnis im Hohen Norden lockte, waren oftmals nur eine List des Wintergeistes, unter dessen verführerischer Maske zerstörerische Kräfte und hundert Gefahren lauerten.

Sie brauchte einige Zeit, um ein Feuer in Gang zu bringen, kochte Tee und zog sich mit dem Becher und einem Biscuit mit Schinken und Käse in ihr Zelt zurück. Zwischen den Bäumen war sie einigermaßen gegen Wind und Wetter geschützt, und die lodernden Flammen hielten unwillkommene Gäste ab. Zur Sicherheit hatte sie ihre Winchester neben ihrem Schlafsack liegen. Aber die Nacht blieb ruhig, selbst in ihren Träumen war alles eitel Sonnenschein, und als sie am nächsten Morgen aus ihrem Zelt kroch, hatte sich nichts verändert.

»Guten Morgen«, begrüßte sie ihre Huskys, »seid ihr schon lange wach? Ich hab noch was von dem Futter übrig, das wir von den Mounties bekommen haben. Reis und Lachs, das mögt ihr doch so gerne.« Sie verteilte den Eintopf auf die Blechteller, die sie für die Hunde mitgenommen hatte, und freute sich, als sie sich darüber hermachten. »Wusste ich doch, dass ihr das Zeug mögt.«

Die Huskys ließen sich nicht stören, fraßen in aller Ruhe und blickten sie anschließend erwartungsvoll an. Sie verwöhnte jeden Hund mit einem Leckerli und sagte: »Wir suchen heute noch mal den ganzen Tag. Wenn George noch am Leben ist, kann er nicht weit sein. Falls wir ihn nicht finden …« Ein Gedanke, der ihr sofort die Tränen in die Augen trieb und alle Kraft aus ihr zu ziehen schien. »Falls wir ihn nicht finden, fahren wir zum Fluss weiter und nehmen den Weg, den er wahrscheinlich genommen hätte. Ihr helft mir doch?«

Sie spannte die Huskys vor den Schlitten, baute das Zelt ab, lud es auf die Ladefläche und fuhr in den trüben Morgen hinein. Ihre Hunde waren guter Dinge und wirkten nach der Ruhepause sehr konzentriert. Sie ahnten nichts von der Verfassung ihrer Musherin, die mit Tränen in den Augen auf den Kufen stand und teilweise gar nicht sah, in welche Richtung sie fuhr. Erst ganz allmählich nistete sich die Angst in ihrem Körper ein. Die Erkenntnis, dass sie George vielleicht niemals wiedersehen würde. Ihn nicht einmal würdig begraben konnte, weil seine Leiche auf geheimnisvolle Weise verschwunden war.

Auf dem Trail zu den Hügelkämmen musste sie vom Schlitten runter und auf Schneeschuhen vorauslaufen, um den Pfad für die Hunde passierbar zu machen, ein anstrengendes Unterfangen, das ihr alles abverlangte. An das Laufen auf Schneeschuhen würde sie sich wohl nie gewöhnen. Sobald sie vergaß, möglichst breitbeinig zu gehen und nachlässig wurde, stieß sie mit den Schneeschuhen gegeneinander und hatte Glück, wenn sie nicht stürzte. Sie war erleichtert, als sie das letzte Stück des Weges erklomm und sich schwer atmend auf die Ladefläche ihres Schlittens sinken ließ. »Du bist mir zu schnell«, warf sie dem Leithund vor, »du tust ja gerade so, als wolltest du heute noch auf den Denali!«

Kate zog ihr Fernglas aus der Jackentasche und suchte die Gegend ab. Verschneite Hänge mit jungfräulichem Schnee, die Ausläufer der Cassiar Mountains, die weiter östlich aus dem Land ragten und sich in dem trüben Wetter eher abweisend gaben. Ein orangefarbener Streifen am Horizont leuchtete intensiv und spiegelte sich in einem See. Die Schwarzfichten, mit Neuschnee gepudert, erhoben sich aus dem Schnee, der sich wie ein erstarrtes Meer unterhalb der Hügelkämme ausbreitete, und schienen in stoischer Ruhe darauf zu hoffen, ebenfalls von der Sonne beschienen zu werden. Ein Weißkopfseeadler zog mit ausgebreiteten Schwingen seine einsamen Kreise über dem Tal.

Einige Blockhütten rückten in ihr Bild, als sie das Fernglas wandern ließ. Schäbige Baracken, teilweise eingefallen und mit zerschlagenen Fenstern. An einer der Hütten hing ein Schild mit der Aufschrift »Saloon & Eatery«, aber Essen und Whiskey oder Bier wurden dort wohl längst nicht mehr ausgeschenkt. Das Schild vor einem anderen Gebäude kündigte eine ehemalige Bank an. Im Blockhaus neben dem Saloon wurde Gold geschätzt und gegen Dollar eingetauscht, die perfekte Lage für erfolgreiche Goldsucher, die nichts Besseres zu tun hatten, als ihr Gold in Alkohol und leichte Mädchen zu investieren.

»Eine Geisterstadt«, erklärte sie ihren Hunden. »Hier gab's vor einigen Jahren mal ordentlich Gold zu holen. Nicht so viel wie jetzt am Klondike, aber genug, um einige Männer steinreich zu machen. Ein ideales Versteck, was?«

Sie blickte angestrengt durch ihr Fernglas und sah Rauch aus dem Schornstein einer Hütte steigen. Neben dem

Haus waren einige Huskys angebunden und zerrten jaulend an ihren Leinen. »Hey, was ist mit den verdammten Hunden los?«, hörte sie eine weibliche Stimme. »Die wittern bestimmt einen Wolf«, antwortete ein Mann. »Ich sollte der Bestie eine Kugel auf den Pelz brennen.«

»Hol lieber Schnee für den Kaffee! Mach schon, Mann!«

Im nächsten Augenblick ging die Tür auf, und Paddy O'Leary trat mit einem leeren Eimer ins Freie. Kate fiel vor Schreck beinahe das Fernglas aus der Hand. »Paddy! Das ist Paddy!«, flüsterte sie den Hunden zu.

Um nicht bemerkt zu werden, zog sie die Huskys mit dem Schlitten auf den Trail zurück und kroch vorsichtig wieder auf den Hügelkamm. Inzwischen war auch Elsie Maloney nach draußen gekommen, eine erstaunlich hübsche Frau in ihren Dreißigern mit dunkelblonden Haaren, die sie zu einem langen Zopf gebunden hatte. Sie trug einen Waffengurt über ihrem langen Rock, im Holster steckte ein Revolver wie einst bei Billy the Kid oder Jesse James. Ihre Gesichtszüge waren hart, aber zumindest aus der Ferne sehr gleichmäßig und ansehnlich. Nur ihre Augen, erkannte Kate auch durch ihr Fernglas, schienen hart und unnachgiebig. Die Augen einer eiskalten Diebin und sogar Mörderin.

»Was ist?«, rief Paddy, als sie ins Freie trat. »Den Schnee für unser Kaffeewasser kann ich auch allein holen. Oder hältst du's ohne mich nicht aus?«

»Die Hunde sind unruhig«, sagte sie.

»Die haben Hunger.«

»Oder sie haben was gehört. Wir sind hier nicht sicher, Paddy.«

»Ach was! Wer verirrt sich schon in diese Einöde?«

Elsie ließ sich nicht beirren. »Morgen fahren wir weiter!«

»Wenn du meinst«, erwiderte er und füllte den Eimer mit Schnee.

Kate wartete geduldig, bis er in die Hütte zurückgekehrt war, und lief geduckt zu ihren Hunden. »Wir müssen hier weg!«, sagte sie leise. »Jetzt gleich!«

18

Kate ging kein Risiko ein. Es wäre zu gefährlich gewesen, sich allein an die Hütte heranzuschleichen und das Pärchen zu belauschen. Paddy war kein Killer und würde sie nicht erschießen, das hoffte sie jedenfalls, aber Elsie ging der Ruf als eiskalte Verbrecherin voraus, die auch vor einem Mord nicht zurückschreckte. Sie führte das Kommando und ließ Paddy nach ihrer Pfeife tanzen.

Jeder Versuch, es mit den beiden aufzunehmen, würde mit einer Tragödie enden. Selbst wenn es Kate gelang, die beiden zu überraschen und ihr Gewehr auf sie zu richten, würde sie wahrscheinlich daran scheitern, sie zu fesseln und nach Tagish zu bringen. Sie würde durchfahren und auf ein Nachtlager verzichten müssen, und während der kurzen Stopps, die sie einlegen mussten, wenn sie nicht vor Müdigkeit vom Schlitten fallen wollte, bestand immer die Gefahr, dass es einer der beiden schaffte, sie zu überraschen. Sie war keine Gesetzeshüterin und den Umgang mit Verbrechern nicht gewöhnt, besaß nicht einmal Handschellen. Hier half nur eilige Flucht, um den Mounties möglichst bald vom Verbleib des Pärchens zu berichten. Sie hoffte nur, das Elsie misstrauisch blieb und Paddy überredete, sobald wie möglich das Weite zu suchen.

Kate hätte lieber weiter nach George gesucht. Solange sie keinen handfesten Beweis dafür hatte, dass er tatsächlich in dem Blizzard umgekommen war, gab sie ihn nicht auf. Kein Nachruf, keine Trauerfeier, keine Pension. Es wäre George gegenüber nicht fair gewesen, ihn für tot zu erklären. Oder machte sie sich etwas vor? Wehrte sie sich dagegen, weil sie um ihr Seelenheil fürchtete? Hatten ihr die Mounties nicht beizubringen versucht, dass es nach menschlichem Ermessen keine Hoffnung mehr für George gab? Ihr Verstand hatte das längst akzeptiert, nur ihre Gefühle hielten sie davon ab, es zu glauben. Ihre Liebe war zu stark, um jetzt schon aufzugeben.

Kate fuhr über den steilen Trail ins Tal zurück. Sie folgte ihren eigenen Spuren, zog aber auch diesmal die Schneeschuhe an, um keine böse Überraschung zu erleben. Es schneite noch, inzwischen dicke Flocken, die sich bereits anschickten, ihre Spuren zu verdecken. Unten angekommen, hielt sie auf den Fluss zu, der nicht mehr weit sein konnte. Der Teslin River, erinnerte sie sich an den Namen, den sie auf der Karte gelesen hatte. Vielleicht kam sie auf dem Flusseis schneller voran und erreichte Tagish noch am Abend.

Sie blickte sich nach ihren möglichen Verfolgern um. Der Verdacht, Elsie könnte etwas gemerkt und ihre Spuren gefunden haben, wurde immer stärker. »Lauft! Lauft!«, rief sie den Hunden zu. »Lasst mich jetzt nicht im Stich!«

Die Huskys spürten wohl, in welcher Gefahr sie sich befanden, und rannten so schnell sie konnten. Normalerweise wäre es eine Freude gewesen, sie dabei zu beobachten, ihr Muskelspiel und ihre Eleganz zu bewundern, wenn sie über den Schnee zu fliegen schienen. Sie war noch nie so schnell gefahren, blieb in der Hocke, um Hindernisse besser abfedern zu können und hielt sich krampfhaft an der Haltestange fest. Ihre Augen ließen nur einen schmalen Spalt frei.

Sie hatte das Flussufer schon fast erreicht und wurde bereits etwas langsamer, als etwas geschah, das ein Musher am meisten fürchtete. Ein stattlicher Elch hatte am Ufer nach etwas Fressbarem gesucht und stieg über die Uferböschung. »Whoaa! Whoaa!«, versuchte Kate, die Hunde zu bremsen, doch sie waren noch zu schnell, brachen vor dem Elch nach rechts aus und rannten am Ufer entlang. Huskys fürchteten Elche mehr als Bären oder Wölfe, vor allem wegen ihrer kräftigen Hufe, die einen Hund mit einem Schlag töten konnten.

Der Elch war so plötzlich aufgetaucht, dass Kate keine Zeit mehr blieb, sich zu retten. Sie flog in der Kurve vom Schlitten, prallte mit dem Kopf auf das feste Eis und hatte schon das Bewusstsein verloren, als die Huskys wieder Halt fanden und in ihrer Panik mit dem Schlitten davonliefen. »Huskys bleiben nicht stehen«, hatte Leonard Baxter ihr eingeschärft, »wenn du vom Schlitten fällst, hast du schon verloren. Sie lassen dich liegen und laufen allein nach Hause.«

Mit pochendem Schädel wachte sie auf. Ihr Schwindel war so stark, dass sie keinen klaren Gedanken fassen konnte. Frostige Kälte hatte sich in ihrem Körper ausgebreitet und schien ihr Blut durch frisches Gletscherwasser ersetzen zu wollen. Sie spürte die eisigen Temperaturen durch ihre Büffelfelljacke, wollte ihre Hände bewegen, aber war kaum dazu fähig. Sie fror wie noch nie in ihrem Leben, was auch an dem kalten Wind lag, der über den Fluss trieb.

An den Haaren, die unter ihrer Wollmütze hervorlugten, und ihren Augenbrauen klebten Eis und Schnee, als sie sich vom Boden hochstemmte und auf dem Eis sitzen blieb. Sie musste sich mit beiden Händen abstützen, um nicht das Gleichgewicht zu verlieren. Um sie herum drehte sich alles und zog sie in einen unaufhörlich kreisenden Strudel, der sie nicht mehr hergeben wollte. Sie kämpfte mit geschlossenen Augen dagegen an. Ihre Schmerzen waren unerträglich. Jeder Körperteil schmerzte, aber es schien nichts gebrochen zu sein. Ein paar Prellungen und blutige Schrammen an Kopf und Händen, eine Wunde an der Stirn. Das Blut war bereits geronnen. Sie hatte eine Gehirnerschütterung, das erkannte sie selbst in ihrem Zustand. Als Krankenschwester hatte sie immer darauf geachtet, dass diese Patienten möglichst ruhig in ihren Betten liegen blieben und kein unnötiges Risiko eingingen, vor allem nicht allein aufstanden.

Sie wartete lange, bis sie die Kraft aufbrachte, sich aufzurichten, verlor aber sofort das Gleichgewicht und stürzte zu Boden. »Blue! Jasper! Helft mir!«, rief sie in aufkommender Panik. »Buck! Randy! Tex! Wo seid ihr, zum Teufel?«

Beim vierten Versuch klappte es endlich. Sie richtete sich auf, stand schwankend wie eine Betrunkene im Wind, schloss die Augen und öffnete sie wieder, griff sich an den Kopf und begann leise zu weinen. Die Hunde waren mit dem Schlitten verschwunden, waren weder zu hören noch zu sehen. Sie war allein. Ohne Schlitten, ohne Vorräte, ohne Zelt, ohne warme Decken. Nur ihre Winchester und ihre Umhängetasche mit der Notration hingen über ihrem Rücken. Einige Kekse, Schokolade, Streichhölzer, Verbandszeug. Damit kam man in dieser menschenleeren

Wildnis nicht weit, vor allem nicht mit einer Verletzung und wenn man noch nie in einer solchen Situation gewesen war.

Sie kam keine zehn Schritte weit, fühlte sich wie auf einem Karussell, das immer schneller fuhr, und stürzte erneut auf das Eis. Ihr wurde schwarz vor Augen, das bisschen Kraft, das sie noch hatte, schien aus ihrem Körper zu schwinden, und sie ergab sich in das Unvermeidliche. Wie einfach war es doch, die Augen zu schließen und einzuschlafen, in der Hoffnung und dem Glauben, in dem fernen Paradies aufzuwachen, von dem die Bibel sprach, und dort mit George wieder vereinigt zu sein? Sie vertraute Gott, hatte so oft zu ihm gebetet, dass er George und sie niemals trennen würde. Das hatten sie nicht verdient.

Doch alles, was sie sah, war ein dunkler Abgrund, in den sie zu stürzen drohte, bis eine geheimnisvolle Kraft sie an den Schultern packte und zurückriss. Bevor sie sich versah, lag sie in warme Decken gehüllt auf einem Hundeschlitten und sah ein vertrautes Gesicht über sich. Zuerst nur schemenhaft, dann immer deutlich, bis sie ihren Retter erkannte und flüsterte: »Pierre Chartier! Was tun Sie denn hier? Ich bin wieder gestürzt, nicht wahr? Ich hab mir zu viel zugemutet und …« Sie griff sich an den Kopf. »Das … das tut höllisch weh!«

»Sagen Sie nichts!«, erwiderte er. »Sie sind in Sicherheit, allein das ist jetzt wichtig. Ihr Schlitten steht bei mir vor der Hütte. Mir war gleich klar, dass Sie gestürzt sein mussten. Ich bin den Schlittenspuren bis hierher gefolgt.«

»Um mich … um mich herum dreht sich alles!«

»Sie sind mit dem Kopf aufs Eis geprallt, das geht vorbei. In zwei, drei Tagen sehen Sie wieder klar.« Er lächelte zuversichtlich. »Jetzt kann ich mich endlich revanchieren. Ich hab ein gemütliches Nachtlager für Sie, und auf dem Ofen hab ich Hirscheintopf stehen, mit Rotwein, so lieben ihn die Franzosen.«

»Das ist nett von Ihnen … ich …« Sie bewegte den Kopf und verspürte heftigen Schmerz. »Geben Sie mir etwas von dem Laudanum, Pierre! Das kleine Fläschchen in meiner Umhängetasche.« Sie hatte als Krankenschwester gelernt, dass das bekannte Schmerzmittel süchtig machen konnte, wenn man es übertrieb, und begnügte sich mit einem winzigen Schluck. »Danke, dass Sie mich gerettet haben. Einen Tag länger und ich wäre wahrscheinlich erfroren.«

»Bedanken Sie sich bei Ihren Huskys. Wenn die nach Tagish gelaufen wären, hätte ich gar nichts von Ihrem Unfall geahnt.« Er stieg auf die Kufen. »Ich hab Sie festgeschnallt. Nicht dass Sie mir unterwegs vom Schlitten fallen.«

Die Fahrt war noch holpriger, als sie befürchtet hatte. Auch ein erfahrener Musher wie Pierre konnte nicht verhindern, dass der Schlitten öfter vom Trail rutschte oder über verkrustete Eisbrocken fuhr. Die Riemen, mit denen er sie festgeschnallt hatte, hielten sie auf dem Schlitten, und gegen den Schwindel, der während der Fahrt wieder stärker wurde, wehrte sie sich, indem sie die Augen schloss. Das Laudanum wirkte schnell, vertrieb die stechenden Kopfschmerzen und versetzte sie in einen beinahe angenehmen Dämmerzustand.

Das Blockhaus des Fallenstellers stand an einem Nebenfluss des Teslin River und war durch den nahen Waldrand gegen den Wind aus den Bergen geschützt. Nur ein paar Schritte vom Haus entfernt entdeckte sie ein »Outhouse«, wie die Toiletten in der Wildnis genannt wurden, und eine Vorratskammer auf Stelzen, unerreichbar für Bären und andere Tiere. Ihre Huskys, die Pierre an Bäume gebunden hatte, schienen sie zu wittern und veranstalteten ein vielstimmiges Jaulkonzert, in das die Hunde des Fallenstellers begeistert einstimmten.

Nachdem Pierre sie von den Riemen befreit hatte, wollte Kate aufspringen und ihre Huskys in die Arme nehmen, vergaß dabei völlig, in welchem Zustand sie sich befand, und knickte schon nach wenigen Schritten ein. Pierre half ihr auf und trug sie ins Haus. Er brachte sie in seinen Schlafraum und befreite sie von der Büffelfelljacke und den Stiefeln, legte sie auf sein Bett und brachte ihr die Decken vom Schlitten. »Sie haben den Schlafraum für sich allein«, sagte er, »ich schlafe auf der Gästematratze im Wohnraum. Es macht mir nichts aus.«

Kate zweifelte nicht an den ehrwürdigen Absichten des Fallenstellers, war einfach nur froh, keine Erschütterungen mehr spüren zu müssen und endlich ruhig liegen zu können. Das Eisenbett war erstaunlich bequem, die reinste Erholung nach den Nächten im Zelt. Durch die offene Zimmertür hörte sie, wie Pierre frisches Holz in das beinahe niedergebrannte Feuer warf und anschließend nach draußen ging, um seine Huskys auszuspannen. Sie hörte Buck fauchen, er konnte ein rechter Hitzkopf sein, gewöhnte sich aber bald an die Hunde des Fallenstellers. Er hatte große Abstände zwischen den beiden Gespannen eingeplant, damit sie sich nicht gegenseitig an die Gurgel gingen.

Als er zurückkam, kümmerte er sich um ihre Kopfwunde, wusch sie vorsichtig aus und überlegte angestrengt. »Sieht so aus, als müssten wir die Wunde nähen«, sagte er dann. »Sie sind doch Krankenschwester, Sie können das.«

»Ich soll die Wunde selbst nähen? Mit einem Spiegel? Nein, das überlasse ich Ihnen. Ein Fallensteller kann so was. Oder haben Sie Angst?« Sie lächelte spöttisch. Stellen Sie sich vor, Sie nähen zwei Stücke Stoff zusammen, dann geht es einfacher. In meiner Umhängetasche finden Sie Nadel und Nähgarn.

Pierre kramte das Gesuchte hervor, zögerte aber immer noch. »Wollen Sie noch einem Schluck von dem Laudanum? Das würde Ihnen vielleicht helfen.«

»Nun machen Sie schon, Pierre! Ich bin kein kleines Mädchen mehr.«

Vielleicht hatte sie den Mund etwas zu voll genommen, dachte sie, als sich die Nadel in ihre Haut bohrte. Trotz des Laudanums, das sie gegen die Schmerzen genommen hatte, war der Schmerz so groß, dass sie nur mühsam durchhielt. Vielleicht war es falscher Stolz, dass sie bei den weiteren Stichen die Zähne zusammenbiss, aber sie wollte vor dem Fallensteller auch nicht als empfindliche Stadtfrau erscheinen. Sie war heilfroh, als Pierre fertig war, die Wunde noch einmal säuberte und etwas Mull darüber klebte.

»Sie wären eine gute Krankenschwester«, sagte sie.

»In der Wildnis muss man sich zu helfen wissen«, erwiderte er. Es sah beinahe so aus, als würde er erröten. »Sie haben doch selbst gesehen, was passieren kann. Wo wollten Sie überhaupt hin? Ist George nicht zurückgekommen?«

»Wie kommen Sie denn darauf?« Ihre Gesichtszüge waren plötzlich angespannt, ihr Blick streng, doch das hielt nur ein paar Sekunden, dann entspannte sie sich wieder. »Aber Sie haben recht. Nur der Sergeant Major ist zurück.«

Sie berichtete dem Fallensteller, was geschehen war. »Zwei Leichen haben wir gefunden, drei Männer werden noch vermisst. Georges Pferd habe ich erst entdeckt, als die Männer schon weg waren. Und verunglückt bin ich nur, weil ich Paddy O'Leary und Elsie Maloney in der Geisterstadt entdeckt hatte und so schnell wie möglich weg wollte. Elsie soll noch gefährlicher als Paddy sein.«

»*Mon dieu!* Sie glauben, dass George noch lebt?«, fragte Pierre.

»Ich werde seinen Tod erst akzeptieren, wenn es einen handfesten Beweis dafür gibt.« Kate konnte nicht verhindern, dass sich ihre Augen mit Tränen füllten. »Bisher höre ich nur Vermutungen. Ich habe über einen Fallensteller gelesen, der von einem Grizzly angegriffen wurde und sich halbtot bis in die nächste Siedlung schleppte. Und das war nicht die einzige Story dieser Art.«

»Das sind Einzelfälle, Kate.« Er wagte nicht, ihr direkt in die Augen zu blicken. »Aber die Chancen, dass ein Mann ohne Deckung einen mörderischen Blizzard überlebt, und das noch ohne sein Pferd und seine Vorräte, ist äußerst gering. Die Natur nimmt keine Rücksicht auf das Schicksal eines Einzelnen. Werden die Mounties weiter nach den Vermissten suchen?«

»Ich glaube nicht«, antwortete Kate. Sergeant Major McDonell sagt das Gleiche wie Sie, dass man schon großes Glück haben muss, wenn man so einen Blizzard überleben will. Wenn es der Fall gewesen wäre, wie bei McDonell selbst, hätten sich die Männer doch gemeldet. Außerdem haben die Mounties ihre Befehle. Sie sollen so schnell wie möglich nach Norden reiten, um am Klondike für Ordnung zu sorgen. Da oben muss der Teufel los sein.«

»Aber Sie geben nicht auf, Kate.«

»Würden Sie aufgeben, wenn es Ihre Frau wäre?«

Er blickte nachdenklich zu Boden und ließ sich viel Zeit mit seiner Antwort. »Ich habe meine Frau in Quebec zurücklassen müssen. Das ist der wahre Grund, warum ich an die Westküste gezogen bin. Ich konnte es nicht ertragen, in den Wäldern zu jagen, die unsere gemeinsame Heimat gewesen waren.«

»Was ist passiert?«

»Sie wurde von einem Betrunkenen erschlagen … angeblich.«

»Das … das ist ja furchtbar!«

Pierre hielt den Blick gesenkt. »Sie war eine Abenaki, eine Medizinfrau, die sich mit Heilkräutern auskannte und mit den Geistern sprach. Der Missionar, der in dem Internat an der Hudson Bay unterrichtete, nannte sie eine Hexe und wollte sie festnehmen lassen, als sie öffentlich verkündete, dass sie gesehen hätte, dass Kinder Ihres Stammes von ihm unsittlich berührt worden waren. Keiner glaubte ihr, doch in der Nacht, bevor man sie festnehmen wollte, wurde sie von einem Betrunkenen an der Anlegestelle erschlagen. Das behaupteten zwei Männer, die es angeblich gesehen hatten. Der Missionar nannte es die gerechte Strafe Gottes. Ich glaube, dass er selbst den Mord begangen hatte.«

»Ein katholischer Missionar? Glauben Sie das wirklich?«

»Nicht jeder, der in einer Mönchskutte das Wort Gottes lehrt, ist ein aufrichtiger Mann. Ich habe meinen Verdacht niemals öffentlich gemacht, aber ich weiß, dass in den Klöstern und Internaten böse Taten begangen wurden, die bis heute vertuscht werden.« Er blickte auf seine Stiefel und seufzte. »Glauben Sie mir, ich weiß, wie sich der Verlust eines geliebten Menschen anfühlt, und ich kann verstehen, dass Sie noch immer an George glauben.« Er wischte das Thema mit einer Handbewegung weg. »Aber jetzt wollen wir erstmal was essen. Geben Sie mir ein paar Minuten, dann bringe ich Ihnen den Eintopf ans Bett.«

»Ich wüsste nicht, was ich ohne Sie gemacht hätte, Pierre.«

»*Pas la peine d'en parler*. Nicht der Rede wert, Madame.«

Der verlockende Duft des Eintopfs zog vom Herd im Wohnraum herüber und vertrieb sogar die Müdigkeit, die mit der Einnahme des Laudanums noch zugenommen hatte. Er schmeckte so gut, dass sie trotz ihrer Kopfschmerzen einen zweiten Teller aß, würzigen Kräutertee dazu trank und sich anschließend zufrieden zurücklegte. »Falls ich wieder ein Restaurant eröffne, sind Sie jederzeit willkommen«, lobte sie den Fallensteller, »als Chefkoch natürlich.«

»In so einem Restaurant sind mir zu viele Menschen«, sagte er grinsend, »ich bin am liebsten allein mit meinen Hunden. Aber danke für das Angebot. Falls es mich jemals in eine Stadt treiben wollte, komme ich vielleicht darauf zurück.« Er nahm ihr den Teller ab und stand auf. »Erholen Sie sich gut, Kate!«

Er schloss die Tür, und sie war wenige Minuten später eingeschlafen. Aus dem nahen Wald drang das Heulen eines einsamen Wolfes zu ihr ins Zimmer und erinnerte sie daran, was ihr der Schutzgeist vorausgesagt hatte: Sie würde auf einige Hindernisse treffen, aber stark genug sein, um sie zu überwinden.

»George!«, flüsterte sie im Schlaf.

19

Am nächsten Morgen hatten die Kopfschmerzen so sehr nachgelassen, dass sie am liebsten aufgestanden wäre, trotz der Müdigkeit, die das Laudanum in ihrem Körper ausgelöst hatte. »Ruhen Sie sich lieber noch einen Tag aus«, hielt Pierre sie zurück, »mit so einem Brummschädel ist nicht zu spaßen. Ich wette, das haben Sie als Krankenschwester öfter zu Patienten wie Ihnen gesagt.«

»Krankenschwestern und Ärzte sind die schlimmsten Patienten.«

Pierre brachte ihr das Frühstück ans Bett und setzte sich auf den Stuhl, auf dem er sonst seine Kleider ablegte. »Die Biscuits hab ich heute Morgen frisch gebacken, und die Mischung für den Kräutertee hab ich von einer alten Indianerin. Die Hunde hab ich auch schon gefüttert, *par bleu*, waren die hungrig!«

»Sind Sie Frühaufsteher?«

»Frühaufsteher? Es ist kurz nach neun!«

Kate verschluckte sich beinahe an ihrem Tee. »Wie bitte? So lange hab ich noch nie geschlafen. »Ich hab wohl doch zu viel Laudanum erwischt. Oder der Aufprall auf dem Eis war stärker, als es den Anschein hatte.« Sie griff sich vorsichtig an die Schläfe. »Wie sehe ich aus? Haben Sie einen Spiegel da?«

»Lieber nicht«, empfahl der Fallensteller.

»So schlimm?«

»Eine Beule und ein paar Schrammen, halb so schlimm.

In ein paar Tagen sehen Sie wieder wie neu geboren aus. Wollen Sie immer noch nach Tagish zurück?«

»Vorerst«, sagte sie. »Die Mounties machen sich Sorgen um mich, und ich würde ihnen gern sagen, wo ich Paddy O'Leary und Elsie Maloney gesehen habe. Vielleicht schicken sie einen weiteren Suchtrupp los. Ich will dabei sein.«

»Sie haben gesehen, was unterwegs alles passieren kann.«

»Das nächste Mal bleibe ich bei den Mounties … und passe besser auf.«

Er ging zum Ofen, holte die Teekanne und schenkte ihr nach. »Sie müssen Ihren George sehr lieben. Und ich dachte, so kann nur eine Französin lieben.« Er stellte die Kanne ab. »Wussten Sie, dass man Paris die ›Stadt der Liebe‹ nennt?«

»Paris in Europa? Waren Sie schon mal dort?«

»Ich bin nie aus Kanada rausgekommen«, berichtete er, »aber meine Vorfahren stammen aus Paris. Die kamen noch vor dem englisch-französischen Krieg und lebten genau so wie in Frankreich. Sie arbeiteten als Bauern. Ich war der erste Chartier, der mit der Landwirtschaft wenig am Hut hatte. Mich zog es in die Wälder.« Er kratzte sich am rechten Ohr. »Ich hätte sowieso nicht zurückgekonnt. Als meine Eltern erfuhren, dass ich mit einer Indianerin zusammenlebte, war ich Luft für sie. Ein Jammer, dass sie so früh gehen musste.«

»Hatten Sie niemals Rachegefühle?«

»Haben Sie sich schon mal mit einem katholischen Priester angelegt? Man hätte mich gesteinigt oder geteert und gefedert, wenn ich auf ihn losgegangen wäre. Es war einfacher, nach Westen zu gehen, außerdem hatte ich keine

Beweise. Sein Bischof wusste wohl Bescheid, aber eine Krähe hackt der anderen kein Auge aus. Nein, es war besser so. Ich brauche das Grab meiner toten Frau nicht in meiner Nähe, solange ich ihr Bild in meinem Kopf habe. Ich kann überall mit ihr sprechen, hier im Wald, unter den Sternen oder dem Nordlicht.«

»Und Sie haben nie wieder ans Heiraten gedacht?«

»Nie«, bestätigte er. »Verstehen Sie mich nicht falsch, ich habe französisches Blut in meinen Adern und erfreue mich am Anblick jeder schönen Frau. Hätte ich Ihnen sonst ein so gutes Frühstück serviert? Aber heiraten … nein, ich käme mir wie ein Verräter vor.« Er rieb sich verstohlen eine Träne aus den Augen. »Mehkoa war eine einzigartige Frau. Ihr Name bedeutet ›Eichhörnchen‹.«

»Ein schöner Name«, sagte Kate.

Als sie wieder allein war, überlegte sie, wie sie wohl reagieren würde, sollte es tatsächlich keine Hoffnung mehr für George geben. Ein Gedanke, der ihr immer noch so fremd vorkam, als bestünde nicht die geringste Gefahr für ihn. Natürlich würde sie um George trauen, wochenlang, monatelang, wahrscheinlich sogar jahrelang oder bis der Tod selbst bei ihr anklopfte. Sie würde vor Trauer weinen, vor Wut schreien, vielleicht sogar ausrasten und irgendetwas mutwillig zerstören, anders wäre eine solche Nachricht für sie gar nicht zu verkraften. Und ja, auch sie würde einen neuen Sinn für ihr Leben finden, ein neues Geschäft eröffnen und damit Erfolg haben, aber sie würde keinen neuen Mann in ihrem Leben ertragen. George war der erste Mann, den sie wirklich liebte, der ähnliche Vorstellungen vom Leben hatte. Es gab keinen anderen.

Am frühen Nachmittag stand sie zum ersten Mal auf, ließ sich von Pierre durch die Hütte führen und registrierte erleichtert, dass ihre Kopfschmerzen weiter nachließen und sie sich wieder bereit fühlte. Noch besaß sie nicht die Kraft, um einen Hundeschlitten durch schwieriges Terrain zu steuern, aber die würde zurückkehren, wenn sie unterwegs war. Sie konnte nicht länger warten. Die Mounties mussten wissen, wo sich Paddy O'Leary und Elsie Maloney aufhielten. Sie mussten die beiden erwischen, bevor sie am Klondike waren und ahnungslose Goldsucher überfielen. Sie gehörten lebenslang ins Gefängnis.

Eine weitere Nacht verging, und diesmal wachte Kate schon am frühen Morgen auf, rechtzeitig genug, um sich über der Schüssel mit warmem Wasser zu waschen, die Pierre auf dem Ofen erhitzt hatte, und ihre Huskys zu füttern. Die Hunde hatten sie vermisst und begrüßten sie gut gelaunt, weil sie wohl auch wussten, dass es endlich wieder auf Tour ging. Sie aßen das gleiche Frühstück wie am Morgen zuvor. »Schön, dass Sie sich so schnell erholt haben«, sagte Pierre. »Dass Sie noch aufpassen müssen, wissen Sie ja wohl am besten.«

Sie trank lächelnd von ihrem Kräutertee. Er schmeckte wesentlich besser als die Brühe, die man in den meisten Lokalen bekam. »Den Satz hab ich jedem meiner Patienten mitgegeben. Menschen neigen dazu, sich zu überschätzen.«

»In der Wildnis wäre das fatal. Ich werde Sie begleiten.«

»Nach Tagish? Habe ich Sie nicht schon genug aufgehalten?«

»Ich wollte sowieso mal wieder hin.«

Als sie ihre Schlittensäcke gepackt und an die Haltestange geschnallt hatten, wollte, stiegen sie auf die Kufen und wollten gerade losfahren, als Pierre innehielt und angestrengt in die Ferne blickte. Er nahm sein Fernglas zu Hilfe und sagte: »Ein Feuer, ungefähr drei Meilen von hier hinter den Bäumen im Osten.«

Kate zog ihr Fernglas hervor und sah es auch. Ein helles Flackern inmitten der scheinbar endlosen Wälder, die sich zu den Ausläufern der Berge emporzogen. »Paddy und Elsie! Sie müssen die Geisterstadt verlassen haben. Vielleicht haben sie gemerkt, dass sie jemand beobachtet. Sind sie hinter uns her?«

»Keine Ahnung. Vielleicht sind sie auf meine Vorräte aus. Dass ich hier meine Hütte habe, dürfte sich inzwischen herumgesprochen habe, und an meiner Vorratskammer hängt ein einfaches Schloss. Sie brauchen Proviant. Zum Jagen bleibt ihnen nicht viel Zeit, außerdem würde man die Schüsse hören.«

»Und Ihre Felle? Die sind doch sicher einiges wert?«

Pierre steckte sein Fernglas weg. »Die liegen sicher. In einem unterirdischen Versteck, das nicht mal ein Wolf finden würde. Da liegt auch das Gold, das ich beim Handeln verdient habe. Aber wir machen uns besser aus dem Staub!«

Sie lenkten ihre Schlitten in den nahen Wald und folgten dem Nebenfluss des Swift River, bis sie einen großen See erreichten, der von einer dicken Eisschicht bedeckt war. Pierre ging die Fahrt sehr schnell an, und Kate merkte schon nach wenigen Meile, dass sie sich zu viel zugemutet hatte. Ihr wurde öfter schwindlig, und sie musste sich mit beiden Händen an der Haltestange festklammern, um nicht zu stürzen. Erst auf dem See, wo es nicht so darauf ankam, die Spur zu halten, gewann sie langsam ihre Sicherheit zurück. Ihr wurde abwechselnd heiß und kalt, bis sie die Kontrolle über den Schlitten zurückgewann.

Am westlichen Ufer des Sees legten sie eine kurze Pause ein. Pierre hatte gemerkt, wie sehr Kate unter Druck stand, und reichte ihr seine Feldflasche. »Eine Spezialmischung meiner Großmutter für unterwegs. Damit hätten die Jäger der Abanaki tagelange Fahrten mit dem Hundeschlitten durchgehalten.«

Der Kräutertee schmeckte schärfer als der Tee, den sie zum Frühstück getrunken hatten. »Ganz schön kräftig. Was ist da drin? Geheime Kräuter?«

»Und ein Schuss Rum.«

»Rum? Ich dachte, den trinken nur Seeleute.«

»Ich hab Geschäfte mit einem portugiesischen Seefahrer gemacht, der war zur Westküste unterwegs, um mit einigen Chinesen in Vancouver große Geschäfte zu machen. Er hat mir einige der wertvollsten Pelze abgekauft. Die idealen Mitbringsel für Chinesen, sagte er. Er hat mit Gold bezahlt und eine ganze Kiste mit Rum dagelassen. Was Besseres zum Munterwerden gäbe es nicht.«

»Wenn man nicht zu viel davon trinkt«, erwiderte sie lachend.

Auf dem nächsten Teilstück ihres Weges kam sie besser zurecht, war aber dennoch froh, den Fallensteller in ihrer Nähe zu haben. Er war freundlich und achtete auf sie, ohne aufdringlich zu wirken, und verstand es, zu schweigen, wenn sie ihren Gedanken nachhing. Sie versuchte vergeblich, ihre Sorgen zu verdrängen. Zu groß waren die

Angst um George und die nagenden Zweifel, ihn jemals wiedersehen zu können, zu beklemmend die Vorstellung, Paddy O'Leary und Elsie Maloney zu begegnen und ihren Launen ausgeliefert zu sein. Ihre Zuversicht, die sie im Dorf der Tlingit bei Kaw-claa gewonnen hatte, war wie weggewischt. Die Zeichen für den Wolfclan standen schlecht, wenn der Rabe zu mächtig wurde und sich am Unglück von Zweibeinern zu laben schien.

Am Ende des Sees wechselten sie auf einen Trail, der am Ufer eines schmalen Flusses entlangführte. Der Himmel hob sich in einem schmutzigen Grau von dem hellen Sonnenlicht ab, der am Horizont die Oberhand behalten hatte und die fernen Berggipfel in einem magischen Glanz erstrahlen ließ. Doch der Wald zu ihrer Rechten wirkte eher düster und unheimlich, als hütete er ein böses Geheimnis, das er noch nicht zeigen wollte. Die Huskys kümmerte das nicht. Sie freuten sich, endlich wieder laufen und zeigen zu können, welche Energie und Kraft in ihren schlanken Körpern steckte und wie wenig sie sich vom Wetter und der Stimmung beeinflussen ließen. Die beiden Gespanne nahmen sich nichts, alle Hunde waren bestens in Form, lediglich der wankelmütige Tex hatte wohl schlecht geschlafen und musste von dem neben ihm laufenden Randy motiviert und mitgezogen werden. Mach uns bloß keine Schande, schien Randy zu sagen, siehst du denn nicht, wie die Hunde von Pierre loslegen?

Nach einigen Meilen bog der Trail vom Fluss ab und führte in den Wald. Die Schwarzfichten standen ungewöhnlich weit auseinander und ließen Platz für Schneewehen, die Kate und Pierre zu zeitraubenden Umwegen zwangen. Immer wenn ein Windstoß durch die Bäume fuhr, brachte er die Äste zum Zittern und ließ den Schnee als dichten Schauer auf den Trail herabrieseln. Kate war erleichtert, als sie über einen weiten Hang fuhren, auf dem die Bäume wesentlich dichter standen und der Trail leichter zu befahren war. »Das macht ihr sehr gut!«, lobte sie ihre Hunde, als sie über einen gefrorenen Bach liefen.

Ein seltsames Zögern von Buck, der aus unerklärlichen Gründen langsamer wurde und den rhythmischen Trott des Teams ins Stocken brachte, ließ sie fester zugreifen. »Hey, was ist denn los mit dir, Buck?«, rief sie. »Hast du irgendwas gesehen, was dich interessiert? Du bist doch sonst nicht so neugierig.«

Sie folgte seinen Blicken und glaubte einen Schatten zwischen den Bäumen zu erkennen. Schon wieder und nicht ungewöhnlich für jemanden, der noch nicht lange in der Wildnis lebte. »An die Stimmung in unseren Wäldern muss man sich erst gewöhnen«, sagte Pierre, als sie ihm von den Schatten berichtet hatte. Er hatte ebenfalls gebremst, als sie langsamer geworden war. »Wenn sie so düster sind wie heute, glaubt man ständig, es wäre jemand in der Nähe.«

Kate hatte keine Lust, ihm von dem Wolf zu erzählen, der sie angeblich durch ihr Leben begleitete, obwohl sie sich vorstellen konnte, dass er daran glauben würde. Immerhin war er mit einer Indianerin zusammen gewesen. Aber sie antwortete mit einem Lächeln und fuhr weiter, erwähnte auch nicht, dass sie nur durch Buck darauf gekommen war, dass sie jemand beobachtete.

Aber auch ein intelligenter Leithund wie Buck konnte sich täuschen, und je länger sie unterwegs waren, desto sicherer wurde sie, dass sie sich den Schatten nur eingebildet hatte. Inzwischen hatten sie auch andere Sorgen. Als sie über eine Lichtung fuhren und einen freien Blick auf den Himmel hatten, erkannten sie, dass sich die dunklen Wolken ausgebreitet hatten und es in der Ferne bereits schneite. Es ging bereits auf den Abend zu, der im Norden um diese Jahreszeit besonders früh einsetzte und den Himmel bereits am Nachmittag verdunkelte.

»Gleich fängt es an zu schneien«, sagte Pierre, »wird wohl besser sein, wir schlagen hier unser Nachtlager auf. Dort drüben unter den Bäumen kann uns der Schnee nicht viel anhaben. Eigentlich wollte ich nach Tagish durchfahren, aber Sie sehen ja, wie es aussieht. Im Schneetreiben kommen wir nicht weit.«

Kate war einverstanden. Es blieb ihr auch gar nichts anderes übrig, denn im nächsten Augenblick begann es so heftig zu schneien, dass man von einer Sekunde auf die andere kaum noch die Hand vor Augen sah. Kein Blizzard, aber ein Schneetreiben, das die Flocken heftig durch die Luft wirbelte und ihr sogar das Atmen erschwerte. Ihre Huskys halfen ihr, dicht hinter Pierre zu bleiben, bis sie die rettenden Bäume erreicht hatten und einigermaßen Schutz fanden.

Sie errichteten ihre Zelte hinter einem riesigen Felsbrocken, der ihnen das Errichten eines Windschutzes ersparte, aber auch die Sicht auf die Lichtung erschwerte. Sie brachen etwas Holz von den nahen Bäumen, und Pierre fachte nach einigen Fehlversuchen ein Feuer an, das er mit stärkeren Ästen fütterte, bis es zu einem kräftigen Lagerfeuer angewachsen war. Es spendete die dringend benötigte Wärme und hielt hungrige Wölfe ab, die in der eisigen Kälte vergessen hatten, dass sie sich am liebsten von Zweibeinern fernhielten.

Die Huskys fühlten sich auch ohne das Feuer wohl. Sie lagen zwischen den Bäumen und machten sich über das Futter her, das Kate und Pierre ihnen gaben, rollten sich im Schnee ein und verließen sich auf ihr wärmendes Winterfell.

Kate kochte Bohnen mit Speck über dem Feuer, die traditionelle Kost, wenn man in der Wildnis unterwegs war und nichts gejagt hatte. Noch besser tat ihr der heiße Tee. Er schien die Schmerzen zu lindern, die von den Prellungen rührten, die sie während ihres Sturzes abbekommen hatte, und hatte keine gefährlichen Nebenwirkungen wie das Laudanum. Sie hatte einiges mitmachen müssen während der letzten Tage, aber noch schlimmer war, dass es nichts dazu beigetragen hatte, George aufzuspüren. Falls er noch lebte, lag er jetzt vielleicht wie sie im Schnee, nur ohne Proviant und warme Decken und vielleicht auch ohne jede Hoffnung, wieder in die Zivilisation zurückzukehren.

Wieder war es Buck, der sie auf zwei Schatten aufmerksam machte, die jenseits des Feuers auf den Felsbrocken geworfen wurden. Diesmal hatte auch Pierre sie gesehen. Er griff sofort nach seiner Winchester und rief: »Ist da jemand?«

»Nicht schießen! Bitte nicht schießen!«, antwortete eine Stimme.

Kate erkannte sie sofort. »Charly! Das ist Charly!«, sagte sie. »Ein Tlingit aus Teslin. Charly! Mary! Seid ihr das? Ich bin's, Kate! Kommt ans Feuer!«

Die beiden traten zögernd in den Feuerschein. Sie sahen erschöpft aus, hatten Schneeschuhe über ihre Stiefel geschnallt und trugen Fellanoraks. Charly hielt ein altmodisches Gewehr in den Händen. Mary hatte eine Vorratstasche umhängen und wirkte so durchgefroren, dass Kate mit einer Decke auf sie zu ging. »Setzt euch ans Feuer, und ruht euch erstmal aus! Ihr hat doch sicher Hunger. Wir haben noch Bohnen und Biscuits übrig.« Sie reichte ihnen die Blechteller, die sie mit Schnee gesäubert hatte. »Greift zu! Ich erzähle Pierre inzwischen, wer ihr seid. Er war lange mit einer Abanaki verheiratet.«

Kate klärte den verdutzten Fallensteller über ihre Freunde auf. Als sie ihm erzählte, dass sie zu verschiedenen Clans gehörten, blickte er die beiden verwundert an. Auch er wusste, dass es bei den meisten Stämmen als Tabu galt, die Angehörige eines anderen Clans zu heiraten. »Ihr habt geheiratet?«

Charly nickte mit vollem Mund. »Wir sind Mann und Frau.«

»Ich habe Chief Pete überredet, den beiden dennoch ihren Segen zu geben«, sagte Kate. »Die Zeiten haben sich geändert. Die meisten Tlingit sind inzwischen getauft und glauben auch an den Gott der Weißen, da dürfte es doch nicht so schwer sein, die traditionellen Gesetze der Tlingit lockerer auszulegen.«

»Anscheinend doch«, sagte Pierre. »Die beiden sind auf der Flucht.«

»Haben sie euch verbannt?«, fragte Kate besorgt.

»Nein«, antwortete Charly, »mein Vater hat sein Wort gehalten. Bei unserer Hochzeit hat er gesagt, dass eine neue Zeit auch neue Gesetze verlangt und wir mit den Weißen leben müssten, wenn es eine Zukunft für die Tlingit geben sollte. Sogar Kaw-claa hat uns Glück gewünscht. Leider hatte sie auch schlechte Nachrichten für uns. Wir würden es nicht einfach haben bei unseren Clans.«

Mary sagte gar nichts, löffelte ihre restlichen Bohnen und blickte betreten vor sich hin. Als wäre sie bereits nahe daran, ihr Vertrauen in eine bessere Zukunft aufzugeben und darüber nachdenken, zu ihren Leuten zurückzukehren.

»Und deshalb seid ihr davongelaufen?«, wollte Kate wissen.

Charly wischte sich den Mund ab. »Wir sind gegangen, weil sie recht behalten hat. Bei der Hochzeit haben uns alle Glück gewünscht und gesagt, es wäre doch nicht schlimm, wenn wir von verschiedenen Clans abstammen würden, aber danach war alles anders. Alle haben Abstand gehalten, nur noch wenige wollten etwas mit uns zu tun haben. Wir haben uns wie Aussätzige gefühlt.«

»Habt ihr denn nicht mit ihnen geredet?«

»Sie taten so, als hätte sich nichts geändert«, sagte Charly. »Die haben, glaube ich, gar nicht gemerkt, wie sie sich benommen haben. Uns blieb gar nichts anderes übrig, als unser Dorf zu verlassen. Vielleicht nehmen uns die Athabasken auf, oder wir können wie die Weißen leben. Wir wollen uns nicht das ganze Leben verteidigen müssen … und was würde aus unseren Kindern?«

Pierre zeigte Verständnis für die beiden. »*Ah oui*«, sagte er, »die Menschen sind seltsam, nicht wahr? Ich habe das auch oft erlebt. Mich haben Leute ausgelacht, nur weil ich einen komischen Akzent habe. Andere werden beschimpft, nur weil sie eine andere Hautfarbe haben. Dabei sind wir doch alle gleich. Unser Blut ist rot, egal welche Hautfarbe jemand hat.« Er fachte das Feuer an. »Am besten schlaft ihr euch erstmal aus, Charly bei mir und Mary in deinem Zelt.« Er blickte Kate an. »Morgen früh sehen wir weiter, *d'accord?*«

20

Als Kate am nächsten Morgen erwachte, war der Platz neben ihr leer. Sie kroch zum Zelteingang, blickte hinaus und sah Pierre neben dem Feuer hocken und Holz in die Flammen schieben. »Pierre!«, rief sie. »Mary ist verschwunden!«

»Sie sind beide nicht mehr hier«, erwiderte der Fallensteller. »Ich hab nichts gemerkt, sie bewegen sich wie erfahrene Jäger, das muss ihnen der Neid lassen. Keine Ahnung, warum sie auf Schneeschuhen losgezogen sind. Wir hätten sie doch auf den Schlitten nach Tagish mitgenommen. Bei Ihnen noch alles da?«

Kate blickte sich in ihrem Zelt um und sah, dass einige Vorräte verschwunden waren. »Sie haben ein paar Vorräte mitgenommen. Etwas Käse und ein paar Biscuits, nicht der Rede wert.« Sie zog sich an, wusch sich das Gesicht und die Hände mit Schnee und trat zu Pierre ans Feuer. »Die beiden sind in Ordnung. Sie haben einiges mitgemacht und vertrauen niemandem mehr, das ist alles. Und den Verlust der paar Vorräte können wir verschmerzen.«

»Darum geht's nicht«, erwiderte Pierre. »Ich mache mir Sorgen um die beiden. Selbst wenn sie sich in der Wildnis auskennen, werden sie es nicht einfach haben. Ich bezweifle, dass irgendein Stamm sie aufnimmt. Und wie Weiße leben?«

»Sie sind zäh, sie schaffen das!«, hoffte Kate.

Die Huskys schienen etwas beleidigt, weil Kate sich erst

so spät um sie kümmerte, verziehen ihr aber, als sie ihre Blechschüsseln mit besonders großen Portionen füllte. Sie brauchten viel Energie für die Anstrengungen, die auf dem Trail warteten. Jasper hob den Kopf, als wollte er einen Nachschlag, und knurrte beleidigt, als er nichts mehr bekam. Jeder Hund bekam die gleiche Menge zu fressen, sonst hätte es nur Ärger gegeben. Lediglich Blue durfte sich über gewisse Vorrechte freuen, sie bekam immer als Erste ihr Fressen und manchmal sogar ein Leckerli extra, trug aber auch am meisten Verantwortung.

Nachdem sie die Huskys gefüttert und ihr Frühstück eingenommen hatten, das auch an diesem Morgen nur aus Tee und einem trockenen Biscuit bestand, fuhren sie weiter. Das Schneetreiben hatte stark nachgelassen, und sie kamen gut voran, dennoch fiel es Kate schwer, sich zu konzentrieren. Mit jeder Meile, die sie sich von den Ausläufern der Cassiar Mountains entfernten und Tagish näherten, fühlte sie sich schlechter, kam es ihr so vor, als würde sie George im Stich lassen. Tief in ihrem Inneren hegte sie noch die Hoffnung, er sei inzwischen im Camp der Mounties aufgetaucht und würde im Lazarett auf sie warten, doch wenn sie ehrlich war, glaubte sie nicht daran. Diese Hoffnung war reines Wunschdenken, der letzte Strohhalm, an den sie sich noch klammerte.

Sie versuchte den Wald mit ihren Blicken zu durchdringen. Wo war ihr Schutzgeist? Wo war der Wolf, der sie durch ihr Leben begleitete und ihr zu Hilfe eilte, wenn sie in Gefahr war? Nur widerwillig erinnerte sie sich daran, dass Kaw-claa ihr auch erklärt hatte, was ein Schutzgeist nicht war: »Du darfst dich nicht auf ihn verlassen. Er eilt dir nicht jedes Mal zu Hilfe, wenn du in Gefahr bist. Er kann dir Ratschläge geben oder auf etwas hinweisen, indem er in eine bestimmte Richtung läuft, aber er kann dir keine Entscheidung abnehmen. Kein Schutzgeist kann das. Über dein Schicksal entscheidest du immer noch selbst.«

Diesmal ließ er sich überhaupt nicht blicken. Weil er nur eine Erfindung der Tlingit war, eine Märchenfigur wie der böse Wolfe aus ihrer Kindheit? Weil auch er keine Tatsachen verdrehen und den Lauf der Welt verändern konnte? Kate übersah eine Bodenwelle und wäre beinahe vom Schlitten gefallen. Sie schüttelte den Kopf, als wollte sie die störenden Gedanken abstreifen. »Alles gut!«, rief sie nach vorn, als sich Pierre nach ihr umdrehte.

Sie erreichten das Camp der Mounties am frühen Nachmittag. Etliche Männer traten aus ihren Häusern und begrüßten sie erfreut, auch Inspector Primrose und sein Adjutant. »Kate! Was für eine Freude, Sie gesund wiederzusehen!«

Einige Mounties klatschten, andere riefen »Willkommen, Kate!«, »Schön, dass Sie wieder hier sind!«, aber auch »Gott sei Dank! Sie sind am Leben!« Anscheinend hatte kaum jemand mit ihrer Rückkehr gerechnet. »Und wir dachten schon, Sie wären …«, begann einer und hielt schnell wieder den Mund.

Kate stieg von den Kufen wischte sich den Schnee vom Gesicht. »Sie haben recht, beinahe wäre es tatsächlich um mich geschehen gewesen. Pierre hat mir das Leben gerettet.« Die meisten kannten den Fallensteller. »Ich bin vom Schlitten gestürzt, und die Huskys waren so schlau, zu seiner Hütte zu laufen.«

Pierre schien sich unwohl unter so vielen Menschen zu fühlen und verabschiedete sich von Kate. »Vielleicht übernachte ich in Tagish und sehe morgen noch mal bei Ihnen vorbei. Ansonsten viel Glück. Das Leben geht weiter.«

Der Inspector bedankte sich bei dem Fallensteller und bat sie in sein Büro. »Ein guter Mann«, lobte er Pierre, »und ein wahrer Gentleman. Trifft man selten in diesen Breiten.« Er ließ heißen Tee von seinem Adjutanten bringen.

»Nun«, begann Primrose, als er hinter seinem Schreibtisch saß, »ich nehme an, Sie haben George nicht gefunden. Es war sehr leichtsinnig von Ihnen, allein weiterzusuchen. Zu den Gesetzen der Wildnis gehört auch, niemals allein aufzubrechen. Sie sehen ja, was alles passieren kann, besonders im Winter. Das wagen nur erfahrene Fallensteller, und die verstehen es, eine Gefahr richtig einzuschätzen, mehr als wir alle zusammen. Auch wir schicken unsere Männer nicht allein in die Wildnis.« Er lächelte nachsichtig. »Na, jetzt sind Sie ja wieder hier. Wir haben uns große Sorgen um Sie gemacht, Kate, wissen Sie das?«

»Ich weiß Ihre Sorge zu schätzen, Sir, aber ich konnte nicht anders. Ich wollte Gewissheit haben, was mit George passiert ist, bevor ich zurückfahre.«

»Und? Haben Sie was herausgefunden?«, fragte er.

»Ich habe sein Pferd gefunden, keine Meile von der Lichtung entfernt. Es war erfroren. Von George keine Spur. Ich habe stundenlang nach ihm gesucht.«

»Seine Satteltaschen?«

»Waren noch da. Aber sein Gewehr steckte nicht im Sattelschuh.«

»Dann muss es während des Blizzards rausgefallen sein«, sagte der Inspector. »Ich weiß, an Ihrer Stelle würde ich auch hoffen, er hätte sein Gewehr selbst herausgezogen und wäre davongekommen, aber so viel Optimismus kann ich leider nicht aufbringen. Es gibt leider keine Hoffnung mehr für George.«

»Ich dachte, er wäre vielleicht hier im Camp.«

»Tut mir leid, Kate.«

»Woher wollen Sie so genau wissen, dass er tot ist?«

»Die Chancen, dass er es ohne sein Pferd in einem so mörderischen Blizzard geschafft hat, am Leben zu bleiben, sind so gering, dass wir ihn leider für tot erklären müssen. Wir haben alles getan, was in unserer Macht stand. Während Sie weg waren, habe ich noch mal einen Suchtrupp losgeschickt, der ebenso wenig Erfolg wie die anderen hatte. Fragen Sie Doc Conway. Wenn man auf einer Lichtung von einem so starken Blizzard erwischt wird, kann einen nur ein Wunder retten, sagt er. So wie Sergeant Major McDonell. Er hatte Glück, unverschämtes Glück, und ich befürchte das blieb George leider versagt.«

»Sie wollen ihn für tot erklären?«, fragte Kate entsetzt.

»Mir bleibt gar nichts anderes übrig. Für morgen früh um acht Uhr habe ich eine Trauerfeier für die gefallenen Männer angesetzt, hier auf unserem Paradeplatz. Wir würden uns sehr freuen, wenn Sie daran teilnehmen würden, Kate.«

»Es wird mir eine Ehre sein. Aber …«

»Ich weiß, was Sie sagen wollen, Kate. Sie glauben erst an seinen Tod, wenn es einen eindeutigen Beweis dafür gibt. So würde ich auch denken, wenn ich mit ihm verwandt wäre. Aber wir Mounties können uns keine Träume leisten. Wir müssen uns mit dem Unvermeidbaren abfinden. Hier draußen sterben viele Menschen, ohne dass sie jemals gefunden werden, und es ist dann jedes Mal besonders schmerzhaft für die Angehörigen, den Tod eines geliebten Menschen zu verarbeiten. Es tut mir leid, Kate, es tut mir wirklich leid. Ich wünsche Ihnen die Stärke und die Kraft, diesen großen Verlust zu verarbeiten.«

»Vielen Dank für Ihre Anteilnahme, Sir.«

Er stand auf. »Sie können in derselben Hütte wie bei Ihrem letzten Besuch schlafen«, sagte er. »Bleiben Sie, so lange Sie wollen. Wir werden nach der Trauerfeier weiter nach Norden ziehen. Nur Sergeant Major McDonell und zwei Constables bleiben in diesem Camp zurück, zumindest für ein paar Tage.«

Kate bedankte sich noch einmal und richtete sich in der freien Hütte ein. Ihre Huskys belohnte sie mit Leckerlis für die Arbeit auf dem Trail. Ihre Stimmung war gedämpft, seitdem der Inspector ihr erklärt hatte, dass seine Männer keine Spur von George gefunden hatten und er nicht im Camp aufgetaucht war. Noch immer verspürte sie den Drang, sofort wieder aufzubrechen und weiter nach ihm zu suchen, aber die Berge waren zu gefährlich, solange sich Paddy und Elsie dort versteckten und es keine Spur von George gab. Der Inspector hatte recht, die Chancen, ihn lebend zu finden, waren verschwindend gering. Pierre hatte ihr versprochen, die Augen offen zu halten und ihr Bescheid zu sagen, falls es neue Hoffnung gab.

Sie entfachte ein Feuer im kalten Ofen und legte zwei Holzscheite in die knisternden Flammen, bevor sie wieder nach draußen ging und auf die Kufen ihres Schlittens stieg. Sie wollte den restlichen Nachmittag nützen, um ein paar Vorräte für ihren Trip nach Atlin zu kaufen. Es hieß, dass die Versorgung dort sehr zu wünschen übrig ließ. Der Winter versprach, streng zu werden, und es gab kaum noch Nachschub über den zugefrorenen Atlin Lake. Wenn sie ein Restaurant eröffnen wollte, brauchte sie Mehl, Zucker, Bohnen, Kaffee und einige andere Vorräte. Mit dem Hundeschlitten fuhr sie in die nahe gelegene Siedlung und verankerte ihren Schlitten vor McDuffs Gemischtwarenladen.

Aus dem Laden drangen aufgeregte Stimmen nach draußen. Kate ging hinein und sah eine Gruppe von Menschen am Tresen stehen und wütend gestikulieren. Sie sahen sie weder kommen, noch hörten sie das Glöckchen über der Tür klingeln. Erst als sie der Kälteschwall erreichte, der mit Kate in den Raum drang, wurden sie auf die neue Kundin aufmerksam. Zwei ältere Männer in Nietenhosen und warmen Mackinaw-Jacken, ein jüngerer in einem ramponierten Anzug und eine Frau in einem langen Wollrock, die ihre Haare unter einem unansehnlichen Filzhut versteckt hatte. Kate war nicht mehr die einzige Frau in der Wildnis. Während des Sommers waren einige mutige Ehefrauen, aber auch Prostituierte und andere zweifelhafte Existenzen von Norden nach Tagish, vor allem aber nach Atlin gekommen. Auch in Atlin hatte man reichlich Gold gefunden.

»Oh, Miss Ryan … Ma'am«, begrüßte sie McDuff von seinem Platz hinter dem Tresen. »Ich habe schon von Ihrem Verlust gehört. Mein aufrichtiges Beileid, Ma'am.

Eine Tragödie war das mit dem Suchtrupp, tut mir sehr leid.«

»Noch hat man George nicht gefunden«, erwiderte sie. Sie ging ein paar Schritte auf die Kunden zu. »Was ist denn hier los? Warum die Aufregung?«

»Warum die Aufregung?«, wiederholte die Frau. Ihre Stimme klang heiser und wenig attraktiv. »Diese beiden Heiden wollten kostbare Vorräte stehlen, das ist los! Wir sollten sie am nächsten Baum aufknüpfen, diese Wilden!«

Erst jetzt wurde Kate auf die beiden Gestalten im Schatten eines vollen Regals aufmerksam. »Charly! Mary!«, rief sie erstaunt. »Was tut ihr denn hier?«

»Sag ich doch«, geiferte die Frau, »sie wollten McDuff bestehlen!«

Kate blickte den Ladenbesitzer an. »Stimmt das?«

McDuff war genauso wütend wie die anderen. »Eine Dose Pfirsiche, eine Dose Bohnen und Handschuhe aus dem Regal dort. Sie waren schon an der Tür, als Mrs. Haskin reinkam und sie auf frischer Tat erwischt hat. Wir haben gerade überlegt, was wir mit ihnen anstellen sollen. Sie kennen die beiden?«

»Charly und Mary sind gute Freunde von mir. Sie sind auf der Suche nach einem neuen Zuhause, entweder bei den Weißen oder in einem Dorf der Athabasken. Sie hatten keine Zeit, Vorräte mitzunehmen und besitzen weder Geld noch Gold. Haben Sie Nachsicht mit ihnen! Sie wollten Sie nicht schädigen.«

»Du sollst nicht stehlen, sagt unser Herr«, erinnerte sie die Frau.

»In der Bibel steht auch. ›Wer den Armen gibt, dem wird nicht mangeln.‹«

»Und das gilt auch für Heiden?«

»Sie sind keine Heiden. Sie sind getauft und verhalten sich wahrscheinlich christlicher als die meisten Weißen. Haben Sie denn kein Herz, Mrs. Haskins?«

»Indianer haben ihren Mann getötet«, erklärte einer der Männer.

»Das tut mir leid«, sagte Kate.

»Ich sage immer noch: Hängt diese Bastarde auf, oder verabreicht ihnen wenigstens eine Tracht Prügel und werft sie in den Schnee! Worauf warten wir?«

Kate hielt sie zurück. »Ich bezahle die Sachen, die sie genommen haben. Und alles andere, was sie sich aussuchen. Wir müssen den beiden eine Chance geben, wenn sie ins Leben zurückfinden wollen. Die Indianerkriege sind vorbei, Mrs. Haskins. Das Land ist groß genug für uns alle, oder etwa nicht?«

»Wie können Sie sich auf die Seite dieser Heiden schlagen?«

»Ich habe die Bibel gelesen, Mrs. Haskins. Und ich finde es nicht richtig, dass man wegen so einer Lappalie einen solchen Aufstand veranstaltet. Ich lebe seit über einem Jahr in der Wildnis und bin immer gut mit den Menschen hier ausgekommen. Weißen, Indianern, Fallenstellern, Geschäftsleuten, sogar Prostituierten. Und in meinem Restaurant in Glenora war jeder willkommen.«

»Wollen Sie den Einkauf der beiden tatsächlich bezahlen?«, fragte McDuff.

»Sicher«, erwiderte Kate, »und ich brauche noch einige

Sachen.« Sie bemühte sich um ein freundliches Lächeln. »Wie wär's, wenn Sie den Herrschaften etwas Hochprozentiges anbieten und wir uns alle ein wenig beruhigen?«

Als Krankenschwester hatte Kate gelernt, aufsässige Patienten mit ihrem sanften Lächeln und ihrer melodischen Stimme zu beruhigen, und war meist erfolgreich damit gewesen. Auch hier funktionierte ihr Trick, und die spendierte Runde tat ein Übriges, um die Kunden auf andere Gedanken zu bringen.

Dennoch beeilten sich Charly und Mary, die gewünschten Waren einzusammeln und den Laden zu verlassen. Kate nahm sich etwas mehr Zeit, ließ sich von den Männern helfen, ihren Einkauf auf den Schlitten zu packen und bedankte sich bei McDuff. Sie hatte nicht alle, aber einen großen Teil der gewünschten Waren bekommen. Erleichtert machte sie sich auf den Rückweg.

Gleich hinter der nächsten Biegung traf sie auf Charly und Mary. Die beiden hatten auf sie gewartet und saßen mit ihren prall gefüllten Rucksäcken am Wegesrand. Kate bremste den Schlitten und sagte: »Noch mal Glück gehabt.«

»Wir wollten uns noch einmal bedanken, Miss Kate! Wir wollten Ihnen keine Schwierigkeiten machen, ganz bestimmt nicht, aber wir hatten nichts mehr zu essen. Im Winter ist es schwer, etwas Essbares zu finden. Im Frühjahr kann ich wieder jagen. Wenn wir Geld haben, zahlen wir Ihnen alles zurück.«

»Nicht nötig«, beruhigte sie die beiden, »aber Stehlen ist auch keine Lösung. Ihr habt ja gesehen, was passieren kann. Irgendwann geratet ihr an den Falschen und endet am Galgen, oder ihr fangt euch eine Kugel ein.« Sie deutete auf die Rucksäcke. »Damit kommt ihr eine Weile durch, aber ihr solltet euch bemühen, rechtzeitig eine neue Heimat zu finden. Habt ihr schon eine Idee?«

»Wir haben von einem Athabaskendorf gehört«, antwortete Mary, »ungefähr dreißig Meilen von hier. Chief William soll ein hilfsbereiter Mann und fest entschlossen sein, den Weg des weißen Mannes zu gehen. Da wollen wir hin.«

Kate dachte kurz daran, die beiden zu dem Dorf zu fahren, verwarf den Gedanken aber wieder, als sie an die Trauerfeier und die beschwerliche Fahrt nach Atlin dachte. »Dann wünsche ich euch viel Glück. Passt gut auf euch auf!«

Sie sah den beiden nach, wie sie auf Schneeschuhen und im Gänsemarsch im Wald verschwanden, und fuhr ins Camp zurück. Vor ihrer Hütte hielt sie an und wuchtete die Säcke und Packen mit den Vorräten in den Wohnraum. Da es bereits dunkel wurde, zündete sie die Petroleumlampe an. Das Feuer im Ofen brannte noch und loderte, als sie zwei frische Holzscheite in die Flammen warf.

»Keine Angst, Buck«, sagte sie, als sie den Huskys das Futter brachte, »ich habe euch nicht vergessen. Schlaft euch ordentlich aus! Nach der Trauerfeier morgen früh fahren wir nach Atlin. Die Fahrt soll mächtig anstrengend sein.«

»Wohl wahr«, sagte Doc Conway, der zufällig vorbeikam und auf dem Weg zu seiner Blockhütte war. »Wollen Sie wirklich nach Atlin? Über den Pass?«

»Ich hab vor, ein Restaurant in Atlin zu eröffnen.«

»Ich muss mit den Mounties weiter.«

»Der Reverend sagt, in Atlin könnten die Leute jede Hilfe brauchen. In der Nähe wäre Gold gefunden worden, und es kämen immer mehr Männer. Selbst im Winter ziehen viele Männer in die Berge und wollen dort nach Gold graben.«

»Bei dem Schnee werden sie wohl kaum was finden.«

»Ich bin es dem Reverend schuldig«, sagte sie. »Ist der Pass denn wirklich so schlimm? Da oben soll eine Menge Schnee liegen, hab ich mir sagen lassen.«

»Der Pass wird Ihnen und Ihren Hunden alles abverlangen, Miss Kate. Seien Sie auf alles gefasst. Die Tlingit behaupten, da oben würde der Wintergeist wohnen, und wer ihm zu nahe käme, würde seinen Zorn zu spüren bekommen.«

»Ich hab keine Angst vor Geistern, Doc.«

21

Zwischen den dunklen Wolken am Himmel leuchtete noch der Mond, als Kate ihre Hütte verließ. »Nach der Gedenkfeier brechen wir auf«, rief sie ihren Huskys zu, die bereits ihr Fressen bekommen hatten und ungeduldig darauf warteten, endlich wieder laufen zu können. Sie überquerte den teilweise vom Schnee geräumten Paradeplatz und begrüßte den Inspector, der gerade aus seiner Blockhütte trat und ihr einen Ehrenplatz neben dem Sergeant Major zuwies.

Primrose überprüfte seine Uniform, bevor er vor die Männer trat. Die Mounties standen in Reih und Glied vor dem Fahnenmast und salutierten, als ihr Inspector erschien. Ihre scharlachroten Uniformen leuchteten im Schein zahlreicher Fackeln. Sie trugen Handschuhe gegen die Kälte, hatten aber auf ihre Winterkappen verzichtet, um den Toten in ihren breitkrempigen Hüten den Respekt zu erweisen. Fünf Männer standen mit schussbereiten Gewehren bereit.

»Männer!«, begann der Inspector. »Wir haben uns an diesem frühen Morgen versammelt, um uns von fünf unserer Kameraden zu verabschieden. Tapfere Männer, die in Ausübung ihrer Pflicht und unter tragischen Umständen ums Leben kamen. Auf der Suche nach zwei gefährlichen Verbrechern, die immer noch frei herumlaufen, gerieten sie in einen mörderischen Blizzard, der allen außer Sergeant Major McDonell zum Verhängnis wurde. Er hatte das

Glück, vom Sturm zwischen schützende Felsen getrieben zu werden und dem Tod zu entkommen. Nicht so viel Glück hatten die Polizisten der North West Mounted Police, deren Namen ich mit Hochachtung und Stolz nenne: Constable Joseph Purcell. Constable Arthur Nolan. Constable Fred Morris. Constable John McDougal. Alle vier noch zu jung, um schon jetzt vor ihren Schöpfer zu treten. Sie hatten ihr Leben und eine große Karriere in unserer Polizeitruppe noch vor sich. Möge sich Gott in besonderer Weise um sie kümmern und ihnen die Ehrerbietung erweisen, die sie in Lebzeiten leider nicht mehr erlangen konnten!«

Während der Pause, die er nach diesen Worten einlegte, war es so still, dass man das leise Rieseln des Schnees zu hören glaubte. Selbst die Huskys schwiegen. Dann fuhr Primrose fort: »Und um noch einen unserer Männer trauern wir: George Chalmers, den ich in seiner Abwesenheit zum Corporal befördert habe. Einen verdienstvollen Mann, der eigentlich noch als vermisst gelten müsste, da wir keinen eindeutigen Beweis für seinen Tod haben. Leider wissen wir aus Erfahrung, und auch Doc Conway hat uns bestätigt, dass man einen so heftigen Blizzard mit viel Glück vielleicht überleben, aber niemals allein, wahrscheinlich sogar verletzt und ohne Vorräte mehrere Tage in der verschneiten Wildnis überleben könnte. Wir müssen deshalb annehmen, dass er nicht mehr unter uns ist. Ich möchte seine Verlobte bitten, einige Worte über ihn zu sagen. Kate …«

Kate trat einen Schritt nach vorn und wandte sich an die Männer. »Ich bin mit euch über den Stikine Trail geritten und habe gesehen, was für eine vortreffliche Polizeitruppe ihr seid. Deshalb tut es mir besonders weh, einige Männer der North West Mounted Police gehen zu sehen.« Sie dachte nicht daran, ihre Gefühle zu unterdrücken, und wehrte sich nicht, als Tränen in ihre Augen traten. »Die meisten von euch wissen, dass George und ich heiraten wollen. Er ist der Mann, den Gott für mich ausgesucht hat. Wir haben uns auf Anhieb verstanden, und ich bin im Nachhinein froh, dass er keinen Kaffee kochen kann.« Sie deutete ein Lächeln an, und auch einige der Männer lächelten kurz. Kate hatte nur mit den Mounties reiten dürfen, weil sie so gut kochen konnte. »Und egal, was ihr oder der Inspector oder Doc Conway sagen, ich weigere mich zu glauben, dass er tot ist. Ich habe sein Pferd gefunden und weiß, dass seine Chancen nur gering sind, aber auch, wenn ich jetzt nach Atlin reite, um dort meinem Freund, dem Reverend, zu helfen, werde ich nicht aufgeben und auf ein Wunder hoffen. Und ich werde immer wieder in die Berge ziehen, um dort nach George zu suchen. Zumindest in meinen Träumen wird er bald zurückkehren und bis in den Tod an meiner Seite sein.«

»Amen«, erwiderte der Inspector und gab den Männern mit den Gewehren ein Zeichen. Ein Salut nach dem anderen krachte zu Ehren der toten Mounties, gefolgt vom Zapfenstreich des Trompeters und einem Trommelwirbel, wie er bei feierlichen Beerdigungen üblich war. Einer der Männer brachte Kate eine gefaltete kanadische Flagge und salutierte vor ihr. Sie bedankte sich gerührt.

Kate ließ nur wenig Zeit zwischen der Gedenkfeier und ihrer Abreise verstreichen. Sie bedankte sich beim Inspector für die schönen Worte und alles, was er für sie getan hatte. »Ich bin sicher, unsere Wege werden sich wieder kreuzen, Sir. Ich werde nicht lange in Atlin bleiben. Sobald sich eine Gelegenheit bietet, werde ich nach George suchen und mit ihm nach Whitehorse oder Dawson City kommen. Sie werden unser Ehrengast bei der Hochzeit sein.«

»Ich hoffe es für Sie, Kate. Und für George. Ein guter Mann.«

Ihre Huskys begrüßten sie mit einem vielstimmigen Jaulkonzert und sprangen ungeduldig auf der Stelle oder drehten sich im Kreis, bevor Kate ihnen die Geschirre anlegte und sie vor den Schlitten spannte. Während sie mit ihrem voll beladenen Schlitten das Camp verließ, winkte sie den Mounties, die sich ebenfalls schon auf ihren Aufbruch vorbereiteten, zum Abschied zu. Es tat weh, die rot berockten Mounties zu sehen, ohne George bei ihnen zu wissen.

Kate fuhr über einen relativ bequemen Trail zum Little Tagish Lake, einem idyllisch gelegenen Bergsee, und an dessen Ufer weiter nach Süden, den Bergen entgegen. Der See war zugefroren und glänzte im Zwielicht des frühen Morgens. Die Mounties hatten ihr eine Karte mitgegeben und den kürzesten Trail nach Atlin eingezeichnet, ein kurvenreicher Weg, der an zahlreichen Seen entlangführte und inmitten einer zerklüfteten Bergwelt über einen gefürchteten Pass zum Atlin Lake führte. Der Pass lag nicht besonders hoch, hieß es, war aber öfter in dichten Nebel gehüllt und wurde von allen Mushern gefürchtet.

Kate rechnete damit, mindestens einmal während ihrer Fahrt übernachten zu müssen, und wusste, dass es unterhalb des Passes eine Jagdhütte gab, die auch Reisenden offenstand. Den Ratschlag von Pierre, möglichst nicht allein in die Wildnis zu fahren, ignorierte sie. Sie hatte nicht die Absicht, den markierten Trail zu verlassen, und wollte kein unnötiges Risiko eingehen. Sie hatte viel gelernt während des letzten Jahres und wusste sich in den meisten Situationen zu helfen. Noch einmal würde sie ihren Schlitten nicht verlieren.

Das Land, das vor ihr lag, war von überwältigender Schönheit. Idyllische Seen breiteten sich zwischen Bergen und Gletschern aus, die wie eine Landschaft aus einer anderen Welt anmuteten und im fahlen Licht eine eigenartige Magie ausstrahlten. Markiert wurde der Trail von dunklen Schwarzfichten, die unter ihrer Schneelast zu seufzen schienen und einen Teil ihrer Last abwarfen, wenn sich der Wind in ihren Kronen verfing. Weiter südlich führte der Trail über den See, und sie glaubte Wolfsspuren im Schnee zu erkennen.

Wieder am Ufer verlief der Trail durch einen lichten Fichtenwald und an felsigen Hängen vorbei. Nur das Scharren der Schlittenkufen im Schnee war zu hören, ansonsten war sie von einer beinahe vollkommenen Stille umgeben. Sogar der Wind hielt sich für eine Weile zurück, um sich wenige Minuten später zurückzumelden und zerrissene Schneefahnen vor sich herzutreiben. Sie war allein mit ihren Huskys, bis sie um eine Biegung kam und eine Gestalt in eine Wolldecke gehüllt unter einem keilförmigen Felsvorsprung sitzen sah.

»Whoaa!«, bremste sie die Hunde und hielt dicht neben der Gestalt. Sie verankerte den Schlitten, lief zu der Gestalt und blickte ihr ins Gesicht. »Guiseppe! Um Himmels willen! Was in aller Welt machen Sie allein hier draußen?«

Guiseppe konnte noch nicht lange unter dem Felsvorsprung sitzen, dazu wirkte er zu rege und lebendig. Er kam ihr lediglich ein wenig verwahrlost vor, war blass und hager und hatte sich seit Tagen nicht rasiert. Seine Augen lagen tief in ihren Höhlen. »Guiseppe! Ich bin's, Kate! Was tun Sie hier, Guiseppe?«

Er blickte sie an, brauchte einige Zeit, um sie zu erkennen, und erwiderte: »Mylady! Kate! Sie sind meine Rettung! Und ich dachte, ich müsste sterben.«

»So schnell stirbt es sich nicht. Sind Sie krank oder verletzt?«

Guiseppe schüttelte den Kopf. »Nur müde und erschöpft. Ich bin die ganze Nacht gelaufen und dachte, hier wäre irgendwo eine Hütte, in der ich übernachten könnte.« Er blickte auf seinen Rucksack. »Ich habe kaum noch was zu essen, nur ein paar Kekse, und als ich mir Tee kochen wollten, hab ich das Feuer nicht in Gang bekommen. Der Herr meint es nicht gut mit Künstlern wie mir.«

»Weil Sie ein besonders unvernünftiger Künstler sind«, sagte sie. Obwohl er wesentlich älter als sie war, fühlte sie sich in seiner Gegenwart immer wie eine Mutter oder zumindest eine fürsorgliche Tante, die ständig damit beschäftigt war, ihn vor Unglück zu bewahren. »Lassen Sie uns erstmal ein Feuer entzünden, dann sehen wir weiter.« Sie half ihm auf ihren Schlitten, wo er wesentlich bequemer saß, und entzündete ein Feuer. Zumindest hatte er etwas

Holz gesammelt, das unter dem Felsvorsprung einigermaßen trocken geblieben war. Als das Feuer brannte und er im Warmen saß, reichte sie ihm etwas Käse und einen Biscuit und gab ihm aus ihrer Feldflasche zu trinken. Ihr Tee war noch einigermaßen warm. »So, und jetzt erzählen Sie mir, was Sie hier suchen!«

Er aß ein paar Bissen, trank aus der Feldflasche und wischte sich den Mund ab. Seine Haut nahm langsam wieder Farbe an. »Diese Männer sind schuld«, begann er kauend und mit Leidensmiene. »So wie sie aussahen, müssen sie Holzfäller gewesen sein. Wahre Kleiderschränke, die selbst gebrannten Whiskey dabeihatten und ständig von leichten Mädchen redeten, die sie irgendwann gehabt hatten. Die wollten genug Gold am Klondike finden, um nie mehr arbeiten zu müssen. Als ob das so einfach wäre. Mit Kunst hatten die leider nicht viel im Sinn. Haben mich ausgelacht, als ich ihnen von Shakespeare erzählte.«

»Das hätten Sie sich doch denken können, Guiseppe. Nicht jeder hat es mit dem Theater, und Männer, die nur Frauen und Schnaps im Sinn haben, schon gar nicht. Warum sind Sie nicht bei den Tlingit geblieben? Dort hatten Sie doch ein gutes Auskommen! Oder wollten die Ihnen auch nicht mehr zuhören?«

»Doch, doch, die fanden Shakespeare sogar spannend. Aber ich wollte die weißen Männer in der Siedlung nicht aufgeben. Man kann doch nicht monatelang in der Wildnis leben, ohne von großen Dichtern zu hören oder sonst irgendwie mit Kunst in Berührung zu kommen. Das wollte ich nicht glauben.«

»Und man hat Sie ausgelacht und davongejagt?«

»Sie haben mich sogar verprügelt«, erwiderte Guiseppe. »Nicht wegen der Kunst, sondern weil ich bei den Wilden gelebt hatte. So nannten sie die Tlingit. Ich wäre ein Indianerfreund, der es nicht anders verdient hätte. Es hätte nicht viel gefehlt, und sie hätten mich geteert und gefedert! Ich habe selten so primitive Männer gesehen, Mylady. Die hatten nicht mal von Romeo und Julia gehört.«

Kate sah, dass der verhinderte Schauspieler noch Hunger hatte und reichte ihm einen weiteren Biscuit und Käse und Schinken. »Und jetzt schlagen Sie sich auf Schneeschuhen durch die Wildnis? Ohne Proviant und ohne Waffe? Wissen Sie denn nicht, wie gefährlich das ist, Guiseppe?«

»Ich vertraue darauf, dass Gott sein Herz für Künstler entdeckt und mich in meinem Streben nach Anerkennung unterstützt«, antwortete er kauend. Auch in seinem bemitleidenswerten Zustand bemühte er sich um eine geschliffene Sprache. »Er hat mich auf diesen Trail geführt. Er wusste, dass Sie kommen.«

Kate sah ihm beim Essen zu, er hatte wirklich sehr großen Hunger. »Ich bin kein Schutzengel«, sagte sie. »Sie können nicht immer darauf bauen, dass ich mit meinem Schlitten vorbeikomme. Wo wollen Sie denn hin? Nach Atlin?«

»Atlin«, bestätigte er. »Die Goldsucher in Teslin sagen, wenn man noch irgendwo reich werden kann, dann in Atlin. Ich will nicht nach Gold graben, dafür tauge ich nicht, aber in einer solchen Stadt muss es doch Menschen geben, die sich für wahre Kunst begeistern können. Meinen Sie nicht auch?«

Sie war skeptisch. »Nicht unbedingt. Atlin soll nicht viel größer als Glenora sein, und Sie erinnern sich bestimmt, wie es Ihnen dort ergangen ist. Diese Siedlungen sind keine Bühne für Sie. Kehren Sie um, Guiseppe, das ist der beste Rat, den ich Ihnen geben kann. Arbeiten Sie sich in Vancouver oder einer anderen zivilisierten Stadt nach oben. Irgendwo gibt es einen Platz für Sie.«

»Ich kann nicht mehr zurück, Mylady. Können Sie nicht …« Er ließ den Satz unvollendet und blickte sie mit diesem verzweifelten Blick an, den nur Menschen beherrschen, die sich in der rauen Wirklichkeit nicht zurechtfinden.

Sie überlegte angestrengt, ahnte schon jetzt, dass er auch in Atlin scheitern würde, wusste aber auch, dass er ohne ihre Hilfe verloren wäre. »Ich werde ein Restaurant in Atlin eröffnen, da gibt es viel zu tun. Wenn Sie sich nicht vor harter Arbeit scheuen, stelle ich Sie gern ein. Und einmal in der Woche und an Feiertagen, dürfen Sie die Gäste mit Ihrer Kunst unterhalten. Einverstanden?«

Er begann zu strahlen. »Sicher, Mylady! Vielen Dank!«

Kate lächelte aufmunternd. Insgeheim fragte sie sich, warum sie sich den gescheiterten Schauspieler antat. Er würde ihr nichts als Kummer bereiten, und sie war weder mit ihm verwandt noch bei der Kirche oder der Heilsarmee.

»Am besten fahren wir gleich weiter«, entschied sie, »ich will vor der Dunkelheit über den Pass. Da gibt es eine Hütte, da können wir übernachten.«

»Wir müssen über einen Pass?«

»Hat Ihnen das niemand gesagt?«

»Ich hab nicht gefragt«, antwortete Guiseppe. Ohne die Schminke, mit der er sonst die Falten in seinem Gesicht verdeckte, sah er wesentlich älter aus. »Aber auf der Karte, die man mir gezeigt hat, war Atlin gar nicht so weit, und ich dachte, die Berge, die dort zu sehen waren, könnte man leicht umgehen.«

Nur weil sie ihn nicht brüskieren wollte, verkniff sie sich eine spöttische Bemerkung. Dem Mann war nur zu helfen, wenn man ihn an die Kandare nahm. Sie hatte nicht vor, ihm die Mutter zu ersetzen, empfand aber genug Mitleid, um ihm noch mal einen neuen Start zu ermöglichen. Ohne die Unterstützung seiner Freunde war er anscheinend hilflos und nicht überlebensfähig.

»Halten Sie sich gut fest«, warnte sie ihn eindringlich, als er sich auf den Schlitten gesetzt hatte, »auf dem Weg in die Berge kann es ungemütlich werden. Wenn es zu steil wird, müssen Sie vom Schlitten runter und schieben helfen. Und bewahren Sie Ruhe, wenn wir einem Elch begegnen. Alles klar?«

»Ich bin bereit, Mylady!«, tönte er.

Kate hatte nicht übertrieben. In den Ausläufern der Berge wurde der Trail immer anspruchsvoller, wand sich durch lichte Fichtenwälder und an Seeufern entlang in ein felsiges Labyrinth, bevor er über einen Hügelkamm und in zahlreichen Windungen den Berg hinaufführte. Sie musste mehrmals von den Kufen und den Hunden helfen, eine Steigung zu überwinden, war gezwungen, ihre ganze Kraft einzusetzen, um nicht eine längere Pause einlegen oder aufgeben zu müssen. »Vorwärts!«, feuerte sie die Huskys an. »Ihr schafft das! Weiter!«

Das Wetter wurde schlechter, je höher sie kamen. Dichte Nebelschwaden hingen bedrohlich zwischen den Bäumen, und der Wind, der in den oberen Regionen mehr Platz hatte, fegte immer stärker über den Schnee. Der aufwirbelnde Schnee vermischte sich mit dem Nebel und machte besonders Guiseppe zu schaffen, der mehrmals nach Kate rief und sie bat, langsamer zu fahren. »Geht nicht!«, rief sie zurück. »Wir müssen dranbleiben, sonst bleiben wir stecken, und es dauert doppelt so lange, bis wir oben auf der Passhöhe sind.«

Die Huskys gaben ihr Bestes. In den Bergen zeigte sich besonders deutlich, wie viel Kraft in ihnen steckte und zu welcher Leistung sie fähig waren. Besonders Buck bewies, warum man ihn zum Leithund auserkoren hatte. Mit ihren kräftigen Beinen stemmten sie sich in den Schnee und zogen den Schlitten durch den dichter werdenden Nebel. Von ihnen kam kein Heulen und Klagen.

Nur einmal war der Trail so steil, dass Kate nach Guiseppe rufen musste. »Runter vom Schlitten!«, rief sie. »Zu mir! Beide Hände an die Haltestange und schieben! Das schaffen die Huskys nicht allein! Beeilen Sie sich, Guiseppe!«

Guiseppe hatte Angst, seinen sicheren Platz zu verlassen, und Kate musste ein zweites Mal rufen, bevor er endlich gehorchte. Zuerst schob er nur zaghaft, dann sah er wohl, wie sehr sich Kate anstrengte, und fühlte sich herausgefordert. Er nahm seine ganze Kraft zusammen und schonte dabei auch seine kostbare Stimme nicht, hatte aber genauso viel Pech wie sonst und rutschte schon nach wenigen Schritten nach hinten weg, ausgerechnet in dem Augenblick, als die Huskys die starke Steigung überwunden hatten und wieder anzogen. Vergeblich versuchte Kate, ihn mit einer Hand am Ärmel zu packen und zurückzuhalten. Von einer Sekunde auf die andere verschwand er im dichten Nebel.

»Whooaa!«, bremste sie den Schlitten und rammte den Anker in den Schnee. Die Huskys blickten sich erstaunt um. »Guiseppe! Hier bin ich, Guiseppe!«

Keine Antwort, nur der Wind, der in den Baumkronen rauschte.

»Guiseppe! Hierher!«

Kate ließ den Haltegriff los und stapfte einige Schritte zurück. Zu weit durfte sie sich nicht von ihrem Schlitten entfernen, sonst verlor sie die Orientierung. Um sie herum war nur Weiß, scheinbar endloses Weiß. Es gab kein Links und Rechts, kein Oben und Unten, keinen Horizont. Ein falscher Schritt, und man war in dieser Leere gefangen und fand nur mühsam wieder in die Wirklichkeit zurück. Ein Fallensteller in Glenora hatte von diesem Phänomen berichtet und davor gewarnt, in einem White-Out käme man sich genauso hilflos wie allein auf dem Ozean oder in einer Sandwüste vor. Ein White-Out war lebensgefährlich.

Kate hatte schon jetzt ihren Schlitten aus dem Blick verloren. Sie stand leicht gebückt im Schnee, versuchte vergeblich, das Weiß mit ihren Blicken zu durchdringen. »Guiseppe!«, rief sie unermüdlich. »Guiseppe! Hier bin ich!«

Doch das Rauschen des Windes war stärker als jede Stimme, und das endlose Weiß verschluckte jeden noch so starken Schatten. Ein White-Out war kein Blizzard, nicht mal ein besonders starker Sturm, aber noch gefährlicher, weil man zu keiner Zeit wusste, wo man sich befand, und nicht die geringste Orientierung hatte. »Guiseppe! Wo sind Sie, Guiseppe?« Sie wagte einen weiteren Schritt, bekam plötzlich etwas Dunkles zu fassen und zog es zu sich heran. »Guiseppe! Da sind Sie ja!« Sie packte ihn am Arm und musste die Augen schließen, um nicht von all dem Weiß geblendet zu werden. »Wir müssen zum Schlitten zurück! Halten Sie sich an mir fest! Immer weiter … wir schaffen das!«

Sie hatten es den Huskys zu verdanken, dass sie nicht im Nirgendwo endeten. Die Hunde erkannten ihre Notlage und jaulten so laut, dass sie den Schlitten schon bald erreicht hatten. Guiseppe kletterte auf die Ladefläche und hielt sich mit beiden Händen daran fest. Kate klammerte sich an die Haltestange.

»Danke, Buck!«, rief sie. »Das habt ihr gut gemacht!«

22

Erst als sie den Pass überquert hatten, löste sich der Nebel auf. Der Horizont kehrte zurück, und der Trail lag wieder sichtbar vor ihnen. Selbst die Nacht, die bereits über den Bergen hereinbrach und sich anschickte, die letzte Helligkeit vom Himmel zu vertreiben, konnte nicht so undurchdringlich wie ein White-Out sein. »Wir sind durch!«, rief Kate erleichtert, »wir haben es geschafft!«

Die Huskys schienen den Unterschied kaum zu bemerken, sie verließen sich ohnehin lieber auf ihren Instinkt und folgten ihrem ausgeprägten Geruchssinn, der sie auch in einer sternenlosen Nacht und dichtem Nebel nicht verzweifeln ließ. Sie zogen lediglich etwas das Tempo an und schienen gleichmäßiger und rhythmischer zu laufen. Buck blickte sich nur kurz nach seinen Artgenossen um, dann hatte er wieder alles im Griff und legte sich tatendurstig ins Geschirr.

Zu der Jagdhütte brauchten sie nur wenige Minuten. Sie lag geschützt in einer Senke und lud nicht gerade zu einem längeren Verweilen ein, so baufällig wirkte sie selbst aus der Ferne. Kate bremste vor dem Eingang, klinkte die Hunde von der Führungsleine, band sie an die Fichten neben der Hütte und bedankte sich bei jedem mit einem freundschaftlichen Klaps. »Das war ganze Arbeit«, sagte sie zu ihrem Leithund, »dafür gibt's gleich den guten Reiseintopf. Gebt mir ein paar Minuten, dann geht es los!«

Guiseppe war so erschöpft, dass er es kaum vom Schlitten schaffte. Kate half ihm auf eine der Pritschen, die im einzigen Wohnraum der Hütte standen, und reichte ihm die Wolldecken vom Schlitten. Die Fahrt hatte ihn mitgenommen, und er war blass und sagte kaum etwas. Er war nicht für das Leben in der Wildnis geschaffen, war dort noch hilfloser als in Seattle oder Vancouver.

Es gab keine Lampe in der Hütte, nur zwei Kerzen, die der letzte Bewohner auf dem Holztisch befestigt hatte. In der Schublade fand sie reichlich Nachschub. Kate entzündete sie und fachte ein Feuer im Ofen an. Sie wärmte ihre Hände über der Herdplatte, bis sie einigermaßen warm waren. Dann taute sie den Eintopf für die Huskys auf und fügte noch etwas Wasser hinzu, damit sie genug Flüssigkeit bekamen. »Hat leider etwas gedauert«, entschuldigte sie sich bei ihnen, als sie ihnen das Fressen brachte, »aber ich hab viel zu tun. Lasst es euch schmecken!«

Da mit Guiseppe wohl erst wieder in Atlin zu rechnen war und ihm nach dem Unfall im Nebel wohl noch immer der Schrecken im Nacken saß, wuchtete sie den Schlittensack und ihre Vorräte allein in die Hütte. Sie vor der Hütte zu lassen, wäre eine willkommene Einladung für Raubtiere gewesen. Sie fand einen zweiten Topf und erhitzte eine Dose Bohnen mit Speck, ihr Standardessen auf dem Trail, weil es am einfachsten zuzubereiten war. Sie gab eine Portion auf einen Teller, den sie wie den Topf und zwei Löffel in einem windschiefen Regal gefunden hatte, und reichte Guiseppe den Rest. Der verhinderte Schauspieler blieb in seine Decken gehüllt auf der Matratze sitzen und machte keine Anstalten, ihr zu helfen. Sie überlegte, ob es richtig gewesen war, ihm die Arbeit in ihrem geplanten Restaurant zu versprechen, wollte aber nicht zu schnell über ihn urteilen. Als Küchenhilfe in Glenora hatte er sich wacker gehalten.

»Schlafen Sie sich aus!«, riet sie ihm, als er den letzten Bissen mit Tee heruntergespült hatte. »Bis morgen Mittag sind wir in Atlin, da gibt es viel zu tun.«

»Sie sind sehr freundlich zu mir, Mylady.«

Oder töricht, weil ich einem verhinderten Schauspieler helfe, der weder in der Stadt noch in der Wildnis mit dem Leben zurechtkam, dachte sie, hütete sich aber, es auszusprechen. »Wo ist eigentlich Ihr Schädel?«, fragte sie stattdessen. »Ich dachte, Sie wären ohne den Totenkopf nur ein halber Mensch.«

»Die Tlingit hatten Angst vor ihm«, erwiderte er, »er würde die Geister verärgern und Unglück über ihr Volk bringen. Ich musste ihn vergraben. Sie verstanden nicht, dass er ein wichtiges Requisit für meinen Hamlet ist. Ich werde mir einen neuen in Atlin besorgen müssen. Haben Sie eine Idee, Mylady?«

Sie unterdrückte ein Lachen. »Keine Ahnung. Auf keinen Fall auf dem Friedhof, sonst könnten Sie in Schwierigkeiten geraten. Warum suchen Sie keinen Tierschädel? Damit handeln Sie sich bestimmt keinen Ärger ein.«

»Hamlet und ein Tierschädel? Ich bitte Sie, Mylady!«

»Bei den Auftritten in meinem Restaurant sollten Sie sich an heitere Stücke halten, so wie in Glenora, dafür brauchen Sie keinen Schädel. Und jetzt schlafen Sie, Guiseppe. Sie haben einiges nachzuholen, so müde wie Sie heute waren.«

Kate wusch Topf, Teller und Löffel mit geschmolzenem

Schnee und gönnte sich einen weiteren Becher Tee, bevor sie sich ein Schlaflager auf der anderen Seite des Raumes suchte. Sie löschte die Kerzen und kroch in der Unterwäsche in ihren Schlafsack, blieb aber noch einige Zeit wach und versuchte die Gedanken zu ordnen, die sich an diesem Tag in ihr angesammelt hatten.

Auch wenn sie in Atlin weiter von der Lichtung entfernt war, auf der George aus ihrem Leben gegangen war, hatte es keine Alternative gegeben. Da es in Tagish kein Geld zu verdienen gab und sie nur widerwillig den Hilferuf von Reverend Pringle ignoriert hätte, gab es für sie kein anderes Ziel als die aufstrebende Stadt am gleichnamigen See. Pierre hatte versprochen, ihr sofort Bescheid zu sagen, wenn es Neuigkeiten über Georges Verschwinden gab, und auch die Mounties würden sie benachrichtigen, falls man seine Leiche gefunden hatte oder er tatsächlich noch lebte. Der Spagat zwischen Hoffnung und Realität war nur schwer für sie zu bewältigen. Auch wenn alles für Georges Tod sprach, war sie nicht bereit, ihn zu akzeptieren. Für sie lebte George weiter, bis es einen unerschütterlichen Beweis für das Gegenteil gab.

Sie musste weitermachen und sich dem Leben stellen, das war immer noch besser, als ziellos durch die Wälder zu streunen und sich in Gefahr zu bringen oder sich in eine dunkle Ecke zurückzuziehen und zu jammern. Wer sich von einem Schicksalsschlag aus der Bahn werfen ließ, war in der Wildnis verloren. Guiseppe war das beste Beispiel. Ohne sie wäre er nicht einmal bis in diese Hütte gekommen und wahrscheinlich unterwegs erfroren. Wie so viele Männer, die ihr wohlbehütetes Zuhause gegen ein entbehrungsreiches Leben auf dem Trail eintauschten, war er nicht für die Wildnis geschaffen. War der Goldrausch erst einmal vorbei, würde man von zahlreichen Männern hören, die in der verschneiten Wildnis gescheitert und ums Leben gekommen waren.

Kate schlief ein, wurde aber schon wenige Stunden später durch das lang gezogene Heulen eines Wolfes geweckt. Sie öffnete erschrocken die Augen. Guiseppe schien den Wolf nicht gehört zu haben und schnarchte ungestört weiter. War das Heulen nur für sie bestimmt? Sie kroch aus dem Schlafsack und trat in Strümpfen ans Fenster, rieb sich den Schlaf aus den Augen und blickte in die Nacht hinaus. Die dunklen Wolken hatten sich teilweise verzogen, und blasses Mondlicht lag über dem Land. Unzählige Sterne blitzten wie funkelnde Diamanten am Himmel und brachten den Schnee in der Senke zum Glitzern.

Der Wolf erschien so plötzlich vor ihrem Fenster, dass sie erschrocken zurückwich. Sie erkannte ihn an dem besonderen Ausdruck in seinen Augen und dem Fleck auf seiner Stirn. Ihr Schutzgeist, wenn man den Tlingit glauben durfte. Oder ein Wolf, der sich zufällig in ihrer Nähe blicken ließ. Auf jeden Fall kein gewöhnlicher Wolf, sonst hätte er sie nicht so eigenartig angesehen.

»Was willst du von mir, Wolf?«, fragte sie ihn. »Willst du mir helfen? Dann suche nach George, und sag mir, wo ich ihn finden kann. Du kennst dich in den Wäldern aus, du weißt doch, wo man nach ihm suchen muss. Oder bist du nur gekommen, um mich zu trösten? Ich brauche keinen Trost. Solange ich nicht weiß, was mit George ist, werde ich tapfer sein und so leben, als wüsste ich, dass er zurückkommen wird. Oder willst du nur wissen, warum ich Guiseppe geholfen habe? Hätte ich ihn etwa im Schnee sitzen lassen sollen? Er ist ein Unglücksrabe. Er lebt in seiner eigenen Welt, und er braucht meine Hilfe.«

Der Wolf antwortete nicht. Er sprach nie zu ihr und ließ sie lediglich durch das Blitzen seiner Augen wissen, dass er sie verstand. Seine Blicke waren wohlwollend, vielleicht sogar aufmunternd, als wüsste er, was sie bewegte.

»Warum sprichst du nicht mit mir, Wolf?«, fragte sie ihn. »Weißt du, ob George noch am Leben ist? Weißt du, wo er sich aufhält? Du musst es mir sagen! George ist meine große Liebe. Ich will mein Leben mit ihm teilen.«

Darauf schien der Wolf keine Antwort zu wissen. Aber sein aufmunternder Blick blieb, als er sich abwandte und über den Rand der Senke verschwand.

Kate kroch enttäuscht in ihren Schlafsack zurück.

Als sie am frühen Morgen erwachte, wusste sie nicht, ob der Wolf tatsächlich erschienen war oder sie nur geträumt hatte. Vor ein paar Monaten hätte sie noch jeden ausgelacht, der von einem Schutzgeist gesprochen hätte. Sie schüttelte den Gedanken ab, wusch sich notdürftig und zog sich an. Sobald es sich ergab, würde sie ein heißes Bad nehmen, das vermisste sie am meisten in der Wildnis, obwohl sie auch zu Hause in Johnville nur einmal in der Woche in die Wanne gestiegen war. Jeden Samstag, so war es üblich bei Farmern.

Guiseppe erwachte gerade, als sie frisches Holz aus dem Vorrat in den Ofen warf und Tee kochte. Wie jeden Morgen fütterte sie die Huskys, bevor sie sich an ihr eigenes Frühstück machte, das an diesem Morgen nur aus Biscuits und den restlichen Bohnen bestand. Guiseppe ging es schon wesentlich besser. Er half ihr sogar beim Abwaschen, faltete seine Decken und machte beim Aufladen der Vorräte mit. Kate schien ihn zu neuem Leben erweckt zu haben.

Nach Atlin war es nicht mehr weit, und der Trail war breiter als zum Pass hinauf. Als es hell wurde, konnte man bereits den Lake Atlin im schwachen Licht der aufgehenden Sonne sehen. Der riesige See war zugefroren und das Eis von einer gleichmäßigen Schneeschicht bedeckt. Gelegentlich staubte der Schnee im frischen Morgenwind. Die Huskys nützten den breiten Trail und die günstigen Wetterverhältnisse, um noch einmal zuzulegen und zu zeigen, wie schnell sie auch mit einer schweren Last rennen konnten. »Heya! Heya!«, feuerte Kate sie an. »Bald haben wir es geschafft. Seht ihr die weiße Fläche am Horizont? Das ist der Lake Atlin, dort werden wir öfter mal ein paar Runden drehen, solange er gefroren ist, was meint ihr? Eine bessere Rennstrecke gibt es nicht.«

Atlin bot einen enttäuschenden Anblick und war schäbiger, als sie vermutet hatte. Als sie am Seeufer entlang die Siedlung erreichte, sah sie, dass es lediglich aus einer Straße mit einigen Blockhäusern und einer Vielzahl von notdürftig gezimmerten Baracken und Zelten bestand. Die Straße hatten Bürger notdürftig vom Schnee geräumt. Aus zahlreichen Schornsteinen und Ofenrohren stieg Rauch. Die Huskys der Siedlung begrüßten Kates Team mit einem vielstimmigen Heulkonzert, und neben einem Blockhaus wieherten Pferde.

Die Kirche des Ortes, bis auf den kleineren Glockenturm ein Duplikat der Kirche in Teslin, ragte am Ende der Straße empor. Kate fuhr langsamer, vorbei an einem Handelsposten, einem Saloon, aus dem lautes Lachen und Gläserklirren drang, und einem Ausrüster für Goldsucher, und bremste vor dem Anbau der Kirche, in dem sie Pringle vermutete. Er hatte sie schon bemerkt, öffnete die Tür und trat ihr mit ausgebreiteten Armen entgegen. »Kate Ryan! Welche Freude, Sie wiederzusehen! Ich hatte gar nicht mehr mit Ihnen gerechnet.«

»Reverend«, erwiderte sie, »Sie erinnern sich sicher noch an Guiseppe de Fortunato, den Schauspieler, der uns in Glenora mit seinen Darbietungen erfreut hat. Ich habe ihn unterwegs auf dem Trail getroffen und mitgenommen.«

»Willkommen, Guiseppe«, begrüßte ihn Pringle.

»Meine Verehrung, Reverend Pringle.«

»Ich werde Guiseppe einstellen, sobald ich mein Restaurant eröffnet habe, aber er braucht einen Platz zum Schlafen, Kleidung und was zu essen. Ich muss mich zumindest während der ersten Tage um andere Dinge kümmern und habe leider keine Zeit für ihn. Haben Sie eine Möglichkeit, ihn unterzubringen?«

»Kein Problem«, erwiderte der Reverend, »wir haben ein Gemeinschaftshaus für Männer, die keinen Ofen in ihrem Zelt und auch sonst mittellos sind, dort bekommt er alles, was er braucht.« Er blickte Guiseppe an. »Sehen Sie das Blockhaus gegenüber? Fragen Sie nach Paul, der kümmert sich um alles.«

»Sehr freundlich von Ihnen, Reverend.« Er stand auf und ging ein paar Schritte, dann drehte er sich noch mal um. »Wissen Sie zufällig, wo ich einen Totenschädel bekommen könnte? Meiner ist mir leider abhandengekommen.«

»Wie bitte?«, wunderte sich Pringle.

Guiseppe winkte ab. »Egal.«

»Ich melde mich, wenn mein Restaurant steht«, rief ihm Kate nach.

Pringle ergriff ihre Hände. »Ich habe Ihnen noch gar nicht mein Beileid ausgedrückt, Kate. Ich habe von Ihrem Verlust gehört. Ein großes Unglück, das diesen jungen Mounties widerfahren ist, aber ich bin sicher, unser Herr hat sich ihrer in besonderer Weise angenommen. Ich habe für die Männer gebetet.«

»George ist nicht tot, Reverend.«

»Er lebt?« Pringle blickte sie verwirrt an. »Ich habe gehört, er wäre mit dem Suchtrupp in einem Blizzard umgekommen. Hat man mich falsch informiert?«

»Man hat seine Leiche nicht gefunden«, sagte Kate. »Ich weiß, die Chancen, dass er überlebt hat, sind gering, aber ich weigere mich, seinen Tod anzuerkennen, solange es keinen Beweis dafür gibt. Gott darf ihn mir nicht nehmen.«

»Gottes Wege verstehen wir häufig nicht, Kate. Warum würde er sonst kranke Kinder zu sich rufen oder Menschen in einem Waldbrand umkommen lassen? Warum lässt er zu, dass sich Grizzlys auf hilflose Menschen stürzen?«

»Das habe ich mich oft genug gefragt, Reverend.«

»Und keine Antwort darauf gefunden, nicht wahr? Aber jeder Gläubige weiß, dass es einen Grund für diese Schicksalsschläge gibt, den wir wahrscheinlich erst verstehen, wenn wir selbst vor unserem Herrgott stehen. Ich bin sicher, diese Menschen finden im Paradies das Glück, das ihnen im Diesseits verwehrt blieb, und sie warten geduldig, bis sie wieder mit uns vereint sind.«

»Mag sein, dass Sie recht haben, Reverend, aber ich wäre glücklicher, George hätte überlebt und würde irgendwann wieder auftauchen. Dafür will ich beten. Sobald ich einen Hinweis bekomme, werde ich nach ihm suchen.«

Pringle schlug einen feierlichen Ton an. »Der Herr ist nahe denen, die zerbrochenen Herzens sind, und hilft denen, die ein zerschlagenes Gemüt haben.«

»Ein Satz aus der Bibel?«

»Psalm 34, Vers 19.«

»Ich habe vor, mich gegen die Traurigkeit in meinem Herzen zu wehren, Reverend. Ich will wieder arbeiten. Sie sagten, hier fehlt ein gutes Restaurant?«

Pringle lächelte wieder. »Im Saloon kann man Bohnen mit Speck und Spiegeleier bekommen, aber das ist auch alles. Die Menschen hier haben was Besseres verdient. Ich bin sicher, Sie sind enttäuscht von Atlin, das war ich auch, als ich hierherkam, aber das kommt einem nur so vor. Seitdem Gold in der Gegend gefunden wurde, kommen immer mehr Männer zu uns, und es deutet alles darauf hin, dass die Siedlung wachsen und bis zum Frühjahr aus allen Nähten platzen wird. Bis es so weit ist und wir hier eine richtige Stadt haben, brauchen wir Sie, Kate. Sie haben in Glenora bewiesen, dass Sie ein Restaurant führen können, außerdem können Sie dem Arzt helfen, wenn Not am Mann ist und ehrlich gesagt brauchen wir auch jemanden, die als Wäscherin einspringen kann.«

»Wirtin? Krankenschwester? Wäscherin? Sie erwarten viel von mir.«

»Sie sind eine außergewöhnliche Frau, Kate.«

Kate musste lachen. »Das habe ich vor Kurzem schon mal gehört. Das sagen die Männer immer, wenn sie einem Arbeit aufhalsen wollen. Ist Jim Callbreath hier? Der Unternehmer aus Glenora, der mir das Restaurant verpachtet hat?«

»Jim und Tashoa sind nach Whitehorse oder Dawson City weitergezogen«, antwortete der Reverend, »aber die brauchen Sie hier auch nicht. Die Kirche besitzt mehrere Grundstücke in Atlin, und auf einem steht bereits eine Baracke, die für Ihr Restaurant gut geeignet wäre. Hinter der Baracke am Waldrand steht ein kleines Blockhaus, die ehemalige Hütte eines Fallenstellers, in der Sie wohnen können. Nichts Großartiges, aber ausreichend, denke ich, besonders, wenn Sie das Restaurant mit Ihrer positiven Ausstrahlung mit Leben erfüllen.«

»Und ein Teil des Umsatzes geht an die Kirche?«

»Für bedürftige Zwecke«, versprach er. »Wenn Sie wollen, sehen wir uns beides gleich mal an. Den Schlitten können Sie hier lassen, es ist nicht weit.«

Kate war einverstanden. Sie verteilte Leckerli an ihre Huskys und versprach ihnen, in wenigen Minuten zurück zu sein. Dann folgte sie dem Reverend die Straße hinauf. Sie hatte ihn noch nicht eingeholt, als sie einen Mann auf der anderen Straßenseite sah, der ihr auf seltsame Weise bekannt vorkam. Auch er schien seine Schritte zu verlangsamen und neugierig zu ihr herüberzublicken.

»Reverend«, sagte sie, als sie zu Pringle aufgeschlossen hatte, »wissen Sie, wer der Mann auf der anderen Straßenseite war? Der mit dem langen Bart?«

Pringle drehte sich nach dem Mann um. »Das muss Pater Joshua gewesen sein, der katholische Pfarrer. Er ist erst seit ein paar Tagen bei uns und hält seine Messen in einem Zelt gegenüber am Ortseingang ab. Kennen Sie ihn?«

»Pater Joshua? Nein … er kam mir nur so bekannt vor.«

»Ein Mann mit einem langen Bart, die Beschreibung passt doch auf die meisten Goldsucher hier«, erwiderte Pringle. »Wenn mein Rasiermesser so stumpf bleibt wie heute Morgen, auch auf mich. So … da wären wir, Kate.«

Sie blickte auf die baufällige Baracke und die Zeltplane über einer kleinen Veranda und wusste nicht, ob sie lachen oder weinen sollte. »Oh«, sagte sie.

23

Pringle spürte ihre Bedenken und lächelte zuversichtlich. »Keine Angst«, beruhigte er sie, »die Baracke ist stabiler, als sie aussieht.« Er berührte die Vorderwand. »Sehen Sie? Alles neue Bretter. Sie ist lediglich ein wenig schief geraten, aber das kriegen meine Leute bis zum Frühjahr noch hin. Bis dahin werden sie auch die Plane über der Veranda durch ein Holzdach ersetzen. Ich denke, wir können die Eröffnung für den kommenden Samstag einplanen.«

»Das klingt schon besser. Mit einer feierlichen Predigt?«

»Und einem Fest mit Freibier für alle. Ich bin den fröhlichen Seiten des Lebens nicht so abgeneigt, wie Sie vielleicht glauben. ›Evangelium‹ bedeutet ›Frohe Botschaft‹. Ich habe während der letzten Monate einiges dazugelernt, Kate. Wie soll man einen Menschen in dieser Wildnis zum rechten Glauben bekehren, ohne ihn mit einer frohen Botschaft zu erfreuen? Kirche muss nicht ernst sein. Ich will nur fröhliche Gesichter in meinen Gottesdiensten sehen.«

»Sie sind ein Menschenfänger, Reverend.«

»Und Sie sind eine Frau, die viele Männer in dieser Wildnis in den Schatten stellt und den Herausforderungen des Lebens gewachsen ist. Meine Kirche ist vielleicht anderer Meinung, aber ein wildes Land wie dieses kann sich nur mit starken Frauen zu einem zivilisierten Gemeinwesen entwickeln.« Er öffnete die Tür zum Restaurant. »Kommen Sie, ich zeige Ihnen, wie es innen aussieht.«

Kate war überrascht. Der Innenraum wirkte wesentlich

einladender, als es von außen den Anschein hatte. Es gab einen Tresen und ein Regal aus Fichtenholz, vier Tische mit Stühlen, und an den Wänden hingen Plakate von Buffalo Bill's Wild West Show, die ein Goldsucher, ein ehemaliger Mitarbeiter des Zirkus, in seinem Gepäck gehabt hatte. Mitten im Raum stand ein gusseiserner Kanonenofen. Wie in ihrem Restaurant in Glenora gab es auch hier eine kleine Küche in einem Nebenraum mit Herd, Vorratsschränken und Arbeitstisch.

»Sehr gut«, lobte sie, »dann räume ich gleich meine Vorräte ein.«

Auch mit ihrer eigenen Hütte war sie zufrieden. Die gleiche Einrichtung wie in Teslin und nur ein paar Schritte von ihrem Restaurant entfernt. Direkt hinter der Hütte begann der Wald. Die Fichten boten Schutz vor Wind und Wetter.

Kate und der Reverend einigten sich schnell. Als Pacht würde sie ihm einen Teil ihres Umsatzes überlassen und damit kaum ein Risiko eingehen, eine faire Lösung, die auch beinhaltete, dass sie bedürftige Menschen umsonst oder gegen ein geringes Entgelt bewirtete. Das hatte sie auch in Glenora getan, sonst wäre Guiseppe schon damals in ernsthafte Schwierigkeiten geraten. Sie brauchten keinen Vertrag und besiegelten ihre Abmachung mit einem Handschlag.

Ihre Huskys kümmerten sich nicht darum, wie das Restaurant und ihr neues Zuhause aussahen. Sie hielten sich lieber im Freien auf und waren eher an dem Duft interessiert, der wenig später aus der Küche drang, als sie einen neuen Eintopf aus Reis und getrocknetem Lachs für sie kochte. Noch würden sie sich allerdings gedulden müssen, das nächste Fressen gab es erst am frühen Abend.

Nachdem Kate alle Vorräte eingeräumt und sich in ihrer Hütte häuslich eingerichtet hatte, wusch sie sich in einer Schüssel mit heißem Wasser und wechselte ihre Kleidung. Ihr schwarzer Rock sah gut aus, und die Mackinaw-Jacke stand ihr besser als die Büffelfelljacke. Auf die Stiefel konnte sie auch in der Stadt nicht verzichten. Ihre feuchten Haare bedeckte sie mit einer Wollmütze.

Sie gönnte sich einen Biscuit mit Käse und Schinken und einen Becher Tee und setzte sich ins Restaurant. Sie hätte es schlechter treffen können. Die Voraussetzungen, auch mit ihrem neuen Restaurant bei den Kunden anzukommen, standen gut, und die Zusammenarbeit mit dem Reverend war ebenso fair wie in Galena mit Jim Callbreath. Viele Bewohner hatten im Spätsommer zumindest etwas Gold aus der Erde gegraben und waren sicher bereit, einen Teil davon für gute Hausmannskost auszugeben. Sie wusste welche Speisen die Männer bevorzugten. Ihre einzige Sorge waren die spärlichen Vorräte, die kaum ausreichten, um eine ganze Siedlung durch den Winter zu bringen. Dank Reverend Pringle sah die Lage etwas rosiger aus, weil er einiges für sie bestellt hatte, aber sie brauchte dringend einen Jäger, der Wild für sie erlegte.

Sie ging zum Saloon, um sich dort zu erkundigen, und hatte gerade die Straße überquert, als sie eine Frau mit einer roten Mähne aus dem Lokal kommen sah. Sie reckte sich gähnend, als wäre sie gerade erst aufgestanden, und empfing sie mit einem fröhlichen Lachen. »Ich glaub's nicht«, rief Mabel de Luxe, »du hast es tatsächlich nach

Atlin geschafft! Komm rein, ich spendiere dir einen Kaffee mit Schuss. Machst du wieder ein Lokal auf?«

»Kate's Restaurant«, erwiderte sie, »am Samstag ist Eröffnung.«

Sie umarmten sich kurz und betraten gemeinsam den Saloon, sehr zur Verwunderung der männlichen Gäste, die mit ihren Drinks am langen Tresen standen und an den Tischen saßen und sich über den weiblichen Besuch wunderten. Normalerweise verkehrten keine »anständigen« Frauen in so einer Bar.

»Nun kriegt euch wieder ein«, rief Mabel, »oder habt ihr noch nie eine anständige Frau gesehen? Kate Ryan ist eine gute Freundin von mir, und damit ihr's wisst, sie macht am Samstag ein Restaurant in Atlin auf, so wie in Glenora vor einigen Monaten, und da gibt's was Besseres zu essen als hier im Saloon oder in euren Baracken und Zelten. Jack! Bring uns zwei Kaffee mit Schuss!«

»Was ich Sie fragen wollte«, sagte Kate, als der Wirt den Kaffee brachte, »gibt es in Atlin einen Jäger, der mein Lokal mit Fleisch versorgen könnte?«

»Coop«, antwortete er, ohne nachzudenken. »Will Cooper, ein ehemaliger Fallensteller. Nicht mehr der Jüngste, aber ein erfahrener Jäger. Der schießt Ihnen einen Elch, mit dem Sie durch den ganzen Winter kommen. Ich schicke ihn vorbei, sobald er auftaucht. Er kommt jeden Freitag zu mir in den Saloon.«

»Das wäre nett«, erwiderte sie.

»Stör dich nicht an ihren Blicken«, sagte Mabel, nachdem er gegangen war. »Hier gibt's zwar inzwischen einige Frauen, aber eine hübsche wie dich haben manche Männer hier seit einem Jahr nicht mehr gesehen.« Sie stießen mit ihren Bechern an. Der Kaffee mit Schuss war so stark, dass Kate husten musste.

Mabel blieb ernst. »Ich hab das mit George gehört. Schlimme Sache, ich hab euch schon vor dem Altar stehen sehen, mit Brautkleid und Blumen und so. Ich wäre sogar in einem braven Kleid gekommen, wenn du mich eingeladen hättest. Mein herzliches Beileid, Kate! So ein Unglück hast du nicht verdient.«

»Er lebt noch, Mabel. Seine Leiche hat man nie gefunden.«

»Aber …«

»Sieht nicht gut aus, das weiß ich auch.«

»Du darfst dich nicht unterkriegen lassen. Das Leben geht weiter.«

»Ich weiß, Mabel. Wie geht es Ethel?«

»Sie spricht noch immer nicht«, antwortete Mabel. »Ich hab alles versucht, glaub mir, aber sie kriegt einfach den Mund nicht auf. Der Schock sitzt zu tief. Kein Wunder. Ich wüsste nicht, wie ich reagieren würde, wenn ich zusehen müsste, wie mein Mann von einem Grizzly zerfleischt wird. Der arme Bud!«

»Und wo ist sie jetzt?«

»In ihrem Zimmer. Da ist sie die meiste Zeit. Liegt im Bett und bläst Trübsal. Ich geb langsam die Hoffnung auf, hab keine Ahnung, was ich noch tun soll, aber im Stich lassen werde ich sie nicht, auch wenn sie nicht mehr arbeiten kann. Wenn ich daran denke, wie viel Geld das hübsche Ding in Atlin verdienen könnte!« Sie seufzte leise. »Egal. Ich verdiene genug für uns beide, und vielleicht finde ich ja einen Spezialisten, der weiß, wie man sie heilen kann. Sie ist wie eine Tochter für mich, und ich möchte, dass es ihr gut geht. Allein ist sie verloren und würde vielleicht einem Verbrecher in die Hände fallen.«

»Sie tut mir leid. Wenn ich irgendetwas für sie tun kann …«

»Wir kommen zurecht, Kate. Du hast genug am Hals.«

Von draußen drang das Krachen eines Schusses herein. Kein Jäger im benachbarten Wald, das hätte anders geklungen, sondern näher. Das Echo hing sekundenlang in der Luft. Ein bedrohlicher Laut, der auch die Männer im Saloon erschreckte. Alle blickten zur Tür, als erwarteten sie, dass im nächsten Augenblick jemand hereinstürzen und um sich schießen würde.

»Das kam von der Kirche«, erkannte einer der Männer.

»Von der Kirche? Der Reverend hat nicht mal ein Gewehr.«

»Oder vom Friedhof nebenan.«

»Schießen jetzt schon die Geister?«

Ihre Neugier trieb die Männer nach draußen. Auch Kate und Mabel hielt es nicht länger auf ihren Stühlen. Sie folgten den Männern nach draußen und liefen die Straße hinab, begleitet von zahlreichen anderen Neugierigen, die ihre Häuser verließen und teilweise nur leicht bekleidet durch den Schnee stapften. Einige der Männer waren bewaffnet und anscheinend zu allem bereit.

Kate dachte an Simon Gallagher, ihren durchgeknallten Exfreund, und Paddy O'Leary und Elsie Maloney, das gefürchtete Verbrecherpärchen, das die Mounties noch immer nicht gefunden hatten. Nicht auszudenken, was passieren würde, wenn sie in Atlin auftauchen würden. Hatte es sich etwa schon herumgesprochen, dass sie in ein Restaurant in Atlin eröffnen wollte? Waren Gallagher und O'Leary noch auf ihrer Spur? Waren sie noch immer so verbohrt und eifersüchtig, um sich an ihr für die angebliche Schmach zu rächen?

Doch auf dem Friedhof, der sich über einen sanften Hügel neben der Kirche zog, erwartete sie ein Mann, mit dem sie in dieser Umgebung niemals gerechnet hatte. Guiseppe de Fortunato, die Augen vor Angst geweitet und die Haare zerzaust, stand mit einer Schaufel neben einem der Gräber und starrte auf einen kräftigen Mann mit Lederschürze und einem Schrotgewehr in den Händen.

»Ken Harlow, der Schmied!«, flüsterte ihr Mabel zu. »Ist das nicht …«

»Guiseppe!« Kate bahnte sich einen Weg durch die Neugierigen und blickte entsetzt auf den verhinderten Schauspieler. »Guiseppe! Was tun Sie da?« Der Unglaube stand ihr ins Gesicht geschrieben. »Sagen Sie bloß, Sie wollten …«

»Ein Grabräuber!«, schimpfte der Schmied. »Ich sollte ihm die ganze Ladung in seine Hühnerbrust jagen, dann können wir ihn gleich hier begraben.«

»Er ist kein Grabräuber«, verteidigte Kate den Mann. »Er wollte einen Totenschädel ausgraben. Kein Kavaliersdelikt, eher Grabschändung, das ist mir klar, aber es ist ja nichts passiert, und wir sollten noch einmal Gnade vor Recht ergehen lassen.« Sie blickte den Schmied an und versöhnte ihn mit ihrem schönsten Lächeln. »Lassen Sie ihn laufen! Nächsten Samstag eröffne ich mein neues Restaurant, und Sie bekommen das erste Freibier!«

Der Schmied nahm die Flinte herunter. »Sie kennen den Burschen?«

»Guiseppe de Fortunato aus Vancouver«, stellte sie ihn vor. »Er ist Schauspieler und möchte uns in der Wildnis mit etwas Kultur beglücken. Er wird in meinem neuen Restaurant arbeiten und Ihnen jeden Samstag etwas vorspielen. Den Totenschädel braucht er für den Monolog in seinem Lieblingsstück.«

»Hamlet!«, rief ein hagerer Mann in einem langen Wintermantel. »Warum sind Sie denn nicht zu mir gekommen, Mister? Warten Sie hier, ich bin gleich wieder zurück! Ich hab, was Sie brauchen. Dann wollen wir doch mal sehen.«

»Doc Carter, unser Arzt«, verriet ihr Mabel. »Einer meiner Stammkunden. Hat seine Frau seit einem Jahr nicht mehr gesehen und leidet unter Entzugserscheinungen.« Sie lachte. »Der Mann zahlt gut, das muss man ihm lassen.«

Der Arzt rannte davon und kehrte wenige Minuten später mit einem Totenschädel zurück. »Den hab ich von meinem Professor an der Uni bekommen«, rief er. »Wie echt, nicht wahr? Hat sein Sohn aus Zedernholz geschnitzt.«

Er reichte ihn Guiseppe, der ihn in seinen Händen drehte und wie etwas unendlich Kostbares betrachtete. Kate spürte förmlich, wie er ein anderer wurde und die Begeisterung in seine Augen zurückkehrte, als er sich vor dem Grab aufrichtete und den Schädel mit einer Hand in die Höhe reckte. »Sein oder Nichtsein«, rief er in die Menge, »das ist hier die Frage: Ob's edler im Gemüt, die Pfeil und Schleudern des wütenden Geschicks erdulden, oder sich waffnend gegen eine See von Plagen durch Widerstand sie enden?« Er ließ die Hand mit dem Schädel langsam sinken, schien völlig in sich versunken und wischte sich den Schweiß von der Stirn. »Shakespeares Hamlet, dritter Akt, erste Szene.«

Von einigen Seiten ertönte Unverständnis und Gelächter, der überwiegende Teil der Männer aber war begeistert und klatschte und johlte so laut, dass selbst die Huskys in der Nähe erschraken, danach aber umso lauter heulten. Guiseppe verbeugte sich mehrmals und mit Tränen in den Augen. Als sich der Beifall legte, stieg er von dem Hügel herunter und wandte sich an den Schmied. »Es tut mir furchtbar leid, wenn ich Ihre Gefühle verletzt habe, Sir. Das war auf keinen Fall meine Absicht.« Er verbeugte sich. »Ich entschuldige mich, Sir.«

Der Schmied war fröhlich gestimmt. »Ach, lassen Sie doch den Unsinn! Lassen Sie uns lieber in den Saloon gehen und einen trinken. Erzählen Sie uns mehr von diesem Hamlet-Burschen, das muss ja ein toller Typ gewesen sein!«

»Liebend gerne, mein Freund«, erwiderte Guiseppe.

Kate und Mabel blieben allein zurück, als die Männer mit Guiseppe zum Saloon zogen, und waren erleichtert. »Das hätte leicht in die Hose gehen können«, sagte Mabel. »Wenn du den Schmied nicht mit deinem Lächeln bezirzt hättest, wäre die Sache sicher anders ausgegangen. Und Guiseppe wäre jetzt bestimmt nicht im Saloon und würde von den Männern zum Bier eingeladen.«

»Guiseppe tut mir leid. Für ihn wäre es am besten, wenn er nach Vancouver zurückkehren würde. Dort ist er zwar auch nicht klargekommen, aber die Chancen stehen besser als hier, dort gibt es genug andere Arbeit.« Sie seufzte. »Armer Kerl. Sobald sich keiner mehr um ihn kümmert, ist er rettungslos verloren.«

»Er braucht eine Frau.«

»Die Frau, die zu ihm passt, gibt es nicht.«

»Vielleicht sollte ich ihm etwas Erleichterung verschaffen«, sagte Mabel, indem sie spöttisch ihre Augenbrauen hochzog. »Du weißt, wie ich das meine. Bei den meisten Männern wirkt diese Medizin wahre Wunder.« Sie gingen langsam die Straße hinab. »Hatte er eigentlich jemals eine Freundin?«

»Keine Ahnung. Ich kann's mir nicht vorstellen.«

»Siehst du? Lass mich mal machen. Ich kenne mich aus mit Männern.«

»Aber er kann dich nicht bezahlen.«

Mabel lachte. »Er hat das große Los gezogen. Er bekommt mich gratis.«

Sie verabschiedeten sich voneinander, und Kate kehrte zu ihrem neuen Zuhause zurück. Sie fütterte die Huskys, die schon sehnsüchtig auf ihr Fressen warteten, und kraulte Buck liebevoll unter dem Kinn. »Na, habt ihr euch schon an die neue Umgebung gewöhnt?«, fragte sie ihn. »Ich hab mir gedacht, wir bleiben den Winter über hier, es sei denn, wir hören von George und müssen noch mal los.« Ihr Leithund ließ nicht erkennen, ob er sie verstand. »Ich wünsche mir so sehr, dass er noch am Leben ist. Dass er sich in eine Höhle oder eine verlassene Hütte geschleppt und irgendwie überlebt hat. Alle glauben, dass er tot ist. Sie sagen es mir nicht ins Gesicht, aber ich sehe ihnen an, dass sie keine Hoffnung mehr haben. Für sie ist George schon gestorben, als der Blizzard ihn und seine Kameraden auf der Lichtung überrascht hat. Glaubst du das auch, Buck? Einem Husky wie dir hätte so ein wilder Sturm nichts ausgemacht, was? Du hättest in dem Trubel sogar deinen Spaß gehabt, nicht wahr?«

Buck leckte seine Schüssel sauber und blickte sie mit seinen treuen Augen an. Bei ihm drehte sich in diesem Augenblick alles ums Fressen, und er kannte George nicht gut genug, um ihn wirklich zu vermissen. Sein Jaulen half ihm nichts, er bekam keinen Nachschlag. Auch einen Leithund durfte man nicht so deutlich bevorzugen. Beleidigt zog er sich von ihr zurück und rollte sich in den Schnee. Sein wütendes Knurren blieb Kate nicht verborgen. Auch Huskys waren manchmal launisch, besonders Leithunde, die Verantwortung trugen.

»Schon gut«, sagte sie, »vielleicht hab ich später noch ein Leckerli.«

Sie ging noch einmal ins Restaurant, um nach dem Rechten zu sehen, und kochte eine Kanne Tee für die Nacht. Einige Kekse aus der Tüte, die sie in Tagish gekauft hatte, legte sie auf einen Teller. Sie hatte keinen großen Hunger und ging ungern mit vollem Magen zu Bett. Die Kekse reichten vollkommen aus. Sie löschte die Petroleumlampe und wandte sich zum Gehen.

Als sie am Fenster vorbeiging, fiel ihr Blick auf die Straße, und sie sah den bärtigen Mann auf der anderen Straßenseite stehen. Er blickte in ihre Richtung, aber sein Gesicht lag im Dunkeln, und sie konnte ihn nicht genau erkennen. Dennoch blieb das Gefühl, ihm schon einmal begegnet zu sein. Eine besonders angenehme Begegnung schien es nicht gewesen zu sein, so wie er sich benahm.

Sie ließ den Tee und den Teller mit den Keksen auf einem der Tische stehen und trat näher ans Fenster heran. Auch sie blieb im Dunkeln und hoffte sehr, dass er glaubte, sie hätte das Restaurant schon verlassen. Sie beobachtete, wie er langsam weiterging und auf den Ortseingang zuhielt. Was hatte der Pater mit ihr zu tun? Oder war er bloß neugierig und wollte sich mit ihr unterhalten?

Kurz entschlossen ging sie zur Tür und öffnete sie vorsichtig. Über die Veranda trat sie nach draußen und sah die dunkle Gestalt des Paters in einiger Entfernung die Straße überqueren. Das Zelt, in dem er seine Gottesdienste abhielt, sollte wie ihre Hütte am Waldrand liegen. Anscheinend hatte er noch nicht genug Geld für eine Kirche gesammelt, oder ein großes Zelt reichte ihm.

Es wurde bereits dunkel, und der Wind fegte losen Schnee über die Straße. Die Fenster der Blockhäuser waren erleuchtet, und auch in den meisten Zelten brannten Petroleumlampen. Aus dem Saloon drangen die Klänge einer Fiddle und eines Banjos und die Unterhaltungen der Männer. Zwischen den Wolken hatte sich der Mond einen Platz gesucht. Nach dem White-Out und der abenteuerlichen Fahrt über den Pass kamen ihr die Temperaturen fast erträglich vor.

Kate sah, wie der Pater hinter einigen Zelten am Ortseingang verschwand. Sie beeilte sich und sah gerade noch, wie er das große Zelt mit dem hölzernen Kreuz neben dem Eingang betrat. Die Neugier ließ ihr keine Ruhe, trieb sie weiter, bis sie nahe genug war und durch einen Spalt ins Zelt blicken konnte.

»Komm rein, Kate!«, hörte sie ihn rufen.

24

Kate betrat das große Zelt und entdeckte den bärtigen Mann vor dem provisorischen Altar. Er wandte ihr den Rücken zu und zündete die beiden Kerzen an, bevor er sich umdrehte, und sie sein Gesicht erkennen konnte. Beim Blick in seine Augen erkannte sie ihn sofort. »Simon Gallagher! Bist du es wirklich?«

Der Mann, mit dem sie so gut wie verlobt gewesen war, sah sich kaum noch ähnlich. Seine Haut war blasser als früher, seine Augen ausdrucksloser, und der lange Bart, der auch sein halbes Gesicht verdeckte, ließ ihn etliche Jahre älter aussehen. Der schwarze Wintermantel hing lose über seinen Schultern.

»Kate!«, begrüßte er sie. In seine Augen trat ein falsches Lächeln, das eher zu einem Dämon gepasst hätte. »Wie schön, dich noch mal wiederzusehen.«

»Simon! Was zur Hölle …«

»Hab keine Angst«, sagte er, als sie zwei Schritte zurückwich. »Ich will dir nichts Böses. Ich habe mich geändert. Ich bin ein neuer Mensch geworden.«

»Unter falschem Namen? Mit diesem albernen Bart, damit dich niemand erkennt? Als katholischer Priester, der du gar nicht mehr sein darfst? Warum treibst du dich immer noch hier im Norden rum? Du hast Leute bestohlen. Du hast versucht, mich zu entführen. Warum verschwindest du nicht von hier?«

Er wirkte im Kerzenschein tatsächlich wie ein Dämon.

Seine Gestalt warf einen langen Schatten auf die Holzplanken, die einen Teil des feuchten Bodens bedeckten. »Ich bin nicht mehr der Simon Gallagher, den du einmal kanntest. Ich wünsche weder dir noch irgendeinem anderen etwas Böses. Ich habe zu Gott zurückgefunden, Kate. Ich bin Pater Joshua, ein getreuer Diener seines Herrn, und hierhergekommen, um den Gläubigen, die in dieser Wildnis gestrandet sind, neue Hoffnung zu geben. Der Herr hat meine Gebete erhört.«

»Ich glaube dir kein Wort«, erwiderte sie. »Du warst nie wie die anderen Priester, die ich kannte. Du bist auf das Seminar gegangen, weil deine herrschsüchtige Mutter dich dazu gezwungen hat. Du hast eine junge Frau verführt und bist verbannt worden, hast dich als Gelegenheitsdieb bis in den Norden durchgeschlagen, nur weil du nicht ertragen konntest, dass ich mein Leben ohne dich meistern kann. Und jetzt willst du wieder zu Gott gefunden haben?«

Gallagher lächelte geduldig. »Ich verstehe, dass es dir schwerfallen muss, mir zu glauben, Kate, aber so ist es wirklich. Ich habe die Stimme unseres Herrn in meinen Träumen gehört, seine Antwort auf meine Gebete, und verneige mein Haupt vor seiner unendlichen Güte. Er hat mir meine Sünden vergeben und mir den Auftrag gegeben, sein Wort in dieser Wildnis zu verbreiten. Simon Gallagher ist tot. Pater Joshua lebt und hat das Gute in mir geweckt.«

»Und wenn der Bischof erfährt, was du hier treibst? Dass du ohne seine Genehmigung ein Priesteramt ausübst, ein ehemaliger Dieb und Entführer?«

»Ich habe dich nicht entführt«, widersprach er. Leichter Ärger zeichnete sich in seinen Augen ab. »Wären wir nur ein paar Stunden länger zusammen gewesen, hättest du erkannt, wie tief unsere Bindungen wirklich sind. Aber das ist lange her und vergeben und vergessen. Ich bin wieder mit meiner Kirche vereint und befolge ihre Gesetze, finde im Zölibat und in meiner Liebe zu Gott die Erfüllung, die ich bisher nicht erlangen konnte. Ich werde dich nicht mehr belästigen, Kate. Das verspreche ich vor diesem Altar und im Angesicht Gottes.«

Kate blickte ihn zweifelnd an. Entweder meinte er es tatsächlich ernst, oder er spielte ihr etwas vor. Möglicherweise hatte er auch völlig den Verstand verloren. »Mir wäre lieber, du würdest deine Sachen packen und gehen. Du gehörst nicht hierher.«

»Ich gehorche Gott, dem Allmächtigen«, erwiderte er.

»Und der katholischen Kirche?«

»Du darfst mich nicht verraten! Ich weiß, ich war nicht fair zu dir, aber jetzt bin ich ein gehorsamer Diener Gottes und will nur in Ruhe meine Arbeit tun. Gib mir eine Chance und verrate mich nicht. Du wirst es nicht bereuen.«

Kate drehte sich wortlos um und ließ Gallagher im Ungewissen. Sollte er ruhig ein wenig schwitzen. Erschöpft von dem Wortwechsel mit ihm kehrte sie zu ihrem Blockhaus zurück. Solange er seine Gottesdienste abhielt und sich ansonsten zurückhielt, würde sie ihn nicht verraten. Sie hatte genug eigene Sorgen und noch einiges zu tun, bis sie ihr Restaurant eröffnen konnte.

Schon früh am nächsten Morgen ging sie die wichtigsten Aufgaben an. Während sich die Männer des Reverends daranmachten, ihrem Lokal den letzten Schliff zu geben, die Bretterwände ausbesserten und stabilisierten und den Boden mit Holzplanken belegten, sortierte sie die Vorräte in den Schränken, wusch das Geschirr, das der Reverend besorgt hatte, und probierte den Herd und den Backofen aus. Sie kochte für die Arbeiter, bot ihnen Gerichte an, die auch auf ihrer Speisekarte stehen würden, und hielt starken Kaffee für sie bereit. Ihr zufriedenes Grinsen zeigte ihr, dass sie auf dem richtigen Weg war.

An einem Holzpfosten der Veranda brachte sie ein großes Schild an, auf dem sie nach einer Bedienung und einem Buchhalter suchte. Bewerber sollten sich am nächsten Morgen bei ihr melden. Bei der vielen Arbeit merkte sie gar nicht, wie schnell die Zeit verging. Bevor sie sich versah, war die Mittagszeit vorüber, und im Westen machten sich die ersten dunklen Schatten bemerkbar.

Das laute Klagen ihrer Huskys erinnerte sie daran, dass sie die Hunde nicht vernachlässigen durfte. »Keine Bange, ich vergesse euch nicht«, sagte sie und verteilte Leckerli. »Wie wär's mit einem Ausflug auf dem vereisten See?«

Die Huskys schienen jedes Wort zu verstehen und reagierten mit der gewohnten Begeisterung, als sie ihnen die Geschirre anlegte und sie an die Führungsleine vor dem Schlitten klinkte. »Auf dem See könnt ihr euch mal so richtig austoben, und zu Hause gibt es warmen Eintopf.«

Über einen schmalen Pfad ging es zum See hinunter. Eine knöcheltiefe Schneedecke lag über der dicken Eisschicht, die den See bedeckte und kaum Hindernisse barg, ideale Voraussetzungen für einen Ausflug mit dem Hundeschlitten. Schon nach wenigen Minuten schien sie allein auf der Welt zu sein. Der Morris Lake lag inmitten einer verschneiten Bergwildnis, die ihr das Gefühl gab, meilenweit von der nächsten Siedlung entfernt zu sein. Ein düsterer Himmel, der nach Schnee und Kälte aussah, verstärkte den Eindruck noch.

Die Einsamkeit tat ihr gut, bedeutete nach dem geschäftigen Treiben in Atlin die reinste Erholung für sie. Trotz der Kälte, die sich über dem See ausgebreitet hatte, genoss sie den frischen Wind, der den über Nacht gefallenen Neuschnee aufwirbelte und in feinen Schleiern vor sich hertrieb, erfreute sie sich an den eleganten Bewegungen der Huskys, die ihren Schlitten kraftvoll über das Eis zogen. Die Kufen scharrten über das feste Eis, ein vertrautes Geräusch, das zu der Wildnis im Norden gehörte und ihr seit vielen Monaten vertraut war.

Es gab keine Spuren auf dem See, nicht einmal die Abdrücke von Wölfen oder anderen Tieren. Wie ein glattes weißes Laken lag der Schnee vor ihr, leicht grau gefärbt durch den dunklen Himmel und mit einem hellen Streifen im Westen, wo die Sonne zumindest zeitweise über den Bergen zu sehen war. Wenn der Wind von vorne blies, glaubte sie das Rauschen der Fichten zu hören, die am Horizont mit dem dunklen Himmel verschmolzen. »Heya!«, feuerte sie die Huskys an. »Tobt euch aus, meine Lieben! Hier gibt es keine Hindernisse!«

Obwohl sie genau darauf zuhielt, entdeckte sie den hellen Fleck am Ufer relativ spät. Ein Lagerfeuer, erkannte sie nach einer Weile, irgendjemand hatte in Ufernähe sein Lager aufgeschlagen. Ein Fallensteller? Tlingit oder Athabasken auf der Jagd? Paddy O'Leary und Elsie Maloney? Sie beugte sich nach vorn und griff nach ihrem Gewehr, war zufrieden, als sie es aus dem Schlittensack ragen sah. Ohne Waffe wagte man sich in diesen Breiten nicht in die Wildnis. In Notsituationen bedeutete sie oftmals den Unterschied zwischen Leben und Tod, auch wenn sie nicht vorhatte, jemals auf einen Menschen zu schießen.

Sie hielt weiter auf das Feuer zu. Wer immer es entzündet hatte, musste sie längst entdeckt haben und beobachtete sie wahrscheinlich schon. Als sie näherkam, sah sie einen Mann in der Kleidung eines Fallenstellers am Ufer stehen, ein Fernglas vor den Augen und auf sie gerichtet. Er schien keine Angst zu haben, hatte aber ein Gewehr über der Schulter hängen und konnte sicher gut damit umgehen. Im Feuerschein erkannte sie seine Huskys und seinen Schlitten.

Sie lenkte ihren Schlitten über die Uferböschung und hielt weit genug vom Feuer entfernt, um seinen Huskys nicht in die Quere zu kommen. Die Hunde fauchten bedrohlich und schienen ihr Gespann als unliebsame Konkurrenz zu betrachten. »Immer mit der Ruhe!«, rief sie ihren Hunden zu, die nicht gerade freundlich auf die Herausforderung reagierten und an ihren Leinen zerrten. »Oder wollt ihr wie hungrige Wölfe aufeinander losgehen? Schluss jetzt!«

Sie rammte den Ankerhaken in den Schnee und näherte sich dem Mann am Feuer. Er trug einen Anorak aus Rentierfell über seinen Hosen wie die Inuit, die sie bisher nur von Bildern kannte, und eine wollene Mütze über den weißen Haaren. Die untere Hälfte seines Gesichts wurde von einem struppigen Bart bedeckt. Er musste um die Sechzig sein, so genau ließ sich das nicht erkennen.

»Eine weiße Frau in dieser Einöde?«, wunderte er sich.

»Kate Ryan«, stellte sie sich vor. »Ich habe Ihr Feuer gesehen.«

»Kate Ryan? Den Namen hab ich schon mal gehört«, erwiderte der Alte. »Die Frau, die mit den Mounties geritten ist und ein Lokal in Glenora hatte?«

»Genau die. Ich wusste gar nicht, dass ich so bekannt bin.«

»Oh, man spricht an jedem Feuer über Sie.« Der Alte lachte und schüttelte ihr die Hand. Sein Händedruck war fest. »Will Cooper. Nennen Sie mich Coop, das tun alle hier draußen. Warum setzen Sie sich nicht, Kate? Ich hab gerade frischen Tee gekocht und noch ein paar Bohnen mit Speck in der Pfanne.«

Sie folgte seiner Einladung und setzte sich auf einen Felsen neben dem Feuer. »Die Bohnen schmecken köstlich«, sagte sie nach dem ersten Bissen, »genau das Richtige bei dieser Kälte. Vom Teekochen verstehen Sie auch was.«

»Hab ja auch genug Übung. Ich treibe mich schon seit ein paar Jahrzehnten in dieser Wildnis rum. Wurde hier draußen geboren und werde hier draußen sterben. Es gibt Schlimmeres. In einer Stadt wie Vancouver zu versauern, zum Beispiel. Ich hab's probiert, war zwei Jahre mit einer Frau zusammen, die mich unbedingt zu einem zivilisierten Menschen erziehen wollte. Eine gute Frau, das muss man ihr lassen, aber für mich war dieses Leben nichts. Und Sie, Kate?«

Sie kaute eine Weile und trank von ihrem Tee. »Ich komme von einer Farm an der Ostküste. Meine Eltern kamen aus Irland nach Kanada. Aber das Farmleben war mir nicht genug. Ich wollte ein Abenteuer erleben, etwas von der Welt sehen, den Leuten zeigen, dass man kein Mann sein muss, um wirklich frei zu sein. Da kam mir der Goldrausch gerade recht. Mir kommt es nicht auf den Verdienst an, ich will vor allem leben, und inzwischen weiß ich, dass man auch zu zweit auf nichts verzichten muss. Sie sollten George kennenlernen.«

Er nahm ihren leeren Teller, wusch ihn mit Schnee und verstaute ihn in seinem Rucksack. »Ich hab gehört, was Ihrem George passiert ist. Wie gesagt, man spricht an jedem Feuer über Sie, und der Blizzard war starker Tobak.«

»Ich glaube, dass er noch lebt.«

Coop blickte sie zweifelnd an. »Das müssen Sie auch, Kate. Meine zweite Frau, der Herr hab sie selig, war auch von einem auf den anderen Tag verschwunden. Meine Freunde dachten, sie wäre im Yukon ertrunken oder einem Grizzly verschleppt worden, aber ich war sicher, dass sie noch am Leben war. Sie war Athabaskin, die lassen sich so leicht nicht unterkriegen.« Er blickte ins Leere. »Und was soll ich Ihnen sagen? Sie war tatsächlich noch am Leben. Sie hatte mich stehen lassen und lebte mit einem anderen Mann zusammen.«

»Das tut mir leid, Coop.«

»Muss es nicht. Sie war nicht die Richtige für mich, genauso wenig wie meine Lady aus der Stadt. Ich glaube fast, ich bin zum Alleinsein geboren.«

»Das dachte ich auch, bis George kam«, sagte sie.

»Ich wünsche Ihnen, dass er noch am Leben ist, Kate.«

Sie lächelte dankbar. »Das ist nett von Ihnen, Coop. Wissen Sie, dass ich sowieso mit Ihnen sprechen wollte?

Ich eröffne ein Restaurant in Atlin, am Samstag ist feierliche Eröffnung mit Freibier und kleinen Leckereien. Mal angesehen davon, dass Sie herzlich dazu eingeladen sind, suche ich nach einem Jäger, der mein Restaurant mit Fleisch versorgt. Wäre das was für Sie, Coop?«

»Und woher wussten Sie von mir?«

»Der Wirt im Saloon hat Sie empfohlen.«

»Jack ... das hätte ich mir ja denken können.«

»Wollen Sie?«

»Es wäre mir ein Vergnügen, Kate.«

»Abgemacht.«

Sie schüttelten sich die Hände. »Ich nehme mal an, Sie brauchen das Fleisch sobald wie möglich. Ich werde sehen, was sich machen lässt. Nicht weit von hier hab ich einen jungen Elch gesehen, der wäre genau richtig.«

»Ich zahle gut, Coop.«

»Geld ist mir nicht so wichtig«, erwiderte er. »Ich hab zu viele Goldsucher gesehen, die genug Gold aus dem Boden gegraben haben, um sich damit ein Haus in Vancouver oder einen Stall mit edlen Rennpferden zu kaufen und den ganzen Reichtum am Spieltisch oder mit einem leichten Mädchen durchgebracht haben. Reichtum ist vergänglich. Mir reicht es, wenn ich noch einen Schlitten bewegen und die Natur genießen kann, alles andere ist mir egal.«

Gegen Abend fuhr Kate nach Atlin zurück. Es war inzwischen eisig kalt, und der Wind schien sich Mühe zu geben, besonders heftig über den gefrorenen See zu blasen. Kein Vergnügen, wenn es auch noch zu schneien begonnen hatte und einem der Schnee die Sicht erschwerte. Den Huskys machte das Wetter nichts aus. Sie spürten die Kälte und den Wind mit ihrem dicken Fell kaum und liefen genauso schnell wie auf dem Hinweg. Sie schienen sich sogar über das Schneetreiben zu freuen. Oder trieb sie der Hunger so schnell nach Hause?

Wahrscheinlich, dachte Kate, als sie wieder in Atlin waren und sie ihnen das Fressen brachte. Sie bemaß die Portionen etwas großzügiger als sonst und freute sich über den Eifer, mit dem sich die Hunde über die Mahlzeiten hermachten. »Hab ich euch nicht gesagt, dass der Eintopf heute besonders lecker schmeckt? So lässt es sich leben, was? Lasst es euch schmecken, Ihr Lieben!«

Ein kurzer Rundgang zeigte ihr, dass die Männer des Reverends besonders fleißig gewesen waren und sogar ein großes Schild mit der Aufschrift »Kate's Restaurant« über dem Eingang angebracht hatten. In spätestens einem halben Tag würden sie fertig sein, und der feierlichen Eröffnung stand nichts mehr im Wege. Auch dafür hing schon ein Plakat an einem der Holzpfosten: »Feierliche Eröffnung von Kate's Restaurant am Samstag um 10 Uhr morgens. Freibier und schmackhafter Eintopf für alle! Zum Tanz auf der Veranda spielen Joe und Jim.« Das waren wohl die beiden Musiker aus dem Saloon. »Alle Bürger von Atlin sind herzlich eingeladen. Verpflegung, solange der Vorrat reicht.«

Kate blickte die Straße hinab, bevor sie in ihre Hütte zurückkehrte, wollte ausschließen, dass sich Gallagher in der Nähe herumtrieb. Die Straße wirkte verlassen, nur im Saloon war wie jeden Abend einiges los. Was sollten die Männer auch sonst tun, wenn draußen die Winterstürme tobten. In den Baracken und Zelten konnte es auch mit einem kleinen Ofen sehr ungemütlich werden, und im Saloon sorgte ein großer Ofen für angenehme Wärme. Mabel musste Hochkonjunktur haben, sagte sich Kate, zumindest solange die Männer noch einen Dollar oder einen Goldnugget in der Tasche hatten. »Manchmal frage ich mich, wie sie das aushält«, sagte sie, als sie für ein paar Minuten bei den Hunden haltmachte und ihnen Leckerli zuwarf. »Ich könnte das nicht.«

Sie hatte schon die Tür verschlossen und wollte sich gerade ausziehen, als es klopfte. Sie öffnete und sah Mabel vor ihrer Hütte stehen. Sie trug eines der offenherzigen Kleider, die Männer aufreizend fanden, und schien die Kälte gar nicht zu spüren. »Kate!«, rief sie aufgeregt. »Gut, dass ich dich noch treffe.«

»Mabel! Was ist passiert?«

In den Augen der Prostituierten spiegelte sich Angst. »Ethel ist verschwunden! Ich war eben in ihrem Zimmer, und sie war nicht da. Ich dachte, sie hätte sich vielleicht bei dir verkrochen, aber … ich mache mir große Sorgen, Kate.«

»Sie ist weggelaufen? Gab's denn einen Grund dafür?«

»Nein, alles war wie immer.«

»Kein Streit, nichts? War sie besonders nervös?«

»Keine Ahnung«, erwiderte Mabel, »aber sie muss noch in der Stadt sein. Sie hat keine Ahnung, wie man einen Schlitten lenkt, und mit einem Pferd käme sie auch nicht weit. Sie hat nichts mitgenommen … nur ihren Mantel.«

Kate reichte ihrer Freundin eine Decke und schlüpfte in ihre Mackinaw-Jacke. Zusammen gingen sie auf die Straße vor. Sie lag verlassen vor ihnen. Die Bewohner waren in ihren Baracken und Zelten oder im Saloon. Es war extrem kalt, und der Wind blies noch stärker als auf dem zugefrorenen See. Die Petroleumlampen in den Unterkünften ließen die Zeltplanen leuchten, die hellen Fenster der wenigen Häuser bildeten sich als gelbe Rechtecke im Schnee ab.

»Nichts!«, schimpfte Mabel. »Wo kann sie nur sein?«

Kate wollte gerade etwas sagen, als sie eine schlanke Gestalt vom Ende der Straße kommen sahen, den gleichen Weg, den Kate am Vorabend gegangen war. »Da ist sie! Ich fasse es nicht … sie muss bei Gallagher gewesen sein!«

»Simon Gallagher? Der Mann, der hinter dir her war?«

»Genau der«, antwortete Kate.

25

Ethel schien sie gar nicht zu sehen. Ohne auf sie zu reagieren, lief sie an ihnen vorbei, ein versonnenes Lächeln auf den Lippen und den Blick nach vorn gerichtet. Sie zögerte nicht einmal, als Mabel sich ihr in den Weg stellte, sondern ging um sie herum und öffnete die Seitentür des Saloons, durch die man zur Treppe und zu den Zimmern kam. Als würde sie nachtwandeln, ein Geist aus einer anderen Dimension, die Menschen der realen Welt nicht mehr zu fürchten brauchte.

Mabel folgte ihr nervös, gab Kate zu verstehen, dass sie sich um Ethel kümmern würde, und schien nicht zu wissen, ob sie wütend oder besorgt sein sollte. Kate war nur wütend, lief ohne zu überlegen die Straße hinab und betrat das Zelt, das den Katholiken der Siedlung als Kirche diente. Gallagher kniete vor dem Altar und betete mit gesenktem Kopf, schlug ein Kreuz und erhob sich.

»Simon!«, fuhr Kate ihn an. »Was soll das=«

Er wandte sich ihr zu und lächelte. »Wovon redest du, Kate?«

»Ethel war hier! Was hast du mit ihr gemacht?«

»Ethel?« Er spielte den Unschuldigen. »Du meinst die schüchterne junge Frau, die nicht mehr reden kann? Ja, die war hier. Leider hat sie ihre Sprache verloren, aber ich weiß von anderen, dass sie Schlimmes durchgemacht hat.«

»Was hast du mit ihr zu schaffen, Simon?«

»Pater Joshua«, verbesserte er. »Sie hat Trost gesucht und

nach einem Weg, der jahrelangen Umklammerung durch den Teufel zu entkommen. So wie es mir selbst gelungen ist. Gott wird ihr helfen, eine bessere Zukunft zu finden.«

»Weil sie jung und schön ist?«

»Weil sie zum rechten Glauben gefunden hat. Was du mir unterstellst, ist gemein und niederträchtig. Oder hätte ich ihr den Eintritt in unsere Kirche verbieten sollen? Gott hat sich der Sünder erbarmt, die neben seinem Sohn am Kreuz gelitten haben. Warum sollte er nicht eine Frau erhören, die als Prostituierte gesündigt hat und erst nach einem Unglücksfall zu Gott gefunden hat?«

»Hast du ihr gesagt, dass sie dich besuchen soll?«

»Ich verstehe nicht, was du mit deinen Anklagen bezweckst. Könnte es sein, dass du eifersüchtig auf Ethel bist?« Es gelang ihm nicht, ein spöttisches Grinsen zu verkneifen. »Sie ist zu mir gekommen, weil sie das Kreuz an unserem Zelt gesehen hat und den Worten der Bibel vertraut. Sie kann nicht sprechen, aber sie kann hören, und ich habe versprochen, ihr daraus vorzulesen und zu erklären, was die Worte bedeuten. Ich will eine verlorene Seele retten, Kate.«

»Ich traue dir nicht über den Weg.«

»Der Tag wird kommen, an dem auch du mir vertraust.«

»Wenn Ethel etwas passiert, werde ich dich melden.«

»Komm am Sonntag in die Kirche, dann wirst du sehen, wie ernst es mir mit meinen Worten ist«, erwiderte er. »Wer auf das Wort merkt, der findet Glück, und wohl dem, der sich auf den Herrn verlässt. Sprüche 16 bis 20.«

»Auf den Herrn, aber auch auf dich?«

Kate kehrte nach Hause zurück. Im ersten Stock des

Saloons brannte noch Licht, aber sie hatte nicht vor, Ethel zu bedrängen und ihr Angst einzujagen. Es war immer noch möglich, dass Gallagher die Wahrheit sagte, auch wenn sie ihm nicht über den Weg traute. Er war es gewohnt, dass junge Frauen auf sein gutes Aussehen und seine sanfte Stimme hereinfielen, und sie konnte sich nicht vorstellen, dass er Ethel ohne Hintergedanken empfangen hatte. Was gab es Praktischeres für ihn als eine Frau, die nicht sprechen konnte? Hatte er sein Priesteramt nicht wegen einer jungen Prostituierten niederlegen müssen?

Gallagher verfolgte sie bis in ihre Träume. In den wirren Fantasien war sie genauso hilflos wie Ethel, obwohl sie klar erkannte, welches Ziel er verfolgte. So wie damals, als er ihr Hoffnung auf eine baldige Ehe gemacht hatte. Der Sohn einer reichen Familie, der sich mit einer Farmerstochter eingelassen hatte und bei der ersten Widerrede seiner Mutter schwach geworden und Priester geworden war. Für ihn zählte nur der einfache Weg, bei ihr, bei der jungen Frau, die ihn das Priesteramt gekostet hatte, und den vielen anderen Frauen, die er wahrscheinlich unterwegs verführt hatte. Er war ihr nicht aus Liebe gefolgt, der eigentliche Grund war die Schmach, die Farmerstochter, die er im Stich gelassen hatte, unbeeindruckt und in den Armen eines anderen zu sehen. Sein beschädigtes Ego, das den Triumph einer Verstoßenen nicht zulassen wollte.

Der neue Tag begann unter positiven Anzeichen. Das Wetter hatte sich gebessert, und als sie aus dem Fenster blickte, waren sogar einige Sonnenstrahlen über den Bergen zu sehen. Die Helfer des Reverends würden bis zum frühen Nachmittag mit der Arbeit durch sein. Und kaum hatte sie gefrühstückt, meldeten sich eine Bewerberin, die als Bedienung für sie arbeiten wollte. Victoria Rowe war eine selbstbewusste Frau, die allein durch ihre kräftige Statur und ihre geröteten Hände bewies, dass sie zupacken konnte und sich auch vor harter Arbeit nicht fürchtete. Sie trug ein gemustertes Baumwollkleid unter ihrer Felljacke und einen Schlapphut, der besser zu einem Goldsucher gepasst hätte.

»Haben Sie schon mal als Bedienung gearbeitet?«, fragte Kate.

»Ich hab schon so ziemlich alles gearbeitet, was man sich vorstellen kann«, antwortete sie. »Was bleibt einer Frau, deren Mann sie mit einem jungen Ding aus der Stadt betrügt und mit ihr auf Nimmerwiedersehen verschwindet, auch übrig? Dem Himmel sei Dank, dass er zu dumm war, um mir ein Kind zu machen, aber ich hatte auch so alle Hände voll zu tun, um am Leben zu bleiben.«

»Und was führt Sie in den Norden?«

»Der Goldrausch, was sonst? Hier kann man am schnellsten zu Geld kommen, hab ich mir sagen lassen. Leider hatte ich kein Glück bei der Goldsuche, und jetzt im Winter ist sowieso tote Hose, da kommt Ihr Angebot gerade richtig. Ich bin nicht die Hübscheste, schon klar, das hab ich mir in Vancouver unten schon ein paarmal anhören müssen, aber ich kann ordentlich was wegschaffen, und einen freundlichen Spruch für die Jungs hab ich auch bereit. Mit den Goldsuchern komm ich besser zurecht als mit den angeblich so anständigen Stadtleuten, und manche sagen sogar, ich sähe gar nicht so übel aus. Schon klar, das sagen sie nur, weil sie lange keine Frau mehr gesehen haben, aber guttut es doch. Wenn ich's mir recht überlege, bleibe ich vielleicht sogar hier.«

»Wir Frauen sind in der Minderzahl in Atlin, nicht wahr?«

»Das wird sich bald ändern«, sagte Victoria. »Ich hab so das Gefühl, aus Atlin wird mal eine richtige Stadt. Aber es stimmt, zurzeit sind hier nur wenige Frauen. Die beiden im Saloon und ein paar, die mit ihren Männern gekommen sind und sich als Tugendwächterinnen aufspielen. Sie würden am liebsten den Alkohol und das Glücksspiel in Atlin verbieten, aber versuchen Sie das mal in einem Goldsucherkaff.« Sie lachte. »Wie sieht's aus, Ma'am? Kriege ich den Job?«

»Sicher … Aber lassen Sie das Ma'am. Nennen Sie mich Kate.«

»Und ich bin Vic.«

Auch den Angestellten, der sich um den Schreibkram und die Buchhaltung kümmern sollte, fand sie schnell, einen unscheinbar aussehenden Burschen mit Nickelbrille, der als Buchhalter in einer Konservenfabrik gearbeitet hatte und wie so viele andere Männer dem Goldfieber verfallen war. Schon nach wenigen Tagen hatte er allerdings gemerkt, dass er für die Wildnis und harte körperliche Arbeit nicht geeignet war, und hatte eigentlich längst umkehren wollen. Er war nur geblieben, weil er Angst hatte, sich vor seinen Freunden in Nanaimo zu blamieren, wenn er ohne einen einzigen Goldnugget nach Hause zurückkehrte.

»Frederick Colby«, stellte er sich vor

»Sie verdienen sicher kein Vermögen bei mir«, sagte

Kate, »aber wenn Sie sich gut machen, kann es sein, dass ich Ihnen verantwortungsvolle Aufgaben übertrage und Sie vielleicht sogar mein Restaurant übernehmen könnten, wenn ich das Unternehmen vergrößere oder ich nach Norden weiterziehe. Vorausgesetzt, Sie wollen in Atlin bleiben und nicht nach Nanaimo zurückkehren.«

»Ich will dort leben, wo ich wirklich gebraucht werde.«

»Eine gesunde Einstellung. Willkommen in Kate's Restaurant!«

Kate hatte in Glenora gelernt, ein Geschäft zu führen, kam sich aber immer noch ein wenig seltsam vor, wenn sie Angestellte verpflichtete und ihnen Lohn anbot. Für einen Unternehmer wie Jim Callbreath, der ein Hotel in Glenora gebaut und ihr das Restaurant verpachtet hatte, waren solche Verhandlungen selbstverständlich, für sie immer noch Neuland. In ihrer Heimat im kanadischen Osten kannte sie kaum eine Frau, die selbstständig ein Geschäft führte.

Gegen Mittag sah sie nach den Huskys und überlegte gerade, ob sie wieder auf den See mit ihnen fahren sollte, als Mabel über die Straße kam. Sie trug einen Mantel über ihrem zerknitterten Rock und hatte ihre hochhackigen Schuhe gegen Stiefeln getauscht. Ihre roten Haare lugten unter einer Wollmütze hervor. Ohne die Schminke, die sie während der Arbeit trug, sah sie älter aus.

»Tee und Biscuit?«, fragte Kate. »Ich hab heute früh gebacken.«

»Da sage ich nicht nein.«

Mabel trank einen Schluck von dem heißen Tee und biss in ihren Biscuit mit Marmelade, bevor sie zur Sache kam. »Ethel ist wie verwandelt«, sagte sie. »Sie lächelt ständig, als hätte sie das große Los gezogen, und heute Morgen …« Sie kaute eine Weile, konnte es anscheinend noch immer nicht glauben. »Heute Morgen hat sie gesprochen! Nicht viel, aber sie hat ›Ethel glücklich‹ gesagt.«

»Ethel glücklich? Das klingt nicht gut.«

»Das ist doch ein gutes Zeichen, oder nicht?«

»Sie war bei Gallagher … Pater Joshua. Er hat es selbst zugegeben. Sie hätte Trost bei ihm gesucht und zum Glauben gefunden. Er würde ihr aus der Bibel vorlesen und sich um ihr Seelenheil kümmern. Weißt du, was das heißt?«

Mabel nahm sich eine zweite Biscuithälfte und tauchte sie in den Tee. »Ich halte nicht viel von der Kirche, aber wer weiß, vielleicht hilft es ja tatsächlich.«

»Gallagher ist ein Betrüger«, widersprach Kate. »Ethel wäre nicht die erste junge Frau, deren Hilflosigkeit er für seine Zwecke ausnützt. Eine Frau war daran schuld, dass er aus dem Priesteramt gejagt wurde, und wer weiß, wen er noch alles reingelegt hat. Er ist ein schlechter Mensch, Mabel! Willst du, dass er die arme Ethel missbraucht oder zu seiner Sklavin macht? Ihm traue ich alles zu. Vom Muttersöhnchen zum Dieb und Betrüger … er ist zu allem fähig!«

»Ethel geht es besser, seitdem sie bei ihm war.«

»Ich traue ihm nicht über den Weg.«

»Du bist wütend auf ihn … wegen damals.«

»Ich weine ihm keine Träne mehr nach, wenn du das meinst. Solange er Ethel in Ruhe lässt und keinen Schaden anrichtet, kann er meinetwegen machen, was er will. Ich kann dir nichts vorschreiben, Mabel, ich kann dich nur warnen. Pass auf Ethel auf! Und lass sie nicht zu lange allein mit Gallagher.«

»Du hast niemandem verraten, dass er kein Priester mehr sein darf«, sagte Mabel nach einigem Überlegen. »Warum eigentlich? Dann hätte man ihn vielleicht schon festgenommen, und Ethel hätte gar nicht zu ihm gehen können.«

»Ich glaube an das Gute im Menschen«, räumte Kate ein, selbst bei einem Mistkerl wie Gallagher. Aber nachdem ich weiß, dass er mit Ethel zusammen war, fällt es mir schwer, ihm zu vertrauen. Im Gegenteil, ich bereue es bereits.«

»Mach dir keine Sorgen«, erwiderte Mabel, »Ethel ist wie eine Tochter für mich. Es gibt keinen Menschen, um den ich mir größere Sorgen mache. Wenn Gallagher ein falsches Spiel mit ihr treibt, bekommt er es mit mir zu tun.«

»Nimm sie zur Eröffnung mit, das bringt sie auf andere Gedanken!«

Am Tag vor der Eröffnung hatte Kate keine ruhige Minute. Mit dem Fleisch, das ihr von Reverend Pringle und mehreren anderen Bürgern gespendet wurde, bereitete sie einen schmackhaften Eintopf, den sie ebenso kostenlos anbieten wollte wie die frischen Biscuits und die beiden Kuchen. Auch Milch und Eier bekam sie vom Reverend. Tatkräftige Hilfe kam von Vic, ihrer neuen Angestellten, die keine Angst vor harter Arbeit zu haben schien und sich als gute Wahl erwies. Frederick, der Buchhalter, hielt nicht besonders viel vom Feiern und war bereits mit der Inventur beschäftigt. Die Arbeiter des Reverends errichteten eine provisorische Bühne und halfen beim Dekorieren der Veranda mit Girlanden und Lampions, keine schlechte Idee bei dem düsteren Wetter.

Die größte Überraschung aber bereitete ihr der alte Coop, der in aller Herrgottsfrühe am Eröffnungstag mit dem Fleisch eines erlegten jungen Elchs erschien und die Fleischversorgung des Restaurants für mehrere Wochen sicherte. Zur Belohnung bekam er ein kräftiges Frühstück und einen heißen Tee mit Schuss, bevor er sich in ihrer Hütte ausruhen durfte. Er war dem Elch meilenweit durch den Wald gefolgt und hatte eine anstrengende Nacht hinter sich.

Pünktlich um zehn Uhr begann die Feier. Wie immer bei solchen Gelegenheiten mit einigen Ansprachen, bevor es etwas zu essen und zu trinken gab. Den Anfang machte der Reverend, der die anwesenden Bürger auch im Namen der Kirche begrüßte und ein Gebet sprach, in dem er dem Schöpfer für seine Gnade dankte und das Hohelied auf seine Kirche sang. »Möge dieses Restaurant auch zu einem Versammlungsort der gläubigen Menschen werden, die jeden Sonntag in meine Kirche kommen und das Wort Gottes hören! Die für die Bedürftigen beten, die mit nichts in diese Wildnis kamen, aber auch mit nichts wieder gehen werden. Die alles Böse und allen Streit aus dieser Siedlung vertreiben und dafür sorgen werden, dass aus Atlin eine blühende Stadt wird!«

»Amen!«, schallte es ihm entgegen.

»Aber lassen wir die Pächterin von Kate's Restaurant selbst zu Wort kommen. Ich habe Kate Ryan gebeten, nach Atlin zu kommen und ein Restaurant zu eröffnen, weil ich in Glenora gesehen habe, wie sehr sie es versteht, ein solches Restaurant erfolgreich zu führen und sich als warmherzige und großzügige Gastgeberin erwiesen hat. Ladies and Gentlemen … Mrs. Kate Ryan!«

Kate bedankte sich für die freundlichen Worte und begrüßte ihre zukünftigen Gäste. »Ich weiß, Sie haben Hunger und Durst und wollen endlich ran an den Eintopf und das Freibier, deshalb mache ich es kurz. Ich verspreche, eine gute Gastgeberin zu sein, werde bei Gästen, die Pech gehabt und nur noch ein paar Pennys in der Tasche haben, bei der Bezahlung auch mal ein Auge zudrücken und möchte Ihnen noch meine neuen Mitarbeiter vorstellen: Victoria, die nur Vic genannt werden will, wird mir beim Bedienen helfen. Frederick Colby wird sich um den Schreibkram und die Finanzen kümmern, Und last but not least: Coop wird uns mit frischem Fleisch beliefern. Mein ausdrücklicher Dank geht an Reverend Pringle, der es mir ermöglicht hat, dieses Restaurant zu eröffnen. Und jetzt wünsche ich guten Appetit und viel Spaß mit Joe und Jim.«

Die Feier verlief so, wie sich Kate das vorgestellt hatte. Die Leute hatten ihren Spaß, lachten, tanzten, aßen und tranken, und Joe und Jim spielten und sangen sich quer durch ihr Repertoire. Sie sah Mabel, wieder geschminkt und in einem ihrer offenherzigen Kleider, und freute sich über Ethel, die wieder lachen konnte und sogar bei einer Polka mittanzte. Einige der tugendhaften Ehefrauen, von denen Vic gesprochen hatte, bedachten Mabel und Ethel mit vorwurfsvollen Blicken, wagten aber nicht, sich gegen die männliche Übermacht aufzulehnen. Bei den Männern kamen die beiden hervorragend an.

Nach Gallagher suchte Kate vergeblich. Anscheinend zog er es vor, in seinem Zelt zu bleiben und einer möglichen Auseinandersetzung mit Kate aus dem Weg zu gehen.

Oder er wollte vermeiden, dass seine Beziehung mit Ethel aufflog, wie immer sie auch geartet war. Auch nachdem sie darüber geschlafen hatte, war Kate noch misstrauisch. Sich eine wehrlose und niedergeschlagene junge Frau zu schnappen, die nach dem furchtbaren Schicksalsschlag, den sie erlebt hatte, nach jedem Strohhalm griff, passte zu ihm. Zu seiner Arroganz, die er schon in Johnville offenbart hatte, war die Rücksichtslosigkeit gekommen, die er von seinem Vater geerbt und perfektioniert hatte.

Immer wenn sie nachdenklich wurde und daran dachte, wie schön es gewesen wäre, George bei dieser Feier dabeizuhaben, forderte sie einer der Männer zum Tanzen auf, oder Joe und Jim lenkten sie mit einem ihrer Scherze ab. Am meisten überraschte sie aber Guiseppe de Fortunato, der sie wohl daran erinnern wollte, ebenfalls einer ihrer Mitarbeiter zu sein, und sich plötzlich zu den beiden Musikern auf die Bühne gesellte und mit ihnen eine Weile tuschelte.

Doch er rezitierte weder Shakespeare noch irgendeinen anderen Klassiker, sondern gab den Takt für Joe und Jim an und fing plötzlich an zu singen. Mit seinem wohlklingenden Bariton erregte er sofort Aufmerksamkeit, und ein Song, der schon während des Goldrauschs in Kalifornien populär gewesen war, sorgte auch hier für Stimmung: »When I left the States for Gold, everything I had I sold, a stove and bed, a fat old sow, sixteen chickens an a cow. – Als ich die Staaten verließ, um nach Gold zu suchen, hatte ich alles verkauft, den Ofen und das Bett, ein fettes altes Schwein, sechzehn Hühner und eine Kuh.« In dem Stil ging es mehrere Strophen lang, und als er fertig war, hatten die Leute noch immer nicht genug, und Guiseppe musste eine Zugabe nach der anderen geben.

»Guiseppe!«, sprach Kate den Schauspieler an. »Das war toll! Das war großartig! Warum haben Sie mir denn nie gesagt, dass Sie auch singen können?«

»War ich wirklich gut?«, fragte er unsicher.

»Und ob Sie gut waren! Vergessen Sie die Schauspielerei, ab sofort sind Sie als Sänger und Unterhalter eingestellt. Einen Auftritt als Hamlet pro Woche lasse ich gelten, aber ich brauche Sie vor allem als Sänger. Einverstanden?«

»Natürlich, Mylady … Ma'am.«

»Kate«, verbesserte sie ihn

Die Leute riefen immer noch seinen Namen, als Mabel bei ihr auftauchte, kreidebleich und nervös. »Ethel ist verschwunden!«, sagte sie. »Ich war im Zelt von diesem Gallagher. Er ist auch verschwunden! Er hat sie entführt, Kate!«

26

Um sicherzugehen, suchten Kate und Mabel die ganze Stadt nach Ethel ab. Mabel blickte in jedes Zimmer des Saloons, lief die Zeltreihen ab und fragte bei den Männern, die nicht zur Eröffnungsfeier gegangen waren. Kate lief die Straße hinab und sah noch mal im Kirchenzelt von Gallagher nach, durchsuchte sogar sein Privatquartier, ein kleines Zelt neben dem Hintereingang, und fand nichts mehr, was an seinen Bewohner erinnerte. Seine private Habe, seine Kleidung, selbst die Decken, in denen er geschlafen hatte, waren verschwunden.

Alles, was noch an ihn erinnerte, war eine leere Schatulle mit einem eingravierten Kreuz, in der er wohl das Geld aus den Kollekten aufbewahrt hatte. Er hatte nicht einmal den Versuch gemacht, den Diebstahl zu verschleiern, auch ein Beispiel dafür, wie verwirrt sein Geist inzwischen war. Kein gutes Zeichen für Ethel, die ihm anscheinend blind vertraute und ihm hilflos ausgesetzt war.

»Er ist tatsächlich weg«, sagte Kate zu Mabel, als sie sich auf der Straße trafen. »Er hat das Geld aus der Kollekte mitgenommen. In seinem Zelt liegt die leere Schatulle. Hast du eine Ahnung, wie viel Geld er abgezweigt hat?«

»Bevor du hier warst, hat er für eine Kirche gesammelt«, antwortete sie, »da müssen an die hundert Dollar zusammengekommen sein. In bar und in Gold.«

»Er hatte es von Anfang an darauf abgesehen.«

»Und Ethel kam ihm gerade recht.«

Sie liefen zum Restaurant zurück und begegneten einigen aufgebrachten Goldsuchern, die wild gestikulierten. »Irgendjemand hat mir meine beiden Pferde gestohlen!«, rief einer. »Und mir haben sie einen Beutel mit Gold geklaut! Ich hatte ihn unter meinen Decken liegen. Alles, was ich im Sommer aus dem Boden gegraben habe. Wenn ich den Dreckskerl erwische …«

»Ich weiß, wer es war«, rief Kate ihnen zu. »Kommen Sie mit!«

Sie unterbrach ihre Feier nur ungern, erkannte aber, dass sie keine Wahl hatte, und betrat die Bühne. In wenigen Worten berichtete sie, was passiert war, und hob beschwichtigend die Hände, als die Männer wütend reagierten und einige schon ihre Waffen holen wollten. »Langsam!«, rief sie. »Wenn Sie alle durchdrehen, wird das nichts. Wir dürfen Ethel auf keinen Fall gefährden. Ich kenne Gallagher und kann vielleicht zu einer friedlichen Lösung beitragen. Einige Männer mit Hundeschlitten, mehr brauchen wir nicht. Ich würde Coop gern die Führung überlassen. Er kennt sich in der Gegend aus und kann Spuren lesen.« Sie blickte Coop an, der sich geschmeichelt fühlte und wohl nicht zum ersten Mal einen Suchtrupp anführte. »Coop? Sind Sie einverstanden?«

Der Fallensteller trat zu ihr auf das Podium. »Fünf Männer! Gute Musher und solche, die notfalls mit einer Waffe umgehen können. Die anderen halten hier die Stellung. Keine Bange, Leute, der Bursche entkommt uns nicht.«

Wenige Minuten später waren Kate und die Männer unterwegs. Es war ziemlich klar, dass Gallagher und Ethel nach Norden geritten waren, auf die Hütte und den Pass zu, weil sie nur in dichter besiedelten Gegenden eine Chance hatten, dem Gesetz zu entkommen. Wenn Ethel beschwor, freiwillig mit ihm geritten zu sein, konnte man ihm zwar nur Diebstahl und Amtsanmaßung vorwerfen, aber auch dafür würde er im Gefängnis schmoren müssen.

Sie folgten dem Trail, über den Kate nach Atlin gekommen war, und kamen gut voran. Das Wetter hatte sich gebessert, der Himmel war immer noch bedeckt, aber längst nicht so dunkel wie vor ein paar Tagen, als Kate in den White-Out geraten war. Obwohl weder Kate noch die Goldsucher auch nur die geringste Spur im Schnee erkennen konnten, gelang es Coop, wenn auch nur winzige Hinweise zu finden, die bewiesen, dass die Flüchtigen nur einen geringen Vorsprung hatten, frische Pferdeäpfel, ausgespuckten Kautabak, einige Abdrücke im Tiefschnee neben dem Trail, wo Ethel aus der Spur gekommen war.

»Auf Pferden kommen sie nicht weit«, sagte Coop, als sie wieder einmal hielten und er im Schnee nach Spuren suchte. »Auf dem Pass liegt der Schnee tiefer, da tun sich selbst erfahrene Reiter schwer. Sie werden schon jetzt langsamer. Sehen Sie die Spuren? Die Hufe nach jedem Schritt aus dem Schnee zu ziehen, kostet viel Kraft. Sie müssen den Tieren bald eine Pause gönnen.«

Kate sah keine Spuren. »Und vom Trail weg kommen sie nur im Wald, falls dort weniger Schnee liegt, oder auf Schneeschuhen. Ich bin sicher, Ethel hat noch nie auf Schneeschuhen gestanden. Das muss er doch gewusst haben.«

»Zur Not nimmt er sie als Geisel. Wir müssen vorsichtig sein.«

»Warum erschießen wir ihn nicht, wenn wir ihn gefunden haben?«

»Weil wir nicht das Gesetz sind«, erklärte Coop, »und weil er ihr ein Messer an die Kehle hält und droht, ihr die Kehle durchzuschneiden, sobald er uns sieht. Einer wie Gallagher ist unberechenbar. Ich kenne irre Typen wie ihn.«

Sie fuhren weiter. Es ging ständig bergauf, aber die Hunde waren gut in Form und freuten sich über die Herausforderung. Sie waren im Schnee zu Hause, ganz im Gegensatz zu den Pferden, die Gallagher gestohlen hatte. Der leidtragende Besitzer hatte sich einen Hundeschlitten geliehen und darauf bestanden, mit ihnen zu fahren, obwohl er keine große Erfahrung als Musher hatte. »Die Gäule und das bisschen Gold in den Satteltaschen sind alles, was ich habe«, hatte er geschimpft, »ich will dabei sein, wenn wir den falschen Pfaffen schnappen. Zum Glück weiß er nicht, dass einer der Gäule nur als Packpferd taugt. Im Galopp stolpert er wahrscheinlich über seine eigenen Beine.«

»Und du fällst vom Schlitten, wenn du so weiterfährst«, lästerte ein anderer. »Die Huskys drehen sich schon nach dir um, so schlampig fährst du. Nicht dass du vom Schlitten fällst und wir dich huckepack zurückschleppen müssen.«

»Was erwartest du? Ich komm aus Arizona, mitten in der Wüste.«

»Ich dachte, da unten gibt's auch Gold.«

»Das haben die Spanier schon vor vielen Jahren mitgenommen.«

Die Männer waren nervös, auch deshalb die lahmen Scherze. Die meisten Goldsucher kamen nicht aus Kanada oder Alaska, sie hatten bei den ersten Zeitungsberichten über das »Eldorado des Nordens« ihre Heimat an der Ostküste, der Westküste, in der Wüste an der mexikanischen Grenze oder sogar in fernen Ländern verlassen, hatten ihre Arbeit von einem Tag auf den anderen niedergelegt in der Hoffnung, im Hohen Norden den ersehnten Reichtum zu finden.

Für die meisten hatte es ein bitteres Erwachen gegeben. Viele Männer waren in einer Fabrik oder einem Büro beschäftigt gewesen und hatten nicht dir geringste Vorstellung von der harten Arbeit auf den Goldfeldern. Sie waren die Herausforderungen der Wildnis und die extremen Temperaturen nicht gewöhnt, konnten weder richtig reiten, noch mit einem Hundeschlitten umgehen, und gerieten in Panik, wenn sie nur an einen Grizzly dachten. Kate hielt sich nur deshalb so wacker, weil sie sich vor ihrer Abreise ausführlich über die Bedingungen informiert hatte und stets auf die Einheimischen und erfahrene Männer wie den Fallensteller Leonard Baxter und eingeborene Jäger gehört hatte. Sie war sich immer im Klaren darüber gewesen, dass es leichter war, mit einem Restaurant reich zu werden als bei der Suche nach einem Goldschatz.

Noch bevor sie die Hütte erreichten, in der Kate und Guiseppe übernachtet hatten, hob Coop eine Hand, das Zeichen für seine Begleiter, anzuhalten. Mitten auf dem Trail stand ein Pferd mit hängenden Zügeln. Es schnaubte unwillig, als es bemerkte, dass Coop von seinem Schlitten stieg und mit dem Gewehr in den Händen näherkam, humpelte ein paar Schritte und blieb gleich wieder stehen.

Auch Kate und die anderen Männer hatten ihre Schlitten verankert und blickten sich nervös um. Einige hatten ihre Hände an den Waffen. Ein herrenloses Pferd konnte nur bedeuten, dass entweder Gallagher oder Ethel noch in der Nähe waren oder zu zweit auf einem Pferd zum Pass hinaufgeritten waren.

»Das ist mein Packpferd!«, rief der Besitzer. »Was ist mit ihm? Es humpelt, ich hab gesehen, wie es humpelt. Der Mistkerl hat es zuschanden geritten!«

Coop war vor dem verletzten Pferd in die Hocke gegangen und strich mit der flachen Hand über seinen rechten Vorderlauf. »Es muss gestolpert oder in ein Loch getreten sein«, sagte er betrübt, »da kann man nichts mehr machen.«

»Sie meinen … ich muss es erschießen?«

»Alles andere ist zwecklos.«

Die anderen wandten sich ab, als er seinen Revolver zog und neben das Pferd trat. Sie hörten, wie er ihm gut zuredete und sich dafür entschuldigte, dass es keine andere Möglichkeit gab, dann krachte der Schuss, und das Pferd sackte tot in den Schnee. Sie warteten, bis das Echo des Schusses verklungen war, erst dann erinnerten sie sich daran, dass Gallagher noch in der Nähe sein konnte, und einer der Männer fragte: »Sind da irgendwelche Spuren, Coop?«

Der Fallensteller untersuchte bereits die nähere Umgebung und blieb plötzlich stehen. »Das Pferd hat ihn abgeworfen … ein schwerer Körper, das muss Gallagher sein.

Eine Frau ist leichter.« Er stapfte in den Tiefschnee. »Er ist in Panik geraten. Er muss hier ganz in der Nähe sein.« Er hielt sein Gewehr schussbereit und ging langsam weiter, wollte schon zurück und seine Schneeschuhe holen, als er ein lautes Stöhnen vernahm. »Da ist jemand!«, rief er.

Kate und die Männer warteten auf dem Trail, als Coop mit Gallagher zurückkam. Der falsche Priester hatte sich schmerzhafte Prellungen zugezogen und war einige Zeit bewusstlos gewesen. Er konnte von Glück sagen, dass man ihn so schnell gefunden hatte. Ein paar Stunden länger, und er wäre vielleicht erfroren oder hätte sich zumindest eine Lungenentzündung geholt.

Obwohl er noch immer benommen war, verteidigte er sich: »Ich hab die Pferde nicht gestohlen, ich hab sie mir nur ausgeliehen. Ich wollte … ich wollte sie den Mounties in Tagish geben, die hätten sie Ihnen zurückgebracht. Ehrlich, ich bin kein Dieb! Ich bin ein gehorsamer Diener meines Herrn und meiner Kirche! Ich würde doch niemals … ich wollte eine verlorene Seele retten.«

»Sie sind ein Betrüger«, giftete der Besitzer der Pferde. »Sie haben meine Pferde und mein Gold gestohlen! Und damit nicht genug! Sie haben auch andere Männer bestohlen und die Kollekte mitgehen lassen. Wir sollten Sie am nächsten Baum aufknüpfen und den Raben überlassen, Sie Dreckskerl!«

»Von wegen, Sie wollten eine Kirche bauen!«, lästerte ein anderer.

»Wo ist Ethel?«, fuhr Kate den falschen Priester an.

»Ethel? Ich habe keine Ahnung.«

»Ich hatte recht«, fuhr Kate fort, »du hast den Leuten in

Atlin was vorgespielt, nur um sie betrügen und bestehlen zu können. Und weil du deine Finger nicht von wehrlosen Frauen lassen kannst, hast du die arme Ethel entführt.«

»Sie ist freiwillig mitgekommen.«

»Du hast ihr was vorgemacht«, warf Kate ihm vor, »so wie mir damals. Du hast sie ausgenützt, nur um das zu bekommen, was dir eine Frau freiwillig niemals geben würde. Was hast du dir bloß dabei gedacht? Dass wir dein Verschwinden nicht bemerken würden? Dass du mit den Pferden entkommen könntest?«

»Ich wollte Ethel helfen, ihr Nächstenliebe zuteilwerden lassen.«

»Nächstenliebe ...« Sie verzog geringschätzig den Mund. »Wo ist sie?«

»Ich hab keine Ahnung ... ich hab wirklich keine Ahnung.«

»Was ist passiert?«, übernahm Coop.

Von Osten näherte sich ein Hundeschlitten. Ein Mann stand auf den Kufen, ein anderer saß auf der Ladefläche. Als sie näher kamen, erkannte Kate den Sergeant Major und einen anderen Mountie. McDonell bremste den Schlitten weit genug von ihnen entfernt, damit sich die Hunde nicht in die Quere kamen.

Die Mounties stellten sich vor, und der Sergeant Major wandte sich an Kate. »Freut mich, Sie wiederzusehen, Kate. Wie ich sehe, haben Sie uns die Arbeit abgenommen. Gegen den Burschen liegen mehrere Anzeigen vor.« Er forderte seinen Constable auf, Gallagher mit Handschellen zu fesseln. »Sie sind festgenommen, Simon Gallagher. Ich verhafte Sie wegen Diebstahl, Belästigung ...«

»… und Entführung«, ergänzte Coop. »Er hat sich als falscher Priester ausgegeben, hat mehrere Goldsucher bestohlen und die Kollekte seiner Kirche mitgehen lassen. Außerdem hat er zwei Pferde gestohlen und eine junge Frau entführt. Wir haben ihn gerade gefunden. Sein Pferd hatte ihn abgeworfen, und er lag dort unten im Tiefschnee. Er soll das gestohlene Gold rausrücken, damit wir es zurückgeben können, dann können Sie ihn haben.«

»Eine Frau entführt? Wo ist sie?«

»Das weiß er nicht. Ich nehme an, sie ist geflohen.«

»Dann wäre sie uns begegnet.«

»Über einen der Jagdtrails in den Wald. Bevor es zum Pass hinaufgeht, biegt ein Jagdtrail nach Nordosten ab. Zum Dalayee Lake rüber. Ziemlich einsame Gegend, da gibt es nur ein paar Indianerdörfer. Mit dem Pferd kommt sie da nicht weit. Wenn sie schlau ist, kehrt sie um und reitet nach Atlin zurück.«

»Ich werde ihr nachfahren«, sagte Kate.

»Allein?«

»Ich finde sie und bringe sie zurück«, versprach sie. »In spätestens einer Stunde hab ich sie eingeholt, und wenn der Schnee auf dem Jagdtrail noch tiefer ist, wahrscheinlich eher. Sie ist krank und hat sicher große Angst. Wenn Sie eine Nacht hier draußen verbringen muss, gerät sie vielleicht in Panik.«

McDonell grinste schwach. »Kate duldet keine Widerrede.«

»Hab ich schon gemerkt, Sir«, erwiderte der Fallensteller.

Bevor Kate auf die Kufen stieg, wandte sie sich noch

einmal an den Sergeant Major. »Haben Sie was von George gehört? Gibt es noch Hoffnung für ihn?«

»Ich fürchte, er wird nicht zurückkommen. Wir haben Gerüchte über einen weißen Mann in der Wildnis gehört, und der Constable und ich sind noch einmal zu der Lichtung geritten und haben alles abgesucht, aber nichts gefunden. Tut mir sehr leid, Kate. Ich wollte, ich hätte bessere Nachrichten für Sie.«

Kate bedankte sich und machte sich auf den Weg. Obwohl der Jagdtrail zugeschneit war, verpasste sie die Abzweigung nicht und lenkte ihr Gespann nach Nordosten. Der Wind blies ihr entgegen, war aber relativ schwach und machte ihr kaum zu schaffen. Von den Schwarzfichten rieselte der Schnee in feuchten Schleiern. Die plötzliche Stille, nur unterbrochen vom Scharren der Kufen und dem leisen Rauschen der Bäume, kam ihr angenehm vor, auch ihre Empfindungen hatten sich seit ihrem Aufbruch in die Wildnis geändert. Sie empfand jetzt viel intensiver und fühlte sich der Natur enger als je zuvor verbunden.

Selbst an das Gefühl, aus dem Halbdunkel zwischen den Bäumen beobachtet zu werden, hatte sie sich schon gewöhnt. Sie spürte keine Angst mehr, nur noch ein leichtes Unbehagen, das sie den Schaft ihres Gewehres berühren ließ. Als sie den flüchtigen Schatten unweit des Trails erkannte, wusste sie, wer in ihrer Nähe war. Der Wolf, der sie durch ihr ganzes Leben begleitete, wenn man Kaw-claa glauben durfte, beschützte sie auf ihrer Fahrt durch die scheinbar verlassene Wildnis. Er ließ sich lange Zeit nicht blicken, tauchte erst auf, als der Trail in eine Senke hinabführte und stellte sich ihr minutenlang in den Weg, ließ mit keiner Regung erkennen, was er damit andeuten wollte.

»Willst du mir sagen, dass ich auf dem richtigen Weg bin?«, fragte sie. »Oder willst du mich warnen? Du weißt, wo Ethel ist, nicht wahr? Und du weißt auch, ob George noch am Leben ist oder ich mir nur etwas einbilde.«

Der Wolf schien zu lächeln.

»Ich weiß«, sagte sie, »du nimmst mir keine Entscheidungen ab. Du hilfst mir beim Nachdenken. Entscheiden muss ich ganz allein. Nichts ist vorgegeben, wie manche Menschen glauben. Wir bestimmen unser Schicksal selbst.«

Der Wolf verschwand, und sie fuhr weiter, in die Senke hinab und am Ufer eines kleinen Sees entlang. In einiger Entfernung brannte ein Feuer. Sie hielt darauf zu, in der Gewissheit, dass Ethel niemals fähig wäre, ein Feuer zu entzünden, und erkannte schon von fern, wer mit ihr an dem Feuer saß.

»Mary! Charly!«, staunte sie. »Seid ihr immer noch allein?«

»Es gibt keine neue Heimat für uns«, sagte Charly.

»Habt ihr es bei den Athabasken versucht?«

»In mehreren Dörfern«, antwortete er. »Keiner wollte uns haben. Die Zeiten wären schlecht, und wir sollten zu unserem eigenen Volk zurückkehren. Uns allen stünde ein strenger Winter bevor, und sie hätten nicht genug zu essen.«

»Ethel habt ihr zufällig getroffen?«

»Sie hing auf ihrem Pferd und sah schwach aus.« Sie hatten Ethel in eine Decke gehüllt, obwohl sie selbst nur wenig anzuziehen hatten. »Wir kennen die Frau, sie war mit ihrer Freundin in Teslin. Sie ist nicht verletzt, aber schwach. Wir glauben, dass sie von jemandem verfolgt wird. Sie hat große Angst.«

»Sie braucht keine Angst mehr zu haben. Den Mann, der sie verfolgt hat, haben die Mounties festgenommen.« Sie beugte sich zu Ethel hinab, die benommen und mit verweinten Augen am Feuer saß und wohl versuchte, sich von dem Schrecken zu erholen. Die Erkenntnis, dass Gallagher sie nur benutzt und es keineswegs gut mit ihr gemeint hatte, war sicher ein Schock für sie gewesen. »Es ist alles gut, Ethel. Die Mounties haben den Pater verhaftet. Du hast nichts mehr zu befürchten. Mabel freut sich, wenn du zu ihr zurückkommst.«

»Mabel«, wiederholte sie heiser.

»Wir alle freuen uns, wenn es dir wieder besser geht. Pater Joshua war kein echter Priester … er war ein gemeiner Verbrecher. Aber jetzt bist du in Sicherheit. Schon heute Abend schläfst du wieder in deinem Bett. Einverstanden?«

»Einverstanden«, sprach Ethel ihr nach.

Aus der Ferne war das Scharren von Schlittenkufen zu hören. Jemand näherte sich auf einem Hundeschlitten. Kate griff nach ihrem Gewehr und wartete nervös. Als sie die Musherin erkannte, senkte sie den Lauf. »Kaw-claa!«, rief sie überrascht. »Jetzt weiß ich auch, was der Wolf mir vorhin sagen wollte.«

27

»Es tut gut, dich wiederzusehen«, sagte Kate, als sie gemeinsam am Feuer saßen. Ethel hatte sich in ihre Decken gehüllt und schien nur bedingt zu verstehen, was um sie herum geschah. »Woher wusstest du, dass wir hier sind?«

Die Medizinfrau der Tlingit hatte ihre Pfeife gestopft und entzündete den Tabak mit einem Span aus dem Feuer. Sie paffte ein paar Züge. »Ich bin meinen Träumen gefolgt«, antwortete sie, »sie haben mich zu den Menschen geführt, die mich brauchen. Ich habe viel gesehen, was mir Sorgen bereitet hat.«

»Und deswegen bist du uns gefolgt?«

»Charly, Mary und dir.«

»Uns?«, fragte Charly erstaunt.

Kaw-claa nickte. »Es war falsch, euer Volk im Stich zu lassen. Ihr hattet Angst vor der Zukunft, ich weiß. Vor den strafenden Blicken der anderen, dem Unrecht, das man euren Kindern antun würde. Der Angst, dass man sie genau wie die Tlingit mit gemischtem Blut behandeln würde. Aber ihr seid zu jung, um ziellos durch die Wildnis zu wandern und nach einer neuen Heimat zu suchen. Das Leben ist ein Kreis. Ihr habt ihn durchbrochen und solltet zurückkehren, um die schadhafte Stelle zu flicken. Vor euch liegt keine leichte Zeit, das ist wahr. Es wird dauern, bis sich alle Tlingit daran gewöhnt haben, dass es kein Tabubruch ist, wenn Mitglieder verschiedener Clans heiraten. Und vielleicht haben eure Kinder es schwieriger als andere Kinder, aber das darf euch nicht schrecken. In jedem Leben gibt es Hindernisse, die überwunden werden müssen.« Sie nahm einen Zug von ihrer Pfeife und blickte dem Rauch nach. »Ich bin gekommen, um euch zurückzuholen.«

Kate bemerkte, wie ein dankbares Leuchten in die Augen der jungen Tlingit trat. »Nur deshalb bist du hier?«, erwiderte er. »Was wird mein Vater sagen?«

»Chief Pete weiß, dass ich euch zurückhole.«

»Das ist gut«, sagte Charly in seiner Sprache.

Kaw-claa rauchte eine Weile, trank einen Schluck von dem heißen Tee und schien sich ihre nächsten Worte genau zu überlegen. Sie blickte Kate an. Im Feuerschein wirkte ihr Gesicht noch geheimnisvoller. Ihr weißen Haare, die in zwei langen Zöpfen unter ihrer Fellkappe herabhingen, glänzten rötlich.

»Du hast den Wolf getroffen?«, fragte sie nach einer längeren Pause.

»Auf dem Weg hierher … und vor ein paar Tagen.«

Kaw-claa nickte. »Der Wolf weiß, was du erlebt hast. Er weiß von dem Mann, den du liebst, von dem falschen Priester, der das viele Gold gestohlen und die weiße Frau entführt hat, von deiner Angst vor Paddy O'Leary und Elsie Maloney, die sich irgendwo in den Wäldern versteckt halten. Er ist bei dir, wenn du in Not bist, aber es liegt an dir, alle Hindernisse zu überwinden.«

»Woher weißt du das alles? Nur aus deinen Träumen?«

Die Geistfrau lächelte schwach. »Einiges wissen sogar die Goldsucher in den Siedlungen und auf dem Trail. Alle fürchten sich vor Paddy O'Leary und Elsie Maloney, ihre

Namen fallen an jedem Feuer. Und alle wissen, dass die weiße Frau, die manche ›Klondike Kate‹ nennen, nicht glauben will, dass ihr Verlobter von einem Blizzard getötet wurde, und immer noch nach ihm sucht.«

»Sie halten mich für verrückt, nicht wahr?«

»Sie haben Mitleid mit dir.«

»Und du? Glaubst du auch, dass ich mir was einbilde?«

»Auch deshalb bin ich hier«, sagte Kaw-claa. »Ich habe gehört, dass sich ein Weißer in den Wäldern verirrt haben soll und Zuflucht in einem fernen Dorf der Athabasken gefunden haben soll. In den Cassiar Mountains, sagt man.«

»So was Ähnliches hab ich schon von den Mounties gehört.«

»Warte, bis die Sonne zurückkehrt, und dann suche nach ihm!«

»Die Sonne verschwindet?«

Kaw-claa blickte zum Himmel. »Nur für eine Weile. Der Wintergeist schickt uns Schnee und strenge Kälte. Warte, bis die Berggipfel von der Sonne berührt werden und zu leuchten beginnen, dann mach dich auf die Suche nach der Wahrheit. Ich kann sie nicht einmal in meinen Träumen sehen und kann nur sagen, was der Wolf dir raten würde: Tu das, was getan werden muss!«

Nachdem das Feuer heruntergebrannt war, trennten sie sich. Kaw-claa fuhr mit Charly und Mary nach Süden, Kate hüllte Ethel auf ihrem Schlitten in Decken und kehrte mit ihr nach Atlin zurück. Vor ihrem Restaurant feierten die Gäste noch immer. Die Männer, die mit ihr gefahren waren, hatten von der Festnahme Gallaghers berichtet, und der Beifall kannte keine Grenzen, als sie Kate mit der entführten Ethel sahen. Joe und Jim spielten eine Fanfare, so gut das mit Fiddle und Banjo ging, und Guiseppe trällerte etwas aus einer Oper.

Mabel schloss ihre junge Freundin wie eine lange vermisste Tochter in die Arme. »Ethel! Du bist zurück! Heilige Makrele, wie konntest du nur auf diesen falschen Pfaffen hereinfallen! Langsam solltest du doch wissen, dass man den meisten Männern nicht trauen kann. Lass dich anschauen!« Sie packte Ethel an den Oberarmen und blickte ihr ins Gesicht. »Ein bisschen blass um die Nase, aber das kriegen wir wieder hin. Kate spendiert dir sicher einen Schluck von dem irischen Whiskey, den sie in ihrer Medizintasche versteckt hat. Und dann bekommst du einen Teller von dem guten Eintopf, den sie gestern gekocht hat.«

Ethel hatte Tränen in den Augen. »Mabel … endlich … zu Hause.«

»Und ob du zu Hause bist, meine Liebe! Ich sage dir, was wir machen: Ich erkläre allen Männern, die was von mir wollen, dass sie sich zum Teufel scheren sollen, und wenn sie mir noch so viel bieten. Und dann machen wir es uns gemütlich. Ich hab dich zu oft allein gelassen, nicht wahr? Ich werde mich in Zukunft mehr um dich kümmern, das verspreche ich dir. Du wirst sehen, in ein paar Tagen kannst du wieder richtig sprechen, und dann fängt dein Leben von vorne an. Bei mir verhungerst du nicht, ich finde immer einen Dummen, der für meinen Prachtkörper bezahlt. Irgendwann haben wir unseren eigenen Laden, ein Etablissement mit allem Drum und Dran, das bringt genug Kohle.«

Kate war froh, als die Feier vorüber war und sie in ihr Bett sank. Nach der vielen Aufregung war sie so müde, dass sie schon nach wenigen Augenblicken in tiefen Schlaf fiel. Das änderte sich auch während der folgenden Tage nicht, als immer mehr Bewohner in ihr Restaurant strömten und ihren Auflauf probieren wollten. Sie hatte ihn inzwischen mit Elchfleisch angereichert und mit Gewürzen verfeinert, die sie in Glenora getrocknet und in einem Glas aufgehoben hatte. Auch ihre Biscuits waren begehrt, und es verging kaum ein Tag, an dem sie und Vic nicht in der Küche standen. Vic machte die Arbeit offenbar großen Spaß. Bei den Goldsuchern war sie wegen ihrer flotten Sprüche beliebt, und wenn sie auch keine ausgesprochene Schönheit war, verdrehte doch so mancher Mann die Augen nach ihr. »Du willst mich heiraten?«, sagte sie zu einem besonders hartnäckigen Verehrer. »Ich bin berufstätig, mein Lieber. Du weißt schon, dass du dann kochen und waschen und putzen musst, und wehe, mein Kaffeebecher ist schmutzig.«

Beinahe unsichtbar blieb Frederick Colby, ihr Buchhalter. Er saß jeden Nachmittag im kleinen Büro neben der Küche und jonglierte mit Zahlen, schrieb Aufstellungen und Listen, in denen genau verzeichnet war, wie viel Kaffee und Fleisch sie brauchten, und wie die erste Bestellung im Frühjahr aussehen musste. Abends belohnte er sich mit einem Teller Eintopf oder was immer auf der Speisekarte stand, und trank ein Glas Bier. Wenn Not am Mann war, half er sogar beim Bedienen und ertrug den derben Humor vieler Goldsucher mit erstaunlicher Geduld. Für die größte Überraschung aber sorgte er, als er in der Küche auftauchte und eine leckere Suppe kochte. Ein Buchhalter, der kochen und bedienen konnte, sie hatte ein glückliches Händchen gehabt.

Jeden Abend und am Wochenende auch tagsüber, unterhielt Guiseppe die Gäste mit seinen Liedern, und er kam damit so gut an, dass ihm die Leute auch seinen Shakespeare verziehen. Zumindest einmal in der Woche gab er den Monolog aus »Hamlet« zum Besten. Seinen neuen Schädel hatte er in einem Schrank des Restaurants stehen, aus Angst, er könnte ihm gestohlen werden, und er wollte nicht noch einmal auf einem Friedhof erwischt werden. Seine Gage bestand aus täglich drei Mahlzeiten und den Pennys, die zufriedene Zuhörer in seinen Sammelkorb warfen, immerhin genug, um sich neu einzukleiden und nicht mehr wie ein Landstreicher herumlaufen zu müssen.

Wie Kaw-claa vorausgesagt hatte, versteckte sich die Sonne während der nächsten Tage hinter einer dichten Wolkendecke. Es wurde eisig kalt, auch tagsüber, und sie musste kräftig einheizen, damit sich ihre Gäste im Restaurant wohlfühlten. Der Wind pfiff um die Häuser, Baracken und Zelte und trieb dichte Schneeflocken über die Straße. Kate beobachtete, wie die Eiszapfen an den Hausdächern immer größer und länger wurden und die Fensterscheiben teilweise so verkrustet waren, dass man nicht mehr hindurchsehen konnte.

Mit der zunehmenden Kälte wurde die Lage immer brenzliger. Besonders in den Zelten froren die Leute auch, wenn sie sich in dicke Wolldecken hüllten. Die kleinen Öfen kamen kaum gegen die Kälte an. Der Wintergeist der Tlingit ließ nicht mit sich spaßen und stellte die Menschen auf eine harte Probe, schien es darauf anzulegen, die meisten Goldsucher aus seinem Reich zu vertreiben und es wieder für sich allein zu haben. Er hielt die Stadt fest in seinen Klauen, ließ sich weder durch lautes Jammern noch durch wütende Flüche vertreiben. Er hatte in dieser Gegend schon vor den ersten Menschen das Sagen gehabt.

Die einzigen Wesen, die sich bei diesem Wetter wohlfühlten, waren die Huskys. Sie jaulten und bellten vor Begeisterung und bedauerten nur, dass sich bei diesem Wetter keiner erbarmte und mit ihnen auf Tour ging. Nicht einmal auf der Straße ließen sich die Menschen blicken, und wenn doch, dann nur, um möglichst schnell wieder ins Warme zu kommen. Kate war froh, dass die Männer des Reverends so viel Holz geschlagen hatten, sodass die Vorräte noch für einige Wochen reichen würden. Die Quecksilbersäule sank immer tiefer.

Nach knapp einer Woche wurde es wieder wärmer. Die Sonne ließ sich noch immer nicht blicken, aber die Wolken wirkten lange nicht mehr so bedrohlich, und auch der Wind schwächte ab. Das Quecksilber kletterte wieder nach oben, blieb aber unter dem Gefrierpunkt und erinnerte die Bewohner von Atlin daran, dass der Winter noch lange nicht vorüber war. Erst wenn das Eis des Sees aufbrach, begann der Frühling und verwandelte das Land in einen blühenden Garten. Bunte Wildblumen würden wachsen, wo jetzt noch Schnee lag.

Nach den eisigen Tagen kamen Kate die wenigen Minusgrade beinahe warm vor. »Ich weiß, es wird höchste Zeit, dass ihr etwas Bewegung bekommt«, sagte sie zu ihren Huskys. »Ich hab selbst schon ungeduldig darauf gewartet, dass wir wieder loslegen können.« Sie kraulte Buck am Nacken. »Na, wie geht's dir, Buck? Ich hoffe, du hast kein Fett angesetzt während der letzten Tage. Und du, Blue? Mach doch nicht so ein trauriges Gesicht! Es geht wieder los, meine Liebe!« Sie beugte sich zu Jasper hinunter, der wie meist am unruhigsten war. »Kannst es wohl gar nicht erwarten, Jasper?« Auch Randy und Tex bekamen ihre Streicheleinheiten, bevor Kate sie vor den Schlitten spannte. »Wir fahren über den See zum Südufer, einverstanden? Da waren wir lange nicht mehr.«

Kate lenkte ihren Schlitten auf den See und atmete die frische Luft ein. Sie war genauso erleichtert wie ihre Huskys, endlich wieder unterwegs zu sein. Sie hatte zu viel Zeit in ihrem beheizten Restaurant verbracht und lebte so lange im kanadischen Norden, dass sie schon nach wenigen Stunden die eindrucksvolle Weite des Landes und die aufregende Schönheit der Natur vermisste. Sie fühlte sich regelrecht befreit, als sie über den gefrorenen See fuhr, das südliche Ufer im Blick und begleitet vom Knarren der Schlittenkufen und dem kühlen Wind, der auf dem See besonders stark zu spüren war. Würde sie jemals wieder in einer großen Stadt wie Vancouver oder Seattle leben können, in einem endlosen Häusermeer mit unzähligen Menschen, die sich gegenseitig auf die Füße traten? In Minneapolis, wo ihr Bruder als Polizist seinen Dienst tat?

»Na, wie gefällt euch das?«, rief sie den Hunden zu. »Das habt ihr vermisst, nicht wahr? Seid froh, dass es hier einen so großen See gibt. Einen besseren Ort, an dem ihr euch mal so richtig austoben könnt, gibt es nicht. Vorwärts!«

Sie drehte sich nach den Bergen im Nordosten um und

sah, dass ihre Gipfel noch immer in Wolken gehüllt waren. Kein Sonnenstrahl berührte die verschneiten Hänge. Sie vertraute Kaw-claa und würde erst nach Nordosten aufbrechen, wenn die Sonne am Horizont zu sehen war. Alles andere wäre leichtsinnig. Kaw-claa mochte keine Hellseherin sein, besaß aber geheimnisvolle Kräfte, die man nur erlangte, wenn man lange genug in der Natur lebte und ein Gespür für nahende Gefahren bekam und auch das Wetter einschätzen konnte.

Nach einigen Meilen erreichten sie eine Insel, die mit Schwarzfichten und verfilzten Weidendickichten bewachsen war und von einem gewaltigen Berg beherrscht wurde, der inmitten der Insel aufragte. Sie trieb ihre Huskys die Böschung hoch und fuhr am Ufer entlang, als ihr plötzlich der Geruch eines heruntergebrannten Feuers in die Nase stieg. Sie verlangsamte ihre Fahrt. Das Gewehr lag griffbereit im Schlittensack, und sie folgte dem Geruch durch den Fichtenwald. War es Coop, der Schutz vor dem böigen Wind gesucht hatte? Ein Tlingit oder Athabaske auf der Jagd? Ein Goldsucher? Paddy O'Leary und Elsie Maloney?

Sie erreichte die Feuerreste und stoppte den Schlitten. Ein Mann lag auf dem Boden. An seiner Schläfe klebte geronnenes Blut, in Schulterhöhe war ein blutiger Fleck auf seiner Jacke. Sie rammte den Anker in den Schnee und lief zu dem Verletzten. »Paddy O'Leary!«, flüsterte sie entsetzt. Sie dachte sofort an seine Komplizin, blickte sich aufmerksam um, konnte aber niemanden entdecken. Auch die Huskys waren nicht nervös. Es war niemand in der Nähe.

Sie ging in die Hocke und untersuchte den Verletzten. Er war einigermaßen warm und konnte noch nicht lange im Schnee liegen. Sein Puls war etwas schwach, aber regelmäßig. »Ich bin's, Paddy«, sagte sie, »Kate Ryan. Du hast es, weiß Gott, nicht verdient, dass ich dir helfe, aber ich bin kein Unmensch.«

Er war halb bei Bewusstsein und starrte sie an. »Bist du das, Missy? Himmel, und ich dachte, diese Hexe wäre zurückgekommen. Dieses verdammte Miststück, dass mir die Kugeln verpasst hat. Wie sieht's aus, Missy? Liege ich schon im Sterben? Oder schaffst du es, mich fürs Gefängnis aufzupäppeln?«

»Rede nicht so viel, Paddy! Die Wunde an der Stirn ist nur ein Kratzer. Ein simpler Streifschuss, du hattest mehr Glück als Verstand.« Sie öffnete seine Jacke und betrachtete die Schulterwunde. »Die sieht etwas hässlicher aus, aber ein guter Arzt kriegt das hin. Könnte sein, dass du deinen linken Arm eine Weile nicht bewegen kannst. Immer noch besser, als hier zu sterben. Leider bin ich kein Arzt, aber ich kann die Wunden reinigen und verbinden. Anschließend bringe ich dich nach Atlin zu Doc Carter. Mehr kann ich nicht tun, okay?«

Sie machte sich an die Arbeit, säuberte die Wunden und verband sie mit Verbänden aus ihrem Erste-Hilfe-Kasten, den sie wie auf jeder Fahrt im Schlittensack mitführte. Paddy war wehleidiger, als sie vermutet hatte, und stöhnte vor Schmerzen, als sie den Verband etwas zu fest zog. »Wer hat auf dich geschossen, Paddy? Deine neue Freundin? Wollte sie dich aus dem Weg räumen?«

»Sie hat mich betrogen! Das hinterhältige Biest wollte alles Gold, das wir den Männern auf dem Trail abgenommen hatten, für sich behalten. Um den Kerlen eins über die Rübe zu geben, war ich gut genug. Und den Hundeschlitten, mit dem sie jetzt abgehauen ist, musste ich auch klauen. ›Ich lass dich für die Wölfe liegen‹, hat sie gesagt und kam noch mal zurück. ›Ist doch besser, wenn dich abknalle, sonst plapperst du noch bei den Mounties!‹ Zum Glück hatte sie heute Morgen schon von ihrem verdammten Whiskey getrunken und schoss daneben, sonst wäre ich längst tot. Ich hätte mich nie mit der verdammten Ratte einlassen sollen. Hatte immer eine Ausrede, wenn ich was von ihr wollte, und nahm sich immer die besten Stücke, wenn wir mal was Essbares hatten.«

»Du musst wieder ins Gefängnis, das ist dir hoffentlich klar?«

»Meinetwegen. Ich hab nie einen umgebracht, Missy!«

»Lass das blöde Missy. Bist du sicher?«

»Elsie hat schon mehrere Leute auf dem Gewissen«, verriet er, »einen Goldsucher will sie abgestochen haben, weil ihr seine Nase nicht gefiel. Hat sie jedenfalls behauptet.« Er stöhnte wieder, als sie ihm die Jacke zuknöpfte, und wurde wehleidig. »Du hättest mich heiraten sollen, Kate! Hab ich nicht immer gesagt, wir wären das perfekte Paar? Ich hatte es schon in Johnville auf dich abgesehen, aber du musstest ja mit diesem reichen Vogel rummachen.« Er musste lachen. »Ich hab gehört, er soll sich auch in der Gegend rumtreiben. Ist wohl auf die schiefe Bahn geraten, der Versager. Ich hoffe, er verrottet in der Hölle!«

Kate verriet ihm nicht, dass Gallagher bereits auf dem Weg ins Gefängnis war. Als sie ihm auf den Schlitten half, stieß er einen Schrei aus, so sehr schmerzte die Wunde bei jeder Bewegung. »Wo ist Elsie hin? Weißt du, was sie vorhat? Wenn du bei den Mounties redest, kommst du sicher mit ein paar Jahren davon. Wohin will sie? Kann sie überhaupt einen Schlitten fahren?«

»Und ob. Sie will nach Norden, mehr weiß ich auch nicht.«

Sie schnallte ihn mit einigen Lederriemen am Schlitten fest. »Eine falsche Bewegung, und ich lasse dich auf dem See zurück! Du kannst von Glück sagen, dass ich dich zum Doc kutschiere nach allem, was du mir und meinen Freundinnen in Glenora angetan hast. Du bist ein Scheusal, Paddy!«

Sie stieg auf die Kufen, löste den Ankerhaken und fuhr los.

28

Die fernen Berghänge leuchteten im ersten Sonnenlicht, als Kate auf ihren Schlitten stieg und Atlin verließ. Sie hatte Proviant und Hundefutter für mehrere Tage dabei und war fest entschlossen, so lange nach George zu suchen, bis sie ihn gefunden hatte, oder sicher wusste, dass er nicht mehr am Leben war.

Um Paddy O'Leary hatte sich der Arzt gekümmert. Er lag gefesselt in einem Schuppen neben der Schmiede und würde dort schmoren, bis die Mounties kamen und ihn nach Whitehorse brachten. Der Schmied und einige andere Männer wechselten sich mit seiner Bewachung ab, obwohl niemand glaubte, dass Elsie Maloney versuchen würde, ihn zu befreien. Sie hatte versucht, ihn loszuwerden und war nur gescheitert, weil sie zu viel Whiskey getrunken hatte.

Während Kate unterwegs war, würden sich Victoria und Frederick um ihr Restaurant kümmern. Kate vertraute ihnen, seitdem sie wusste, wie ernst sie ihre Arbeit nahmen, und hatte ihnen einen Bonus versprochen. Reverend Pringle war nicht begeistert von ihren Plänen gewesen, verstand aber, dass sie nach jedem Strohhalm griff und sich nicht von der Suche abhalten lassen würde. »Möge Gott dich auf deinem gefährlichen Weg beschützen«, sagte er.

Kate lernte schnell und konnte sich inzwischen auch als Musherin behaupten. Sie war nicht so erfahren wie ein Fallensteller oder ein Mountie und stand nicht immer sicher auf den Kufen, wenn es über ein Hindernis ging, war aber reaktionsschnell und ließ sich durch kaum etwas aus der Ruhe bringen. Verglichen mit der Fahrt durch das White-Out und über den kaum zugänglichen Pass war ihre Tour nach Tagish das reinste Vergnügen, der Trail und der Pass funkelten im strahlenden Sonnenlicht, und sie kam fast doppelt so schnell voran wie damals.

Sie erreichte das Camp der Mounties am späten Nachmittag und sprach bei Sergeant Major McDonell vor, der sie freundlich begrüßte und angenehm überrascht war, als er von der Festnahme von Paddy O'Leary erfuhr. »Hätte ich mir ja denken können, dass Sie Ihre Hände dabei im Spiel hatten«, sagte er mit einem angedeuteten Grinsen, »Sie würden tatsächlich zum Mountie taugen.«

»Mir blieb gar nichts anderes übrig«, erwiderte Kate, »seine Komplizin hatte ihn über den Haufen geschossen und für liegen gelassen. Diese Elsie Maloney ist tausend Mal gefährlich als er und kennt keine Gnade. Sie hat nur sein Herz verfehlt, weil sie mit Whiskey gefrühstückt hatte. Paddy sagt, sie wäre auf dem Weg nach Norden, aber Sie kriegen sicher noch mehr aus ihm raus.«

»Sie sagen, er liegt in einem Schuppen in Atlin?«

»Gefesselt und streng bewacht«, bestätigte sie.

»Dann reiten wir morgen früh gleich los und holen ihn. Und seine Komplizin werden wir auch erwischen.« Er wirkte sehr entschlossen. »Und Sie wollen es noch mal versuchen? Ich habe von dem Gerücht gehört, dass sich ein Weißer in einem der Indianerdörfer aufhalten soll. Erhoffen Sie sich nicht zu viel, Miss Kate. Wie gesagt, es handelt sich nur um ein Gerücht, und wer weiß, ob es wahr ist.

Wir haben die meisten Indianerdörfer abgesucht und ihn nicht gefunden.«

Kate durfte in derselben Hütte wie beim letzten Mal übernachten und genoss die Wärme des Ofens, bevor es wieder hinaus in die Kälte ging. Sie brach am frühen Morgen auf, folgte dem Trail, den sie mit dem Suchtrupp genommen hatte, und nahm den prächtigen Sonnenaufgang, der sich über den Bergen zeigte, als gutes Omen. George war noch am Leben, es durfte gar nicht anders sein, wenn Gott ihre Gebete erhört hatte. Wie die meisten Iren war auch sie eine gläubige Katholikin, hatte allerdings auch Zweifel, ob Gott wirklich so gnädig war, wie er in der Bibel dargestellt wurde. Hatte er nicht zugelassen, dass viele Tausend Iren während der Großen Kartoffelfäule unter der Herrschaft englischer Landbesitzer litten und an Hunger starben? Ließ er nicht Überschwemmungen, Vulkanausbrüche und andere Katastrophen zu? Und warum schaute er weg, wenn unschuldige Kinder schon während der Geburt starben?

Einer Eingebung folgend, nahm sie einen Umweg und fuhr bei Pierre Chartier vorbei. Vielleicht hatte auch er von dem weißen Mann gehört, der sich in einem der Dörfer aufhalten sollte. Er lebte in der Wildnis und wusste sicher mehr. Insgeheim hoffte sie, dass er sie begleiten und ihr helfen würde. Er kannte sicher auch Indianerdörfer, von denen die Mounties noch nie etwas gehört hatten. Überall in den Wäldern gab es kleine Siedlungen und Camps.

Schon als sie sich seiner Hütte näherte, wunderte sie sich, dass seine Huskys keinen Lärm veranstalteten. Ob er seine Fallen abfuhr oder auf der Jagd war und sich gar nicht zu Hause aufhielt? Sie hielt vor der Hütte und stieg vom Schlitten. Das Haus war dunkel und von einer eigenartigen Stille umgeben. Nur der Wind, der leise in den Schwarzfichten rauschte, war zu hören. Selbst ihre eigenen Huskys verhielten sich ungewöhnlich still, nur Jasper jaulte einmal ängstlich auf.

Sie lief langsam auf die Hütte zu. »Pierre!«, rief sie mit gedämpfter Stimme. »Sind Sie zu Hause?« Nur zögernd hielt sie auf den Eingang zu, bereute bereits, ihr Gewehr nicht mitgenommen zu haben, und erstarrte, als der Fallensteller in der Tür erschien. An seinem Kopf war Blut, und er wirkte stark benommen.

»Kate«, rief er erleichtert. Er hielt sich mit einer Hand am Türrahmen fest und kämpfte gegen die Schmerzen an. »Gut, dass Sie kommen! Ich könnte etwas Laudanum vertragen. Ich hab einen Schlag auf den Kopf bekommen.«

»Einen ziemlich heftigen sogar«, stellte sie fest, als sie sich die Wunde ansah. »Einer von uns hat anscheinend immer einen Brummschädel, wenn wir uns begegnen.« Sie holte ihren Erste-Hilfe-Kasten. »Wie ist das passiert?«

»Eine Frau hat mir eins mit dem Gewehrkolben übergezogen.«

»Eine Frau?«

»Diese Elsie Maloney, nehme ich an. Zum Glück hat sie meine Felle und mein Gold nicht gefunden, nur die paar Nuggets, die ich in der Tasche hatte. Sie mir gesagt, dass ich von Glück sagen könnte, dass sie knapp an Munition wäre, sonst hätte sie mir eine Kugel in den Kopf gejagt. Mich mit dem Messer zu bearbeiten, hatte sie anscheinend keine Lust.« Er griff sich an den Kopf. »*Merde!* Diese

Schmerzen! Mein Schädel brummt, als hätte mich ein Bienenschwarm überfallen.«

Sie führte ihn ins Haus und half ihm, sich aufs Bett zu legen. Mit geübten Handgriffen reinigte sie seine Wunde und legte einen festen Verband an. Nachdem sie ihm einen Löffel von dem Laudanum gegeben hatte, stellte sie das Fläschchen auf den Beistelltisch neben dem Bett. »Ich lasse Ihnen das Laudanum hier. Nehmen Sie nicht zu viel! Sie wissen ja, das Zeug ist gefährlich.«

»Ich weiß.« Er wirkte extrem niedergeschlagen.

»Wo sind eigentlich Ihre Huskys?«, fragte sie.

Er schien die Sprache verloren zu haben.

»Pierre?«

»Sie sind tot«, antwortete er mit Grabesstimme. »Sie hat ihnen die Kehle durchgeschnitten. Ich konnte nichts machen, ich war schon bewusstlos. Sie hat sie getötet, die gefühllose Bestie, damit ich sie nicht verfolgen konnte oder weil sie einfach nur Freude daran hatte, mir eins auszuwischen. Vielleicht hat sie mich deshalb am Leben gelassen, damit ich meine ermordeten Huskys sehe.«

»Ich hab schon gehört, dass sie kaltblütig ist, aber so …«

»Wenn sie es mit Menschen genauso macht?«

»Unfassbar!«, sagte Kate. »Die armen Huskys! Wo sind sie jetzt?«

Im Liegen schien es dem Fallensteller besser zu gehen. »Ich hab sie mit Steinen aus dem Fluss zugedeckt, damit die wilden Tiere nicht ran können. Ich wäre beinahe umgekippt, aber ich konnte die armen Huskys doch nicht einfach so liegen lassen dabei. Aber inzwischen geht es wieder, ich bin wieder okay.«

»Ruhen Sie sich eine Weile aus, Pierre.«

»Und Sie haben von dem Gerücht gehört, nehme ich an, und wollen die Indianerdörfer abklappern. Da haben Sie sich was vorgenommen. Die Mounties waren schon überall, und ich hab mich auch ein wenig umgesehen. Woher das Gerücht kommt, weiß ich nicht, vielleicht von einem Wichtigtuer, und Sie sind ganz umsonst unterwegs, aber wenn was dran ist, müssen Sie weit fahren, dann kommen nur die Camps am Morris und am Wolf Lake infrage, wenn überhaupt. ›Camps‹ sage ich ganz bewusst, jedes dieser Dörfer hat drei oder vier Häuser, mehr nicht. Machen Sie sich keine allzu großen Hoffnungen, Kate.«

»Ich hatte gehofft, Sie wüssten vielleicht etwas mehr«, sagte Kate.

Pierre griff sich an den Kopf. »*Je regrette, Mademoiselle.* Ich wollte, ich könnte Ihnen mehr sagen, aber hier im Busch schwirren viele Gerüchte herum, und nur ein Bruchteil davon ist wahr. Tut mir wirklich leid, aber so ist es.«

»Kommen Sie allein zurecht, Pierre?«

»Sie wissen ja, wie lange es bei Ihnen gedauert hat. In spätestens zwei Tagen sind die Schmerzen weg, und ich kann wieder klar sehen. Ich werde wohl auf Schneeschuhen in eines der Indianerdörfer in der Nähe laufen und mir neue Huskys besorgen müssen. So gute Hunde, wie ich sie besessen habe, werde ich dort nicht mehr bekommen, aber was soll ich machen?«

Kate verabschiedete sich von ihm. »Ich sehe auf dem Rückweg noch mal bei Ihnen vorbei, ungefähr in einer Woche, nehme ich an. Seien Sie sparsam mit dem Laudanum, sonst hat Elsie Maloney doch noch Erfolg. Leben Sie wohl!«

Die Huskys witterten wohl, dass etwas Schreckliches mit ihren Artgenossen passiert sein musste, und waren froh, von der Hütte wegzukommen. Über einen Jagdtrail, den auch Pierre auf seinen Jagdausflügen benutzte, fuhren sie nach Osten. Teilweise lag der Schnee so hoch, dass sie gezwungen war, von den Kufen zu steigen und den Huskys zu helfen, in einer Senke musste sie sogar die Schneeschuhe anschnallen und den Weg für sie ebnen. Die Hunde ließen sich nicht entmutigen, und sie war so entschlossen, George zu finden, dass sie nicht einen Augenblick daran dachte aufzugeben. Die leise Hoffnung, dass er noch am Leben sein könnte, trieb sie durch die verschneite Wildnis ins Ungewisse.

Natürlich wusste sie, wie wenig Hoffnung es gab, und sie hatte auch die Zweifel und das Mitleid in den Augen der Menschen gesehen, mit denen sie gesprochen hatte. Keiner glaubte noch daran, dass George am Leben war. Nicht einmal Reverend Pringle, der seinen Verdacht mit Gebeten und hoffnungsvollen Bibelsprüchen kaschiert hatte. Mabel war direkter gewesen: »Du weißt, dass du dir was vormachst, aber tröste dich, ich würde es genauso machen wie du. Such nach deinem George, und sieh zu, dass du gesund wiederkommst!«

Stunde um Stunde verging, ohne dass sich ihre Umgebung veränderte. Zu beiden Seiten des Trails erstreckten sich teilweise dichter Fichtenwald, unterbrochen von verschneiten Tälern und Senken, vereiste Sumpfgebiete und schmale Flüsse und Bäche und vereinzelte Weiden- und Birkendickichte. Einsame Wildnis, die gleichermaßen faszinierend und furchteinflößend war und sich bis zum kaum sichtbaren Horizont erstreckte. Die Sonne brachte etwas Farbe in das dunkle Grün der Schwarzfichten und brachte den Schnee zum Glitzern. Wenn sie hinter Wolken verschwand, erkalteten auch die Farben.

Bis zum Morris Lake waren es noch etliche Meilen. Pierre hatte ihr gesagt, dass es im weiten Umkreis keine Hütte gab und sie gezwungen sein würde, im Freien zu übernachten, nichts Neues für sie, seit sie mit den Mounties unterwegs gewesen war. Sie suchte sich einen geschützten Platz unterhalb der Hügel und schlug ihr Zelt zwischen Bäumen auf, wo ihm der böige Abendwind nichts anhaben konnte, suchte trockenes Holz und entzündete ein Lagerfeuer. Es fiel ihr immer noch schwer, das Feuer in Gang zu bringen, schaffte es aber nach einigen Versuchen und wärmte den Eintopf für die Huskys auf. Die Hunde hatten Hunger und schienen die Mahlzeit zu genießen.

Kate hatte keine Ahnung, ob die Huskys merkten, in welch ungewisser Mission sie unterwegs waren. Für ihre Zufriedenheit genügte es, wenn sie laufen und sich vor einem Schlitten beweisen durften. »Ihr habt es gut«, sagte sie zu ihnen, »ihr habt eure Lieben in der Nähe. Ich suche immer noch nach George. Ihr erinnert euch doch an ihn? Ich hätte nie gedacht, dass ich mal so etwas sagen würde, aber ohne ihn fühle ich mich irgendwie unvollkommen. Nicht, weil ich eine schwache Frau bin und einen starken Mann an meiner Seite brauche. Wie ihr wisst, komme ich auch allein ganz gut zurecht. Aber ich liebe George. Ich liebe ihn so sehr, dass ich immer mit ihm zusammen sein möchte.«

Sie erhitzte ein paar Bohnen und etwas Corned Beef aus

der Dose in ihrer Pfanne und wärmte den Tee in ihrer Feldflasche auf, ein gehaltvolles Essen, auch wenn sie sich auf das Frühjahr freute, dann würde es selbst in Siedlungen wie Atlin wieder frisches Gemüse und Obst geben. Nachdem sie gegessen hatte, warf sie weiteres Holz ins Feuer und kroch in ihren Schlafsack. Sie war so erschöpft von der langen Fahrt, dass sie schon nach wenigen Minuten eingeschlafen war und nicht einmal mehr die Kraft für einen Traum aufbrachte.

Am frühen Morgen, es war noch dunkel, wurde sie durch lang gezogenes Wolfsgeheul geweckt. Es klang so nahe, dass sie sofort aus ihrem Schlafsack schlüpfte, die Zeltklappe zur Seite schob und nach draußen blickte. In der Dunkelheit leuchtete ein bernsteinfarbenes Augenpaar. Die Augen waren auf sie gerichtet und wirkten nicht bedrohlich, eher aufmunternd und zufrieden. Ihr Schutzgeist, der Wolf? Weil er ihr sagen wollte, dass sie den richtigen Weg eingeschlagen hatte? Die Augen erloschen, und es trat wieder Stille ein.

Kate wusch sich notdürftig mit dem warmen Wasser, das sie über der Glut ihres Lagerfeuers erhitzte, und zog sich an. In der Büffelfelljacke, die sie auf längeren Fahrten trug, fror sie kein bisschen, und ihre Wollmütze reichte über die Ohren und hielt ebenfalls angenehm warm. Die Huskys waren ebenfalls schon auf und warteten ungeduldig auf ihr Fressen und darauf, dass es endlich weiterging. Sie fraßen wie immer viel zu gierig und freuten sich, als Kate sie an die lange Führungsleine klinkte. Ihr Gepäck schnürte sie auf der Ladefläche fest.

Die Hunde benahmen sich wie gewohnt. Anscheinend

hatten sie den Wolf nicht bemerkt. Oder existierte er nur in ihrer Wahrnehmung? Sie fuhren auf den Trail zurück und hielten auf den Morris Lake zu. Das Wetter hatte sich verschlechtert. Den Sonnenaufgang bemerkte man nur daran, dass sich der dunkle Himmel etwas aufhellte, die Sonne selbst war nicht zu sehen. Böiger Wind fegte über den Trail und verfing sich in den Fichten, ließ losen Schnee aus den Baumkronen rieseln und erschwerte ihr die Sicht. Feuchte Nebelschwaden trieben mit dem Wind und blieben wie Watte in den Ästen hingen.

Der Trail zum Morris Lake führte über eine Reihe von bewaldeten Hügeln und bot wenig Hindernisse. Im Schnee waren vereinzelte Spuren zu erkennen, ein deutlicher Hinweis darauf, dass Menschen in der Nähe lebten. Den See sah Kate erst, als sein Eis durch die Bäume schimmerte, so dicht standen die Fichten am Ufer, und genauso plötzlich tauchte ein winziges Dorf vor ihnen auf. Es bestand aus zwei Blockhäusern, die etwas abseits vom Ufer standen, und einigen Strauchhütten, die mit Zeltplanen und Fellen abgedeckt waren. Hunde bellten, als sie vor einem der Blockhäuser hielt, und einige Kinder rannten zuerst davon und näherten sich dann zögernd ihrem Schlitten. Athabasken, nahm Kate an. Die Kinder und auch der weißhaarige Mann, der aus dem Blockhaus trat, begleitet von zwei jüngeren Männern, dem Aussehen nach seine Söhne, waren wie Weiße mit Wollhosen, Felljacken und Mützen bekleidet.

»Ich bin Chief Edward«, stellte sich der alte Mann vor. »Wir bekommen selten Besuch von Weißen. Komm in unsere Hütte, dort können wir reden.«

»Ich bin Kate Ryan«, antwortete sie. Sie wusste inzwischen, dass es üblich war, ein Geschenk mitzubringen, wenn man Indianer besuchte, und hatte Tabak im Gepäck. Tabak galt bei den meisten Indianern als heilig. Sie kramte einen der kleinen Beutel aus ihrem Schlittensack und reichte ihn dem Häuptling.

Chief Edward freute sich über die Aufmerksamkeit und führte Kate in seine Hütte. In dem Blockhaus gab es nur einen einzigen Raum, der von einer Familie zum Wohnen, Schlafen und Kochen benutzt wurde. An den Wänden standen zwei Stockbetten, auf Boden lagen zwei Matratzen, außerdem gab es einen Ofen, einen Schrank und zahlreiche Kisten, in denen sie Kleider, Ausrüstung und Geschirr aufbewahrten. Die Vorräte lagerten wie bei den meisten Weißen in der Wildnis in einem Vorratshaus auf Stelzen, um sie vor Bären und anderen wilden Tieren zu schützen. Neben dem Ofen stand ein Eimer mit Hundefutter.

Kate setzte sich zu dem Häuptling, seiner Frau, seinen beiden Söhnen, einer Tochter und vier weiteren Verwandten auf eines der Felle, die vor dem Ofen auf dem Boden lagen. Während Chief Edward sich seine Pfeife mit dem neuen Tabak stopfte, blickte sie in die dunklen Gesichter seiner Verwandten und sah Neugier und auch ein spöttisches Lächeln, das wohl ihrer hellen Haut galt.

Wie es üblich bei Indianern war, wurden zuerst einige Belanglosigkeiten ausgetauscht, bevor Kate es wagte, den Grund für ihr Kommen zu schildern. »Einige Leute behaupten, ein weißer Mann würde sich in einem der Dörfer aufhalten«, endete sie, »und ich würde gern wissen, ob ihr etwas darüber wisst.«

Chief Edward brauchte nicht lange zu überlegen. »Der letzte Weiße kam vor ungefähr einem halben Jahr in unser Dorf, ein Fallensteller, der sich in unsere Jagdgründe verirrt hatte und uns mit Gold bezahlte. Unser Dorf ist zu abgelegen, selbst für Menschen in der Wildnis. An unserem See lagern nur wenige.«

Kate reagierte enttäuscht. Sie trank von dem Kräutertee, den man ihr angeboten hatte, und blickte nachdenklich in ihren Becher. Wäre ja auch zu schön gewesen, wenn sie von George gehört hätten, dachte sie. Sie erkannte schmerzhaft, dass es einige Wochen dauern konnte, bis sie eine Spur gefunden hätte.

»Aber wir haben von dem Gerücht gehört«, überraschte sie der Häuptling. »Ein Händler der Tlingit hat uns von einem weißen Mann erzählt, der in einem Camp jenseits des Sees leben soll. Einem Geist-Mann, halb tot und halb lebendig, der so schwer verletzt ist, dass er nicht mal mehr seinen Namen kennt.«

Kate horchte auf. »Wo liegt dieses Camp?«, fragte sie aufgeregt.

»Ein Tagesritt östlich von hier«, antwortete Chief Edward, »in den Ausläufern der Berge auf der anderen Seite des Sees. Es gibt dort keine Trails, nur Felsen und noch mehr Schnee als bei uns. Selbst wir wagen uns nur ganz selten in diese Gegend. Unsere Medizinfrau sagt, dort wohnten die bösen Geister.«

»Ich werde trotzdem nach George suchen«, sagte sie.

»Wir werden für dich beten«, sagte der Häuptling.

29

Kate übernachtete bei den Indianern und brach schon am frühen Morgen auf. Ängstliche Blicke folgten ihr, als sie den Schlitten auf den zugefrorenen Morris Lake lenkte und auf das andere Ufer zutrieb. Noch stand der Mond am Himmel und ließ die Schneedecke über dem Eis gespenstisch leuchten, zartes Nordlicht flackerte zwischen den Wolken. Die Berge ragten dunkel am Horizont empor.

Die Huskys schienen zu ahnen, wie wichtig die Fahrt für Kate war, und zeigten vollen Einsatz. Mit weit ausholenden Schritten zogen sie den Schlitten über den See. Der eisige Fahrtwind wehte Kate ins Gesicht, zwang sie, ihren Schal bis über die Nase zu ziehen. Sie war hellwach und bereit für das, was vor ihr liegen mochte. Sie hatte keine Angst vor Hindernissen und bösen Geistern.

Erst als sie über die Böschung am anderen Ufer gefahren war und sich in einem Labyrinth aus Schwarzfichten, Laubbäumen und verstreuten Felsbrocken wiederfand, begann sie zu erahnen, worauf sie sich eingelassen hatte. Auf dem kaum erkennbaren Trail kam sie nur noch langsam vorwärts, musste mehrmals von den Kufen, um nicht in Schneeverwehungen stecken zu bleiben. Der Wind war nicht mehr so heftig, schien aber kälter zu sein und ihr mit allen Kräften die Weiterfahrt erschweren zu wollen. Sie scherte sich nicht darum, ahnte wohl, dass dies ihre letzte Chance war, George lebend zu finden.

Unterwegs hatte sie erneut das Gefühl, beobachtet zu werden. Nicht von dem Wolf, sondern von zwei dunklen Gestalten, die sich keine große Mühe gaben, im Verborgenen zu bleiben, und lediglich ihre Neugier befriedigen wollten. Zwei Jäger mit Gewehren; ob indianisch oder weiß, ließ sich bei der Winterkleidung, die nur wenig von ihren Gesichtern freiließ, kaum erkennen.

Kate wollte ihnen zurufen, dass sie in friedlicher Absicht unterwegs war und mit ihrem Häuptling oder Dorfältesten sprechen wollte, aber bevor sie dazu kam, verschwanden die beiden Männer so plötzlich, als wären sie vom Erdboden verschluckt worden. »Heya! Heya!«, feuerte sie ihre Hunde an. Sie wollte, dass man sie hörte und erkannte, dass sie in bester Absicht kam. Obwohl die Indianerkriege schon etliche Jahre zurücklagen, gab es noch viel Misstrauen zwischen Indianern und Weißen, und bei manchen Begegnungen war es angeblich sogar zu gewalttätigen Auseinandersetzungen gekommen. Vorsicht war geboten, besonders in einem so winzigen Dorf in tiefster Wildnis.

Das Dorf, zu dem sie unterwegs war, lag abseits eines zugefrorenen Baches, der weiter südlich in den Morris Lake mündete. Es bestand, wie die Siedlung, die sie am Morgen verlassen hatte, aus wenigen Blockhütten und Baracken und war durch einen dichten Bestand von Schwarzfichten so gut getarnt, dass Kate beinahe daran vorbeigefahren wäre. Nur das Heulen einiger Huskys, die mit langen Lederriemen an Bäumen festhingen, und die Unruhe ihrer eigenen Huskys machten sie darauf aufmerksam. Sie bremste in respektvoller Entfernung vor den Hunden und sah mehrere Männer, Frauen und Kinder vor der größten

Hütte stehen. Anscheinend hatten die beiden Jäger das ganze Dorf alarmiert.

Sie verankerte den Schlitten, griff nach dem größten Lederbeutel mit Tabak und ging auf die Dorfbewohner zu. Sie benahmen sich weder freundlich noch feindselig, wunderten sich wohl nur, dass eine weiße Frau zu ihnen kam.

»Ich bin Kate Ryan«, begrüßte sie die Bewohner.

»Kuzih«, antwortete ein alter Mann in einem Biberfellmantel. Seine weißen Haare waren zu Zöpfen geflochten. »Die Pater in der Missionsschule haben mir einen anderen Namen gegeben, aber ich benutze lieber den, den ich von meinem Vater bekommen habe. »Ich habe geahnt, dass du kommen würdest.«

Kate überreichte ihm den Tabak. »Ich habe dir ein kleines Geschenk mitgebracht. »Können wir reden, Kuzih?« Sie hoffte, dass sie seinen Namen richtig aussprach. »Chief Edward hat mir verraten, wo ich euer Dorf finden kann.«

Kuzih griff nach dem Beutel, öffnete ihn und roch daran. Sein faltiges Gesicht zersprang zu einem Lächeln. Er blickte in die Runde und sagte etwas in seiner Sprache. »*Chin-an*«, sagte er zu ihr, »der Tabak riecht wirklich gut.«

Sie gingen in seine Hütte, die ähnlich wie Chief Edwards Blockhütte eingerichtet war, allerdings stand ein Tisch mit Bänken und Stühlen für die zahlreichen Bewohner darin. Es war erstaunlich, wie sehr sich die Haltung der Dorfbewohner ihr gegenüber geändert hatte, seitdem sie Kuzih das Geschenk überreicht hatte. Man begegnete ihr freundlich und zuvorkommend. Einer der Männer bot sich an, ihren Schlitten neben der Hütte zu parken, eine Frau brachte ihr heißen Kräutertee, zwei Kinder strahlten, als sie ihnen die Schokolade aus ihrer Jackentasche schenkte. Sie hätte noch mehr Süßigkeiten mitnehmen sollen.

»Nur wenige Weiße wissen, dass wir anderen mit kleinen Geschenken unseren Respekt erweisen. Auf der Missionsschule, die ich vor vielen Jahren besucht habe, gab es keine Geschenke, höchstens Prügel, wenn wir uns in unserer eigenen Sprache unterhielten oder Stockhiebe und eine Nacht in einer dunklen Zelle, wenn wir zu unserem eigenen Gott beteten. Du bist eine gute Frau.«

Sie errötete. »Mir hat mal jemand gesagt, dass es egal ist, welche Hautfarbe ein Mensch hat. Es käme auf das Blut an, und das wäre bei allen gleich rot.«

Einige der Bewohner, die mit am Tisch oder auf Stühlen in der Nähe saßen, brummten zustimmend. Ihre dunklen Gesichter wirkten im düsteren Licht einer Petroleumlampe etwas unheimlich, und andere Weiße hätten sich vielleicht gefürchtet, aber Kate hatte sich längst an Indianer gewöhnt und wusste, dass sie keineswegs so schweigsam und mürrisch waren, wie manche annahmen. Sie hatten einen gewöhnungsbedürftigen Humor, aber das traf auch auf die Iren zu.

Sie schwiegen eine Weile, dann sagte Kuzih: »Du bist wegen des weißen Mannes gekommen, der seinen Namen vergessen hast, nicht wahr?« Es war weniger eine Frage, als eine Feststellung. »Du bist Kate. Das ist der einzige Name, an den er sich erinnert. Er hat ihn mehrmals in seinen Träumen gesagt.«

»George ist hier? Er ist wirklich hier?«

Sie wollte aufspringen, doch Kuzih hielt sie am Unterarm fest. »Bevor ich dich zu ihm bringe, möchte ich dich warnen. Er ist nicht mehr der Mann, den du einmal gekannt hast. Er war schwer verletzt, als ihn einige unserer Männer in einem Wald fanden, und es grenzt an ein Wunder, dass er überlebt hat.«

»Ich muss zu ihm, Kuzih! Bring mich zu ihm!«

»Gedulde dich! Du musst wissen, was dich erwartet, bevor du ihm gegenübertrittst. Es geht ihm schon viel besser als vor einigen Wochen. Er wird bald wieder laufen können und ohne Schmerzen sein, aber er ist immer noch krank und braucht Schonung. Du musst geduldig mit ihm sein, so wie wir geduldig mit ihm waren. Wir hätten ihn in einigen Tagen zu den Mounties gebracht, dort gibt es einen Doktor, der ihn sich noch einmal ansehen sollte. Er ist selbst ein Mountie, das haben wir an seiner Kleidung und seinem Gürtel erkannt.« Er legte eine kurze Pause ein und trank einen Schluck. »Du bist seine Ehefrau?«

»Wir wollen sobald wie möglich heiraten«, erwiderte sie ungeduldig. »Warum habt ihr ihn nicht gleich zu den Mounties gebracht? Warum habt ihr keinem Weißen gesagt, dass ihr einen Verletzten bei euch habt? Die Mounties und ich suchen seit mehreren Wochen nach ihm. Warum habt ihr ihn versteckt?«

Kuzih blieb ruhig. »Wir haben ihn nicht versteckt, aber seine Verletzungen waren viel zu schwer. Wir konnten ihn nicht transportieren. Er war so stark verwundet, dass ihn die Männer, die ihn gefunden hatten, beinahe aufgegeben und zum Sterben zurückgelassen hätten. Er war wohl in den schweren Blizzard geraten, der damals gewütet hat, und vom Wind über eine Klippe getrieben worden. Zum Glück blieb er an einem Felsen hängen, sonst wäre er jetzt nicht mehr unter uns. Bei dem Sturz hat er wohl auch sein Gewehr verloren, falls er noch eines hatte. Vielleicht hat ihm der Blizzard auch das Pferd genommen.«

»Sein Pferd ist erfroren, ich habe es gefunden.«

Kuzih hatte seine Pfeife entzündet und paffte eine Weile. Der Tabak war anscheinend nach seinem Geschmack. »Ich habe zu eurem Gott und zu unseren Geistern für ihn gebetet«, berichtete er, »vielleicht hat er deswegen überlebt. Oder weil er dich nicht allein lassen wollte. Wer weiß das schon? Wichtig ist, dass du nicht umsonst gekommen bist. Du musst vorsichtig sein. Er kann sich an nichts erinnern. Er weiß nicht mal, dass er ein Mountie war. Nur deinen Namen kennt er. Er hat ihn immer wieder genannt. Vielleicht bist du die Medizin, die ihm seine Erinnerungen zurückgeben kann. Der Schöpfer könnte dich geschickt haben, um ihn ins Leben zurückzuholen. Bist du bereit, ihn zu treffen?«

»Ich bin bereit, Kuzih!«

Nur der Häuptling begleitete sie in die Baracke gegenüber. Als er die Tür öffnete, sagte Kate: »Ich bin dir und deinen Leuten sehr dankbar, Kuzih. Was ihr getan habt, hätten nicht viele Menschen getan.« Sie berührte ihr Herz mit der flachen Hand, um ihm ihren Respekt zu zeigen. »Darf ich allein zu ihm?«

»Bleib, so lange du willst.«

Kate betrat die Baracke, eine bessere Abstellkammer, in der es lediglich ein Bett, einen Stuhl und einen kleinen Tisch gab. Vor dem Ofen in der Mitte des Raumes stand ein Korb mit Brennholz, auf dem Tisch brannte eine Öllampe. Es war ungewöhnlich warm in dem Raum, wärmer als an einem Lagerfeuer.

»George!«, flüsterte sie.

Sie hatte Angst, sich ihm zu nähern, und vor dem, was sie erwartete, zögerte sekundenlang, bevor sie an sein Bett trat und sich zu ihm hinabbeugte. Er schlief fest. »George!«, flüsterte sie wieder. Sein Gesicht war hager geworden, und seine Haut sah fahler aus, aber das konnte auch am düsteren Licht der Öllampe liegen. Seine Retter hatten ihm einen Anorak aus Karibufell angezogen und ihn mit mehreren Wolldecken zugedeckt. Sein Atem ging regelmäßig.

Sie küsste ihn auf die Stirn und griff nach seiner Hand. Ohne dass sie es merkte, liefen Tränen über ihr Gesicht. George lebte! Mein Gott, er lebte wirklich! Die lange Suche hatte sich gelohnt. Sie zog den Stuhl heran und setzte sich, berührte George auch mit ihrer anderen Hand und spürte, wie seine Wärme in ihren Körper überging. Immer mehr Tränen rannen über ihre Wangen.

Was für ein Segen, dass ihn Männer aus diesem Dorf gefunden hatten. Was für eine Gnade des Schicksals, dass ihn der Blizzard über die Klippe und in ihre Arme getrieben hatte. Ein Wunder, ein wahres Wunder! Die Kunde von seinem Überleben würde sich wie ein Lauffeuer im nördlichen Kanada verbreiten, vielleicht sogar in ganz Kanada, und zu der Legendenbildung beitragen, die sich schon seit einigen Jahren um die Mounties rankte. Mit jedem Bericht, der in einer Zeitung über ihn erschien, mit jedem Groschenroman, der an der Ostküste erschien, würde seine Rettung fantastischer klingen, und irgendwann würde ein Brief von Buffalo Bill eintreffen, in dem er um seine Mitwirkung in seiner Wildwestshow bat. Sogar im fernen Europa würde man ihn feiern.

Kate musste innerlich lachen. So weit würde sie es niemals kommen lassen. Und George erst recht nicht. Er war kein Mann, der sich gern in den Mittelpunkt stellte. Er würde sagen, dass es allein den Indianern zu verdanken war, dass er überlebt hatte … und Gottes Gnade und schierem Glück. George und sie würden damit zufrieden sein, sich wiedergefunden zu haben und wieder an ihre gemeinsame Zukunft denken zu können. »Ich liebe dich!«, flüsterte sie.

Sie hatte keine Ahnung, wie lange sie an seinem Bett gesessen hatte, als er endlich die Augen aufschlug. Sie begrüßte ihn mit einem verweinten Lächeln, wollte ihn umarmen und küssen und bemerkte die Verwirrung in seinen Augen.

»Wer sind Sie?«, fragte er heiser. »Was tun Sie hier?«

»Ich bin's, Kate! Erinnerst du dich nicht an mich?«

»Sie sind keine Indianerin! Was wollen Sie von mir?«

»Kate! Du kennst doch meinen Namen! Wir … ich … ich bin Kate!«

George regte sich stöhnend und griff sich an den Kopf, als würde er von starken Schmerzen geplagt. Er schloss die Augen, öffnete sie wieder und blickte sie immer noch verständnislos an. »Kate? Ich kenne keine Kate. Ich kann mich an keine Kate erinnern.« Er stöhnte leise. »Ich kann mich an überhaupt an nichts mehr erinnern. Seien Sie mir nicht böse, Ma'am. Ich bin krank. Ich liege schon seit einer halben Ewigkeit hier und weiß nur, dass ich George Chalmers heiße und ein Mountie bin. Das haben die Indianer herausgefunden.«

»Und ich weiß, dass wir ein Paar sind. Wir lieben uns

und wollen heiraten, sobald wir einen katholischen Priester gefunden haben. Erinnerst du dich?«

»Nein … leider.« Wieder dieser forschende Blick. »Sie sind sehr hübsch.«

»Ich bin's … Kate!« Sie merkte, dass es keinen Zweck hatte, ihn zu drängen, und wischte sich die Tränen vom Gesicht. »Du bist in einen schlimmen Blizzard geraten und über eine Klippe gestürzt, George. Die Mounties und ich haben wochenlang nach dir gesucht. Ich bin froh, dass ich dich gefunden habe.«

»Ich war schwer verletzt«, sagte er, »und bin fast gestorben. Sie wollten mich zu den Mounties bringen, wenn ich mich von meinen Verletzungen erholt habe.«

»Alle dachten, du wärst tot. Alle außer mir.«

Er schien überfordert. »Ich wusste nicht, dass man nach mir sucht. Ich wusste nicht mal, warum ich so schwer verletzt war. Als wäre … als wäre ich von einem Riesen verprügelt worden.« Er lächelte zum ersten Mal, aber nur kurz. »Überall Platzwunden und schwere Prellungen. Und Schmerzen im Kopf.«

»Die Indianer haben dich gesundgepflegt.«

»Und ich bin ihnen unendlich dankbar.«

»Ich werde dich mitnehmen, George. Sobald wie möglich. Ich bringe dich zum Doc im Mountie-Camp, und dann sehen wir weiter. Irgendwann wirst du dich an mich erinnern, da bin ich sicher, und wenn es Jahre dauert. Ich habe Zeit und werde so lange auf dich warten.« Sie kämpfte gegen die Tränen an und beugte sich zu ihm hinüber. »Darf ich dich in den Arm nehmen, George?«

Er sagte nichts und reagierte kaum, als sie sich auf die

Bettkante setzte und ihn umarmte. Als würde er von einer Unbekannten in die Arme genommen. Kate hielt ihn so fest, als wollte sie ihn nie mehr loslassen, und weinte leise an seiner Schulter. George, es war ihr George! Er strahlte die gleiche Wärme aus, und sein Atem fühlte sich genauso warm an wie noch vor einigen Wochen, aber er war nicht mehr derselbe. Der George, den sie vermisst hatte und immer noch liebte, benahm sich wie ein Fremder und schien kaum etwas zu empfinden, als sie sich noch fester an ihn klammerte und ihn auf den Nacken küsste.

Sie löste sich widerwillig von ihm und trocknete ihre Tränen. »Es wird alles gut«, sagte sie, weil ihr nichts anderes einfiel. »Ich warte auf dich, George.«

Während der folgenden Tage kümmerte sie sich hingebungsvoll um ihn. Chief Kuzih hatte ihr erlaubt, im Camp zu bleiben und in seiner Hütte zu schlafen und überließ ihr einen Teil des Essens, das die Frauen in seinem Haus zubereiteten. Kate revanchierte sich, indem sie ihnen einen großen Teil ihrer Vorräte schenkte. Ihre Huskys hatten es sich neben dem Blockhaus des Häuptlings bequem gemacht und warteten ungeduldig darauf, dass sie weiterfuhren, schienen aber zu spüren, dass etwas Besonderes geschehen war und Kate ein wenig Zeit brauchte. Solange sie jeden Tag ihre Fressnäpfe füllte, beklagten sie sich nicht.

George ging es schon viel besser. Bei seinem Unfall waren keine Organe verletzt worden, die Wunden waren verheilt, und nur seine Gelenke und sein Kopf schmerzten noch. Beim ersten kurzen Spaziergang, den sie mit ihm wagte, griff er sich mehrmals an die Schläfen, und seine Beine knickten mehrmals ein. Nur weil Kate einen Arm um seine Hüften geschlungen hatte und ihn sofort stützte, brach er nicht zusammen. Er war immer noch sehr blass.

Der zweite Spaziergang verlief besser und führte sie bis zu einer nahen Lichtung. Sie blieben stehen und blickten in den morgendlichen Nebel, der vom nahen Fluss herüberzog. Orangefarbene Schleier hingen in den Baumkronen.

»Warum tun Sie das alles?«, fragte er.

»Weil ich dich liebe, George.«

Er blickte sie an. »Ich fühle mich sehr geschmeichelt, Kate. Sie sind eine hübsche Frau, und ich bin sicher, unzählige Männer wären froh, von Ihnen nur ein Lächeln zu bekommen. Ich sollte mich über Ihre Zuneigung freuen und mich auf Sie einlassen. Aber ich möchte Ihnen nichts vorspielen. Ich kann mich an nichts mehr erinnern. Sie sind eine Fremde für mich, eine fürsorgliche Krankenschwester, so sehr ich mich auch freuen würde, wenn es anders wäre.«

»Du hast meinen Namen im Schlaf gesagt, noch bevor ich hier war.«

»Ich weiß, und ich habe keine Ahnung, woher ich ihn kenne.«

Kate erwiderte seinen Blick. Es machte sie traurig, so etwas aus seinem Mund zu hören. Sie wäre am liebsten in Tränen ausgebrochen und davongerannt, immer weiter, bis ihr der Atem versagte und sie irgendwo im Schnee zusammenbrach. Doch sie blieb bei ihm, hob den Kopf und küsste ihn zärtlich auf den Mund. »Spürst du denn nichts, George? Spürst du mich denn nicht?«

»Du bist wunderschön«, sagte er. »Ich würde dich gerne lieben.«

Sie spürte, dass noch nicht alles verloren war. »Wir schaffen uns neue Erinnerungen, George. Wir verlieben uns neu und fangen noch mal von vorn an.«

»Das wäre unfair, Kate.«

»Unfair?«

»Ich wüsste nicht, ob meine Gefühle echt wären oder ob ich nach einer Erinnerung suche, die es nicht mehr für mich gibt. Wenn es etwas zwischen uns gegeben hat, wäre es nicht mehr wie damals. Ich möchte dich nicht verletzen.«

In der Ferne heulte ein Wolf, als sie zurückkehrten. Kate brauchte ihn kaum noch zu stützen, und es wurde Zeit, dass sie die Indianer verließen. »Morgen brechen wir auf«, sagte sie. »Vielleicht kann dir der Mountie-Arzt helfen.«

30

Als sie aufwachte, war George verschwunden. Obwohl Kate in derselben Hütte wie er schlief, hatte sie nicht gemerkt, wie er aufgestanden war, seinen Rucksack gepackt und klammheimlich verschwunden hatte. Sie lief in ihrer Unterwäsche zur Tür, trat barfuß in die eisige Kälte hinaus und konnte ihn nirgendwo entdecken. Er hatte das Camp verlassen, auf Schneeschuhen, wie es schien.

Sie zog sich an und lief zum Blockhaus des Häuptlings hinüber. Ihre Huskys jaulten aufgeregt und zerrten wütend an ihren Leinen, als sie merkten, dass es noch kein Fressen gab. »Kuzih!«, rief sie aufgeregt. »Kuzih! Bist du wach?«

Kuzih öffnete die Tür und blickte sie erstaunt an. »Was ist passiert?«

»George ist verschwunden!«, sagte sie. »Ohne mir etwas zu sagen. Auf Schneeschuhen. Mein Schlitten ist noch hier. Keine Ahnung, was er vorhat.«

»Hat er irgendwas gesagt?«

»Nein … Wir müssen ihn suchen, Kuzih!«

»Warte auf uns! Meine Söhne helfen dir.«

Schon wenige Minuten später hatten die jungen Männer zwei Schlitten angespannt. Mehr gab es nicht in dem kleinen Camp. Kate stand auf den Kufen ihres eigenen Schlittens, hatte Leckerchen an ihre Huskys verteilt und ihnen versprochen, sie nach ihrer Rückkehr mit einem reichhaltigen Fressen zu verwöhnen. »Ein Notfall, Buck!«, rief sie ihrem Leithund zu. »George ist verschwunden! Ich habe Angst, dass er sich was antut. Er war so komisch und so … nachdenklich.«

»Wohin?«, fragte einer der beiden Söhne. »Wo kann er sein?«

»In den Bergen?«

»Nur ein Narr flieht in die Berge. Dort wohnen böse Geister.«

»Ich habe keine Angst vor Geistern.«

Sie beschlossen, sich zu trennen und in unterschiedliche Richtungen zu fahren. Die Söhne des Häuptlings suchten im Norden und Süden, sie fuhr in die Berge nach Osten. Es gab keinen sichtbaren Trail, doch sie verstand es, auf Hügelkämme auszuweichen, wo der Wind stärker blies, und sie kaum von den Kufen steigen musste. Georges Spuren waren nirgendwo zu sehen. Er war anscheinend schon um Mitternacht aufgebrochen, und seine Abdrücke waren unter dem Neuschnee verschwunden, der noch am frühen Morgen gefallen war.

Inzwischen schneite es nicht mehr. Über ihr spannte sich ein verwaschen grauer Himmel mit dunklen Wolken und schien in der Ferne bis auf die Berghänge herabzureichen. Die Gipfel versteckten sich im Nebel. Klobige Felsen ragten schemenhaft aus dem Dunst, und dahinter wartete ein Felsenlabyrinth, wie sie von Kuzih erfahren hatte, ein »Garten des Teufels«, wie ihn Fallensteller genannt hatten, in dem angeblich böse Geister wohnten und jeden bestraften, der ihnen zu nahe kam. Warum sollte George ausgerechnet dorthin fliehen?

Das Heulen eines Wolfs durchbrach die Stille, wieder einmal, diesmal nur lauter und durchdringender als sonst.

Der unheimliche Laut hing scheinbar minutenlang als dumpfes Echo in der Luft und verstummte nur ganz allmählich.

Sie blickte in die Richtung, aus der er gekommen war, und sah eine zerklüftete Felswand aus dem Dunst ragen. Ohne lange zu überlegen, hielt sie darauf zu. Sie musste George unbedingt einholen! Leider kam sie in dem schwierigen Terrain auch nicht schneller als ein Mann auf Schneeschuhen voran, und er hatte einen Vorsprung von sicher sechs Stunden. Er hatte viel trainiert, war mehrere Male um das Camp gelaufen und hatte abends zahlreiche Übungen und Liegestütze absolviert. Er war ein harter Mann und wie alle Mounties erstklassig ausgebildet. Und er war es gewohnt, auf Schneeschuhen zu laufen.

Warum war er weggelaufen, fragte sie sich, als sie von einem der Hügel fuhr und sich durch tiefen Schnee quälte. Wollte er ohne seine Erinnerung nicht mehr leben? Glaubte er, es ihr auf diese Weise leichter zu machen? War er so verzweifelt? Hatte ihn ihre Rückkehr so verwirrt, dass er keinen klaren Gedanken mehr fassen wollte und vor der Wirklichkeit davonlief? Was brachte einen Mann wie ihn dazu, die Nerven zu verlieren?

Kate wusste keine Antwort. Sie vertraute dem Wolf, dass er sie auf die richtige Spur führte und ihr half, George rechtzeitig zu erreichen, bevor er eine Dummheit beging. Sein Heulen war das Signal gewesen, ihre Anstrengungen zu verdoppeln, um noch schneller ans Ziel zu gelangen. »George!«, flüsterte sie immer wieder. »George! Was willst du denn in den Bergen? Lass den Unsinn, und kehr um! Es wird alles gut, irgendwann erinnerst du dich wieder.«

Sie erreichte eine weite Lichtung, die von zahlreichen Schneewehen bedeckt war und wie ein erstarrtes Meer vor ihr lag. Ihr blieb nichts anderes übrig, als von den Kufen zu steigen und ihre Schneeschuhe anzuschnallen. Vor dem Schlitten bahnte sie einen Weg für die Huskys, ein anstrengendes Unterfangen, das ihr alles abverlangte. Immerhin war sie inzwischen so geschickt auf Schneeschuhen, dass sie nicht mehr das Gleichgewicht verlor und für jeden Schritt eine halbe Ewigkeit brauchte. Die Hunde blieben dicht hinter ihr, warteten auf den Augenblick, in dem Kate wieder auf die Kufen steigen konnte und sie wieder schneller vorankamen. Doch die Lichtung war groß, und sie brauchte über zwei Stunden bis zur anderen Seite. Sie legte eine Pause ein, um wieder zu Atem zu kommen, schnallte die Schneeschuhe ab und fuhr weiter.

Am Waldrand entlang fuhr sie nach Osten, die steile Felswand stets im Blick und verzweifelt bemüht, den Schneewehen auszuweichen, die sich stellenweise auch am Waldrand türmten. »Sorry, Buck!«, rief sie dem Leithund zu. »Anders geht es nicht. Sieht ganz so aus, als würde George auf die Felswand zuhalten.«

Bald entdeckte sie die Abdrücke seiner Schneeschuhe im Schnee, und als sie das Felslabyrinth jenseits des Waldes erreichte, sah sie ihn in der Ferne zwischen den Felsen verschwinden. Sie blickte durch ihr Fernglas und beobachtete, wie er einen steilen Hang erklomm und sich anscheinend anschickte, an der steilen Felswand emporzuklettern. »George! Was soll das?«, rief sie, so laut sie konnte. »Bist du verrückt? Komm sofort zurück, George!«

Er schien sie zu hören, zögerte kurz und lief gleich darauf weiter. Er dachte anscheinend nicht daran umzukehren und hielt weiter auf die Felswand zu.

Kate feuerte die Hunde an und schaffte es, über einige Hügelkämme abzukürzen und so nahe an ihn heranzukommen, dass sie ihn mit bloßen Augen erkennen konnte. Ein weiteres Mal musste sie von den Kufen und auf Schneeschuhen weiterlaufen, um gleich darauf wieder auf die Kufen zu steigen und Boden gutzumachen. »George! Lass den Unsinn! Kehr endlich um!«

Als sie die Felswand erreichte, war George bereits so hoch über ihr, dass sie ihn nicht mehr zu fassen bekam. Er hatte seinen Rucksack umgeschnallt und schien tatsächlich entschlossen, die steile Wand emporzuklettern. Warum ging er dieses Wagnis ein? Warum riskierte er sein Leben? Forderte er das Schicksal heraus? Wollte er unbedingt sterben? »Was soll das, George? Was tust du dort oben? Das ist doch zu gefährlich! Ich liebe dich, George!«

Das Schicksal schlug schneller zu, als sie gedacht hatte. Über ihr verlor George den Halt, griff einige Male ins Leere und stürzte von der Wand. Er hatte Glück und landete im Tiefschnee, prallte aber so fest auf, dass er benommen liegen blieb und vor Schmerzen stöhnte. Seine Augen waren weit geöffnet.

»George! Um Himmels willen, George!«

Sie stapfte zu ihm, schob beide Arme und stellte erleichtert fest, dass er nicht ernsthaft verletzt war, abgesehen davon, dass sein Körper am nächsten Tag mit blauen Flecken übersät sein würde. Er war aus einiger Höhe gefallen, und der Aufprall war heftig gewesen. »Bist du okay, George?

Alles in Ordnung mit dir?« Sie tätschelte seine Wangen. »Sag doch was, du bist doch okay, oder?«

Ihr Gesicht war dicht über ihm, als er die Augen öffnete. Nur einen winzigen Moment blieben sie ausdruckslos, dann begann sie zu leuchten, und er blickte sie lange an, befühlte sie, als ob er nicht glaubte, dass sie echt war, bevor er sagte: »Kate! Du bist es wirklich, nicht wahr? Du bist gekommen, Kate!«

»George! Du erinnerst dich an mich?«

Er strahlte wie ein kleiner Junge, den man mit Geschenken überhäuft hatte. »Klar erinnere ich mich. Du bist Kate! Kate Ryan, die Frau, die ich liebe.«

»George! George!« Ihr schossen Tränen in die Augen.

»Was für ein Glück, dass ich von der verfluchten Felswand gestürzt bin! Durch die Erschütterung beim Aufprall ist alles wieder da! Als wäre es nie weg gewesen. Der Blizzard, wie er mich aus dem Sattel gefegt und durch den Wald getrieben hat. Wie ich vollkommen die Orientierung verloren habe und stundenlang durch den Schnee getorkelt bin. Die entwurzelten Fichten, hinter denen ich einigermaßen sicher war, bevor es von Neuem losging. Wie ich wie ein Betrunkener durch den Tiefschnee gestapft und über die Klippe gestürzt bin. So wie eben, nur hatte ich damals weniger Glück. Kein Tiefschnee, nur schroffe Felsen, auf denen ich mir beinahe den Hals gebrochen habe. Ohne die Indianer wäre ich erfroren. Sie haben mich gerettet. Nur meine Erinnerung war weg. Ein furchtbares Gefühl, das ich nicht mal meinem ärgsten Feind wünsche.« Sein Blick verdüsterte sich. »Ich wollte nicht, dass du dein Leben an einen Mann vergeudest, der dir nichts mehr geben konnte.

Ich wollte in die Berge, so lange durch den Schnee stapfen, bis ich irgendwo zusammenbrach. Du solltest nicht leiden, Kate! Ich wäre doch nicht mehr derselbe gewesen.«

Kate zog ihn aus dem Schnee hoch. »Was redest du für einen Unsinn, George? Ich wäre immer für dich da gewesen, mit oder ohne Erinnerung.« Sie half ihm, sich aufzurichten und hielt ihn fest. »Und du kannst dich wirklich wieder erinnern? Du weißt, wie ihr von dem Blizzard überrascht wurdet?«

»Es ist alles wieder da. Was ist mit den anderen?«

»Sergeant Major Donell hat überlebt. Alle anderen …« Sie zögerte.

»Was ist mit ihnen? Sind sie …«

»Sie sind tot, George. Die Mounties haben sie begraben.«

George brauchte einige Zeit, um sich von der Nachricht zu erholen. Auch dass Gallagher und Paddy O'Leary in Gewahrsam waren und für einige Jahre hinter Gitter wandern würde, tröstete ihn nicht. »Und O'Learys Komplizin?«

»Elsie Maloney? Die ist untergetaucht.«

»Eine gefährliche Frau. Aber irgendwann kriegen wir sie.«

Kuzih und seine Leute waren erleichtert, als Kate und George unversehrt aus den Bergen zurückkehrten. Einige Frauen umarmten die beiden sogar, und Kuzih sagte: »Ihr müsst stark sein, sonst hätten euch die bösen Geister nicht in Ruhe gelassen. Wir freuen uns, euch noch mal wiederzusehen. Kommt ins Haus, wir wollen eure Rückkehr mit einem Essen feiern und gemeinsam die Pfeife rauchen.«

Kate und George blieben eine weitere Nacht, bevor sie sich bei Kuzih mit dem restlichen Tabak bedankten und aufbrachen. Die Bewohner waren zu guten Freunden geworden und hatten zahlreiche Goldsucher widerlegt, die behaupteten, alle Eingeborenen wären gemeine Diebe und Taugenichtse.

Wie versprochen sahen sie bei Pierre Chartier vorbei. Er freute sich, George gesund wiederzusehen und zeigte ihnen stolz sein neues Hundegespann. »Bessere Huskys hätte ich nicht finden können«, berichtete er, »ich hab sie von einem Athabasken, dem ich mal geholfen habe. Der Arme hatte sich mit einem Elch angelegt.« Er lächelte, aber nur kurz. »Benny, mein neuer Leithund, ist schon ein bisschen in die Jahre gekommen, aber das bin ich auch.«

Auf ihrem Weg zu den Mounties in Tagish übernachteten Kate und George noch einmal im Freien. Sie teilten sich ihr kleines Zelt, prosteten sich am Lagerfeuer mit heißem Tee zu und aßen Bohnen mit dem restlichen Corned Beef. George ächzte und stöhnte noch, wenn er eine falsche Bewegung machte, doch er hatte sich bei Chief Kuzih und seinen Leuten aber gut erholt und war auf dem besten Weg, wieder der Alte zu werden. Kate war dankbar für die Gnade, die ihnen das Schicksal erwiesen hatte, und bedankte sich in einem stillen Gebet bei Gott, den Geistern der Indianer und ihrem Schutzgeist, der ihr den Weg gezeigt hatte.

»Danke, dass du an mich geglaubt hast«, sagte George.

»Ich liebe dich«, erwiderte sie, als wäre das Erklärung genug.

Sie kaute eine Weile und trank einen Schluck Tee. »Ich

hab gehört, du hättest in Tagish ein Geschenk für mich gekauft«, sagte sie unvermittelt und mit einem listigen Lächeln. »Das hat mir der Ladenbesitzer neulich verraten.«

»Ein Geschenk?«, stellte er sich dumm.

»Jetzt musst du dich doch erinnern.«

George tat so, als würde er angestrengt überlegen. »Richtig«, erwiderte er nach einer Weile, »jetzt fällt es mir wieder ein. Nur eine Kleinigkeit, aber wo hab ich sie nur? Ich glaube, ich hab sie in meinen neuen Rucksack gepackt.«

Kate wartete gespannt, bis er wieder aus dem Zelt gekrochen kam und ein kleines Päckchen in der Hand hielt. »Das hat sogar den Blizzard überlebt.«

Sie musterte es neugierig. »Was ist das?«

»Mach's auf!«

Sie öffnete es und fand einen kleinen Lederbeutel mit einem Ring. Sie nahm ihn heraus und betrachtete ihn staunend. Er war aus Gold, und der Edelstein, oder was immer daran hing, war nicht besonders groß, funkelte aber so verführerisch im Schein des Feuers, dass ihr die Tränen kamen. »Ist das … ist das …«

»Ein Verlobungsring«, sagte er. »Hab ihn gesehen, als ich in dem Laden war, und dachte, so eine Gelegenheit kommt so schnell nicht wieder. Der Ring ist aus Gold. Mit Edelsteinen kenne ich mich nicht aus, aber er funkelt schön.«

»Für mich ist er ein Vermögen wert«, sagte sie heiser.

Er steckte ihr den Ring an, und sie küssten sich lange. Selbst der strenge Reverend Pringle hätte ihnen wohl verziehen, dass sie die Nacht gemeinsam in ihrem kleinen Zelt verbrachten und gar nicht anders konnten, als das zu tun, was gehorsame Katholiken erst nach der Hochzeit taten. Immerhin hatten sie sich mit dem Verlobungsring ein Ehesprechen gegeben. Auf immer und ewig.

»Der Inspector wird Augen machen«, sagte sie.

»Und mir hoffentlich eine Woche Urlaub geben«, erwiderte er.

»Ganz sicher sogar. Er hat dich nämlich befördert ... Du bist Corporal.«

Sie küssten sich wieder und wieder und hielten sich eng umschlungen, bis die erste Helligkeit durch die Zeltwand drang, und sie aus dem Schlafsack krochen. Gemeinsam blickten sie auf den orangefarbenen Horizont, der verheißungsvoll leuchtete und ihnen einen kalten, aber sonnigen Tag versprach.

Von den Bergen drang das Heulen eines Wolfes zu ihnen herüber.